한국 시조창작원리론

한국 시조창작원리론

초판 인쇄 2009년 5월 20일
초판 발행 2009년 5월 30일
지은이 신웅순 **펴낸이** 한봉숙 **펴낸곳** 푸른사상사
기획 심효정 **편집** 김세영 **디자인** 지순이 **마케팅** 강태미
출판등록 1999년 7월 8일 제2-2876호
주소 서울시 중구 을지로3가 296-10 장양B/D 701호
대표전화 02) 2268-8706(7) **팩시밀리** 02) 2268-8708
이메일 prun21c@yahoo.co.kr / prun21c@hanmail.net
홈페이지 //www.prun21c.com
ⓒ 2009, 신웅순
 ISBN 978-89-5640-676-3 93810

이 도서의 국립중앙도서관 출판시도서목록(CIP)은 e-CIP 홈페이지(http://www.nl.go.kr/cip.php)에서
이용하실 수 있습니다. (CIP제어번호 : CIP2009001528)

한국 시조창작원리론

The Principle of SiJo's Creation

신웅순

푸른사상

  필자는 2001년도에 『현대시조시학』을 펴냈고 2006년에는 『음악·문학상에 있어서의 시조연구』서를 펴냈다. 『한국 시조창작원리론』을 저술하기 위한 선행 연구였다.

  이제야 빛을 보게 되었다. 본서 『한국 시조창작원리론』은 제3장으로 나누어져 있다. 제1장은 시조 원리론, 제2장은 시조 창작론, 제3장은 시조 체험론이다.

  제1장은 시조 시학의 기초 학문으로 시조 창작의 원리를 밝히는데 주력하였고 제2장은 시조 창작을 위한 이론으로 창작에 필요한 개념들을 일목요연하게 정리했다. 제3장에서는 기존 시조 시인들의 시조 체험담과 필자의 평론을 제시하여 창작하려는 후학들에게 도움이 되도록 했다.

  부끄러운 마지막 욕심을 부렸다. 시조를 창작하는 초보자들, 기존 시조 시인들, 시조를 연구하는 대학원생, 시조 창작을 연구하는 학자들께 조금이나마 일조가 되었으면 좋겠다.

  강호 제현의 질책을 바란다.

  본서의 제1, 3장 일부와 제2장은 지난 5년 동안 《월간서예》에 연재되었던 것들이다. 이를 본서에 맞게 수정했다. 최광열 사장님께 감사드린다.

바쁘신데도 불구하고 후학들을 위해 원고 청탁에 응해주신 시조시인 고두석, 김문억, 김복근, 김정희, 문무학, 박기섭, 박영식, 우숙자, 유선, 유재영, 이승은, 이해완, 정수자, 조동화, 지성찬, 추창호, 한분순, 홍성란, 홍진기님께 감사드린다.

본서는 중부대학교 교내 연구 지원을 받아 만들어졌음을 밝힌다.

출판에 후원을 아끼지 않으신 푸른사상사 한봉숙 사장님께 따뜻한 감사의 뜻을 표한다. 필자의 학문에 등불을 밝혀 주신 스승 홍문표 총장님, 필자의 학문에 정신적 후원자가 되어주신 이정운 총재님께 깊은 감사의 뜻을 표한다. 그리고 이완형 교수님, 제자 김정희, 김영남 그리고 시조예술연구회 회원들에게도 뿌듯한 감사의 뜻을 표한다.

본서로 님들께 지은 빚을 조금이나마 갚았으면 좋겠다.

무엇보다도 필자에게 묵묵히 힘이 되어준 아내와 딸 효은, 모은과 함께 하고 싶다. 아내에게 이 책을 바친다.

2009. 5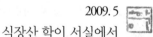
식장산 학이 서실에서
저자

제1장 시조 원리론

제2장 시조 창작론

제3장 시조 체험론

제1장

시조 원리론

우리의 시는 영시에서처럼 강약을 이용한 운과는 다르며 한시에서처럼 사성을 이용한 운과
도 다르다. 시조에서 사용되는 우리말은 부착어의 특성으로 단순한 소리 반복에 더 많은 비
중이 주어진다. 그러나 운은 수사적 유희만이 아닌 음조의 질적, 미적 현상까지 미칠 수 있
어 비중은 서양시나 한시에 비해 결코 낮지 않다. 우리 시나 시조에도 의미까지 환기시켜줄
수 있는 많은 음상과 음감들이 존재하고 있어 그 의미를 더욱 맛깔스럽게 해주고 있다.

1. 명칭

1) 음악

시조는 원래 음악상의 명칭이었다. 그러던 것이 근대에 들어와 서구 문화의 영향으로 다른 문학적 시형과 구분하기 위하여 음악상의 명칭을 차용, 문학상의 명칭으로 사용되고 있다. 현재 통용되고 있는 시조 명칭은 음악상으로는 '시조창'으로 문학상으로는 '시조'로, 문학과 음악의 서로 다른 장르로 사용되어오고 있다.

음악상의 명칭으로 사용된 '시조' 명칭의 문헌은 다음과 같다.

本朝 梁德壽作琴譜 稱梁琴新譜 謂之古朝 本朝 金聖器作琴譜 稱漁隱遺譜 謂之時調(麗朝 鄭瓜亭 敍譜與漁隱遺譜同)[1]

본조 양덕수가 금보를 만들었는데, 『양금신보』라 칭하고, 고조라한다. 본조 김성기가 금보를 만들었는데 『어은유보』라 칭하고, 시조라 한다.

---

[1] 작자 미상의 『병와가곡집(甁窩歌曲集)』의 '음절도'(音節圖) (1776－1800추정)

初唱聞皆設太眞　至今如恨馬嵬塵
一般時調排長短　來自長安李世春[2]

처음 듣는 노래는 모두 太眞(양귀비)을 말한다.
지금도 마외 언덕 싸움터에서 죽은 한을 노래한 것 같다.
일반적으로 시조는 장단을 얹혀서 부르는 노래인데
장안에 사는 이세춘으로부터 비롯된 것이다.

　현 시조 명칭으로 불리기 이전까지의 '시조' 명칭은 고조의 상대되는 '현재 유행하는 노래'의 뜻으로 쓰였다. 문헌상 가장 오래된 명칭으로 알려져온 석북의 『關西樂府』(1774, 영조 50년)의 시조 명칭은 현 시조창의 명칭인가는 확실한 전거는 없다. 이도 고조의 가곡이 아닌 새로운 곡조의 가곡창을 지칭한 것일 가능성이 높다.[3]
　시조창의 구체적인 전거는 석북의 『關西樂府』 이후의 자료에서 찾을 수 있다.

　　……誰憐花月夜　時調正悽悽 (註) 時調亦名　時節歌　皆　閭巷俚語　曼聲歌之……[4]

　누군가 달 밝은 밤 연련하여 시조를 부르는 소리 처량하구나. (주) 시조는 시절가라고도 하는데 항간의 속된 말로 되어 있고 느린 곡조로 부른다.

　寶兒一隊太癡狂　裁路聯衫小袖裝　時節短歌音調蕩　風吟月白唱三章 (註) 俗歌曰[5] 時節歌

---

2) 석북 신광수(1712-1775)의 문집 ≪石北集≫ 卷之十 『關西樂府』(1774, 영조 50년) 참조.
3) 김용찬, 『교주 병와가곡집』(월인, 2001), 25쪽. 박규홍, 『시조문학연구』(형설출판사, 1996), 24쪽. 신웅순, 「시조창연원소고」, 『한국문예비평연구 제13집』(2003), 133-4.쪽.
4) 李學逵(1770-1835)의 『洛下生稿』 觚不觚詩集 '感事'34章
5) 柳晩恭(1793-1869)의 『歲時風謠』(1843)

'기생 한떼 미치광이와 같이 길을 막고 긴소매 나부끼며 시절단가 부르는 소리 질탕한데 찬바람 밝은 달밤에 3장을 부르더라'. 그 주해에 속가를 시절가라 한다.

현 시조창의 고보인 『방산한씨금보(芳山韓氏琴譜)』(1916)에 '시절가'라 하여 시조 악보가 나온다. 이학규(1770-1835)의 『낙하생고』, 유만공의 (1793-1869)의 『세시풍요』(1843)에서는 시조를 '시절가'라 주에서 정의하고 있다. 지금의 시조창임을 알 수 있다.

<『유예지』의 시조>

<『구라철사금보』의 시조>

　서유구(徐有榘 1764-1845)의 『유예지(遊藝志)』卷 第六의 양금자보 말미의 '時調'[6], 이규경(李圭景, 1788-?)의 『구라철사금보(歐邏鐵絲琴譜)』말미의 '時調'[7], 『삼죽금보(三竹琴譜)』(고종 원년,1864년)의 '시조', '소이시조(騷耳時調, 현행 지름시조)'[8]는 현 시조창의 고악보들이다.

　시조라는 명칭은 적어도 석북의 『關西樂府』이전에는 고조(古調)의 상대되는 '현재 유행하는 노래'의 뜻으로 쓰였던 것으로 보이며 『關西樂府』이후 『洛下生稿』이전에 현 시조창이 생겨난 것으로 보인다. 이것이 1800년이 넘어서야 서유구(1764-1845)의 『유예지』이규경(1788-?)의 『구라철사금보』에 채보가 되었다.[9] 이때까지만 해도 시조의 명칭은

---

6) 『한국음악학자료총서15』(은하출판사, 1989), 149쪽.
7) 『한국음악학자료총서14』(은하출판사, 1989), 112쪽.
8) 『한국음악학자료총서 2』(은하출판사, 1989), 104쪽.
9) 신웅순, 「시조창 연원소고」, ≪한국문예비평연구≫제13집(한국문예비평학회, 2003), 137쪽.

음악상으로서의 명칭10)으로 쓰였다.

<「삼죽금보」>의 시조

---

10) 蔡濟恭(1720－1799)의 『樊巖潗』, '淸暉子詩稿序'의 '시조' 명칭은 창을 위해 지어
지기보다는 문학 자체를 위해 지어지기도 했음을 증명하는 자료이기는 하나 문학
상의 장르명칭으로 부르지는 않았던 것으로 보인다.

지금의 음악상으로서의 시조는 1800년 전후, 18세기 후반에서 19세기 중반 사이[11]에 지금의 시조창이 생겨났음을 알 수 있다.

2) 문학

문학상의 장르 명칭으로 사용하게 된 것은 1920년대 후반부터이다. 1800년 이후 '시조'는 음악상의 명칭으로 불리고 있다가 1920년대 시조부흥운동 이후 지금의 시의 형태로 고정되어 불렸다. 육당의 「조선 국민 문학으로서의 시조」[12] (1926.5)에서 문학상의 장르 명칭의 출발점을 찾을 수 있다.

<「시조」라 하여 단가의 창작을 시조한 것은 단재(신채호) 육당(최남선)등의 고전 부흥운동의 일익으로 근대 민족주의풍조가 우리나라에 발흥하려던 시대의 산물이었던 것이다. …중략… 「시조」라는 것이 국문학의 형태로 의식된 것도 이 시대의 일이었다.[13]

<『방산한씨금보』의 시절가>

---

11) 조규익, 『가곡창사의 국문학적 본질』(집문당, 1994), 58쪽.
12) 최남선, 「조선 국민 문학으로서의 시조」, 《조선문단》(1926, 5월호)
　　내던젓든 부시쌈지 속에는 나를 좀 보아 주어야지 하는 시조란 것이 이 네의 새 주의 주기를 기다리고 잇섯다. 별것이나 차저낸 것처럼 시조 시조 하는 소리가 문단에 새 메아리를 일흐켯다.
13) 지헌영, 「단가 전형의 형성」, 《호서문학》제4집(1959), 128쪽.

한국문학을 사적으로 체계화 시킨 첫 업적으로 안자산의 『조선문학사』를 꼽을 수 있다. 그런데 이 책에서 안자산은 가집 소재의 노래작품들을 '가사'라고 하였을 뿐 '시조'라는 명칭을 사용하지 않고 있다. 그러나 그 뒤 그가 발표한 「시조의 체격·품격」(<동아일보>, 1931.4.12-19) 등 여러 편의 논문들과 시조에 관한 전작 단행본으로는 첫 업적으로 추정되는 『시조시학』 등에서 이러한 상황이 달라졌음을 볼 때 적어도 근대 이후 창작이나 연구에서 시조라는 명칭을 사용한 것은 1920년대 후반부터라고 할 수 있다. 따라서 특정 시 형태의 명칭으로 고정되었고 창작 혹은 연구 대상으로 부각된 계기는 이 시기의 시조부흥론이었고, 그 본격적인 출발을 육당의 「조선국민문학으로서의 시조」로 잡을 수 있다는 점에 이론의 여지가 없을 것이다.[14]

처음에는 음악상의 명칭으로 불리다가 1920년대 이후 문학상의 명칭으로 불리기 시작하면서 시조는 음악·문학상 통칭하는 명칭으로 부르게 된 것이다. 작금에 와서는 음악상의 명칭으로는 '시조창'으로 문학상의 명칭으로는 '시조'로 부르고 있다.

1920년대 이전에는 시조가 음악상의 명칭으로만 불리지도 않았던 같다. 석북과 동시대의 인물이기도 했던 채재공의 『번암집』에는 시조가 문학상의 명칭으로도 불리고 있었음을 말해주고 있어 이에 대한 심도 있는 고구가 필요하다.

余嘗侯藥山翁 翁眉際隱隱有喜色 笑謂余曰 今日吾得士矣 其人姓黃思述其名 貌如玉 兩眸如秋 水袖中出詩若于篇 皆時調也 而其才絶可賞 請業』於余 余肯之 君其興之遊……[15]

내 일찍이 약산옹을 찾아뵈었더니 그 어른의 눈썹 사이에 즐거워하는 빛이 은은하게 서려 있었다. 미소띤 어조로 내게 말씀하시기를, "오늘 선비를 얻었다네. 그의 성은 황씨이고 이름은 사술이라하지. 얼굴은 옥같고 두 눈동자는 가을 하늘처럼 맑더군." 하면서 소매 속에서 시 몇 편을 꺼내시었다. "이것이

---

14) 조규익, 앞의 책, 47쪽.
15) 蔡濟恭, 앞의 책.

다 시조인데 그의 재주가 썩 뛰어나서 칭찬할 만하다네. 내게 수업을 요청하므로 허락했지. 자네도 그 사람과 잘 사귀도록 하게." 하시었다

당시엔 새로운 음악 장르였던 시조라는 명칭은 언급한 바와 같이 1800년 전후 시조창이 생겨나면서부터 생겨났다. 원래 시조는 음악적인 명칭으로 쓰였으나 1920년대 시조 부흥운동 이후부터는 같은 명칭이면서 하나는 음악 장르로 또 다른 하나는 문학 장르로 쓰여 오늘에 이르고 있다.

```
1800년 전후   →   1920년 대   →   현대
시조(음악)    →  ┌ 시조(음악)  →   시조(음악)
              └ 시조(문학)  →   시조(문학)
```

2. 형식

1) 장

평산신씨 고려태조 「莊節公遺事」에서의 '賜御題四韻 短歌二章', 정극인의 「上書文註」의 '謹作長歌六章短歌二章[16]', 이황의 「漁父歌序」의 '一篇十二章 去三爲九 作長歌而詠焉一篇十章 約作短歌五闋 爲葉而唱之 合成一部新曲'[17] 윤고산의 「어부사시사」의 발문 '余汸基意 用俚語 作漁夫詞 四時各一篇 篇十章',[18] 박인로의 「莎堤曲跋」의 '幷與陋巷及短歌四章而付諸劌厥氏 以圖廣傳焉 時是年三月三日也'[19]에서의 장은 완결된 작품을 지칭하는 단위로 쓰였다.

---

16) 『成宗實錄』, 卷百二十二, 成宗十一年 秉子 十月條, 十張..
17) 『增補退溪全書』(五), 20쪽, 成均館大學校 大東文化硏究院.
18) 윤영옥, 『시조의 이해』(영남대학교 출판부, 1995), 15쪽.
19) 朴準轍註 原本, 『蘆溪歌辭』, 朴仁老의 「莎堤曲跋」.

유만공의 『세시풍요』에서는 3장은 시조 3수가 아니라 초·중·종의 3장을 가리키고 있다. 창3장이란 창구분으로서의 3장, 즉 시조 일수를 노래한다는 뜻이다.

寶兒一隊太癡狂　截路聯衫小袖裝
時節短歌音調蕩　風吟月白唱三章[20]

『삼죽금보』, 『장금신보』의 시조는 5장으로 표기되어 있고[21] 타 고악보에는 3장으로 표기되어 있다. 현 시조 악보는 초·중·종 3장으로 고정되어 있다. 현 문학상으로의 시조는 음곡의 단위인 음악상의 용어인 '장'을 문학상의 용어로 차용하여 쓰고 있어 자유시의 연, 행과는 서로 다른 차원에서 다루어지고 있다.

시조에 있어서의 장은 자유시의 연, 행과는 다른 개념이다. 연은 몇 개의 행이 모여 이루어진 시의 음악적, 의미론적 단위이지만 장은 음곡의 단위로 이것이 문학적인 용어의 연과는 다른 음악적, 의미론적 단위이다.

장은 문학상으로서의 시조에만 국한되어 사용되고 있으며 장과 장 사이를 연갈이 해도 하지 않아도 되고 장을 연, 행갈이 해도 하지 않아도 된다. 연갈이, 행갈이 여부에 관계없이 장은 고정된 채 문학에 있어서도 음곡의 단위로 인식되고 있다. 이렇게 시조 3장의 형식이 음곡의 단위로 고정되어 있어 자유시의 행갈이, 연갈이와는 아무런 관계가 없다. 장이 4음보를 기준으로 의미론적 종결성을 갖고 있기 때문이다.

---

20) 유만공, 앞의 책.
21) 이로 미루어 시조가 가곡에서 파생되었다고 보는 견해가 있다. 장사훈, 『시조음악론』(서울대 출판부, 2001), 15쪽.

2) 구

구에는 6구, 8구, 12구설이 있다.

6구설은 다음과 같다.

안자산의 「시조시와 서양시」에서 시조의 구성 형식으로 6구 3장을 들었다.

> 시조시의 정형에 있어 제일 조건은 六句三章이다. 이 六句三章으로 조직된 것은 절대불변의 형식이니, 이것이 시조시의 결정적 구성형식의 특성이라 고로 詩된 본성의 율동, 선율, 和諧 등 삼법은 이 6구3장내에 배열하여 있는 것이라.22)

정병욱은 「국문학 산고」에서 시조의 형식을 3행 6구 45음 1연의 정형시라고 하였다.

> 시조는 6구의 구수율을 가지고 있고 그 6구는 각 장이 2구씩을 취하여서 3행 45음 1연의 정형시이다.23)

김종제의 「시조개론과 작시법」에서 15자씩 3장을 나누어 각 장을 내구 7자 외부 8자로 정하였다고 했다.

> 四十五字를 대단위로 하여 그를 다시 내분하여 三章에 나누워 十五字를 一章으로 한다. 一章 十五字를 다시 나누어 內句를 七字 外句를 八字로 정하니 內七 外八이 엄격한 자수를 율동구성으로 한 바 그것을 반복하여 三章을 조직한 것이다.24)

---

22) 안자산, 「현대시와 서양시」, ≪문장≫(2권 1호), 1940.1, 150쪽.
23) 정병욱, 『국문학 산고』, 163쪽.
24) 김종제, 『시조개론과 작시법』(대동문화사, 1950), 101쪽.

8구설은 다음과 같다.

이병기는 「시조와 그 연구」에서 초장·중장에서는 각 2구씩 되어 있고 종장에서는 4구로 되어있다고 하였다.

> 자수는 초장의 초구가 6자 내지 9자, 종구도 6자 내지 9자고, 중장의 초구는 5자 내지 8자, 종구는 6자 내지 9자고, 종장의 초구는 3자, 이구는 5자 내지 8자, 삼구는 4자 혹 5자, 종구는 3자 혹 2자 4자다.[25]

12구설은 다음과 같다.

이광수의 「시조의 의적구성」에서 시조의 형식은 3장 12구 45음으로 되어있다고 하였다.

> 1편 3장 12구 45음으로 된 시조는 소리만이 아니라 그 속에는 뜻이 있다.[26]

이은상의 「시조단형추의」에서 시조는 3장으로 되어 있고 각 장 4구씩으로 성립되어 있다고 하였다.

> 시조 단형의 형식에 있어서는 그 일수가 초·중·종 3장으로 되어 있고, 또 한 그 각 장이 4구씩으로 성립되어 있는 것이다.[27]

조윤제 「국문학 개설」에서도 3분장에 각 장 4구로 되어있다고 하였다.

> 시조의 형식은 장가나 경기체가와 같은 연장식은 아니지마는 흔히 이것을 초·중·종 3에 분장하고, 다시 각 장은 4구로서 형성되었다 한다.……즉 3장 12구라는 원칙은 변함이 없다.[28]

---

25) 이병기, 『시조의 개설과 창작』(현대출판사, 1957), 13쪽.
26) 이광수, 「시조의 意的구성」, ≪동아일보≫, 1928.1. (시조연구논총, 322쪽).
27) 이은상, 「시조단형芻議」, ≪동아일보≫, 1928.3.18-25. (시조연구논총, 300쪽).

시조는 6구설이 통례로 되어 있다. 구는 하나의 의미 개념을 가진 문장의 단락이다. 시조는 강약으로 율독되는 것이 일반적인 현상이다.[29] 율독시 운율 단위는 자연적으로 의미 단위와 함께 읽혀진다. 이 때 각 장의 1,2째 음보와 3,4째 음보 사이에 큰 쉼인 기식 단위가 나타난다.

청산리 벽계수야 / 수이 감을 자랑마라

초장 '청산리 벽계수야 수이 감을 자랑마라'는 하나의 문장이다. 문을 이루면서 하나의 의미 개념을 가진 것은 '청산리 벽계수야'와 '수이 감을 자랑마라'이다. 한 덩어리의 생각을 나타내면서 말이 끊어지는 단위가 구이다. 시조 한 수는 초장 2구, 중장 2구, 종장 2구 총 6구로 되어 있다.

초장

청산리 벽계수야	수이감을 자랑마라

중장

일도 창해하면	다시오기 어려우니

종장

명월이 만공산하니	수여간들 어떠리

---

28) 조윤제, 『국문학개설』, 111쪽, 서원섭 앞의 책, 391쪽에서 재인용.
29) 임선묵, 『시조 시학서설』(청자각, 1974), 35쪽.

3) 음보

문법의 가장 큰 단위는 문장이다. 음절이 모여서 낱말이 되고, 낱말이 모여서 어절이 되고, 어절이 모여서 문절이 되고, 문절이 모여서 문장이 된다. 이것을 시의 형태면에서 말하자면 음절이 모여서 음보가 되고, 음보가 모여서 행이 되고, 행이 모여서 연이 되고, 연이 모여서 한 편의 시가 된다.[30] 음보는 음절이 모여서 만들어진 음의 마디로 최소 운율의 측정 단위이며 휴지에 의해 구분되는 율격적, 문법적 최소 단위이다.

시조에 있어서의 음보는 3, 4음절이 보통이다. 율독시 3, 4음절을 단위로 해서 휴지가 발생하는데 이 때의 율독 단위가 음보이다. 음보는 음절수가 같아야할 필요는 없다. 동일한 시간의 양, 등시성이 휴지를 한 주기로 해서 발생된다. 음보는 길이의 개념이 아니라 시간의 개념이다.

'청산리', '벽계수야'를 읽을 때 '청산리'는 3음절로 '벽계수야'는 4음절로 길이가 다르다. 그러나 율독시엔 같은 시간으로 읽혀진다. '청산리'는 느리게 읽고 '벽계수야'는 빠르게 읽혀져 같은 시간의 양으로 율독되는 것이다. 이 때 휴지가 생겨 같은 시간의 양인 음의 단위가 반복된다. 이 반복되는 음의 단위가 음보이다.

위 시조의 초장에서는 '청산리', '벽계수야', '수이 감을', '자랑마라' 4음보가 된다. 중·종장도 마찬가지이다. 평시조 한 수는 초·중·종 각장 4음보로 총 12음보이다.

초장

청산리	벽계수야	수이감을	자랑마라

---

30) 김준오, 『시론』(삼지원, 1993), 89쪽.

중장

| 일도 | 창해하면 | 다시오기 | 어려우니 |

종장

| 명월이 | 만공산하니 | 수여간들 | 어떠리 |

위 시조의 초장을 표로 만들면 다음과 같다.

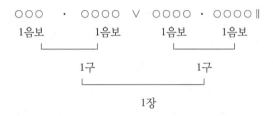

○ 표시 음절 구분
· 표시 음보 구분
∨ 표시 구 구분
∥ 표시 장 구분

4) 형식[31]

『교주 해동가요(校註 海東歌謠)』와 『증보 가곡원류(增補 歌曲源流)』·『시조유취(時調類聚)』, 시조전집 『교주 가곡집(校註 歌曲集)』 등 1920년대 이후의 시조집에서는 모두 3장 의식 밑에서 기사 되어 있다. 육당의 「백팔번뇌(百八煩惱)」, 노산의 『노산시조집(鷺山時調集)』, 가람의 『가람시조집(嘉藍時調集)』, 위당(爲堂) 『담원시조집(薝園時調集)』,

이호우의 『이호우시조집(爾豪愚時調集)』,

---

31) 신웅순, 『현대시조시학』(문경출판사, 2001), 74−79쪽 참조.

김상옥의 『초적(草笛)』 등에서도 3장 형식을 고수하고 있다. 조운의 『조운시조집(曹雲時調集)』에서는 3장 개념을 가지면서도 구(句)나 장(章)을 한 줄로 쓰지 않고 이미지 중심으로 몇 줄로 나누어 쓰고 있는 경우도 있다.[32]

장(章) 대신 행(行)이란 용어로 불리기도 하지만[33] 이는 적합한 용어라고 볼 수 없다. 장은 2구 4음보로 이루어진 하나의 시상 단위이고 행은 시상 단위라기보다는 형식상의 줄을 의미한다.

현대에 와서는 시조 삼장(三章)을 자유시처럼 나름대로의 행갈이를 하고 있다. 현대에 있어서 시조의 행은 형식상 줄의 의미이다. 시조를 석 줄 즉 3행이라고 말하는 것은 잘못된 용어 처리이다.

창삼장(唱三章)이란 창곡상의 명칭을 차용한 것이기는 하지만 이는 관습적으로 굳어져 쓰여 왔고 시조가 창작상, 창곡상의 명칭으로 병칭되어 사용되어 왔던 점으로 미루어볼 때 장을 시조의 문학적 형식으로 규정하는 데에는 별 무리가 없을 것이다.

구의 개념은 '문장 중 하나의 의미 내용이 단락되는 도막'이라고 규정할 수 있다.

소유사기태(小柳司氣太)의 『신수한화대자전(新修漢和大字典)』에는 구를 문장 중 의미가 끊어지는 단위라고 하였으며,[34] 리태극은 하나의 의미 내용이 단락이 되는 문장의 도막을 가리킨다고[35] 하였다. 이희승의 국어사전에는 안팎 두 짝씩 맞춘 한 덩이[36]라고 하였다.

---

32) 리태극, 「시조의 章句考」, 『시조문학연구』(정음문화사, 1988), 63쪽.
33) 정병욱, 『시조문학사전』
　　이능우, 『입문을 위한 국어학개론』(국어국문학회, 1954.3.20.)
　　장덕순, 『한국문학사』(동화문화사, 1975).
34) 小柳司氣太, 『新修漢和大字典』(박문관, 1940), 242쪽.
35) 리태극, 『시조의 사적연구』, 33쪽.
36) 이희승, 『국어대사전』(민중서관, 1972).

언급한 이병기의 8구설은 초·중장은 2구로 종장은 4구로 나누었는데 이는 구의 개념이 불분명하고 일관성이 없다. 각 장 4음보인 이상 종장이라고 해서 초·중장의 구와는 다를 수 없다.

통설로 되어 있는 6구설은 2음보와 3음보 사이에 기식 단위(氣息單位)가 나타난다. 여기에서 하나의 의미 내용이 일단락된다. 12구설과 비교해보면 그 타당성이 입증된다.

> 청산리 벽계수야 수이 감을 자랑마라
> 일도 창해하면 다시오기 어려우니
> 명월이 만공산 하니 쉬어간들 어떠리

각 장 6구로 구분한다면 초장에서는 '청산리/ 벽계수야', '수이감을/ 자랑마라'가 되고, 중장에서는 '일도/ 창해하면', '다시오기/ 어려우니'가 되고, 종장에서는 '명월이/ 만공산하니', '쉬어간들/ 어떠리'가 된다.

각 장 12구로 구분한다면 초장에서는 '청산리', '벽계수야', '수이감을', '자랑마라'가 되고, 중장에서는 '일도', '창해하면', '다시오기', '어려우니'가 된다. 그리고 종장에서는 '명월이', '만공산하니', '쉬어간들', '어떠리'가 된다.

구는 문장 중 하나의 의미 단락이면서 율독에 있어서 구 사이에 기식 단위가 나타난다. 그러나 각 장 4구로 보면 각 구는 한 단어는 될 수 있어도 하나의 의미의 단락을 이루지는 않는다.

각 장 2구로 구분하면 구와 구 사이에서 기식 단위와 함께 일단의 의미가 끊어진다. 1장에 2구가 형성되는 것이다.[37] 이는 구의 개념과 일치한다.

---

37) 리태극, 『시조개론』(반도출판사, 1992), 94쪽.
　　시조도 한구는 문장의 한 분단이요. 그 분단이 둘 연결되어서 한 의미내용을 서술한 단원이 되어 초장·중장·종장을 이루는 것이다.

각 장 4구는 음보와 일치하고 있다. 위에서 보면 각 구가 한 단어로 인식되지 의미 내용의 도막으로 인식되지는 않는다. 구의 음보 인식은 구의 개념에 맞지 않는다.

음보(foot)는 율격의 기본 단위로서 음절의 강약에 따라 구분되는 음절의 각 집단을 말한다. 이러한 음보는 호흡상의 휴지에 의해 구분되는 율격적 혹은 문법적 토막이 일정한 수로 연속·되풀이될 때 형성된다.[38]

영어에 있어서는 강음절과 약음절의 결합 순서에 따라 음보의 종류가 결정된다. 약강으로 진행되는 상승율과 강약으로 진행되는 하강율이 있다. 상승율에는 Iambus(약강조)와 Anapaest(약약강조)가 있으며 하강율에는 Trochee(강약조)와 Dactyl(강약약조)가 있다.[39]

우리말의 악센트는 보통 하강율을 이루고 있으며, 이것이 곧 음보를 형성한다. 이 음보 넷을 단위로 하는 강·약 4음보격(trochaic tetrametre)이 곧 시조의 음보율이 된다.[40]

---

38) 조동일, 『한국시가의 전통과 율격』(한길사, 1982), 48―51쪽 참조.
39) Iambus는 Iambic이라고도 하며 attack, prepair와 같이 약음절에서 시작하여 강음절로 끝나는 상승률이다. 우아한 감을 주며 은근한 정서를 준다. Anapaest는 Anapaestic라고도 하며 disappear, indirect 등과 같이 두 개의 약음절 다음에 한 개의 강음절이 계속되는 상승률이다. 경쾌하며 신속한 감을 준다.
　Trochee은 Trochaic이라고도 하며 Iambic과는 반대로 hardly, station와 같이 강음절로 시작하여 약음절로 끝나는 하강율이다. 매우 경쾌한 감을 준다. Dactyl은 Dactylic 이라고도 하며 property, industry 등과 같이 강음절 다음에 두 개의 약음절이 계속되는 것으로 하강율이다. 가벼운 리듬이지만 템포가 좀 느리다.
40) 임선묵, 『시조시학서설』(청자각, 1974), 37―35쪽.
　　　′　(′)　′　(′)　′　(′)　′　(′)
　　　청산 | 리　벽계 | 수야　수이 | 감을　자랑 | 마라
　　음보 넷을 단위로 하는 강약4보격인 하강율을 이루고 있다.
　　그러나 시조의 율독에 있어 각 음보 속에 음고(pitch)를 인정한다 하더라도, 그 현상은 낱말에 따라 다를 것이요, 문장 성분에 따라서 다르게 나타날 것으로 본다. 최동원, 『고시조론』(삼영사, 1997), 135쪽.

시조를 구 단위로 말하면 2음보가 되고 장 단위로 말하면 4음보가 된다. 요약하면 시조의 장은 초·중·종 3장으로 되어 있고 각 장은 2구로 총 6구로 이루어져 있다. 그리고 각 구에 2음보, 각 장 4음보, 총 12음보로 되어 있다.

시조 = 3장, 6구, 12음보

3. 분류

1) 음악

최초의 시조악보는 정조 때 학자 서유구의 임원경제지 중 『유예지』의 거문고보 끝에 실린 양금보이다. 이 양금보 시조는 현재의 평시조에 해당된다.[41] 같은 시대인 이규경의 『구라철사금보』도 『유예지』의 양금보와 동일하다. 지름시조인 소이시조는 『삼죽금보』(고종 원년,1864년)에 와서야 생겼다. 고악보에는 사설시조가 기보되어 있지 않아 확실한 연대 산정이 어렵다. 1864년 소이시조 기보 당시 사설시조의 기보 기록이 없는 것으로 보아 시설시조는 그 이후에 생긴 것으로 보인다. 평시조는 평탄하게 부르고 지름시조는 초장을 드러내어 부르고 사설시조는 촘촘한 가락으로 엮어서 부른다. 평시조는 가곡의 평거, 지름시조는 가곡의 두거의 창법을 본받은 곡이고 사설시조는 가곡의 편수대엽과 비교될 수 있다.[42]

음악상으로서의 시조는 평시조류, 지름시조류, 사설시조류로 대별되는 것이 일반적인 견해이다. [43]

---

41) 장사훈, 『시조음악론』(서울대 출판부, 1986), 16쪽.
42) 위의 책, 484쪽.

- 초 · 중 · 종장을 평탄하게 부름—평시조
- 초장을 드러내어 부름—지름시조
- 리듬을 촘촘히 엮어 부름—사설시조

① 평시조 계열[44]

평시조는 시조의 원형, 정격 시조이다. 원래는 '시조'의 명칭이었는데 소이 시조가 생긴 이후부터 이와 구별하기 위하여 평시조라 불렀다. 전체를 평탄하게 부르는 시조로 평시조, 중허리 시조, 우조시조, 파연곡을 들 수 있다. 평거시조, 향제 평시조, 경제 평시조 등의 명칭이 있으나 동시조 이명칭들이다.

중허리 시조는 중장 중간 부분에서 높은 음이 있는 것 외에 초 · 종장은 평시조의 가락과 흡사하다. 가곡의 중거 형식에서 그 명칭과 형식을 땄다.

우조시조는 계면조의 평시조에 우조 가락을 삽입한 시조로 평시조 계열에 속한다. 우시조, 우조평시조, 우평시조 등의 이명칭이 있으나 통상 우조시조로 통용되고 있다.

파연곡은 잔치가 끝날 때 부르는 시조창이다. 평롱의 가락과 흡사하며 선율 자체가 평시조 곡으로 평시조 계열에 속한다.

평시조 계열 : 평시조, 중허리 시조, 우조시조, 파연곡

---

43) 구본혁, 『시조가악론』(정민사, 1988), 27쪽, 이주환, 『시조창의 연구』(1963, 시조연구회), 7쪽, 김기수 편저, 『정가집』(은하출판사, 1990).
44) 신웅순, 「시조창분류고」, ≪시조학논총≫ 24집(한국시조학회, 2006), 250-251쪽.

② 지름시조 계열[45]

지름시조는 가곡의 두거, 삼수대엽 창법을 모방하여 변조시킨 곡으로 두거·삼수시조라고도 한다. 초장의 첫째, 둘째 장단을 높은 음으로 질러대고 중·종장은 평시조 가락과 같다. 지름시조를 두거, 삼수 시조 외에 중허리지름시조, 중거 지름시조 등의 명칭이 있다. 지름시조는 처음부터 청태주로 질러댄다. 남창지름시조, 반지름시조, 중·종장도 지르는 가락으로 꾸며진 온지름시조도 있다.

우조지름시조는 가곡의 우조풍 가락을 섞어부르는 지름시조로 계면조에 의한 지름시조의 각 장에 평조의 하나인 우조가락을 섞어부른다.

사설지름시조는 초장 초입을 남창지름시조에서와 같이 통목으로 높은 음을 질러 시작하고 하고 중·종장에 리듬을 촘촘하게 엮어 부르나 곡마다 선율과 장단형이 조금씩 다르다. 이명칭으로 엇시조, 농시조, 엮음지름시조, 지름엮음시조, 언시조, 사설엮음지름시조 등이 있다.

사설지름시조 계열에 엇엮음시조인 수잡가가 있다. 세마치의 빠른 장단으로 엮어가는 시조라는 뜻에서 휘몰이시조라고 한다. 처음에는 지름시조와 같이 부르다가 중간에서 요성 자리가 서도 소리와 같이 중간음인 중려로 옮겨지고 다시 잡가조로 바뀌었다가 다시 시조 장단의 시조창법으로 되돌아간다. 휘몰이시조, 엇엮음시조, 언편, 엇편시조, 반시조잡가반 등의 이명칭이 있다.

지름시조 계열 : 지름시조, 남창지름시조, 여창지름시조, 반지름시조, 온지름
시조, 우조지름시조, 사설지름시조, 휘몰이 시조

---

45) 위의 책, 251−252쪽.

③ 사설시조 계열[46]

평시조나 지름시조는 대개가 단시조로 구성되어 있으나 사설시조는 긴 자수의 장시조로 구성되어 있다. 가곡에 있어서의 '편', 잡가에 있어서의 '엮음', '자진'과 같은 형식과 비길 수 있다. 장단은 평시조의 틀로 구성되어 있고 평시조와는 달리 한 박에 자수가 많은 리듬을 촘촘하게 엮어서 부른다.[47] 엮음시조·편시조·주슴시조·습시조·좀는시조 등 많은 이름으로 불리고 있다. 특히 사설시조 중 130자 이상의 시조를 '주심시조'라 하여 그 명칭을 구분하기도 한다. 음악적으로는 향제 평시조의 선율형과 비슷하다.[48]

반사설시조는 사설시조의 파생곡으로 평시조와 사설시조가 섞여 있는 시조를 말한다. 사설시조보다는 글자수가 적고 평시조보다는 자수가 많다. 반각시조라 부르기도 하며 초장이 평시조이고 종장이 사설시조형인 선반각시조와 초장이 사설시조이고 종장이 평시조형인 후반각시조로 구분하기도 한다.

각 시조는 특수한 창법으로 가사의 길이에 따라 장단에 신축성을 갖고 있다. 초장과 종장은 대체로 평시조형이고 중장은 지름시조형이다. 각은 중장, 종장 등에서 늘어난다. 전체적으로 보면 선율은 중허리시조 형태를 띠고 있다. 장단이 평시조나 지름시조 틀로 구성되어있으나 리듬을 촘촘히 엮어불러야 하기 때문에 사설시조 계열로 보는 것이 좋을 듯하다.

정경태는 반사설시조를 반각시조라 지칭하고 있다. 반각은 '장단 용어의 하나로 한 장단의 절반을 가리키는 말'이다. 정경태의 반각시조는 초·중·종장이 5·5·4각이다. 그러나 각시조는 초·중·종장이 5·

---

46) 위의 책, 252-253쪽.
47) 신웅순, 앞의 책, 30쪽.
48) 문 현, 앞의 책, 375쪽.

9·4각이다. 중장에서만 거의 2배로 늘어난다.

반각시조는 사설시조의 시조 초·중·종장이 5·5·4각이 지켜지고 있지만 각시조는 사설시조의 각을 벗어난다. 그러나 리듬이 촘촘하고 중장이 지름시조 선율이고 초장과 종장이 평시조 선율이라 해도 이를 중허리시조로 보기에는 무리가 따른다. 각은 늘어나지만 촘촘히 가락을 엮어가는 것으로 보아 사설시조 계열로 봄이 좋을 듯하다. 외에 좀는 평시조가 있다. 평시조적이며 사설적인 시조이다.

사설시조 계열 : 사설시조, 반사설시조, 각시조, 좀는 평시조

창법상의 분류를 크게 3대별하면 평시조 계열, 지름시조 계열, 사설시조 계열로 나눌 수 있다. 표로 정리하면 다음과 같다.

• 음악상으로서의 시조 분류
평 시 조 계열−평시조, 중허리시조, 우조시조, 파연곡
지름시조 계열−지름시조, 남창지름시조, 여창지름시조, 반지름시조, 온지름 시조, 우조지름시조, 사설지름시조, 휘몰이시조
사설시조 계열−사설시조, 반사설시조, 각시조, 좀는 평시조

2) 문학

시조 형태는 세 가지 즉 평시조·엇시조·사설시조가 있다.[49] 평시조·엇시조·사설시조는 창법상의 분류이다. 이 창법상의 분류는 언급한 바와 같이 평시조류·지름시조류·사설시조류로 나누어진다.

음악상의 분류인 기존 평시조·엇시조·사설시조 대신 문학상의 분류로 제시해온 대안이 단형시조·중형시조·장형시조, 혹은 단시조·중시

---

49) 이병기, 『시조의 개설과 창작』(현대출판사, 1957), 13쪽.

조·장시조이다.

　서원섭은 많은 시조에서 공통된 요소인 음수율을 만들고 그것을 근거로 해서 시조의 개념을 규정했다. 평시조(단시조)는 각장 내외 2구로 각장 자수는 20자 이내로 된 시조로, 엇시조(중시조)는 삼장중 초·종은 대체로 평시조의 자수를, 중장은 그 자수가 40자까지 길어진 시조로, 사설시조(장시조)는 초·종은 대체로 엇시조의 중장의 자수와 일치하고 중장은 그 자수가 무한정 길어진 시조로 규정했다.[50]

　리태극은 단시조(평시조)를 3장 6구 45자 내외로, 중시조(엇시조)를 단시조의 기준율에서 어느 한 구가 10자 이상 벗어난 시조로, 장시조(사설시조)는 두 구 이상이 각각 10자 이상 벗어난 시조라고 규정하였다.[51]

　김제현은 단형시조를 3장 6구 12음보로, 중형시조를 3장 가운데 한장의 1구가 2,3음보 정도 길어진 시형으로, 사설시조는 어느 한 장이 3구 이상 길어지거나 두 장이 3구 이상, 혹은 각 장이 모두 길어진 산문적 시형으로 규정했다.[52]

　이렇게 중시조와 장시조의 개념 규정이 명확하지 않다. 단시조는 정격이고 중시조와 장시조는 변격이다. 중시조는 정격에서 조금 벗어난 형태, 장시조는 중시조보다 더 벗어난 형태이다. 중시조와 장시조는 같은 3장을 유지하면서 구, 음보의 길이가 벗어난 것들이다. 중시조와 장시조는 장은 정해져 있지만 단시조처럼 구와 음보는 정해져 있지 않다.

　형의 개념에 대한 이해가 필요하다. 형(形)은 '상야(象也)'로 '형상' 형이며, 물건의 모양이나 차림새로 현재의 모습을 나타내는 말이고, 형(型)은 '주야(鑄也)'로 꼴형이며 거푸집을 나타내는 말로 하나의 틀로써 사물의 본보기나 모범을 가리킨다.[53] 형(形)은 현재 수록되어 있는 상태로의

50) 서원섭, 『시조문학연구』(형설출판사, 1991), 32–50쪽.
51) 리태극, 『시조개론』(반도출판사, 1992), 71–74쪽.
52) 김제현, 「시조문학론」(예전사, 1992), 57–64쪽.

시조, 형(型)은 고정된 시형으로서의 시조이다. '형(形)'은 과거에 쓰인 현재의 상태를 의미하기 때문에 어떤 형태로든 써오면서 하나의 틀로 정착되어 왔을 것이다. '형(型)'은 어떤 정해진 틀로 그 틀에 의해 시조들이 창작되어 왔을 것이다.

시조를 정의할 때 3장 6구 12음보의 율격을 갖춘 우리 고유의 시가 형식이라고 말한다. 시조를 창작해오면서 틀은 정해지고 이러한 정해진 틀에 시조를 창작해왔을 것이다. 그래서 하나의 틀로 정해진 것이 3장 6구 12음보이다. 이것이 시조의 틀이다. 이처럼 '形·型'은 정해진 틀이라는 뜻으로 해석되어 '長型(形)시조'와 같이 '形·型'을 의식적으로 구분하여 쓰지 않는 것이 현금의 실상이다.

그런데 3장이되 구와 음보가 늘어난 것도 시조로 취급한다는 것에 대해 주목할 필요가 있다. 시조의 형은 골격이 3장이고 여기에서 얼마나 길어졌느냐에 따라 중시조이냐 장시조이냐가 결정된다. 중시조나 장시조는 길이의 장단 정도, 구·음보의 신축성 때문에 형(형·형)의 개념으로는 설명되어 지지 않는다. 3장은 같되 구, 음보의 길이만을 문제 삼으면 된다. 장이 같다면 장으로서의 형은 이미 하나의 틀이다. 중시조와 장시조는 같은 3장이라는 용기에 내용물을 얼마나 많이 넣었느냐의 양의 문제이다.

시조 자체의 개념에는 이미 정형이라는 의미가 내재되어 있다. 시조는 그 형이 3장으로 정해진 하나의 정형시이다. 현대시를 정형시, 자유시, 산문시로 나눌 때 시조는 정형시에 속하는 것은 재론의 여지가 없다. 그렇기 때문에 단·중·장시조에 단형·중형·장형시조라는 '형'의 삽입은 정해진 3장의 틀에 다시 3장의 틀을 삽입하는 것과 같다. 의미를 강조하는 외에는 달리 의미가 없을 것이다.

---

53) 황충기, 「장시조연구」(국학자료원, 2000), 10쪽.

이미 시조 자체에 그 3장이라는 형이 정해져 있기 때문에 단시조·중시조·장시조의 용어 사용이 타당하지 않을까 생각된다.

1932년 11회에 걸쳐 연재된 「시조를 혁신하자」에서 가람은 부르는 시조보다 읽는 시조 짓는 시조로 발전시켜 나가야 한다고 하면서 연작 시조의 도입을 주장했다. 이 연시조는 과거의 각수가 독립된 상태였던 것을 제목의 기능을 살려 현대 시작법을 도입, 여러 수가 서로 의존하면서 전개 통일 되도록 짓자는 주장이 제기 되어 오늘날의 연시조라는 새로운 시조의 용어가 등장하게 되었다. 이러한 연시조를 문학상의 분류로 넣어야할지의 여부는 논의가 필요하다. 몇 개의 단시조를 결합해 만든 시형이기 때문이다.

그리고 단장 시조니, 양장 시조니 혼합 시조라는 용어들이 있고 이를 실험삼아 창작하는 이도 있다. 이는 시조의 3장 벗어나 있기 때문에 시조라고는 볼 수 없다. 적어도 시조라는 용어를 충족시키기 위해서는 3장 형식은 갖추어져야 하기 때문이다.

- 문학상으로서의 시조 분류 ┌ 정격 ── 단시조(연시조)
                          └ 변격 ┬ 중시조
                                 └ 장시조

4. 운율[54]

1) 압운

운을 흔히 압운이라 하고 율은 율격이라고 한다. 압운과 율격을 가리켜 운율이라고 한다.

---

54) 신웅순, 『현대시조시학』, 102-138쪽에서 일부 발췌.

압운은 한시부나 서양시에서 일정한 곳에 같은 운의 글자를 반복하여 운율적 효과를 내는 방식이다. 규칙적인 소리의 반복을 뜻한다.

압운은 동일한 음소 또는 음소군의 규칙적인 순환[55]이다. 음소는 자음이나 모음을, 음소군은 음절이나 단어, 구절, 문장 등을 말한다. 압운의 단위는 최소 음소에서 최대 문장에까지 이르게 된다. 음절 전체가 완전히 동일한 것을 요구하는 것이 아니라 한 음절 내에서 부분적으로 음성이 동일해야함을 요구하고 있다.[56] 이 때의 압운 단위는 자음 혹은 모음이다. 음절, 단어, 구절, 문장 내에서는 일부 음절이나 일부 단어, 구절, 문장 등이 동일하면 된다. 이 때의 압운 단위는 일부의 음절, 단어, 구절, 문장 등이다.

이러한 음소나 음소군 단위의 규칙적인 소리 반복으로 압운이 형성된다. 그러나 압운은 이러한 소리 반복만이 아닌 압운이 되는 단위들 사이에 의미 관계가 필연적으로 있어야한다.

近來安否問如何
月到紗窓妾恨多
若使夢魂行有跡
門前石路半成沙

—李媛의 「夢」

임이여 요즈음 어떻게 지내시는지
달이 창에 비킬 때마다 한스럽기만 하네
만일 꿈길이 자취가 있다면
임의 문 앞 돌길이 모래가 되었을 것을

---

55) Roman Jakobson, 'Linguistics and Poetics', p.38. "Although rhyme by definition is based on a regular regular recurrence of equivalent phonemes or phonemic groups, it would be an unsound over —simplification to treat rhyme merely from the standpoint of sound."
문덕수, 「시론」(시문학사, 1993), 124쪽 재인용.
56) 김대행, 『한국시가 구조연구』(삼영사, 1976), 44—45쪽.

하(何), 다(多), 사(沙)는 모음 '아'가 행 끝에서 반복된다. 동일한 음소의
압운의 의미는 유사하지 않지만 새로운 차원의 의미 관계를 정립시켜준
다. 1행의 '어떻게 지내는가'의 물음 '하(何)'에, '한이 많다'라는 '다(多)'
로 답을 하고는 4행에서 깨알같이 많은 '모래'라는 '사(沙)'로 1행의 '하
(何)'의 의미를 구체화시켜주고 있다. 압운이 소리의 반복만이 아닌 새로
운 차원으로의 의미 관계를 형성시켜주고 있다. 그래서 압운은 압운 단
위 사이의 의미론적 관계를 중요시한다.

압운은 위치에 따라 두운, 요운, 각운 등으로 분류된다. 두운은 행이
나 연의 앞의 위치에서, 요운은 중간 위치에서, 각운은 끝의 위치에서
음소나 음소군이 규칙적으로 반복되는 것을 말한다.

위 한시는 칠언절구로 기·승·결 밑에 운이 있다. 운자는 '하, 다,
사'로 '아'의 모운을 공통으로 하여 반복되고 있다. 행의 끝에 운이 반
복되므로 이를 각운이라 한다. 영시에 있어서의 운도 다양하여 두운, 요
운, 각운 외에 강약을 이용한 모운, 자운[57] 그리고 남성운, 여성운[58] 등

---

57) 모운은 강세 음절에 같은 모음이 반복적으로 배치된 것을 말한다. 이 때 강세 음
절의 앞뒤에는 다른 자음이 와야한다는 조건이 붙는다.

> Maiden crowned with glossy *blackness*,
> Lithe as panther forest—**roaming**,
> Long—armed naead, when she dances,
> On the stream of ether **floating**.
> —George Eliot, The Spanish Gypsy

윤기있는 검정머리의 처녀는
표범처럼 날씬하게 숲 속을 헤매고
춤을 출 때는 팔이 긴 요정이 되어
공기의 흐름따라 떠돌아 다니네.

1행과 3행의 bláckness와 dánces 그리고 2행과 4행은 róaming과 flóating은 서로 모
운을 이루고 있다.

이 있다.

　운을 충족시켜주기 위해서는 동일한 음소 또는 음소군이 규칙적으로 순환해야한다. 영시나 한시에서 논의되고 있는 엄격한 압운법을 시조에 그대로 적용한다는 것은 무리일 수도 있다. 이런 면에서 시조를 무운시로도 볼 수 있으나 운의 반복이 정서 환기나 음향감 등을 충족시켜 줄 수 있어 영시나 한시와 같은 운은 존재하지 않는다 해도 국어만이 갖는

　각운에서 마지막 자음은 꼭 같으나 그 앞에 나오는 강세가 붙은 모음이 비슷하거나 다를 때 이를 자운이라고 한다.

> There's a golden willow
> Underneath a **hill**
> By a babbling shallow
> Brook and water—**fall**;

> 황금빛 버드나무 한 그루
> 언덕 아래에 서 있고
> 그 옆에 쫄쫄 흐르는
> 얕은 시내와 폭포

　hill과 fall은 마지막 자음은 같으나 모음이 다르므로 자운을 이루고 있다.

58) 압운을 이루는 마지막 부분이 단순히 강세가 있는 음절로 끝날 경우 이를 남성운이라 하고 강세가 있는 음절 뒤에 강세가 없는 음절이 따르면 이를 여성운이라고 한다.

> When we two *parted*
> In silence and **tears**,
> Half broken—*hearted*
> To sever for **years**,

> 우리 둘이 헤어질 때
> 말없이 눈물만 흘렸고
> 여러 해 동안 떠나 살 생각에
> 가슴은 거의 찢어질 듯했네
> 　　　　　　－Byron의 When We Two Parted 첫 연 일부

　tears와 years는 완벽한 압운을 이루고 있고 모두 강세가 있는 음절로 끝나기 때문에 남성운이다. 반면에 parted와 hearted는 압운을 이루기는 하나 강세가 있는 음절 뒤에 강세가 없는 음절이 따르므로 여성운이다.

나름대로의 운은 인정해야할 것이다.

　우리말에도 운 즉 소리의 반복은 존재한다. 그 소리의 반복이 시의
의미에 상당 부분 기여하고 있는 것은 엄연한 사실이다.

　　　그 꽃은
　　　작은 싸리꽃
　　　산들한 가을이었다

　　　봄 여름
　　　가리지 않고
　　　언제나 가을이었다

　　　말라서
　　　바스러져도
　　　향기 남은 가을이었다

　　　　　　　　　　　　　　　　　－김상옥의 「싸리꽃」 전문

　위 경우는 각 장의 4음보 '가을이었다'가 반복되고 있다. 동일한 단어
들이 동일한 소리로 각장 4음보가 규칙적으로 반복되고 있다. 장의 끝
에 같은 음절들이 반복되므로 각운에 해당된다. '가을이었다'라는 단어
가 반복됨으로써 그 앞의 동사나 형용사의 도움으로 반복 이상의 강조
의미를 띄고 있다. 정서 환기나 음향감뿐만 아니라 의미까지 환기시켜
주고 있음을 알 수 있다.

　　　강을
　　　건너기 위해
　　　산은
　　　서있고

　　　산을

적시기 위해
강은
철석거린다

강물에
산이 빠질까
배 한 척
띄우는 강

       −신웅순의 「내 사랑은 40」 전문

 위 시조는 초·중·종장의 첫음보에 '아'라는 음운이 반복되고 있다.
두운이다. 강과 산은 대비의 의미도 갖고 있지만 종장에서의 '강', '산'
의 운의 반복은 초장·중장을 합일시키는 의미도 아울러 갖고 있다.
 우리의 시는 영시에서처럼 강약을 이용한 운과는 다르며 한시에서처
럼 사성을 이용한 운과도 다르다. 시조에서 강약율과 고저율이 다소 인
정된다 해도 우리말은 부착어의 특성으로 단순한 소리 반복에 더 많은
비중이 주어진다. 그래서 의미와의 관계 속에서 압운 체계를 밝혀낸다
는 것은 쉽지가 않다. 그러나 운은 수사적 유희만이 아닌 음조의 질적,
미적 현상까지 미칠 수 있어 자유시나 시조에도 운의 비중은 서양시나
한시에 비해 결코 낮다고만 볼 수 없다. 우리 시나 시조에도 의미까지
환기시켜 줄 수 있는 많은 음상과 음감들이 존재하고 있어 그 의미를
더욱 맛깔스럽게 해주고 있다.

그 나무
아래 머물면
잊었던 나를 찾을 것 같고

그 나무
아래 앉으면

사무친 사람 만날 것 같고

그 나무
아래 오래 앉으면
어떤 길이 열릴 것 같다

－김정희의 「보리수 아래」 전문

위 시조는 초장·중장·종장할 것 없이 같은 음절이 반복되고 있다. 연을 기준으로 두운·요운·각운이 다 들어있다. 두운은 '그 나무', 요운은 '아래－ㄹ', 각운은 '것 같－'의 소리가 반복되고 있다. 같은 의미가 장마다 대비되어 의미가 전개되고 있다. 같은 소리가 장마다 반복되어 있어 의미를 점점 상승시켜주고 있다.

갈 섶에 말없이 앉아
빈자일등 켜 놓고

머물다 떠난 인연
바람결에
보낸 후

빈 집에
허리를 꺾고
열반경을
외
운
다.

－김정희의 「민들레 초상」 전문

위 시조는 얼핏 보면 압운이 있는지 없는지 조차 확실치 않다. 그러나 자세히 살펴보면 초장의 2행과 종장의 1행의 음운 반복이 의미와 깊은 연관을 갖고 있음을 발견하게 된다. 규칙적인 반복이라기보다는 단한 번의 반복으로 반복의 효과를 상승시켜 주고 있다. 홑씨를 바람에다 날려보내고 빈 집에 앉아 열반경을 외우고 있는 모습이 선하다. 그것은 '외운다'라는 세음절로 꽃 대궁을 세워놓고 있어 꼿꼿하게 앉은 사람의 모습으로 시각과 함께 의미도 배가시켜주고 있다. '빈'의 음절 반복은 고착 이미지에 의해 더욱 새로운 의미로 태어나고 있다.

창작에 압운을 잘 조절하기만 해도 의미는 되살아날 수 있다. 시에서 가장 중요한 요소는 운율이다. 운율 중에서도 압운은 시의 필수 요건이며 시의 생명이기도 하다. 리듬감이 없다면 이미 시가 아니다. 언어를 버려야할 시조에 있어서 시조 창작에 있어서의 운은 의미를 환기시켜주는데 없어서는 안될 필수불가결한 요소이다.

2) 율격

압운은 규칙적인 소리 반복이고 율격은 반복 양식이다. 압운은 소리 반복의 단위가 기저가 되지만 율격은 그 단위를 구성하는 요소가 그 기저가 된다.

강약을 구성 요소로 하면 강약율이 되고 고저를 구성 요소로 하면 고저율이 된다. 외에 장단율, 음수율, 음보율, 내재율, 의미율 같은 것들을 들 수 있다.[59] 시조는 3장 6구 12음보의 정형율이기는 하지만 시조에는 이러한 율격들이 존재하고 있다.

운율=운(압운, 소리 반복)+율(율격, 반복 양식)

① 강약율
강약율은 액센트에 의해 강음절과 약음절이 규칙적으로 반복되는 율

---

59) 신웅순, 앞의 책, 118쪽.

격을 말한다.

한시의 평측법과 같이 규칙적은 아니더라도 우리말 시가에는 일종의 음성율이라는 것이 있다.[60] 우리말 액센트는 하강율이 보통이며 이것이 한 음보를 형성, 넷을 단위로 강약 4음보격을 이루고 있다. 이것이 시조의 음보율이다.[61]

청산은 어찌하여 만고에 푸르르며

3음절은 보통 '강·약·약'으로 4음절은 '강·약·중강·약'으로 읽혀지는 보통이다. 시조의 한 음보는 4음절이 기본이다. 3음절은 나머지 1음절을 휴지로 본다면 '강·약·중강·약'으로 2음절 단위로 강약이 연속되고 있다. 시조는 강약 4보격으로 볼 수 있다.

5음절 이상인 종장의 2째 음보는 어떻게 처리해야할 것인가. 시조를 각 장 4박자로만 읽혀져야 한다면 기계적이고 단조로와 시조 종장의 1, 2음보의 파격의 멋을 한껏 살릴 수 없다. 이에 대한 대안으로 제시된 것이 '4·3×2·4·4'이다.[62]

종장의 1, 3, 4째 음보는 '강·(약)·중강·약'으로 읽는다 해도 2째 음보 3·3박을 어떻게 읽을 것인가가 문제가 된다. 종장 2째 음보는 대략 5~8음절이다. 6음절(3·3박)이라 할 때 '강·약·약', '강·약·약'으로 율독해야 할 것인가 아니면 '강·약·약', '중강·약·약'으로 읽을

---

60) 이병기, 「시조와 그 연구」, 249쪽.
  임선묵, 「시조시학서설」(청자각, 1974), 32쪽 재인용.
61) 임선묵, 앞의 책, 37쪽.
  한시의 평측법과 같이 규칙적은 아니더라도 우리말 시가에도 일종의 음성율이 있다.[1] 그리고 영시에서는 약강조의 iambus, 강약조의 trochee, 약약강조의 anapaest, 강약약조의 dacty 등의 음보가 있다.
62) 최동원, 앞의 책, 144쪽.

것인가의 문제는 고구되어야 한다. 기계적이며 어색하지 않도록 사안에 따라 신축성 있게 율독되어야 할 것으로 본다.

시조의 강약율은 존재한다. 한 음보 안에서의 강약율이 각 장의 음보에서도 나타난다면 율독의 전제하에 이를 창조적으로 살릴 필요가 있다. 사안에 따라 어느 정도의 신축성 있는 율독의 변조는 인정해야할 것이다.

② 고저율

김석연님은 시조의 운율을 형성하고 있는 기조와 고저율의 관계를 분석하고 '시조 낭송의 패턴'을 제시하였다.[63] 황희영님은 '한국시의 율각의 성립 종류'라 하여 현대시 3편(진달래꽃, 모란이 피기까지는, 님의 침묵)을 율독하여 분석했다.[64]

위 분석들은 시조나 근대시의 율독에서 고저율이 나타나고 있다는 것을 말해주고 있다.

정연찬님은 황희, 성삼문, 송순의 작품 각 1수씩을 세종조 시기의 성조로 방점 표시하고, 이들 3수를 평성, 거성, 상성을 도표화하여 제시한 바 있다.[65] 여기에서 조선 초기에 성조가 있었으나 이러한 성조가 시조 운율의 정형은 되지 못하고 있다.[66]

---

63) 김석연, 「시조운율의 과학적 연구」(《아세아 연구》통권 32호, 1968.12), 35쪽 참조. 36쪽에는 '시조 1장을 4개 음보로 나누어 취한 고저율의 결과는 꼭 저고저·고저저의 고저율을 두 번 반복하고 있다.'고 기술하고 있다.
   최동원, 앞의 책, 134쪽에서 재인용.
64) 황희영, 『운율연구』(형설출판사, 1968), 155쪽.
   이에 의하면 고저가 57.3%, 고저저가 27.3%, 저고고가 6,7%로 이 세 종류가 주류적이라는 것이다.
65) 정연찬, 『국어의 성조와 운율』(《어문연구》, 봄·여름호, 1975.5).
66) 정연찬, 위의 책, 184−5쪽.
   1. 국어 성조가 드러내는 여러 가지 양상은 엄격한 고저율, 예컨대 한시의 평측과 같은 것을 이루기에는 적당하지 않은 조건을 가지고 있다는 것이다. 그것은 즉 국어의 성조는 1음절 1성조를 가지기는 하나, 그 성조적 기능의 발휘가 음절

현 표준 영어에서도 강세는 대체로 고저를 수반하게 된다. 강약율이 '강·약·중강·약' 읽혀질 경우 고저율도 '고·저·중고·저'율로 읽혀지게 된다.

천자문을 읽을 때 1음보 '하늘천'은 강하게 높게, '따지'는 약하게 낮게 읽혀진다. 마찬가지로 2음보의 시가 역시 '강약', '고저'로 읽혀진다. '새야새야 파랑새야// 녹두밭에 앉지마라'의 경우 행의 1음보인 '새야새야', '녹두밭에'에서 상대적으로 강하게, 높게 읽혀진다.

4음절인 시조의 경우 '강·약·중강·약'의 강세이므로 고저율 역시 '고·저·중고·저'로 읽혀진다. 이러한 원칙대로 4음보가 읽혀지고 있는가는 다소 의문시될 수는 있다. 같은 사람, 같은 내용이라도 상황에 따라 다르게 읽혀지는 것이 현실이기 때문이다.

시조에도 고저율은 있다. 그러나 어떤 원칙에 입각하여 읽혀지는 것은 아니다. '고·저·중고·저'로 읽혀지나 사안에 따라 다르게 읽혀질 수 있다.

> 나무들이
> 은빛 고운 드레스를 입는다
> 밤을 맞이하는
> 가슴은 달아오르고
>
> 외딴집
> 작은 불빛이

별로 이루어지지 않고, 한 어사의 음절수가 전체로써 한 성조형을 이루어 존재한다는 것이다.

2. 다시 한시의 경우 성조 단위는 평·상·거·입으로 사분되나, 이것이 운율 단위로는 평측으로 양분되는데 국어의 운율 단위에 따로 평측과 같은 것이 세워져 있지 않다는 것이다.

이와 같이 조선 초기 당시의 고시조에서도 고저율에 의한 정형성을 찾아볼 수 없는 것이다.

금단추를 풀고 있다

-지성찬의 「설야」 전문

위 텍스트를 강·약·중강·약으로도 읽을 수 있지만 내용으로 보면
우아하고 은근한 감을 주는 약강의 Iambus로 읽는 것도 한 방편이 될
것이다. 그렇다면 시조 율독과는 정반대가 될 것이다. 이를 적당히 섞어
분위기에 따라 율독하면 훨씬 부드러운 맛이 날 것이다.

③ 장단율

강세는 고조(高調)를 수반한다. 그 강세가 물리적으로 어느 특정한 음
절을 고(高), 강(强), 장(長)으로 발음함으로써 강조를 가져오기도 한다.[67]

> 우리 시가의 각 음보 내의 율성은 강약·고저·장단 등 어느 하나만의 특
> 징으로 이루어진 것이 아니라는 생각이 드는 것이다. 강약율의 주장을 충분
> 한 타당성이 있다고 인정하면서도 고저나 장단의 요소가 전연 배제되어야 한
> 다고만 할 수 없지 않을까 하는 의문을 가지게 된다.[68]

> 우리말에 있어서 음운적 자질이 가장 잘 판별된다는 근거에서 비교적 명확
> 하고 단순한 이 장단의 음운 자질이 현대시에의 율격형성에 관여할 가능성이
> 크다고 기대되기도 한다.[69]

고(高), 강(强), 장(長)으로 발음함으로써 강조를 가져온다면 시조에도 4
음보중 1, 3째 음보에 장이 있을 수 있다는 얘기이다. 1, 3째 음보에
강·고로 발음되기 때문이다.

---

67) 임선묵, 앞의 책, 35쪽.
68) 최동원, 앞의 책, 138쪽.
69) 정 광, 『운율연구의 언어학적 접근』(심상, 1975.7).
   김준오, 앞의 책, 88쪽에서 재인용.

세상을−겁탈하는 느닷없는 폭설마냥
꽃−은∨창궐한다, 몹−쓸∨바이러스여
혓속에−독니를 감춘 채 나부끼고 있구나
익명의−탐욕에 냅−다∨꺾일지라도
백−지∨한견에 박힌 검붉은−관지 자국,
씨방속−감미는 남아 시간의 뼈를 갉는다

−박기섭의 「꽃」 전문70)

등시성의 원칙에 의해 결음절을 장음과 정음으로 읽어보았다. 공히 각 장의 1음보와 각 중장의 3음보에 장음화 현상이 일어난다. 이럴 때 일정한 음보에 장음이 실현되므로 장단의 소리가 규칙적으로 반복되고 있다. 4음절을 기준으로 했을 때 4음보와 과음절은 물론 단음으로 발음된다.

한국어에서는 중세 국어의 성조 체계가 무너지고, 현재에는 '장단' 자질만 남아 있다. 그러나 이것이 그 자체로써 율격 형성의 기본 자질이 될 수 있는지는 의문이다. 율격 기저는 음운론적 장단에 있으며 그 장단이 교체의 규칙성을 유지해야 한다. 그러나 시조에 있어서 결음절과 과음절의 적절한 배치는 그 장단이 필수 자질로 관여하지는 않지만 강약, 고저와 함께 율격 형성의 가능성은 충분하다.

율독상으로 1, 3째 음보가 2, 4째 음보에 비해 비교적 강하게 발음된다. 그렇기 때문에 1, 3음보도 강음과 함께 장음으로 발음되는 것이 보통이다. 대체로 3, 4, 3, 4와 같이 1, 3째 음보에서는 대체로 결음절이 많고 2, 4째 음절에는 과음절이 많다는 사실이 이를 뒷받침해주고 있다.

④ 음수율

음수율은 율격 형성의 필수 자질이 음절수에 의하여 결정된다. 강

---

70) 규칙적으로 반복되는 율격만 표시한 것임.

약·고저·장단의 운율적 자질과는 달리 일정한 음절군이 율격의 단위가 되어 형성된다. 이러한 율격은 우리의 고전시가나 현대시의 율격 연구에 지배적인 방법이 되어 왔다. 우리말은 첨가어이기 때문에 체언이나 용언 등에 조사나 어미가 붙어 하나의 어절을 이루고 있다. 한국어 어휘는 2, 3음절이 대부분이다. 여기에 조사가 붙거나 어미 변화를 하면 3, 4음절이 되는 것이 보통이다. 이러한 음절수가 율격의 단위가 되어 3·3조, 3·4조, 4·4조 등의 율격이 이루어지는 것이다.

시조의 기준 음수율을 흔히 초장 3·4·4·4, 중장 3·4·4·4, 종장 3·5·4·3이라고 한다. 고시조 중에서 이 기준 음수율을 지키고 있는 시조는 7%밖에 되지 않는다. 실제로는 300여 종의 음수율이 검출된다.[71] 이렇게 우리 시가의 한 행의 음절수는 고정적이 아니고 가변적이고 다양하다. 그렇기 때문에 음수율에 의한 율격 연구는 그 타당성을 입증하기 어렵다.

고전 시가나 한국시의 율격을 음수율 측면에서 다루는 학자들이 있기는 하나 음절의 가변성으로 그 원칙을 고구해내기엔 쉽지 않다. 우리 시가의 음수율은 대체로 3·4조, 4·4조가 주류를 이루고 있다.

> 수 겹겹 명주헝겊 떨림으로 펴 보이신
> 마지막 목숨의 불빛, 운학 무늬 서돈 금반지
> 내 손을 꼬옥 감싸며 눈감으신 어머니
>
> ─박영식의 「유품」 전문

각 장 4음보이다. 음절수는 초장의 3·4·4·4, 중장의 3·5·4·5, 종장의 3·5·4·3으로 말할 수 있는가. 이러한 음절수 계산은 음보에 의한 계산법이다. 시조에 있어서 음보를 기준으로 음절수를 계산한다면

---

71) 김흥규, 『한국문학의 이해』(민음사, 1986), 148-149쪽.

음수율은 그 의미를 잃게 된다. 한 음보 안에서도 음절도 각양각색이다. 어떤 것은 2음절, 또 어떤 것은 7, 8음절일 수가 있다. 시조에 있어서 각자의 음절수의 원칙을 세운다는 것은 매우 어려운 일이다.

시조에 있어서 종장 1째 음보는 3음절을, 2째 음절은 반드시 5 음절 이상이어야 하고 각장 음보마다 3,4 음절에서 1,2 음수를 가감하는 범위에서의 음수율을 갖고 있다고 말 할 수 있다.

⑤ 음보율

영어에서의 음보율은 보통 강세를 받는 한 음절과 강세를 받지 않는 1개나 2개의 음절로 한 묶음을 뜻한다. 그러나 우리말에 있어서는 음절에 영어와 같은 강세가 두드러지게 나타나지 않는다. 그래서 우리 시가의 경우 호흡군, 통사관계, 율독에 따른 시간의 등장성, 의미와 문맥 등으로 구분할 수밖에 없는 실정이다.[72] 이러한 음절의 묶음이 한 시행에 몇 개가 반복되느냐에 따라 음보율이 결정된다.

시조는 한 장에 4개의 음보가 반복된다.

>   붉은 댕기 나풀대며 철없던 내 언니는
>   그리움의 시를 쓰다 폐렴으로 앓아눕고
>   겨울밤 백지장 위에 꽃물 쏟아 놓았었지
>
>   ─임성화의 「동백꽃」 전문

음보가 강약, 장단, 음절량에 의해 구성되는 율격 형성의 최저 단위라면 시조는 한 장에 이러한 최저 단위가 4개가 반복된다. 시조는 각 장 4음보로 되어 있다.

위 시조의 음보에 따른 음절을 보면 초장이 4·4·3·4, 중장이 4·4·

---

72) 홍문표, 『현대시학』(양문각, 1995), 160쪽.

4·4, 종장이 3·5·4·4이다. 3·4음절이 주가 되며 음보는 4음보이다.

⑥ 내재율

내재율은 문장 속에 은폐된 율격이다. 내면에 흐르는 말 소리가 말뜻과 일체가 되어 형성되는 자유로운 호흡율이다. 외재율처럼 규칙적이고 체계화된 율격이 아닌 자유시나 산문시같은 자유로운 율격이다. 그렇기 때문에 시인에 따라 작품에 따라 그 율격이 달라진다. 정해진 틀도 없으며 율격의 단위도 천차만별이다. 내재율은 개성적으로 특유하게 형성되는 리듬이다.

단시조에는 내재율이 존재하지 않는다. 시조 자체가 3장 6구 12음절로 정형화되었기 때문이다. 그러나 중, 장시조에 있어서는 내재율이나 산문율이 존재할 수가 있다. 장시조는 대부분 중장에서 길어진다. 중장에서 나름대로의 내재율이 은폐되어 존재하는 것이다.

　　　뽕나무 하면 생각나는 일이 많지요

　　　하교길에/ 뒤가 마려워/ 후다닥 /뛰어든 뽕밭//
　　　웃뜸/ 연심이/ 고 쪼그만/ 계집애//
　　　옴시락거리며/ 먼저/ 일 보고 있던//
　　　다른/ 무엇보다/ 고 살끈한/ 엉덩이/ 떠오르지만요//
　　　몰라몰라/ 그 때 마침/ 노을빛/ 콩당콩콩//
　　　방아/ 몇 섬/ 찧었다던가//
　　　쏴하니/ 개밥바라기/ 시린 살점/ 두엇/ 떠올랐다가//
　　　달싹이다/ 끝내/ 아무 말 않고/ 팽 돌아선/ 고, 고, 고//
　　　짜글짜글한/ 오디 입술/ 생각 나지만요//

　　　그 후로 내 가슴 뽕밭이 하두 환해져서
　　　환해는 와서……
　　　　　　　　　　　－이지엽의 「가벼워짐에 대하여」 전문

중장의 음보는 4·4·3·5·4·3·5·5·3로 분석된다. 4·3·5 보격으로 진행됨을 알 수 있다. 중장을 보면 음절수, 음보수가 불규칙적이기는 하나 대체로 4·3·5 음보격으로 등시성을 가지고 반복 순환하고 있음을 알 수 있다. 장음, 정음의 율독과 함께 2~5음절을 유지하면서 나름대로의 내재율이 존재하고 있다. 장시조는 정형율과 내재율을 동시에 갖고 있는 독특한 시조 형식이라고 볼 수 있다. 그러한 율격이 장시조의 의미를 십분 살려내고 있다.

⑦ 의미율

리듬이란 소리의 일정한 반복만이 아니다. 행동의 일정한 반복, 사고의 일정한 반복, 빛의 일정한 반복도 리듬이다. 리듬이란 바로 율동이다. 모든 움직임이 규칙적인 반복이란 뜻이다. 따라서 현대시의 리듬, 현대시의 내재율을 이해하는 길은 반드시 시에 나타난 음성적 규칙만이 아니라 이미지의 반복, 의미의 반복, 정서의 반복도 모두 시의 리듬이 된다는 사실을 인식해야 한다.[73]

시 속에는 그 의미 진행이 등가적, 병치적 아니면 함의적 등의 어떤 리듬들이 반복되어 나타난다. 음성이 음운 자질의 변별성에 의해 구별되듯 의미도 그 등차가 가지는 변별성에 의해 탄생된다.[74] 이러한 의미 구조가 시에서 반복될 때 그것을 의미율이라고 한다.

시조에도 그 의미들이 일정한 리듬을 가지고 나름대로 외형율과 결합, 진행됨을 볼 수 있다. 단시조는 보통 초장에서 의미를 일으키고 중장에서 발전, 종장에서 반전하여 마무리 짓는 형식으로 진행된다.

---

73) 홍문표, 『시창작강의』(양문각, 1997), 394쪽.
74) 위의 책, 395쪽.

때 안 묻은
그대로
태초의 숨결
그대로

신의 입김
그대로
자연에 내맡긴
그대로

뻗어서
자랑도 아닌
때 안묻은
그대로

—이상범 「난시(蘭詩)」 전문

위 시조의 전개 방식은 병렬식이다. 장과 구의 서로 독립된 의미가 장과 구에 고르게 분배되어 있다. 의미가 병렬식으로 전개되면서 의미가 서로 반복되는 율격을 갖고 있다.

연시조나 장시조 같은 것들은 중층 구조로 의미를 배치, 반복시켜 의미의 다양화를 꾀하고 있다. 이 때도 의미율을 얻을 수 있다.

어지러운 마음속에
신호등 하나 있었으면
머물고
떠나감이
꼭
그
좋은 때 되어
들끓는 무분별함을
잡아줄 수 있다면

어두운 마음속에
촛불 하나 있었으면
몸 사뤄 밝혀주는
미더움에 뜨거워져
절망의
빗장을 푸는
그런 빛이 있었으면

ㅡ나순옥의 「그래 그랬으면」 전문

위 연시조는 각 연의 장들이 대구가 되어 그 의미가 되풀이되고 있다. 대우식 전개이다.

첫째수 초장의 '어지러운 마음속에 신호등 하나 있었으면'과 둘째수 초장 '어두운 마음속에 촛불 하나 있었으면'이, 첫째수 중장의 '머물고 떠나감이 꼭 그 좋은 때 되어'와 둘째수 중장의 '몸 사뤄 밝혀주는 미더움에 뜨거워져'가, 첫째수의 종장의 '들끓는 무분별함을 잡아줄 수 있다면'과 둘째수의 종장 '절망의 빗장을 푸는 그런 빛이 있었으면'이 서로 의미의 짝을 이루어 대우를 형성하고 있다.

5. 은유

1) 설명

① 선택 제약

촘스키는 『통사이론의 양상』에서 선택 제약의 관점에서 은유를 설명하고 있다. 선택 제약이란 한 어휘 항목이 다른 어휘 항목과 결합하는 방식을 규정짓는 규칙을 말한다. 한 문장에서 명사는 통사자질을 가지고 있는 반면 동사나 형용사는 명사와의 관계에 따른 선택 자질을 갖고 있다. 그러므로 한 주어는 아무 낱말이나 술어로 삼을 수 없고 오직 여러 낱말 가운데서 특정한 낱말만을 술어로 선택하게 되어있다.[75]

불교 용어 '관세음(觀世音)'은 통사 규칙을 위반했다. '세상의 소리를 듣는다'라고 할 것을 '세상의 소리를 본다'라고 했다. 소리는 듣는 것이 아니라 보아야한다는 것이다. 통사규칙의 위반으로 오히려 그 의미가 깊어졌다. 규칙 위반에 은유의 존재가 있는 것이다.

> 점과 점이 방울방울
> 선긋기 공부하네
>
> 내려온 하늘 높이
> 깊이도 재보고
>
> 지구에
> 점을 찍어서
> 오목판을 만들고
>
> ―백민의 「비」 전문

'점과 점이 방울방울 선긋기 공부하네', '내려온 하늘 높이 깊이도 재보고', '지구에 점을 찍어서 오목판을 만들고' 등은 통사 규칙을 위반한 문장들이다.

어떻게 해서 비가 선을 긋고 하늘 높이를 재볼 수 있겠는가. 비는 선을 긋는 것이 아니라 내려오는 것이다. 내려오는 모습을 그렇게 표현한 것이다. 또한 비는 점을 찍는 게 아니라 비 때문에 땅이 패는 것이다. 물론 오목판도 만들 수 없다. 사실 빗방울을 점으로, 빗줄기를 선으로, 땅이 패인 것을 오목판으로 은유했다. 일상의 통사 규칙에서 어긋나 있

---

75) 김욱동, 『은유와 환유』(민음사, 2000), 94쪽.

다. 통사규칙을 위반함으로써 그 의미의 폭과 깊이가 달라진다. 촘스키는 이런 선택 제약을 어김으로써 은유가 성립된다고 설명하고 있다.

② 질의 격률

폴 그라이스는 화용론의 입장에서 은유를 설명하고 있다. 정상적인 의사 소통이 가능하기 위하여 지켜야할 원칙있는데 이를 협조의 원리라 한다. 그라이스는 이 협조의 원리를 양의 격률, 질의 격률, 관계의 격률, 방법의 격률로 나누어 설명하고 있다.

양의 격률은 대화의 목적에 꼭 필요한 만큼의 정보만을 제공하고 필요 이상으로 많은 정보를 주거나 필요 이하로 적은 정보를 주어서도 안된다고 규정짓고 있다. 질의 격률은 대화에서 그릇된다고 믿고 있는 것을 말해서는 안되며 진실된 것만을 말해야한다고 규정짓고 있다. 적절한 증거를 가지고 있지 않은 것에 대해서도 말을 해서는 안된다. 관계의 격률은 대화와 직접 관련된 것만을 말하도록 규정하고 있어 적합성과 연관성을 강조하고 있다. 방법의 격률에서는 명료성을 생명처럼 소중히 여긴다. 될 수 있는 대로 모호하거나 애매한 말을 피하고 간결성과 논리적 질서를 추구하려고 한다.[76]

그라이스는 협조의 원리 중 질의 격률을 어긴 것으로 은유를 설명하고 있다. 질의 격률은 진실된 것만을 말해야한다. 은유는 대상을 빗대어

---

76) 이점에 대해서는 H. Paul Grice, *Studies in the Way of Words* (Cambridge: Harvard University Press, 1989), 22−40쪽을 보라. 적어도 은유를 표준 일상어에서 벗어난 일탈로 본다는 점에서 스피치 행위 이론가 존 R.설은 그라이스와 비슷하다. 설은 한 표현이 '아주 큰 결점이 있다'고 판명될 때 비로소 은유가 성립한다고 주장한다.
설의 이론에 대해서는 John R. Searle, "Metaphor," in *The Philosophy of Language*, ed. A. P. Martinich(Oxford: University Press, 1990), 408−429쪽.
김욱동, 앞의 책, 96−97쪽에서 재인용.

말해야하기 때문에 진실과는 상대적으로 멀다. 이를 어긴 것으로 은유를 설명하고 있다.

> 이 세상 모든 꽃이
> 다 그만한 아픔이란다
> 소망만큼 꽃잎이 다치고
> 절망만큼 마디가 굵은
> 노숙자 마른 기침소리
> 온 들녘이 꽃이구나
>
> ─고정국의 「구절초 피었구나」 3연

이 세상 모든 꽃이 어찌 아픔이고 소망만큼 꽃잎이 다치고 절망만큼 마디가 굵어지는가. 온 들녘 구절초가 노숙자의 마른 기침소리라니 작자는 분명하게 정보를 전달하지 않았고 진실을 말하지도 않았다. 진실된 것을 말해야하는 질의 격률을 어긴 것이다. 질의 격률은 축어와 비유를 구분, 진실된 것만을 말해야하는데 꽃을 아픔이나 노숙자의 마른 기침으로 은유했다. 그래서 소망만큼 꽃잎이 다치고 절망만큼 마디가 굵어진다고 비유한 것이다.

댄 스퍼버와 데이르드 윌슨 같은 적합성 이론가들은 의사소통에 최적의 적합성은 축어적 발화로 얻어진다고 생각해왔다. 그러나 정보를 처리하여 얻는 소득이 그것을 처리하는데 드는 노력에 미치지 못할 때는 축어적 발화가 비유적 발화보다 그 적합성 면에서 떨어질 수 있다고 말하고 있다.[77]

적합성 이론에서 중요한 두 개념은 맥락 효과와 처리 노력인데 맥락

---

77) Dan Sperber and Deidre Wilson, *Relevance: Communication and Cognition*(Oxford: Blackwell, 1986), 231─237쪽 참조.
위의 책, 99쪽에서 재인용.

효과는 적합성을 지녀야할 필요 조건이며 다른 조건이 같다면 이 맥락 효과가 크면 클수록 적합성도 그만큼 커진다고 한다. 적합성 정도를 판단하는데 필요한 요인은 맥락 효과를 위하여 들이는 처리 노력이다. 처리 노력이 크면 클수록 적합성의 정도는 그만큼 떨어진다.[78]

누가 몇 살이냐고 물었을 때 30살 3개월 3일 이라고 말한다면 노력에 비해 그 효과는 떨어진다. 처리 노력이 많은 반면 맥락 효과는 그만큼 떨어진다. 참이냐 거짓이냐 보다 경제적이냐 비경제적이냐가 더 중요하다. 적합성의 원칙은 최소의 노력으로 최대의 효과를 얻는 것이다.

> 너라고 어쩌겠느냐 이 가을 햇살 앞에선
> 푸른 하늘을 향해 짐승처럼 울던 산아
> 붉은 죄 고해성사를 온몸으로 쓸 수밖에
>
> —정광영의 「단풍」 전문

단풍을 '붉은 죄 고해성사'라고 했다. 단풍은 축어적 의미로는 늦가을에 붉은 엽록소가 분해하여 붉거나 누른빛으로 변하는 나뭇잎을 말한다. 이런 사전적 의미는 적합성의 원칙에서 보면 최대의 효과를 얻었다고 볼 수 없다. 적어도 붉은 나뭇잎으로 표현하였다한들 이는 의미 손실로밖에 볼 수 없다. 문학에 있어서의 필요한 정보는 축어적 의미뿐만이 아니라 전달하고자는 문장의 맥락 효과를 높일 수 있어야한다. 필요한 정보가 '붉은 죄 고해성사'인 은유적 표현이 훨씬 의미의 파장이 크고 깊다. 이렇게 최소의 노력으로 최대의 효과를 얻을 수 있어야한다. 맥락 효과 면에서 은유는 그만큼 경제성이 있다.

---

78) 위의 책, 99쪽.

2) 이론[79]

① 치환 이론

치환 은유는 한 사물의 다른 사물로의 전이를 말한다. 전이의 개념으로 A를 B나 C, D, E 등으로 대체, 축어적 의미를 비유적 표현으로 바꾸어놓는 것이다.

우리가 새로운 사물을 경험했을 때 이것을 기술할 새로운 언어가 없어서 이와 '유사한' 그리고 우리가 이미 잘 알고 있는 다른 사물의 이름을 여기에 부여하는 것이 은유이다.

아리스토텔레스에게 은유는 '전이'이고 전이는 유추, 곧 유사성이다. 휠라이트는 아리스토텔레스의 이런 은유 개념을 치환 은유란 용어로 기술했다.[80] 아리스토텔레스의 은유 개념으로서 치환 은유는 보다 가치있고 중요하지만 아직 모호하고 불확실한 것(원관념)으로부터 상대적으로 이미 잘 알려져 있거나 보다 구체적인 것(곧 보조관념)으로 옮겨지는 의미론적 이동을 특징으로 한다.[81]

> 은유란 사물에, 다른 사물에 속하는 명칭을 부여하는 것이다. 이같이 명칭을 전이시키는 것은, 혹은 유에서 종으로, 종에서 유로, 종에서 종으로, 혹은 유추에 의거하는 것이다.[82]

---

79) 김욱동, 앞의 책, 102쪽.
    김욱동은 은유의 이론을 치환 이론, 상호작용이론, 개념이론, 맥락 이론으로 나누어 설명하였다.
80) 은유는(metaphor)란 어원상 meta(초월해서, over,beyond)와 phora(옮김,carring)의 합성어로 '의미론적 정이'란 뜻을 지닌다. 휠라이트에 의하면 치환은유(epiphor)란 어원상 'epi(over · on · to)+phor(semantic movement)의 뜻이다.
81) 김준오, 앞의 책, 120-121쪽.
82) Aristotle, *Rhetoric and Poetics*, trans. by Infram Bywater (New York: The Modern Libary, 1954), p.251.

대부분 은유의 위 형식이라면 치환 은유는 종에서 종으로, 혹은 유추에 대한 세번째와 네번째의 예일 것이다. 세번째 종에서 종은 하위 개념인 종이라는 관념이 상위 개념인 유의 개념에서 파생되어온 개념이다.

'백합은 화원의 귀부인'이라고 했을 때 백합은 '순수하고 깨끗하고 고상하다'라는 귀부인의 이미지에서 유추했다. 백합을 귀부인으로 치환, 백합의 식물 이름인 원 축어적 의미를 귀부인인 비유적 의미로 전이시켰다.

> 눈송이가
> 쏟아진다
> 하하하 웃음꽃도
> 다발다발
> 묶어놓은
> 수다쟁이 가시내야
> 까르르
> 입을 모으면
> 이야기가 쏟아진다
>
> —신명자의 「안개꽃」 전문

은유의 원개념 안개꽃이 생략되어 있다. 안개꽃을 눈송이라든지 웃음꽃이라든지 이야기 등으로 치환했다. 원개념은 안개꽃 하나지만 매개념은 여러 개로 되어 있다. '안개꽃=눈송이, 웃음꽃, 이야기'의 등식이 성립된다. 원개념 안개꽃을 여러 형태의 매개념으로 형상화하여 밝은 이미지로 치환시킨 것이다.

② 상호작용 이론

리차드는 은유의 구성요소를 원개념과 매개념[83]으로 나누었다. 주의

(主意, tenor)와 매체(媒體, vehicle)가 그것이다. 매체라는 운반 수단으로 주의라는 의미를 실어나른다는 뜻이다.

이렇게 리차드는 한 사물의 의미인 주의를 다른 의미인 매체로 은유를 설명하였다. 주의와 매체가 서로 공존, 두 관념의 상호 작용에 의해 은유가 생겨난다는 것이다. 두 관념이 함께 지니고 있는 특징을 은유의 기반이라고 불렀다.[84]

> 쳐라, 가혹한 매여 무지개가 보일 때까지
> 나는 꼿꼿이 서서 너를 증언하리라
> 무수한 고통을 건너
> 피어나는 접시꽃 하나
>
> ─이우걸의 「팽이」 전문

원개념과 매개념을 'A=B'라 할 때 위 시조는 '팽이=접시꽃'이다. 팽이의 의미와 접시꽃의 의미인 두 개념의 상호작용에 의해 의미가 생성되고 있다. 팽이는 무수한 채찍이 가해져야 돈다. 이를 접시꽃에 비유했다. 접시꽃도 무수한 비바람을 견뎌야만 꽃을 피울 수 있다. 무지개가 보일 때까지 고통을 줌으로써 접시꽃을 피운다는 이야기이다. 인내와 고통이 없이는 어떤 일도 이룰 수 없다. 두 개념의 상호작용의 기반은 고통과 인내이다. 이러한 기반으로 해서 이루어지는 것이 '도는 팽이'이고 '피어나는 접시꽃'이다. 팽이의 특징과 접시꽃의 특징이 결합하여 새로운 의미를 창조해 내고 있다.[85]

---

83) 원개념을 원관념, 제1차 개념, 축어적 관념으로 매개념을 보조관념, 제2차 개념, 비유적 관념으로 부르기도 한다.
84) I. A. Richards, *The Philosophy of Rhetoric*(New York: Oxford University Press, 1936), 93, 100, 117쪽 참조.
85) 신웅순, 『현대시조시학』, 159쪽.

③ 개념이론

레이코프와 터너는 은유에서는 의미 변화가 일방적으로 밖에 일어나지 않는다고 하였다. 그들은 기점(원개념)에서 시작하여 목표(매개념)로 옮아갈 뿐 기점과 목표사이에 어떤 관계가 일어나지 않는다는 것이다.

'인생은 나그네길'이라고 한다면 상호작용 이론은 인생과 나그네길의 의미가 쌍방으로 작용하여 제 3의 의미가 생겨난다고 생각한다. 인생을 나그네길의 관점에서 볼 수도 있고 나그네 길의 관점에서 인생을 볼 수도 있다. 인생은 나그네 길이요, 나그네는 인생길이라는 은유가 쌍방으로 성립될 수 있다.[86]

개념이론에서는 인생은 나그네길이라는 은유는 성립하여도 나그네길은 인생이라는 은유는 성립할 수 없다는 것이다. 누군가가 여행을 떠날 때 '그 사람이 이 세상에 태어났다'고 말하거나 여행을 마치고 집에 돌아왔을 때 '그가 이 세상을 떠나갔다'고 말하지 않는다는 것이다.[87]

> 몇겹을 내비쳐야 푸른 속살 내비칠까
> 온 땅을 과녁 삼아 쏘아 붓는 그 화살을
> 그 누가 항변할 것인가 도리없는 이 질책
>
> —장정애의 「소나기」 첫 수

소나기를 화살이라고 했다. 개념이론에 따르면 의미의 기점은 소나기이다. 소나기가 목표인 화살로 의미가 이동하는 것이다. 소나기는 갑자기 세차게 쏟아졌다가 그치는 비이다. 이러한 의미에서 출발하여 과녁삼아 쏘아 붓는 화살로 의미가 이동하는 것이다. 소나기는 화살이지만 화살은 소나기가 아니다. 상호 작용 이론에는 쏟아내는 것이 쌍방으로 작용하여 새로운 의미가 형성되지만 개념이론에서는 소나기는 화살처럼

---

86) 위의 책, 109쪽.
87) Lakoff and Turner, *More than Cool Reason*, 131−132쪽.

쏟아지지만 화살은 소나기처럼 쏟아진다고 말할 수는 없다는 것이다.[88]

④ 맥락 이론

치환 이론, 상호 작용이론, 개념이론은 은유의 의미를 해석하고 그 실마리를 보편적 원리에서 찾으려고 했지만 맥락 이론은 이러한 원칙이 존재하지 않는다. 은유의 의미를 구체적인 상황에서 찾고자 한다. 은유의 의미가 상황과 맥락에 따라 얼마든지 달라질 수 있기 때문이다. 이런 점에서 맥락 이론은 역동적이고 상호 의존적인 특성을 갖는다.[89]

버그먼은 '은유가 일어나는 맥락과 그 은유를 사용하는 장본인이 누구인지 모르고서는 그 은유가 과연 무엇을 의미하는지 명확하게 말하기는 불가능하다[90]'고 말한다. 스탬보브스키도 '은유적 표현은 무엇보다도 먼저 오직 그 표현이 사용되는 어떤 맥락 안에서만 은유로서 이해할 수 있다[91]'고 말했다.

그 때의 그 상황이 전제가 되어야한다. 그것이 전제가 되지 않고서는 은유의 뜻을 알 수가 없는 것이다.

예쁜 아이를 보고 '야, 이 여우야' 했을 때와 숙녀보고 '야, 이 여우야' 했을 때 그 의미는 서로 다르다. 전자는 영리하고 똑똑하다는 칭찬이지만 후자는 약삭빠르고 교활하다는 질책이다. 이렇게 상황에 따라 달리 의미가 읽혀질 수 있다.

맑아서 슬퍼지는 물빛꽃 저 눈망울

---

88) 신웅순, 앞의 책, 161쪽.
89) 위의 책, 110쪽.
90) Merrie Bergmann, "Metaphorical Assertions," *Philosophical Review* 91:2(1982): 231.
　　앞의 책, 김욱동, 110쪽에서 재인용.
91) Philip Stambovsky, *The Depictive Image: Metaphor and Literary Experence*(Amherst: University of Maccachusetts Press 1988), p.37.

별빛이 몇 십 광년 미치게 달려와서
　　망울진 그 눈빛 속에 풍당 빠져 있는 게야

－최경희의「산꽃」전문

　위 시조를 하나는 소녀에게 하나는 여인에게 들려주었다고 한다면 소
녀가 해석한 산꽃과 여인이 해석한 산꽃은 그 의미가 다를 것이다. 은유
는 '물빛꽃=별빛=산꽃'의 등식이다. 소녀는 순수하고 깨끗한 이미지를
떠올릴 것이고 여인은 그리움의 이미지 같은 것들을 떠올릴 수 있을 것
이다.

　위 시조를 쓰게된 상황과 은유가 일어나는 맥락에 의해 은유가 좌우된
다고 본다면 은유의 뜻을 명확히 말한다는 것은 불가능하다. 접하는 상황
이나 표현이 사용되는 맥락에서 의미를 해석할 수밖에 없기 때문이다.

　'물빛꽃'은 '맑아서 슬퍼지는' 맥락에서 찾아야할 것이고, '별빛'은 '몇
십 광년 미치게 달려온' 맥락에서, 또한 '눈빛 속에 빠진' 맥락에서 찾
아야할 것이다. '눈빛'은 '망울진' 맥락에서 그 의미를 유추해야할 것이
다. 그러면 은유는 한 맥락에서 가능하다는 전제가 무색해진다. 상징처
럼 은유도 전체 문맥을 필요로 할 때도 있을 것이다. 텍스트 자체뿐 만
이 아니라 텍스트를 읽는 분위기까지도 감안해야 상황에 맞는 은유를
찾아낼 수 있을 것이다.[92]

3) 원리[93]

　① 유사성의 원리

　비유는 자아가 세계와 결합, 동일화되고 싶어하는 욕구에서 비롯된다.
그러기 위해서는 두 사물 사이의 의미의 유사성이 발견되어야 한다. 유

---

92) 신웅순, 앞의 책, 163쪽.
93) 위의 책, 164, 6쪽.

사성이 있어야 두 사물과의 결합을 시도하게 된다. 이 유사성의 원리에 의해 은유가 성립된다.

> 꽃잎이 타오르면 몸 속의 불 켜들고
> 나는 저 어두워지는 못 아래로 내려갔다
> 어둠에 더욱 빛나는 고요가 끓는 뻘 속
>
> 죽은 이들이 돌아와 물은 홀로 넘치고
> 화톳불 이글거리는 내 음각의 눈물들은
> 깨끗한 팔을 들어 해를 건져 올렸다
>
> ―박권숙의 「수련」 전문

수련을 해로 은유했다. '내 마음은 호수'보다 '수련은 해'가 더 참신하다. 유사성은 덜하지만 의미가 확장되어 독자들에게 신선한 이미지를 준다. 유사성의 약화는 의미의 증가를 가온다. 이럴 때 두 기호 사이가 팽팽하게 긴장되어 있어 의미의 저항은 만만치가 않다.

수련과 해를 연결시키기 위해서는 많은 사유가 필요하다. 위 시조는 '깨끗한 팔을 들어 해를 건져 올렸다'고 했다. 수련은 못이나 늪같은 진흙이 있는 물에서 자라나는 식물이다. 탁한 물에서 자라나는 것이기는 하나 꽃은 깨끗하고 아름답다. 이러한 밝은 이미지를 해와 연결시켰다. 모양도 둥글고, 눈부신 것 등이 수련과 해는 유사하다.

두 기표 간의 상호작용에 의해 은유의 의미를 읽어낸다. 기표간의 의미의 유사성을 찾기 어려우면 독자들은 읽기를 포기한다. 은유의 객관성을 확보하기 위해서는 기표 간의 적당한 거리 유지가 필요하다.

② 차이성의 원리
인간은 자아와 세계를 동일시하기도 하지만 피하고 싶은 본능도 갖고

있다. 비유는 이러한 비동일시에서도 탄생된다. 현실로부터 도피하려는 본능적인 욕구에서 비롯되는 것이다.

A라는 사물을 B라는 사물로 대치하려고 하는 지적 행위를 만약에 누가 물어서 대답한다면 B에 도달하려고 하는 것보다는 A를 회피하려고 하는 소망으로 인해서 대치하려고 하는 바로 그러한 지적 행위를 인간이 행하려고 든다는 것은 정말이지 이상야릇한 일이라고 밖에 더 이상 말할 수가 없겠다. 은유는 그 어떤 대상을 다른 용모로 뒤집어씌움으로써 그 대상에 의해 그 원모습을 지워버리고 만다. 우리들로서는 이러한 은유의 등뒤에서 현실을 피하려고 하는 인간의 그 어떤 유의 본능적인 움직임이 있다는 것을 솔직히 인정하지 않으면 안된다.[94]

개념이론에서는 기점(원개념)에서 시작하여 목표(매개념)로 옮아갈 뿐 기점과 목표 사이에 어떤 관계가 일어나지 않는다는 것이다. A에서 시작하여 B로 이동한다면 A를 회피하기 위하여 B로 이동한다고도 볼 수 있다. 은유는 A로부터 도피하려는 소망의 산물일 수 있다. 유사성에 근거한 것이 아니라 비유사성, 차이성에 근거한 것이다. 서로 이질적인 기호를 대치시킴으로써 의미의 긴장과 충돌[95]을 가져오게 된다. A를 피하고 B로 이동한다고 해서 A의 속성을 B로 대체시킬 수는 없다. 회피는

---

94) Jose Ortega Y. Gasset, *La Deshmanizión Del Arte*: 장선영 역, 『예술의 비인간화』(삼성출판사, 1976), 340쪽.
   김준오, 앞의 책, 128쪽에서 재인용.
95) 휠라이트는 삶의 원리가 자아와 타인간의 자아와 물리적 환경간의 사랑과 적개심, 본능적 충동과 이성적 사고가 내리는 결정간의 생의 충동과 죽음의 열망 사이의 여러 긴장 속에 나타나는 투쟁이라고 보고 언어도 살아있는 언어가 되기 위해서는 긴장적 언어가 되어야한다고 했다.
   Philip Wheelwright, *Metaphor and Reality*(Indiana University Press, 1973), p.72. 참조. 가장 간단히 공식적으로 설명한다면, 우리가 은유를 사용할 때에는, 서로 함께 활동하며, 단 하나의 낱말이나 어구에 의하여 유지되고 있는 별개의 사물에 대한 두 가지의 생각을 갖는데, 그 의미는 그것들의 상호충돌의 결과이다.
   I. A. Richards, *The Philosophy of Rhetoric*, 93쪽 참조.

유사한 쪽으로의 이동이 아니라 이질적인 쪽으로의 이동이다. 유사성보다는 차이성이 더 많이 요구되는 소이도 여기에 있다. A와 B의 차이성은 은유 의미를 확장시켜주고 독자들에게는 신선한 이미지를 제공해줄 수 있다.

> 지금,
> 떠나는 자
> 흔들리는 어깨 위에
> 가칠한 놀빛이 와 입술을 깨물고 있다.
> 잦아든
> 목숨의 심지
> 끝내 놓친 매듭 하나.
>
> —이승은의 「피아니시모」 전문

피아니시모는 '아주 여리게'의 음세기의 음악 기호이다. 이 피아니시모를 '끝내 놓친 매듭 하나'라고 했다. 상징적인 의미는 있겠지만 '피아니시모' 하고 '놓친 매듭' 사이에는 아무 관련이 없다. 매듭은 끈, 노, 실 따위를 잡아매어 마디를 이룬 것을 말한다. 이러한 마디가 피아니시모와 매치된 것이다. 음의 세기와 마디에는 어떠한 공통점도 찾아보기 어렵다. 긴장된 두 기호들이 서로 충돌, 팽팽하게 맞서있는 것이다.

피아니시모는 추상적이고 여리고 음악 기호이며 불가시적이고 과정을 뜻한다. 매듭은 물질적이고 적당하고 일상의 물건이고 가시적이며 끝을 뜻한다.

A와 B가 어떤 유사성도 찾을 수 없다면 의미 형성에 문제가 될 수 있다. 두 기호가 끝까지 대치하고만 있다면 독자는 의미 연결을 포기할 수밖에 없다. 위치 이동이 되었다고 해도 원개념의 의미가 전부 증발되는 것은 아니다. 다만 팽팽한 정도가 세다고 말할 수 있을 것이다. 의미

가 느슨하게 연결된 것이 아니라 야무지게 연결되어 있다. 느슨하게 연결된 것은 두 기호 사이의 거리가 가깝고 팽팽하게 연결된 것은 그 거리가 멀다고 설명할 수 있다. 거리가 멀수록 의미 확장이 이루어지고 가까울수록 의미의 축소가 이루어진다.

A와 B사이의 유사성의 정도에 따라 0 혹은 1로 설정한다면 다음과 같은 수식으로 표시할 수 있을 것이다. 0은 유사성이 전혀 없고 차이성이 많은 정도를, 1은 유사성이 많고 차이성이 적은 정도를 나타낸다.

$$A \cap B = 1(최소치), \ A \cap B = 0(최대치)$$

양극단에 'A∩B=1(최소치), A∩B=0(최대치)'로 설정하면 기호 사이에 유사성이 많으면 1의 영역에, 차이성이 많으면 0의 영역에 가까워진다고 말할 수 있다.

그러므로 은유는 언제나 '0 〈은유의 의미〉 1'의 범위에 놓이게 된다. 0에 가까울수록 신선한 은유에 해당되며 1에 가까울수록 낡은 은유에 해당된다.

유사성과 차이성도 따지고 보면 두 개념간의 거리에 다름 아니다. 거리감은 은유의 중요한 특징 중의 하나이다. 유사성 속의 괴리감은 은유에 있어서 필수불가결한 하나의 속성이다. 서로 다른 기호끼리의 결합은 결국 서로 다른 사고 영역끼리의 결합이다. 이러한 유사성 속의 차이성 때문에 은유가 이루어진다.

6. 상징

1) 정의

상징의 어원은 희랍어의 동사형 '짜맞추다'의 뜻을 가진 symballein에서 유래한 말이다. 희랍어의 명사인 symbolon은 부호(mark), 증표(token), 기호(sign)라는 뜻을 갖고 있다. 이로 보면 상징은 어떤 것을 대신하는 기호라고 볼 수 있다.

우리말 큰사전에는 '상징은 추상적인 사물이나 개념을 구체적인 사물로 나타내는 것을 말한다.[96]' 웹스트 사전에는 '상징은 관련이나 연상이나 관례 또는 의도적이 아닌 우연적 유사성에 의하여 다른 무엇을 대신하거나 암시하는 그 무엇이다.[97]'

상징은 어떤 것을 다른 무엇으로 나타내야 한다. 원개념이 '어떤 것'에 해당되며 '다른 무엇'이 매개념에 해당된다. 상징은 제시된 매개념이 제시되지 않은 원개념의 의미에 이를 때까지 계속적으로 문맥의 도움을 받아야한다. 원개념을 유추해야하기 때문이다.

상징은 문맥의 도움을 받아 매개념으로 원개념을 유추하는 것이다.

2) 종류[98]

① 관습적 상징

관습적 상징은 역사나 종교 등 같은 문화권이면 누구나가 이해할 수

---

96) 한글학회 지음, 『우리말 큰사전』(1992).

97) *Webster's Third New International Dictionary*(Springfield: G&C. Merriam Company, 1971).

98) 상징은 여러 논자들에 의해 다르게 구분되어 왔다. 랑거(S.K. Langer)는 상징을 추리적 상징과 비추리적 상징으로 구분했고, 휠라이트(P.Wheelwright)는 약속 상징와 긴장 상징으로, 휠러는(P.Wheeler)는 언어적 상징과 문학적인 상징으로 구분한 바 있다. 여기에서 문학적 상징은 언어나 과학의 논리성에 의한 상징들(추리적상징, 약속상징)과는 달리 암시하는 의미가 다양하게 해석될 수 있는 모호성을 가진 상징들(비추리적 상징, 긴장상징)을 의미한다.
문학적 상징은 그 환기력의 범위에 따라 다시 관습적 상징, 원형적 상징, 개인적 상징 등으로 유형화 된다. 한국비평가협회 편, 『문학비평용어사전(하)』(국학자료원, 2006), 146쪽.

있는 보편적인 상징이다. 인습적, 제도적, 문화적, 자연적 상징들이 이 범주에 포함된다.

이만큼 뻗었으면
한껏 자란 것을
나이테 팽개치고
세속 또한 물리치고
마음을 비워온 것이
영생하는 길이려니

바람이 불어오면
상념 끝을 쓸어내고
한 삭신 풍상 속에
마디마디 빈 공간
꺾이는 아픔이어야
이 시절을 노래하지

오로지 올려다보는 것이
하늘, 하늘임을
누대의 변혁을
신화처럼 잠재우고
초승달 괴괴한 밤엔
죽창으로 서 있는가

　　　　　　　　　　　－장지성의 「죽」 전문

　사군자는 문인화의 대표적인 화목으로 수묵(水墨) 위주의 매화·난초·국화·대나무 등을 말한다. 우리나라의 선비·문사들은 이들을 고결한 군자의 인품에 비유하여 즐겨 그려왔다. 온갖 고난과 추위 속에서도 스스로의 의지를 굽히지 않는 이들의 생태적 특성은 유교적 인륜 의식과 결부되어 변함없는 절개와 지조의 상징으로 널리 애호되어왔다.
　죽은 고결한 선비의 매운 기개를 상징한다. 마음을 비우며 살아야하고 꺾이는 아픔을 노래해야한다. 올려다보는 것은 오로지 한 점 부끄럼이 없는 하늘이다. 이런 하늘은 윤동주의 「서시」에서도 이어져 내려오고 있다. 죽창은 또한 민초들의 끈질긴 생명을 상징하기도 한다. 이런 것들은 외세의 침략이 빈발했던 우리 민족이고 보면 죽이나 죽창은 누구나 다 공감할 수 있는 전통적인 상징이다.

② 원형적 상징

원형은 한 사회, 집단, 종족을 지배해온 의식의 틀로 사물들의 본질을 집약시킨 어떤 원리의 범주[99]이다. 역사, 종교, 문학 등에서 무수히 반복되어온 본능적이고 선험적인 집단 무의식의 원초적 이미지이다. 이러한 근원적인 이미지가 작품 속에 상징화되어 나타나는 것이 원형적 상징이다.

물이 신비·탄생·죽음·정화를 상징하고, 빛이 근원·신성을, 어둠이 혼돈·죽음을, 봄·여름·가을·겨울이 탄생, 성장, 노쇠, 죽음을 상징하는 것들이 바로 그것이다.

> 하늘이 만판 내려와 빛을 빚는 가을걷이
> 무슨 영을 받드는지 햇살은 눈을 굴리고
> 불 쓰는 제단의 손을 힐끔힐끔 돌아봤다
> 물소리 가슴을 흘러 고요가 눈을 뜨면
> 법의자락에 끌려 빠지지 타는 생각
> 신전이 잠시 뜨는 걸 곁눈질로 보곤 했다.
> 가을빛 들끓는 곳 번뜩이는 갈겨니떼
> 기도가 하늘에 닿으면 지상에 버는 꽃잎
> 그 꽃빛 밤이면 별로 숨쉬는 걸 나는 보았다
>
> —이상범의 「신전의 가을」 전문

---

99) 김용직, 『현대시원론』(학연사, 1988), 312쪽.

신전은 신령을 모시는 전각이다 일찍 농경사회가 시작된 우리 고대 사회의 대부분이 추수가 끝날 무렵에 동맹, 무천, 삼한의 10월제 같은 농경 의례를 행했다. 결실의 계절에 신께 추수감사절과 같은 제천의식을 드렸다. 이러한 의식은 신전에서 베풀어지는데 이 신전은 인간계와 신계를 연결하는 통로 구실을 한다.

하늘은 그 자체에 부여된 신격으로 인해 우주를 창조한 초월적 존재로 간주된다. 비를 내리게 하여 무든 작물의 수확을 책임지는 존재로, 신들이 거처하는 신성한 공간으로 상징된다.[100]

불은 영웅 탄생이나 정화, 생명력을, 햇빛은 근원, 생성, 희망을, 물역시 창조의 원천으로 풍요, 생명력을 상징한다. 생명력이 넘치는 물 속의 갈겨니 떼들은 풍요를 상징한다고 보인다. 하늘, 불, 햇빛, 물 등의 이미지들은 원형적 상징이다.

이러한 원형적 상징은 현대시에 있어서 시대나 사회의 정신적인 갈망에 부응하는 중요한 이미저리로 작용하고 있다.

③ 개인적 상징

개인적 상징은 개인의 독특한 체험이 바탕이 되기 때문에 일반적인 심상에 기초를 두지 않고 개인적인 심상에다 포커스를 맞춘다. 개인의 독창적인 표현에 의해 이미지가 이루어지기 때문에 보편적인 상징과는 달리 독특한 의장이 문맥 속에 숨겨져 있다.

> 목수가 밀고 있는
> 속살이
> 환한 각목

---

100) 한국문화상징편찬 위원회, 『한국문화상징편찬 위원회』(동아출판사, 1992), 623쪽.

어느 고전의 숲에 호젓이 서 있었나

드러난
생애의 무늬
물젖는 듯 선명하네

어째 나는 자꾸, 깎고 다듬는가

톱밥
대패밥이
쌓아가는 적자더미

결국은
곧은 뼈 하나
버려지듯 누웠네

- 서벌의 「어떤 경영·1」

목수가 밀고 있는 속살 환한 각목은 어느 고전의 우람한 나무였다. 살아왔던 생애의 나이테가 선명하다. 깎고 깎고 다듬었지만 결국 대패밥처럼 적자더미만 늘어갈 뿐이다. 결국 버려지듯 뼈 하나가 누워있다.

'뼈'는 무엇을 상징하고 있을까. '올곧은 정신'이 아닐까 생각된다. 어떤 경영에서의 뼈의 상징은 서벌만의 독특한 의장이다.

개인적 상징은 시인이 개인적으로 특수하게 의미를 부여하여 생긴 상징이다. 보편성이 없기 때문에 난해하기도 하지만 개인의 심리적인 특성이 드러나 있어 독특한 개인의 상징을 살필 수 있다.

나루는 몸을 틀어 마을 가는 길을 내어
머슴새 쑥빛 울음 그 소리 엮는 거냐
갑자기 돌이 되는 사내 목에 노을 걸었다

- 서벌의 「어떤 경영·36」 둘째 수

‘나루가 몸을 틀어 길을 내고 쑥빛 울음소리 엮어 돌이 되고 목에다 노을 걸고’ 등의 언어 배치는 매우 독특한 개인 심상을 보여주고 있다. 언어 배치에 의해 생기는 상징의 문제도 그만의 독특한 의장이다.

개인적 상징은 누구나 같은 시어라도 달리 의미를 배치시킬 수 있다. 보편적이고 인습적인 것과는 달리 개인적 상징은 문맥 간의 언어들이 긴장되어 있어 언어를 생생하게 만드는 중요한 이미지가 되고 있다.

3) 특성[101]

① 다의성

인습적 상징이나 알레고리는 원개념과 매개념이 1대 1의 관계이다. 인습적 상징은 죽은 상징이며 알레고리는 원개념이 제시되지 않는다. 원개념 제시 없이도 원개념과 매개념의 관계가 1대 1이면 상징으로서는 효력이 상실된다. 의미가 이미 고정되어 있기 때문이다. 상징은 원개념과 매개념의 관계가 다대 1이다. 상징은 상징이 내포하고 하는 의미의 한계를 설정할 수 없다. 사안에 따라 얼마든지 달리 읽혀질 수 있다.

> 첩첩 산 속 찾아갔더니
> 그 분은 부재중이다
>
> 한 동자가 그의 처소를
> 일러준대로 찾아갔더니

---

101) 홍문표는 다의성 · 암시성 · 분위기 · 초월성 · 입체성 · 문맥성으로 분류했고 문덕수는 동일성 · 다의성 · 암시성으로, 김준오는 동일성 · 암시성 · 다의성 · 입체성 · 문맥성 등으로 제시해놓았다.
　홍문표, 『현대시학』(양문각, 1995), 문덕수, 『시론』(시문학사, 1993), 김준오, 앞의 책, 신웅순, 앞의 책, 220-29쪽 참조.

잠실의 우리집 아파트
　　아내와 마주쳤다

-김원각의 「부처」 전문

　아내는 남편의 장단점을 환하게 꿰뚫어보고 있다. 마음 속 숨어있는
깊숙한 생각까지 속속들이 꿰고 있다. 말을 하지 않을 뿐 비수 같은 말
한마디 던지기도 한다. 두려운 존재같기도 하고 편안한 종교 같은 존재
이기도 하다. 아내는 부처와 같은 거룩한 존재로 상징되어 있다. 찾아
나섰지만 부처는 결국 가까이에 있는 아내였다.

　② 동일성
　상징은 이질성에서 출발한다. 매개념이 이질적인 원개념과 일체가 되
기 위해서는 매개념에서 원개념으로 의미 작용이 일어나야 한다. 여러
번의 기표 이동을 거치면서 의미를 결합시켜나가야 한다. 가시와 불가
시, 물질과 비물질, 구상과 추상이 통합되면서 의미는 원개념과 매개념
사이의 저항선을 통과하게 된다. 통과되면 나름대로의 의미가 생성되어
매개념은 원개념과 일체를 이루게 된다.

　　별들이 숨어서지
　　파도소리 담겨서지

　　물소리 담아서지
　　산소리 받아서지

　　한 바달
　　흰나비떼가
　　하늘 끝을 찾는다

-박석순의 「종소리」 전문

종소리가 하늘가에 퍼지는 것을 흰나비떼가 하늘 끝을 찾아가는 것으로 묘사하고 있다. 흰나비떼는 종소리를 은유하고 있다. 한편 은유를 넘어 흰나비떼는 또 무엇인가를 상징하고 있다. 보조 역할은 별, 파도. 물, 산 등이다.

별, 파도, 물, 산은 자연의 소리이다. 자연의 소리를 담기도 하고 받기도 한 한바달 흰나비떼가 하늘 끝을 찾아가고 있다. 하늘 끝은 이상향으로 상징된다. 그 이상향을 흰나비떼가 찾아가고 있는 것이다. 흰나비떼는 이상향을 꿈꾸는 인간일 수도, 속세일 수도 있고 종소리일 수도 있다.

별, 파도, 물, 산 같은 의미의 저항선을 통과하면서 흰나비떼는 인간, 속세, 종소리와 일체를 이루어 동일성에 이르게 된다.

③ 암시성

암시는 넌지시 깨우쳐주는 것을 말한다. 매개념으로 원개념의 의미를 암시해주어야 한다. '머리를 풀어헤치고 하늘로 올라가는 것은 무엇이냐'고 물었을 때 '연기'라고 대답한다. 머리를 풀고 하늘로 올라가는 모양이 연기의 모양을 은연중 암시하고 있기 때문이다.

매개념은 확정적 의미로써 드러내는 것이 아니라 무언가를 암시하기 위해서 제시된다. 객관적 상관물로 분명하게 드러내져서는 안되고 암시하기만 하면 된다.[102]

꽃이
고운 꽃이

환장하게

---

102) 홍문표, 앞의 책, 265쪽.

고운 꽃이

사람은
간 데 없는

무덤가
거기 피어

돌 위에
창자를 놓고

찧는 듯이
아파라

―이종문의 「꽃」 전문

꽃의 상징은 그저 평범하게 핀 꽃이 아니다. 환장하게 곱고 그것도 무덤가 돌 위에 창자를 놓고 찧을 듯 아픈 꽃이라고 했다. 여러 꽃들을 생각하게 될 것이다. 죽은 넋으로 피었다는 상사초, 사랑하는 이의 무덤가에 핀 꽃 등 여러 꽃들을 떠올리게 된다. 창자를 놓고 찧는 듯이 아프다고 했으니 이러한 매개념만 보아도 그 꽃은 한을 달래 줄 수 없는 어떤 여인임을 암시하게 되는 것이다.

④ 초월성

시인은 현실 세계를 뛰어넘어 피안의 세계를 투시할 줄 알아야한다. 현실 세계를 통해 이상 세계에 숨겨져 있는 진실을 볼 수 있어야한다. 현실을 초월하여 근원적인 이미지를 제시해주는 것이 초월성이다. 이육사의 「절정」에서 보면 '이러매 눈감아 생각해 볼 밖에/겨울은 강철로 된 무지갠가 보다.'에서 현실 세계를 넘어 초월적 세계를 강철로 된 무지개로 제시해 놓고 있다. 시인이 예언자 역할을 할 수 있는 것도 이러한 상징에서 비롯되었다고 볼 수 있다.

> 마음 맑게 괴는 곳에 빈 터 하나 열린다
> 높은 산 둘러 앉히면 만사가 쉬게 된다.
> 극명한 이 이치 하나로 내 속에 세워진 절
>
> ─ 김원각의 「백담사」 전문

내 속에 세워진 절은 무엇을 상징하는가. 물론 백담사를 두고 말한 것이다. 내 속에 세워진 절은 백담사만의 얘기는 아니다. 백담사는 현실을 떠나 그 무엇인가를 상징하고 있다. 화자는 마음 맑게 괴는 빈터에 만사를 쉬기 위하여 높은 산을 둘러앉히고 여기에 극명한 이치 하나를 세운다. 이것이 내 속에 세워진 절이다. 이 절은 현실에 있는 절이 아니라 현실을 초월한 정신 속의 이데아의 세계이다.

⑤ 입체성

상징은 물질과 정신의 결합이며 구상과 추상의 결합이다. 이 두 개념들이 조응하기 위해서는 불가불 입체성을 드러내게 된다. 입체는 삼차원의 공간적 부피를 갖는다. 상하 좌우가 삼차원의 세계를 형성해야한다. 언어를 상징적으로 사용하기 위해 매개념은 원개념의 여러 상황들을 동원시켜 입체적으로 구성해야한다.

> 천지에 왼통 천지에 당신 밖에 없습니다
> 내 안에도 내 밖에도 당신 밖에 없습니다
> 나 하나 설자리에도 당신 밖에 없습니다
>
> ─ 류제하의 「변조 · 18」 전문

당신의 상징은 입체적이다. 천지 속의 당신은 상하 좌우 중심에 있다.

당신은 하느님일 수도, 부처님일 수도 있고 상황에 따라서는 부모일 수도 친구일 수도 있고 사랑하는 이일 수도 있다. 안에도 밖에도 당신 밖에 없다는 말은 안과 밖이 당신을 중심으로 입체적으로 둘러싸여 있다는 말이다. 초장에서는 천지라는 거대한 공간에 당신이 있고 중장에는 나와 내 밖의 축소된 공간에 당신이 있다. 종장에서는 내가 있는 자리에 당신 밖에 없다고 했으니 공간은 더욱 축소되어 있다. 당신을 중심으로 카메라가 먼데서 가까운 곳으로 이동되어가고 있어 애니메이션을 보는 것 같은 입체성을 느끼게 된다.

⑥ 문맥성

상징은 한 문장에서 해석될 수 있는 것이 아니다. 문맥 전체를 통해 해석해야 한다. 이는 개인의 배경 지식, 문화에 따라 달라질 수 있다. 읽어가는 문맥 하나 하나에 의미가 반응되기 때문에 상징은 전후 문맥에 의존할 수밖에 없다. 이렇게 해서 상징은 살아있는 언어로 탈바꿈되고 생기있는 언어로 새롭게 탄생된다.

> 한 방향만 바라보다 늙어버린 문처럼
> 침묵 긴 행간에 그늘이 깊어지면
> 그 몸을
> 관통해가는
> 검은 기차가 있다
>
> 그리움은 헤어진 그 직후가 늘 격렬해
> 등을 만질 듯 마른 손을 뻗지만
> 제 길을
> 결코 안 벗는
> 그는 벌써 먼 기적
>
> 희미해진 이름 속을 꼭 한번 섰다 갈 뿐

그 때마다 피를 쏟듯 씨방이 터지는 걸
기차는
알지 못한다
폐허 위에 피는 꽃도

─정수자의 「간이역」 전문

　간이역은 3연으로 되어 있다. 1연은 한 방향만 바라보다 늙어버렸다
고 했다. 침목 행간에 그늘이 깊어지면 그 몸을 관통해가는 검은 기차
가 있다고 했다. 1연의 간이역은 기다리는 여심으로 상징되어 있다.

　2연에서의 그리움은 더욱 격렬해진다. 지나가는 기차에 마른 손을 뻗
지만 그는 제 갈 길을 벗어나지 않는 이미 먼 기적이다. 닿지 못하는
욕망은 먼 기적으로 대신하고 있어 간이역은 더욱 고독해져가는 자신으
로 변주되어 가고 있다.

　3연에서 기차는 희미해진 이름 속을 꼭 한 번만 섰다 갈 뿐이다. 그
때마다 피를 쏟듯 씨방은 터지고 폐허 위에 피는 꽃도 결국 기차는 알
지 못하고 있다. 처절하기까지 하다.

　간이역이 어떻게 해서 자아로 이동되어 가고 있는가를 보여주고 있
다. 상징은 문맥에 따라 그 의미가 어떻게 변화되고 있는가를 보여주기
도 한다.

7. 환유

1) 은유와 환유

　문장은 각기 선택된 언어 요소들이 일정한 순서에 의해 결합됨으로써
가능하다. 하나의 언어 목록에서 선택된 언어 요소는 다른 언어 목록에
서 선택된 언어 요소들과 결합함으로써 문장이 이루어진다. 야콥슨은

이러한 수직의 선택 관계 즉 유사 관계를 은유에, 수평의 결합관계 즉 인접 관계를 환유에 상응시켰다.

↓   나는   셰익스피어를   읽었다   → 환유
은   너는   괴테를   보았다
유   그대는   헤밍웨이를   사랑했다

은유는 원개념과 매개념 사이에서의 개념 산출이지만 환유는 지시나 지칭의 개념이다. '그녀는 곰이다'라고 한다면 원개념 '그녀'와 매개념 '곰' 사이에서 '미련하다'라는 새로운 개념이 산출된다. '그녀'라는 용기에 '곰'이라는 물체를 넣으면 '곰'은 사라지고 '미련한 그녀'가 채워진다. 그녀가 곰을 지칭한다면 환유가 되겠지만 지칭한다 해서 곰이 되지 않는다.

은유는 'A＝B'의 형식으로 두 개념의 변증론적 합의점을 찾아낸다. 해석의 한계는 있지만 은유는 일단의 단어 의미를 새롭게 내려야 하는 운명을 갖고 있다.

환유는 어떤 의미를 새롭게 산출하지 않는다. 존재하고 있는 것을 지시한다. '나는 한 잔 했다.'라고 하면 '잔'은 의미를 산출하지 않는다. 잔속에 존재하거나 잔과 인접된 '술'을 의미한다. 용기 '잔'은 용기 잔속에 있는 '술'을 지시하는 것이다. '한 잔'이라는 언어 요소가 '나는, 했다'라는 언어 요소들과 결합함으로써 '잔'이 '술'을 지칭하게 된 것이다.

2002년 월드컵 개막전에 프랑스와 세네갈의 축구 경기가 벌어졌었다. 그 때 프랑스가 1:0으로 분패했다. 신문에 '검은 사자 에펠탑을 무너뜨리다'라는 헤드라인 기사가 실렸다. 검은 사자는 물론 세네갈 축구 선수를 환유하고 에펠탑은 프랑스 축구 선수를 환유하고 있다. 검은 사자나 에펠탑은 각 나라의 인접성, 같은 영역 안에서 의미의 전이가 이루어진

것이다. 은유는 서로 다른 두 영역 사이에서, 환유는 한 영역의 의미 안에서 전이가 이루어진다.[103]

언급한 은유 '그녀는 곰이다'에서 '그녀'라는 사람과 '곰'이라는 동물 두 영역 사이에서 '미련한 여자'라는 의미가 창조되고, '나는 한 잔 했다.'에서는 '잔'과 '술'이라는 한 영역 안에서 의미의 전이가 이루어지고 있다.

은유는 한 사물을 다른 사물의 관점에서 말하는 방법이며 환유는 한 개체를 그 개체와 관련있는 다른 개체로 말하는 방법이다.[104] 은유의 기능이 주로 사물이나 개념을 이해하는 데 있다면 환유는 사물이나 개념을 지칭하는 데에 그 기능이 있다.

'그녀는 곰이다'에서 '그녀'라는 사물을 다른 사물인 '곰'의 관점에서 말하고 있다. '나는 한 잔 했다'에서는 '잔' 은 '잔'과 관계있는 다른 개체 인 '술'로 말하고 있다.

은유는 직유로 바꿀 수 있지만 환유는 그것이 불가능하다.[105] 은유인 '그녀는 곰이다'에서 '곰 같은 그녀'는 가능하지만 환유인 '나는 한 잔 했다'에서 '술 같은 잔'으로 변환이 불가능하다.

2) 유형

환유는 어떤 사물을 그와 관련된 다른 사물로 표현하는 비유 방식이다. 영역을 이동시키지 않고 한 사물을 다른 사물로 대체하는 것이다.

원인과 결과, 용기와 내용물, 부분과 전체, 생산자와 생산품, 장소와 시간, 사건, 장소와 특성, 생산품 등 여러 유형으로 나눌 수 있다.

---

103) 김욱동, 앞의 책, 196쪽.
104) 위의 책, 194쪽.
105) R.W.Gribbs, *The Poetics of Metaphor*(Cambridge:University Press,1994), 322쪽 참조.

'떨다'와 '겁내다'는 원인과 결과를 나타내는 경우이다. 떤다는 것은 어떤 충격의 결과로 물체가 흔들리는 것을 말한다. 겁이 났을 때 그 결과는 떠는 신체 반응으로 나타난다. 겁이 난 것은 원인이며 떠는 것은 결과이다. 결과로 원인을 나타내는 환유이다.

'그 사람 쪽박 찼다'라는 말은 허리에 쪽박을 찬 것이 아니라 쫄딱 망했다는 뜻이다. 쪽박은 바가지를 말한다. 이집 저집 얻어먹으려면 쪽박을 차고 다닌다. 쪽박은 쪽박에 들어있는 밥이나 음식을 환유한다. 용기로 내용물을 환유하고 있다.

'사람은 빵으로만 살 수 없다'에서 빵은 식량을 환유하고 있다. 빵은 식량의 일부분이고 식량은 전체이다. 한 부분이 전체를 지칭하고 있다. 부분과 전체와의 관계이다.

'나는 섹스피어를 읽었다'에서 섹스피어는 섹스피어의 작품을 지칭한다. 생산자가 섹스피어이고 생산품이 섹스피어의 작품들이다. 섹스피어는 섹스피어의 작품을 환유했다.

'천안문'은 베이징시의 천안문을 가리키는 것이 아니다. 중국의 민주화를 중국정부가 무력 진압함으로써 빚어진 대규모 유혈 참사를 가리킨다. 6·25는 단순히 6월 25일을 지칭하는 것이 아니라 6월 25일 새벽 공산군이 38도 선 이남으로 무력 침공한 남북 간의 한국전쟁을 의미한다. 이렇게 장소나 시간이 그 때의 사건을 가리키고 있다. 천안문이나 6·25는 민주화 유혈 참사, 한국 전쟁을 환유하고 있다.

한산, 금산, 담양 등은 그 지명을 말하는 것이 아니라 세모시, 인삼, 죽세공품인 그 장소의 특산품을 지칭한다. 함흥 냉면이니 춘천 막국수이니, 순창 고추장이니, 천안 호두과자, 초당 순두부 등도 장소로 특산품이나 생산품을 환유하고 있다.

환유 관계는 활성역과 윤곽으로 설명할 수 있다. 활성역은 특정한 관계에 있는 실질적으로 가장 직접적인 역할을 맡는 부분이며 윤곽은 인지 영역의 집합체, 즉 사물의 대강의 테두리나 모습을 말한다.

'개가 고양이를 물었다'에서 활성역은 개의 이빨이고 윤곽은 개이다. 윤곽 속에 어렴풋하게 숨어 있는 의미가 특정한 상황에서 활성화되면서 의미가 생겨난다. '개'는 '개의 이빨'을 환유하고 있다. '개가 고양이를 걷어찼다'라고 하면 '개'는 '개의 다리'를 환유하고 있다. 전자는 '개'라는 윤곽이 '물었다'라는 특정한 상황 때문에 '개의 이빨'이 활성화되고 후자는 '개'라는 윤곽이 '걷어찼다'라는 특정한 상황 때문에 '개의 다리'가 활성화 된 것이다. 이렇게 활성역과 윤곽이 일치하지 않을 때 환유가 일어난다.

'나는 셰익스피어를 읽었다'에서 윤곽은 '셰익스피어'이고 활성역은 '셰익스피어의 작품'을 말한다. 셰익스피어의 여러 기능 중에서 한 가지 작품에 반응하여 의미가 생겨나고 있는 것이다. 함흥 냉면에서 함흥이 윤곽이고 냉면이 활성역이다. 함흥에 있는 여러 특산물 중에서 냉면이 특정한 상황에 반응하여 활성화되었기 때문이다.

3) 종류

① 명사 환유

'삼천리 금수강산' 하면 삼천리를 뜻하는 것이 아니고 금수강산도 아름다운 산과 강을 의미하는 것은 아니다. '삼천리'는 '금수강산'과 합하여 우리나라를 환유하고 있다. 명사 은유이다.

오동나무 숨은 소리 님이라 부르노라
열세 줄 오리오리 젖 먹은 피줄인가

가락은 내 모르건만 넋이 불러 님이라네

—한설야의 「가야금」 첫수

오동나무는 가야금을 지칭한다. 명사 환유이다. '오동나무 숨은 소리'
라 했으니 오동나무가 소리낼 이는 없다. 오동나무를 재료로 썼기 때문
에 지칭되는 것이지 오동나무에 어떤 속성을 부여하는 것은 아니다. 은
유는 이해하는 장치 기능이지만 환유는 지시적인 장치 기능이다.

우리가 흔히 쓰는 '가슴이 아프다', '가슴이 설레다', '가슴이 탄다' 등
의 '가슴'도 환유적 표현이다. 마음이 아프고, 설레고, 탈 수는 있어도
가슴이 아프고 설레고 탈 수는 없다. 가슴은 마음의 명사 환유이다.

이렇게 환유는 문학 작품에서나 문학작품 등에서 습관적으로 쓰이는
경우가 많다.

바윈들 마음 없으랴
산인들 귀 없으랴

쇠북도 목젖 속에
우는 강을 재웠는데

이 한밤
팽팽한 정적 위에
천개의 얼음못을 친다

—김남환의 「귀뚜라미」 전문

쇠북은 쇠북 소리를 환유했다. 소리는 쇠북을 때려야 소리가 난다. 쇠
북의 무늬, 무게 같은 여러 기능 중에서 때려서 내는 소리가 활성화되
어 환유적 표현이 되었다. 바위의 마음, 산의 귀, 목젖 등의 언어 요소
들 때문에 쇠북이 쇠북 소리를 환유한 것이다.

제1장 시조 원리론 91

② 동사 환유

명사 환유처럼 자주 쓰이지는 않지만 동사 환유도 명사 환유 못지않게 중요하다. '잔을 들다', '잔을 잡다', '한 잔 꺾다' 등도 술을 마시는 환유적 표현이다. '들다', '잡다', '꺾다' 등의 동사가 잔과 함께 쓰여 '마신다'라는 뜻으로 대체된 것이다.

> 가시에 찔린 밤 방울새의 외마디같은
> 남루를 다 버리고 밤에 홀로 야위는
> 하현의 곧은 뼈마디
> 하얀 시를 씁니다
>
> ─김광순의 「뼈마디 하얀 시」 셋째수

'야위는 하현'에서 '야위다'는 동사 환유이다. '야윈다'는 것은 '적어진다'를 지칭하고 있다. 하현달이 야윌 수는 없다. 적어지는 것을 그렇게 표현한 것이다. 하현달이 적어진다거나 줄어진다고 말하면 의미가 한정이 되어 시의 맛을 살릴 수가 없다. 그래서 야윈다라고 표현한 것이다. 이렇게 에둘러 지칭함으로써 독자들의 사고를 더욱 풍부하게 할 수 있고 의미를 더욱 풍요롭게 만들 수 있다.

> 뎅그렁 바람따라
> 풍경이 웁니다
>
> 그것은 우리가 들을 수 있는 소리일 뿐
>
> 아무도 그 마음 속 깊은
> 적막을 알지 못합니다
>
> ─김제현의 「풍경」 1연

'풍경이 운다'는 것은 '우는' 것은 실제 우는 것이 아니라 풍경이 부딪혀서 울리는 것을 말한다. 우는 것은 사람이 우는 것이지 쇠가 울 수가 없다. '우는'으로 의인화해서 '우는'은 '부딪히거나, 울리는' 환유로 쓰고 있다. '운다'는 '울리다'를 가리키는 동사 환유이다.

③ 형용사 환유

흔히 '인생은 고달프다'라고 말한다. '고달프다'라는 말도 따지고 보면 환유에 해당된다. '고달프다'라는 것은 '몹시 지쳐 느른하다'라는 뜻이다. 육체가 고달픈 것이지 인생이 고달픈 것은 아니다. 산다는 자체가 고달프다는 말은 산다는 것이 어렵다는 말에 다름 아니다. '고달프다'는 말은 '어렵다'는 말의 환유적 표현에 지나지 않는다.

> 오늘은
> 너도 재우고
> 저무는 눈벌에 섰다
>
> 지워지는 길 위로
> 저려드는 목숨 한 닢
>
> 감감한
> 하늘 떠받들고
> 삭정이가 울고 있다
>
> ―진복희의 「제야」 전문

'저리다'는 뜻은 피가 잘 돌지 못하여 감각이 둔하고 힘없게 되는 것을 말한다. 육체나 뼈마디가 저린 것이지 목숨이 저린 것은 아니다. '저리다'는 말은 목숨 한 닢이 꺼져가는 안타까운 상태를 환유했다. 감감한 하늘에서 감감한 것은 쓸쓸하고 적적한 것을 말한다. 소식이 감감하다는 말은 써도 하늘이 감감하다는 말은 잘 쓰지 않는다. 이도 '쓸쓸하다'는 말을 환유한 것이다.

> 사랑이 엇떠터니 둥글더냐 모지더냐
> 길더냐 져르더냐 발을려냐 자힐러냐
> 각별이 긴 줄은 모르되 끝 간데를 몰라라
>
> —무명씨 작

사랑의 표현들을 여러 가지로 형태인 '둥글고', '모질고', '길고', '짧고' 등으로 표현했다. 사랑의 의미를 표현한 형용사 환유들이다. 하나의 의미를 여러 각도에서 지칭하면 시의 의미를 풍요롭게 만들어낼 수 있다.

④ 부사 환유

부사 환유도 생각해볼 수 있다. '내가 혼자서 이 일을 해냈다'라는 문장에서 '혼자서'라는 말은 '혼자의 힘으로'라는 뜻이다. '이 일은 여럿이하지 않으면 안된다'라는 문장에서도 '여럿이'라는 말은 '여럿이 힘을 합하여'라는 뜻이다. '혼자서'와 '여럿이'는 '혼자의 힘으로', '여럿이 힘을 합하여'를 환유한 것이다.[106]

> 주름진 어머니 얼굴
> 매보다 아픈 생각
>
> 밤도
> 낮도 길고

---

106) 김욱동, 앞의 책, 242쪽.

하고도 하한 날에

그래도 이 생각 아니면
어이 보냈을 거냐

—조운의 「어머니 얼굴」 전문

'어이'는 '어찌'라는 말과 같다. '어찌 혼자'라는 말에 다름 아니다. '어이'는 '어찌 혼자'를 환유했다고 볼 수 있다.

8. 퍼소나

1) 개념

우리에게는 두 정신 세계가 있다. 내가 아는 세계인 의식 세계와 내가 모르는 세계인 무의식 세계이다. 나, 즉 '자아'는 의식의 중심에 있지만 무의식은 자아의 통제 밖에 있다.

집단 사회를 외부 세계, 의식과 무의식 세계를 내부 세계라 한다면 자아는 외부 세계와 관계를 맺고 또 한편으로 내부 세계와도 관련을 맺고 있다. 자아는 내부 세계와 접촉하면서 외부 세계와도 접촉하고 있다. 이 때 외부에 대한 여러 행동 양식을 익히게 되는데 이러한 외부에 대한 내부의 태도를 퍼소나라고 한다. 개인이 사회와 만나 어떤 관계를 맺어야하며 어떻게 타협해가야 하는가 하는 하나의 타협점이다. 기대 수준에 맞추어 살아가야 하는 편의상 생긴, 사회가 요구하는 콤플렉스이다. 이러한 퍼소나는 사회에 대한 나의 작용과 사회가 나에게 작용하는 체험을 거치면서 형성된다.

개인이 텍스트라는 집단에 내던져질 때 그 집단에 맞는 탈을 써야한다. 학생 앞에서는 교수의 탈을, 친구들 앞에서는 친구의 탈을, 가정에서는 아빠나 아내의 탈을 써야한다. 친구들 앞에서 교수의 탈을 쓴다든지, 부모 앞에서 교수의 탈을 쓴다든지 한다면 사회 문제가 야기된다. 이렇게 퍼소나는 집단 속에서 살아가야하는 필수적인 외적 태도이며 도덕율이며 행동양식이다.

텍스트는 하나의 세계이다. 세상에는 수많은 텍스트들이 존재하고 있다. 텍스트들이 존재하기 위해서는 그에 맞는 퍼소나의 등장은 필수적이다. 퍼소나는 세계에 적응하기 위한, 세계를 처리하기 위한 개인의 태도나 체계이다. 이러한 퍼소나가 작품에서는 하나의 심리 기재로 시인에 의해 각기 다른 모습으로 창조된다. 또한 테마나 기능 구현을 위해 변용, 사용된다.

퍼소나(persona)는 배우의 가면을 의미하는 라틴어 퍼소난도(personando)에서 유래한 연극 용어이다. 처음에는 가면의 입구(mouthpiece)를 뜻하다가 배우가 쓰는 가면, 배우의 역할 등의 의미를 거쳐 텍스트 속의 인물이나 개성을 뜻하게 되었다.

시조 텍스트의 시적 자아는 두 가지로 나눌 수 있다. 실제 시인 자신인 경험적 자아와 시인 자신이 아닌 허구적 자아이다. 실제 시인이 텍스트 속에 그대로 들어가면 경험적 자아로 이를 개성론이라고 하고 실제 시인이 텍스트 속에 실제 시인이 아닌 허구적 자아로 변용되면 이를 몰개성론이라고 한다.[107]

실제 시인이 경험적 자아라할 지라도 일단 텍스트 속에 들어가면 그 텍스트 상황에 맞게 조금은 굴절된, 실제 시인과 근접한 경험적 자아로 변용된다.

내 언제 무신하여 님을 언제 속였관데

---

107) 김준오, 앞의 책, 194쪽.

월침삼경에 올 뜻이 전혀 없네
추풍에 지는 잎소리야 낸들 어이 하리오

—황진이 시조

위 시조 텍스트는 개성론으로 퍼소나 즉 시적 자아는 경험적 자아인 '나'이다. '내'가 화자가 되어 님에 대해 독백하고 있다. 위의 시적 자아는 경험적 자아로 실제 시인 황진이이다. 실제 시인이라기보다는 그 일부가 변형된 실제 시인과 가까운 시적 자아라고 보는 것이 타당하다. 실제 시인이라도 일단 텍스트에 들어가면 그 일부가 굴절되기 마련이기 때문이다. '나(실제시인)=, ≒황진이(시적 자아)'의 등식이 성립한다.

영원히 사는 것은
세상엔 하나 없고

무성한 잎 속에나
슬픈 울음을 묻으며

가다간 하늘도 날아보는
그 짓밖에 못하네

—박재삼의 「새의 독백」 전문

위 시조 텍스트는 몰개성론으로 실제 시인인 경험적 자아가 허구적 자아로 굴절된 형태이다. 실제 시인인 박재삼이 허구적 자아인 새로 변형되었다. 새가 영원히 사는 것이 하나도 없다고 하고 무성한 잎 속에 슬픈 울음 묻으며 가다간 하늘도 날아보는 그 짓 밖에 못한다고 독백하고 있다. 시인은 텍스트 상에서 새라는 인물을 등장시켜 자신의 삶을 상징적으로 표현하고 있다. '박재삼(실제시인)≠새(시적 자아)'의 등식이 성립된다.

2) 시점의 선택, 화자와 청자

사람은 사회에 대해 자신을 나름대로 양식화시킨다. 시인도 텍스트 속에서 그 상황에 맞게 인물을 양식화시킨다. 이를 퍼소나라고 하는데 효과를 극대화하기 위해 거기에 알맞는 인물을 등장시켜 시점을 선택한다. 그렇기 때문에 퍼소나는 하나의 시점으로도 정의할 수 있다.

1인칭으로 할 것인가, 2인칭으로 할 것인가 아니면 3인칭, 탈인칭으로 할 것인가 등을 결정해야한다. 이러한 시적 자아는 텍스트 속에서 화자 나 청자로 나타난다. 이를 드러내느냐 숨겨두느냐의 문제는 시인이 결정해야한다. 이 때 텍스트의 여러 상황들이 고려되어야한다.

시인, 화자, 청자, 독자와의 관계를 다음과 같이 설정할 수 있다.

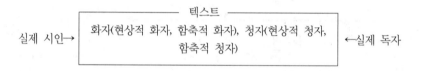

도표에서 시적 자아, 시의 일인칭 화자는 텍스트 속에 나타난 현상적 화자와 숨어있는 함축적 화자로 나뉜다. 이인칭 청자도 텍스트 속에 나타난 현상적 청자와 숨어있는 함축적 청자로 나뉜다. 화자와 청자는 경험적 자아, 곧 실제 시인과는 구분되는 시적 자아이다. 실제 시인과 독자는 텍스트 밖에 있다.

① 현상적 화자, 현상적 청자

묏버들 가려 꺾어 보내노라 님의 손에
자시는 창 밖에 심어두고 보소서

밤비에 새잎 곧 나거든 날인가도 여기소서

-홍랑의 시조

위 텍스트는 일인칭 화자와 삼인칭 청자가 표면에 나타나 있다. 현상적 화자는 '나'와 삼인칭 현상적 청자는 '님'이다. 화자가 청자에게 말을 건네는 방식으로 되어 있다. 실제 시인 '홍랑'은 텍스트 속의 시적 자아인 '나'와 동일한 인물이다. '님'은 홍랑이 사랑한 고죽 최경창이다.

사랑하는 고죽 최경창이 내직으로 발령을 받아 가게 되었을 때 홍랑이 멀리까지 따라와 전별시로 불러준 노래이다. 날이 저물고 봄비가 소리 없이 내리고 있었다. 이 때 홍랑은 길가의 버들가지를 꺾어 고죽에게 주며 이 노래를 부른 것이다.

묏버들을 가려 꺾어서 당신께 드립니다. 주무시는 창 밖에 심어두고 보옵소서. 오늘처럼 밤비에 새잎이 곧 나거든 저인 것처럼 여겨주십시오라는 내용이다.

② 현상적 화자, 함축적 청자

성균관 유생들이 상소를 올리고 있다
개혁의 먹을 갈아 하늘을 치든 붓끝
애채에 터지는 봄빛 일파만파 눈물빛

-남승렬의 「백목련」 전문

위 텍스트는 삼인칭 화자, 유생들은 텍스트 표면에 나타나 있고 비인칭 청자, 임금은 텍스트 속에 숨겨져 있다. 백목련은 성균관 유생으로 변용된 현상적 화자이다. 청자는 비인칭, 임금으로 텍스트 상에 나타나 있지 않다. 유생들이 성균관 뜰에서 임금님께 개혁의 상소를 올리고 있다. 그 개혁이 하늘을 찌를듯하지만 애채(새로 돋은 나무가지)에 터지는 봄빛은 일파만파 눈물로 번져가고 있다. 시인은 백목련을 바라보며 이를 유생의 화자로 환치시켜 시대의 개혁을 외치고 있다. 이렇게 화자나 청자의 선택은 텍스트의 모든 상황을 향해 극대화시키는 도구로 사용되고 있다.

③ 함축적 화자, 현상적 청자

젖은 잎새들
젖은 채로 흔들릴 때

네 마음 그냥 가만히 있겠니?

바람에
매미 울음도
휘어지는 저 언덕길

　　　　　　　　　　　　　　　　　　　－이정환의 「비 그치고」 전문

화자는 숨겨져 있다. 청자만 나와 화자의 말을 듣고 있다. '너 그냥 가만히 있겠니?' 화자의 말이지만 화자는 직접 나타나 있지 않다. 숨어서 말하고 있다. 그 말을 듣고 잎새가 반응하고 있다. 바람에 잎새가 흔들리면서 울고 있는 매미 울음도 휘어지고 있다. 화자의 어조는 권고할 수도 명령할 수도 요구할 수도 있다. 현상적 청자는 듣기만 할 수도 있고 텍스트처럼 반응을 보일 수도 있다. 상황에 따라 여러 형태로 청자의 행동이 묘사될 수 있다.[108]

---

108) 신웅순 앞의 책, 269쪽.

④ 함축적 화자, 함축적 청자

> 녹슨 배경 하나 삐딱하니 버려졌고
> 그날 밤 빈 배 두엇 저음으로 가라앉는
> 바다는 4악장쯤서 가로 접혀 있었어
>
> 하얀 뼈로 떠오르는 달이며 늙은 구름……
> 누군가가 가만히 해안선을 끌고 와서
> 먼 기억 풍금 소리를 꺼내 듣고 있었어
>
> ─유재영의 「월포리 산조」 전문

위 텍스트는 화자도 청자도 텍스트 상에 나타나 있지 않다. 화자는 월포리를 바라보고 있는 실제 시인이다. 실제 시인, 화자는 실제 독자, 청자에게 월포리를 바라보며 독백하고 있다. 여기에서 '누군가'가 나오는데 누군가는 사실 실제 시인인지 제 삼자인지 아무도 알 수 없다. 그 누군가가 화자인지도 단언하기 어렵다. 월포리 배경 뒤에 숨어서 화자는 특별히 숨어있는 청자를 의식하지 않고 산조가락으로 말하고 있다.

함축적 화자가 함축적 청자를 의식하지 않고 독백하는 형식을 띠고 있다. 화자가 텍스트 뒤에 숨어 말하고 있긴 하지만 실제로 자신의 이야기를 쓰고 있는 것 같지는 않다. 그렇다고 뚜렷한 청자도 없다.

3) 극대화된 시점 몇 개의 예

> 달빛을 흔들고 섰는 한 나무를 그렸습니다
> 그리움에 데인 상처 한 잎 한 잎 뜯어내며
> 눈부신 고요 속으로 길을 찾아 떠나는……

제 가슴 회초리로 치는 강물을 그렸습니다
흰 구름의 말 한 마디를 온 세상에 전하기 위해
울음을 삼키며 떠나는 뒷모습이 시립니다

눈감아야 볼 수 있는 한 사람을 그렸습니다
닦아도 닦아내어도 닿지 않는 푸른 별처럼
날마다 갈대를 꺾어 내 허물을 덮어주는 이

기러기 울음소리 떨다가는 붓끝 따라
빗나간 예언처럼 가을은 또 절며와서
미완의 슬픈 수묵화, 여백만을 남깁니다

　　　　　　　　　　　　　　　－민병도의 「가을 삽화」 전문

　위 시조는 자신의 경험담을 말하고 있다. 화선지를 놓고 언어로 그림
을 그리고 있다. 나무를 그리면서 그리움에 데인 상처의 잎을 뜯어내기
도 하고 눈부신 고요 속으로 길을 찾아 떠나기도 한다. 강물을 그리면
서 한마디를 온 세상에 전하기 위해 울음을 삼키며 떠나는 뒷모습을 그
리기도 한다. 또 한 사람을 그리면서는 닦아내어도 닿지 않는 푸른 별
처럼 갈대를 꺾어 허물을 덮어주는 이를 생각하기도 한다. 기러기 울음
이 떨다가는 붓끝을 따라 가을은 절며 오지만 결국 미완의 슬픈 수묵화
의 여백만이 남는다는 자신의 이야기를 자신의 시점으로 쓰고 있다. 개
성적으로 절제된 한편의 드라마 같기도 하다.

　　　찻물을 올려놓고 가을 소식 듣습니다
　　　살다보면 웬만큼 떫은 물이 든다지만
　　　먼 그대 생각에 온통 짓물러 터진 앞섶
　　　못다 여민 앞섶에도 한 사나흘 비는 오고
　　　마을에서 멀어질수록 허기를 버리는 강
　　　내 몸은 그 강가 돌밭 잔돌로나 앉아 있습니다
　　　두어 평 꽃밭마저 차마 가꾸지 못해

눈먼 하 세월에 절간 하나 지어놓고
구절초 구절초 같은 차 한잔을 올립니다

—박기섭의 「구절초 시편」 전문

차 한 잔을 구절초로 환입시켜 이도 자신의 이야기를 담담하게 말하고 있다. 화자는 찻물을 올려놓고 가을 소식을 듣는다. 삶의 떫은 물이 든다해도 그대 생각에는 온통 앞섶은 짓무르고 그 앞섶에서도 사나흘 비가 온다고 했다. 그러니 강도 마을에서 멀어질수록 허기를 버릴 수밖에 없다. 내 몸은 그 강가 잔돌로 앉아 있고 두어 평 꽃밭마저 가꾸지 못해 눈 먼 세월에 절간 하나 지어놓는다고 했다. 그리고는 구절초 같은 떫은 차 한잔을 그대에게 올린다는 삶의 아픈 단면을 담담하게 고백하고 있다.

사물을 묘사할 것인가, 사물에 자신을 이입시켜 쓸 것인가, 그 사물에 또 다른 퍼소나를 환치시켜 노래할 것인가 등을 결정해야한다. 이 때 텍스트 상황에 맞는 전개와 어휘를 선택해야하는데 언어는 적재적소에 맞는 거기에는 단 하나만의 어휘여야 한다.

누가 누구에게 말하고 싶은가도 분명하게 해야 한다. 누가 누구에게 말한다 해도 어떤 식으로 말해야하는 가를 고려해야한다. 텍스트 속의 퍼소나는 시를 구성, 창작하는데 없어서는 안될 중요한 요소이다. 텍스트 속에 여러 인물들이 섞여 나타나지나 않았는지 자신의 말이 흔들리지는 않았는지 따져봐야 한다. 자신의 목소리로 끌고 가든, 누구의 목소리로 끌고 가든, 그것이 단성이든, 다성이든 일관된 목소리이어야 한다.

퍼소나는 텍스트 속의 등장인물이다. 시에서의 등장인물 즉 시적 자아는 소설과는 달리 흔히 시조 텍스트 속에서는 있는지 없는지 간과하기 쉽다. 우리가 모르고 쓰면서도 시적 자아가 등장하지 않으면 쓸 수 없는 것이 시이다. 그것을 몇 인칭으로 할 것인가, 화자는 누구로, 청자는 누구로 할 것인가 등을 결정하지 않으면 안된다. 이런 것들이 상황에 맞게 제대로 선택되고 적절히 조정될 때 한편의 텍스트가 제대로 완성될 수 있는 것이다.

9. 역설

1) 정의

역설(paradox)은 아이러니(irony)와 구별된다.

아이러니의 경우는 진술 자체에는 아무런 모순이 없으나 진술된 그 자체의 의미와 그 속에 숨겨진 의미 사이에 모순이 일어난다.

못생긴 여인을 보고 "절세미인이다."라고 하면 아이러니이다. 저 여인은 화자도 청자도 못생긴 것으로 알고 있는데도 화자는 절세미인으로 진술한 것이다. 화자의 진술 자체는 예쁘다는 의미이지만 실제로 숨겨진 의미는 못생겼다는 의미이다. 화자의 진술의 의미 '예쁘다'와 청자의 숨겨진 의미 '못생겼다'가 서로 모순이 되고 있다. 이를 아이러니라고 한다.

역설은 진술 자체가 모순이다. '삶은 곧 죽음이요, 죽음은 곧 삶이다.'라고 진술한다면 진술 자체의 의미가 서로 모순이다. 유치환의 「깃발」 '소리 없는 아우성', 김영랑의 「모란이 피기까지」의 '찬란한 슬픔의 봄' 같은 것들이 역설이다. 아우성이 소리가 없을 수 없고 슬픔이 찬란할 수 없다.

> 밤에도 대낮이 허옇게 걸려있다
> 누구냐, 내 숨을 곳 샅샅이 허물을 지은
> 천지는 거울을 대며 전 생애를 끄집어낸다
>
> —김원각의 「양심」 전문

밤에 대낮이 걸릴 리가 없다. 밤과 대낮은 서로 모순이다. 이러한 모순은 흔히 신비스럽고 초월적인 진리가 숨어있는 것이 보통이다. 중장과 종장을 읽어보면 표현하고자하는 의미가 드러난다. 아무리 어두운 곳에 숨는다 해도 천지가 거울을 대며 전 생애를 끄집어낸다고 했으니 양심은 대명천지 대낮이나 칠흑같은 밤일지라도 속일 수가 없다. 그러한 진리를 표현하기 위해 밤과 낮이라는 서로 모순된 언어를 대비시켰다.

역설의 paradox는 'para(초월)+doxa(의견)'의 합성어이다. 이것은 아이러니와 함께 고대 그리스에서의 수사학의 용어로 사용되어 왔다. 소크라테스의 '내가 안다는 것은 내가 모르는 것'이라든지, 공자의 '내가 아는 것을 안다고 하고 모르는 것을 모른다고 하는 것이 아는 것'이라든지, 예수의 '너희가 살고자하면 죽을 것이요 죽고자하면 살 것이다'라는 말 같은 것들이다.

2) 종류[109]

① 표층적 역설

표층적 역설은 모순 어법을 말한다. 수식어와 피수식어의 상반된 결합 같은 것들이 이에 속한다. '소리없는 아우성', '찬란한 슬픔의 봄'과 같이 모순 관계로 결합된 형태이다. 일상의 상식을 파괴함으로써 새롭고 참신한 이미지를 얻어낼 수 있다. 비교하거나 대등 관계에서 흔히 볼 수 있다.

---

109) 휠라이트는 역설의 종류를 표층적 역설, 심층적 역설, 시적 역설로 나누고 있다. Philip Wheelwright, *The Burning Fountain*(Indiana University Press, 1959), 70−73쪽 참조. 김준오, 『시론』(삼지원, 1993), 226쪽에서 재인용.

세상 허허롭기가 하늘보다 깊은 날도
사람 무심하여 눈물 절로 어리는 날도
새벽녘 까치처럼 가야할 은혜로운 땅에서

전설 속 석수장이 명품 빚는 석수장이
그 아린 정과 끌에 살과 뼈를 깎아낸 뒤
장엄히 또한 은은히 빛살 같은 울음우는

─강호인의 「종·1」 부분

'하늘보다 깊은 날'에서 보면 하늘은 높은 것이지 깊은 것은 아니다. 하늘이 바다같이 푸르기 때문에 깊다고 한 것이다. 모순 어법으로 비교함으로써 뜻을 더욱 깊게 할 수 있다.

'장엄히 또는 은은히 빛살같은 울음 우는' 울음은 장엄히 울면 은은히 울 수는 없다. 어떻게 울음을 우는가를 모순 어법으로 처리함으로써 의미를 깊게 할 수도 넓게 할 수도 있다.

② 심층적 역설

심층적 역설은 종교적 진리, 철학적 진리나 형이상학적 진리 등을 나타내는데 주로 사용된다. 노자의 '도를 도라 할 수 있으면 진정한 도가 아니다'라든지 불교의 '색즉시공, 공즉시색'라든지 같은 것들을 말한다.

흰구름은 끊어져 법의와 같고
푸른 물은 활보다도 더욱 짧아라
이곳 떠나 어디로 가꾸 감이랴,
유연히 그 무궁함 바라보느니!

─한용운의 한시 「수행자」 전문

흰구름 끊어진 것은 추상체이다. 법의는 구상체, 물질이다. 공은 보이지 않는 것이요 색은 보이는 것이다. 흰구름 끊어진 것은 보이지 않는 것이고 법의는 보이는 것이다. 보이는 것과 보이지 않는 것이 같다고 했으니 서로 모순이다. 푸른 물이 어떻게 활보다도 짧을 수 있으며 무궁함을 어떻게 바라볼 수 있는지 이도 모순이다. 푸른 물은 실체이기는 하지만 잴 수 있는 물체가 아니다. 활은 그렇지 않다. 무궁함은 실체가 없다. 실체가 없는 것을 바라본다고 했으니 모순도 이만 저만이 아니다. 진리를 나타낸다고 하나 생각해보면 신비스럽고 초월적이고 모호하다.

③ 시적 역설

시적 역설은 시의 부분에서 나타나는 것이 아니라 시의 구조 전체에서 나타나는 구조적 역설이다.

> 나이는 열두 살
> 이름은 행자
>
> 한나절은 디딜방아 찧고
> 반나절은 장작 패고……
>
> 때때로 숲에 숨었을
> 새 울음소리 듣는 일이었다
>
> 그로부터 10년 20년
> 40년이 지난 오늘
>
> 산에 살면서
> 산도 못 보고
>
> 새 울음 소리는 커녕

내 울음도 못듣는다

—조오현의 「일색과후」 전문

이 시조는 작품 전체가 구조적으로 역설로 되어 있다. 열 두 살 때 새소리를 들었는데 40년이 지난 지금은 새소리는커녕 내 울음도 못 듣는다는 것이다. 이는 모순이다. 못들었을 리 없으나 인생의 깊은 울음을 아직도 듣지 못했다는 수행자의 고뇌를 역설적으로 나타낸 것이다.

이러한 역설의 예는 시에서 많이 발견된다. '새울음 소리 듣는 일이었다'와 '새울음 소리는 커녕 내 울음도 못듣는다'에서 보면 문장 자체로 보면 모순이 없다. 전체 구조적으로 볼 때 산에 살고 있으면서 새 울음소리를 듣지 못한다는 것은 말이 안된다. 그런 의미에서 이 시조는 전체가 구조적 역설로 되어 있다.

역설은 아이러니와 구분이 되지 않을 수도 있다. 부룩스는 역설을 넓은 의미로 보아 아이러니를 동반한다고 했다. 모호한 점은 산견될 수 있으나 역설은 아이러니와는 다르다. 역설은 진술에 모순이 있어 진리를 나타내고 있으나 아이러니는 진술 자체에는 모순이 없어도 숨은 의미와는 모순이 되고 있어 역설과는 다르다.

3) 예

나 보기가 역겨워
가실 때에는
말없이 고이 보내 드리오리다.

영변에 약산
진달래꽃
아름 따다 가실 길에 뿌리오리다.

가시는 걸음 걸음
놓인 그 꽃을
사뿐히 즈려 밟고 가시 옵소서.

나 보기가 역겨워
가실 때에는
죽어도 아니 눈물 흘리오리다.
－김소월의 「진달래꽃」 전문

나 보기가 역겨운데 고이 보내드린다는 말은 말이 안된다. 진달래꽃
까지 가시는 길에 뿌려준다니 또 그것을 사뿐히 즈려밟고 가라하니 이
만 저만한 모순이 아니다. 나 보기가 역겨워 가실 때에는 눈물을 흘려
야하는 것이 상식인데 진달래꽃의 화자는 그렇지 않다.

소나무가 장자라고 말하는 이 순간

햇살은
뿌리 쪽을
어김 없이 읽어낸다

한 백년 발자국 푸른 범종 소리 따라와서
－김광순의 「계룡산에서」 전문

한 백년의 발자국와 푸른 범종 소리는 대등 관계에서 모순이 된다.
발자국은 사람이나 짐승. 새들이 낼 수 있는데 푸른 범종 소리가 그러
한 발자국을 낼 수 없다.

10. 아이러니

1) 정의

아이러니(반어법, irony)는 진술 자체에는 아무런 모순이 없다. 그 속에 숨겨진 의미가 표현된 진술과 모순이 될 때 일어난다.

현진건의 「운수 좋은 날」에서 보면 김첨지가 며칠간 허탕만 치다 그 날은 돈벌이를 많이 했다. 참으로 운수 좋은 날이다. 김첨지는 아내가 그토록 먹고 싶었던 설렁탕을 사들고 왔으나 아내는 죽어있었다. 「운수 좋은 날」은 제목 자체로 보면 운수가 좋은 날이지만 정작 내용은 운수 가 나쁜 날이다. 겉으로 진술된 제목과 그 소설의 내용이 서로 모순이 되고 있다. 부자였고 얼굴도 잘 생겼고 부덕하게 생겼는데도 어느 하루 아침에 거지가 되었을 때 그를 보고 사람들은 운명의 장난이라고 말한 다. 예상치 못했던 일이 기대와는 정 반대로 일어날 때 이를 아이러니 라고 한다.

아이러니는 '변장'의 뜻을 가진 희랍어 에이로네이아(eironeia)에서 유래했다. 어원은 남을 기만하는 변장(dissimulation) 행위이다. 변장 행위에 는 두 가지 타입이 있다.

고대 희극에서는 아리스토텔레스가 분류한 두 타입을 에이론(Eiron)과 알라존(Alazon)이라는 이름을 부여하여 주인공으로 채택했다. 전자는 실제보다 낮추는 행위, 후자는 실제보다 높이는 행위이다. 에이론은 약자 이지만 겸손하고 현명하다. 알라존은 강자이지만 자만스럽고 우둔하다. 두 인물은 서로 대립·상반되는 관계에 있다. 양자의 대결에서 관객의 예상을 뒤엎고 약자인 에이론이 강자인 알라존을 물리쳐 승리한다.[110]

---

110) 김준오, 앞의 책, 216쪽.

이 두 타입은 겉과 속이 다르다. 전자는 강한데 약한 체하고 후자는 약한데 강한 체한다. 겉으로 보기에는 강한 알라존이 약한 에이론을 이길 것 같지만 결국 약한 에이론이 승리한다. 타입 자체도 아이러니하다.

소크라테스적 아이러니 같은 경우는 에이론에 속한다. 진리에 대해 모르는 체 겸손해하면서 상대방에게 계속 질문을 던진다. 그렇게 해서 상대방의 주장이 허위임을 드러내도록 만드는 것이다. 이런 문답으로 상대방을 굴복시킨다.

> 유신 헌법이 공포된 날
> 궁정동을 지났습니다
>
> 집채만한 중탱크
> 아름드리 포신 끝에
>
> 한 마리
> 고추잠자리
> 앉아쉬고
> 있어요
>
> ―장순하의 「포신 끝에 앉아 있는 고추잠자리」 전문

위 진술은 유신 헌법이 공포된 날 궁정동을 지나다가 집채만한 탱크 포신 끝에 앉아있는 평화스러운 고추잠자리 한 마리를 보고 진술한 시조이다. 진술 그대로라면 모순이 없다. 속뜻은 고추잠자리가 포신 끝에 앉아있는 평화스러움이나 한가로움 같은 것이 아니다. 여기에는 유신 헌법이라는 무서운 코드가 잠재되어 있다.

유신 헌법은 1972년 10월 대통령 특별 선언에 따른 '조국의 평화통일을 지향하는 새 헌법 개정안'이다. 국민들에 대한 막강한 집권세력의 통제 기제가 여기에 숨어있다. 집채만한 중탱크와 아름드리 포신이 이를

말해주고 있다. 속뜻은 포신 끝에 앉아있는 고추잠자리의 평화스러운 모습이 아니라 살벌한 현실이다. 진술에는 아무런 모순이 없으나 속뜻은 이와는 정반대의 뜻을 내포하고 있다. 표면에 나타난 퍼소나 '고추잠자리'가 이면에 숨은 퍼소나인 '유신 헌법'을 비판하고 있다.

2) 유형

① 언어적 아이러니

언어적 아이러니는 언어와 관계가 있다. 진술된 의미와 숨겨진 의미가 서로 다를 때 이를 언어적 아이러니라 한다.

> 북천이 맑다커늘 우장 없이 길을 가니
> 산에는 눈이 오고 들에는 찬비로다
> 오늘은 찬비 맞았으니 얼어잘까 하노라
>
> —임제의 「한우가」

위 진술은 찬비를 맞았으니 얼면서 자겠다는 것이다. 속뜻은 그것이 아니다. 찬비는 한우(寒雨)라는 기생이다. 찬비를 맞았다는 것은 한우를 만났다는 의미이다. 한우를 떠보기 위한 수작일 뿐 한우와 함께 찬비 맞은 몸을 뜨겁게 녹여보고 싶다는 것이다.

위 텍스트는 수사적 방법으로서의 아이러니이다.

영리하고 똑똑한 예쁜 아이보고 '야, 요 얄미운 것'이라고 말하면 그 어린이는 얄밉다고 생각하지 않는다. 상대방의 심정을 짐작하고 그렇게 말한 것이다. '얄밉다'는 말로 진술되었지만 사실은 똑똑하고 예쁘다는 뜻이다. 상대방의 마음을 알아채고 그와는 반대로 말했다. 임제도 한우의 마음을 알고 짐짓 반대로 말했다. 듣는 상대방이 분명 부인할 것으로 믿고 화자는 반어법으로 말하는 것이다. 이것이 언어적 아이러니이다.

풍자(satire)는 주로 비난이나 개선의 의도로 쓰인다. 사회나 개인의 악덕·모순·어리석음 따위에 대해 비웃음, 조롱, 익살, 모방, 반어 등 여러 방법들을 동원시킨다. 언어적 아이러니(반어)는 풍자의 한 방법이다.

> 간 밤에 자고 간 그놈 아마도 못 잊겠다
> 와야놈의 아들인지 진흙에 뽐내듯이 두더지 영식인지 꾹꾹이 뒤지듯이 사공의 성녕인지 상앗대 지르듯이 평생에 처음이요 흉측히도 얄궂어라
> 전후에 나도 무던히 겪었으되 참맹세 간밤 그놈은 차마 못잊을까 하노라
>   －무명씨

간밤에 자고 간 놈 어찌나 재주가 좋던지 아무리해도 잊을 수가 없다. 기와장의 아들놈인지 진흙을 이겨내듯이, 두더지 아드님인지 꾹꾹 뒤지는 그 솜씨며, 능숙한 뱃사공의 솜씨인지 상앗대질 하듯이 평생에 그 맛이 처음이라 아이 망측하고 얄궂어라. 전후에 나도 무던히도 겪었지만 참말로 간 밤 그 놈은 차마 못잊겠다.

중장의 '흉측하고 얄궂다'라는 진술 뒤에 숨은 뜻은 진술된 그대로의 뜻이 아니다. 정반대로 표현한 언어적 아이러니이다. 성 묘사를 겉으로 드러내기가 상스러워 반어로 표현한 것이다. 이런 예는 얼마든지 찾아볼 수 있다.

> 내일이면 미국으로 입양 간다는 여섯 살 짜리 정박고아소녀,
> 낯가림도 없이 내 가슴에 안겨 와서, 성모마리아 같은 눈으로 내 눈을 들여다보며 머리와 얼굴 여기저기를 골고루 어루만진다.
> 그 눈은 '이 가엾은 것을, 이 가엾은 것을'을 되뇌이고 있었다.
> －장순하의 「그 다섯째·어느 정박 고아의 눈/1989년 가을」 전문

위 텍스트도 풍자이긴 하지만 언어적 아이러니라고 볼 수 있다. 중장

과 종장은 성모마리아와 같은 행동을 하고 있다. 중장과 종장의 표현된 진술은 정박아가 아니다. 성모마리아처럼 성스러운 행동하고 있지만 그 속뜻은 정반대의 뜻을 내포하고 있다. 물론 정박아는 성모마리아의 행동을 할 수 없는데도 그렇게 진술하고 있다. 정박아에 대한 사회의 시선이라든지 돌보지 않는 사람들에 대한 질타가 텍스트 속에 숨어있다.

② 구조적 아이러니

구조적 아이러니는 언어적 아이러니와는 차원이 다른 작품 구조에서 일어나는 아이러니이다. 플롯이 역전되거나 반전되는 경우, 주인공의 의도와는 정반대의 결과를 낳는 경우, 주인공은 모르나 독자들은 알고 있는 경우이다.

소포클레스의 "오이디푸스 왕"의 경우의 예를 들 수 있다.

독자들은 선왕의 살해자가 아들, 오이디푸스임을 잘 알고 있다. 그러나 오이디푸스만은 모르고 있다. 범인을 추적한 결과 자신이 선왕의 살해자이며 현재의 왕비가 자신의 생모임을 알게 된다. 오이디푸스는 자신의 눈을 뽑고 장님이 되어 방랑의 길을 떠난다.

신의 노여움, 운명의 장난으로 인해 생긴 비극적 아이러니이다. 흔히 비극은 정점 위에서 정점 아래로 떨어지지 않는다. 오이디푸스는 극에서 극으로 떨어지는 그러한 흔치 않은 구성으로 되어있다. 구성상의 모순으로 아이러니가 일어나게 된 것이다.

> 아무리 뒤져봐도
> 훔쳐갈 것 하나 없어
>
> 에이 재수 없다
> 침 탁 뱉고 나가는데

여보게
도둑이 들리
문 꼭 닫고
나가소

ー장순하의 「도둑」

위에서 도둑이라는 주인공은 뒤져봐도 훔쳐갈 것이 없어서 침 택 받고 나간다. 재수 없다는 말이다. 그런데 집 주인은 그 사람이 도둑인 줄 빤히 알면서도 도둑이 드니 문 꼭 닫고 나가라고 말하고 있다.

제대로 된 플롯이라면 도둑이 침을 택 뱉고 나갈 때 경찰에 신고하거나 몽둥이를 들고 쫓아가거나 소리를 질렀어야한다. 그러나 주인은 젊잖게 도둑이 드니 문을 꼭 닫고 가라고 말하고 있다. 극이 예상과는 달리 반전되었다. 전혀 예상치 못했던 플롯이 전개된 것이다.

11. 패러디

1) 아이러니(irony)와 패러디(parady)

아이러니는 한 텍스트의 외연적 의미와 내포적 의미가 일치하지 않는 반면 패러디는 원 텍스트와 패러디 텍스트 간의 의미가 일치하지 않는다. 아이러니는 하나의 텍스트가 필요하지만 패러디는 두 개의 텍스트가 필요하다. 전자는 하나의 텍스트에서 외연적 의미와 내포적 의미의 차이를 다루지만 후자는 하나의 텍스트를 모방해서 또 하나의 텍스트를 만들어 두 텍스트 간의 의미의 차이를 다룬다. 아이러니는 원 텍스트를 필요로 하지 않는 반면 패러디는 반드시 원 텍스트가 필요하다. 아이러니는 하나의 텍스트에서 단일한 의미가 도출되지만 패러디는 원 텍스트와 또 다른 텍스트에서 다양한 의미가 생성된다.

예쁘고 야무지게 생긴 아이를 보고 '요, 여우같은 년'이라고 말하면 영리하고 똑똑한 아이를 뜻한다. 외연적 의미는 여우같은 교활한 뜻이지만 내포적 의미는 영리하고 똑똑하다는 뜻이다. 여기에는 원 텍스트가 없고 하나의 텍스트만이 필요하다. 이것이 아이러니이다.

패러디는 원 텍스트 전제가 필요 조건이다. 이 원 텍스트를 개작하거나 모방해서 또 하나의 텍스트를 만들어낸다. 그래서 두 텍스트 간에 익살, 풍자, 희화의 다중 의미가 발생한다.

> 황진이 (자세히 지족 선사를 본다) 찡이 아니오라 땡이옵니다!
> 염라대왕 땡이 아녀. 너 때문에 졸지에 피박쓴 놈이여.
> 황진이 제가 컴퓨터도 아닌데 어떻게 피박쓴 남정네를 전부 기억합네까?
> 염라대왕 허기사 한둘이 아니니까 헷갈리겠지. 이것아, 그래도 틈틈이 리스트라도 작성하지 그랬어.
> 지 족 이런 요망한 것, 어찌 네가 나를 모른다고 하느냐?
> 검사자 저자는 널 기억한다고 하잖느냐.
> 황진이 기억이 안남네.
> 검사자 요즘 기억안다는 놈들 너무 많어…….
>
> ─김상열 희곡 「황진이」에서

원 텍스트는 황진이다. 그러나 위 희곡은 원 텍스트 황진이를 통해 요즘 세태를 꼬집어 또 다른 패러디 텍스트를 만들어내고 있다. 진실을 말하지 않고 기억나지 않는다고 딱잡아 떼며 자신의 죄를 모면하려하는 도덕성이 결여된 현대인의 군상을 패러디한 것이다.

2) 정의

패러디를 영어 사전에서 찾아보면 '풍자적 개작', '서투른 모방'이라고 되어 있다. 어원 parodia는 para+odia가 결합된 것으로 'counter+song, 반대의 노래'란 뜻이다. 그러나 접두사 para는 '반대하는, counter', '반하는,

against'의 대비 혹은 대조란 뜻도 있지만 '곁에, beside' 혹은 '가까이 close to'의 일치나 친밀함이란 뜻도 동시에 갖고 있다.[111]

'beside 곁에, lose to 가까이→개작, 모방=풍자, 희화(counter, against 반대의, 반하는의 뜻)'으로 해석할 수 있다. 패러디는 원 텍스트를 개작, 모방하여 풍자나 희화시키는 것을 말한다.

패러디는 그 뜻이 매우 포괄적이고 다양해서 한마디로 정의하기는 어렵다. 좁은 의미로는 한 텍스트가 원 텍스트를 조롱하거나 희화화시키는 것으로 과거 문학 작품에 대한 조롱이나 경멸을 위해 쓰였던 시적 장치의 하나로 오랜 전통에 그 뿌리를 두고 있다. 특정한 작품의 풍자적 모방, 익살극, 조롱극이라 일컫는 트래비스티 trabesty, 벌레스크 bulesque 와 같은 유사한 형식으로 파악하기도 한다.[112]

넓은 의미로는 텍스트와 텍스트 간의 '반복이나 다름'이라는 개념으로 사용되기도 한다. 다성성·상호텍스트성 intertextuality·메타픽션·혼성모방 pastiche 등과 함께 포괄적인 의미로 사용될 수도 있다.[113]

벌레스크는 원 텍스트의 진지한 형식이나 내용에다 원 텍스트를 모방하면서 원 텍스트와는 다른 천박한 형식이나 내용을 삽입, 원 텍스트의 진지한 형식이나 내용을 익살스럽게 만들어내는 풍자 양식이다.

> 국군 보안 사령관
> 그 서슬 시퍼런 자리
>
> 중장에서 소장으로
> 계급 격하한다 한다

---

111) Margaret A, Rose(1979), 18쪽 / Linda Hutcheon(1992), 54~56쪽 참조.
112) 정끝별, 『패러디시학』(문학세계사, 1997), 41쪽.
113) 위의 책, 30쪽.

대장의 위에 있는 게
　　바로 소장 아니던가

　　　　　　　　　　－장순하의 「대장 위에 소장」 전문

　원 텍스트는 군인 계급인 서열이 엄격한 대장과 소장이다. 그러나 이를 또 하나의 텍스트 사람의 내장, 소장과 대장으로 격하시켜 원 텍스트를 조롱하고 있다. 중장에서 소장으로의 격하는 명예를 중시하는 군인으로써는 참을 수 없는 일이다. 엄숙하고 진지한 원 텍스트를 인간의 내장이라고 본 텍스트는 가볍게 처리하고 있다. 이 경우는 한 텍스트에서 두 개의 상황을 설정하여 패러디한 벌레스크의 형태이다.

　텍스트는 다른 텍스트와의 연관성 없이는 존재하지 않는다. 이 때 텍스트 간의 중첩된 언술은 의미론적으로 보면 여하간에 대화가 형성된다고 볼 수 있다.[114] 이를 대화성 혹은 다성성이라고 한다. 물론 중첩된 언술들이 패러디화될 수도 있고 그렇지 않을 수도 있다.

　하나의 텍스트는 수많은 기 텍스트들과의 상호 관계에서 이루어진다. 그 어떤 텍스트도 독자적으로 이루어질 수 없으며 기 텍스트들을 인용, 흡수, 변영시키는 가운데 이루어진다. 이를 상호텍스트성이라고 한다.

　메타픽션은 기존의 텍스트를 대상으로 또 하나의 텍스트를 창작하는 글쓰기와 시인의 목소리를 개입시켜 텍스트의 창작 과정에 대해 진술하는 글쓰기를 말한다. 전자의 글쓰기는 반드시 원 텍스트를 전제로 성립되는 패러디와 관련이 깊으나 후자의 글쓰기는 패러디와 무관한 경우가 많다.[115]

　패스티쉬는 비판력이 없는 닮음 혹은 모방을 특징으로 한다. 한 텍스

---

114) Tzvetan Todorov(1981), 『바흐친 : 문학사회학과 대화이론』, 최무현 역(서울:까치, 1987), 93쪽
115) 정끝별, 앞의 책, 48쪽.

트는 물론 수많은 텍스트들로부터의 모방이자 평면적으로 흡수되는 저항없는 '닮음'이기에 비판성·풍자성·동기성이 결여되고 상대적으로 유희적 기능이 강하게 부각된다.[116]

콜라주·몽타주는 색지나 신문지 천·사진·광고문·흩어진 단어, 문장 등의 단편들을 조립·구성하여 파편화되고 분열된 현실을 표현하는 형식을 말한다.[117] 문학의 경우에는 단어나 문장의 흩어진 단편들을 하나의 텍스트로 조립·구성하여 파편화된 분열된 현실을 표현하는 형식을 말한다.

혼성 모방은 이러한 패스티쉬나 콜라주·몽타주 형식의 패러디를 말한다.

> 한 놈은 머릴 처박고 달 속에서 웁니다
> 그걸 보는 다른 놈의 눈빛
> 아름답고 불안해요
> 세 가닥 굵은 전선이 나를 마구 휘감네요
>
> 눈빛 총총 달을 띄운 지금은 위험한 밤
> 불을 켜지 마세요
> 그냥 그대로 좋아요
> 저봐요
> 튀어나온 눈알
> 푸르도록 슬프네요
>
> —이지엽의 「달과 까마귀」 전문

이 원 텍스트는 이중섭의 <달과 까마귀> 그림이다. 그림을 시로 옮긴 것이다. 그림과 문학의 상호텍스트성이다. 그림을 나름대로 변형시켜 시로 풀어쓴 것이다. 이 때 의미의 변형이 이루어지는데 지은이는 그림

---

116) 위의 책, 49쪽.
117) 위의 책, 51쪽.

의 진정한 의미가 무엇인지는 모를 것이다. 다만 그림에 대한 느낌을 현대적인 언어 감각으로 풀어낸 것이다. 텍스트는 '달 속에서 울고 아름답고 불안하고, 전선이 나를 휘감고 위험한 밤이고 눈은 튀어나오고 슬프고'이다. 불안한 현대 생활을 풍자하거나 비판한 상호텍스트성 패러디의 일종으로 볼 수 있다.

> 술아 너는 어이하여 달고도 쓰돗더니
> 먹으면 취하고 취하면 즐겁고야
> 인간의 번우한 시름을 다 풀어볼까 하노라

위 초장은 윤선도의 '솔아 너는 어찌 눈 서리를 모르는다'와 '풀은 어이하여 푸르는듯 누르나니'를 말만 바꾸어 짜깁기한 것이다. '먹으면 취하고 취하면 즐겁고야'는 역시 윤선도의 '동산에 달오르니 긔 더욱 반갑고야'의 말을 바꾸어 어조를 그대로 모방했다. 일종의 다성성 아니면 패스티쉬의 성격이 강한 패러디라고 볼 수 있다.

한시의 내용을 표절하여 형식만 바꾼 것들도 있다.

> 엄동에 부채를 선사하는 이 깊은 마음을
> 너는 아직 어려서 그 뜻을 모르리라만
> 그리워 깊은 밤에 가슴 깊이 불이 일거든
> 오유월 복더위 같은 불길을 이 부채로 식히렴
>
> ─임제의 한시

> 부채 보낸 뜻을 나도 잠간 생각하니
> 가슴에 붙는 불을 끄라고 보내도다
> 눈물도 못끄는 불을 부채라서 어이 끄리
>
> ─무명씨

원 텍스트는 불길을 부채로 식히라고 했고 후자의 텍스트는 부채로는 끌 수가 없다는 언어 표현상만 다를 뿐 다른 내용은 같다. 결국 부채로는 가슴에 붙는 불을 끌 수가 없다는 말을 전자는 완곡하게 후자는 직설적으로 표현한 것뿐이다.

위 시조는 표절에 가깝다. 원 텍스트를 철저히 숨기고 있으면서 마치 자신의 창작품인 것처럼 가장하고 있다. 이럴 경우 표절이라고 말한다. 그러나 패러디는 여러 장치를 통해 자신의 작품에 사용되고 있는 원 텍스트의 흔적을 반드시 남겨둔다. 의식적인 인정된 모방 인용행위이다. 이 점이 표절과 다르다.

패러디 대상은 원 텍스트이다. 그 원 텍스트를 어떤 방법으로든 독자들에게 알려줘야 한다. 알려주기 위한 모든 장치, 전경화를 통해 패러디 텍스트는 원 텍스트를 노출시켜 비판과 풍자, 희화화시켜야한다. 이럴 때 독자는 원 텍스트가 패러디 텍스트의 기대 지평으로부터 일탈되어 놀라게 된다.

12. 거리

1) 외적 거리와 내적 거리

어떤 텍스트는 거리감이 느껴지고 어떤 텍스트는 친숙하게 읽혀진다. 아프리카 소설을 읽으면 낯설고 한국 소설을 읽으면 재미있다. 지역과 문화적인 배경 때문에 생기는 거리이다. 옛날 소설을 읽으면 어렵고 현대 소설을 읽으면 쉽게 읽혀진다. 시대적인 배경 때문에 생기는 거리이다. 철학 서적을 읽으면 많은 사색이 필요하고 일상적인 소설을 읽으면 별 생각 없이 읽혀진다. 지적 배경 때문에 생기는 거리이다.

이런 거리들은 작가나 독자의 노력에도 불구하고 해소하기 어렵다. 텍스트를 매개로 해서 필연적으로 생기는 작가와 독자와의 거리이다. 이를 텍스트의 외적 거리라고 한다.

내적 거리는 작가와 텍스트와의 거리, 독자와 텍스트와의 거리를 말한다. 이러한 거리는 작가의 표현과 독자의 의도에 따라 달라진다. 작가가 어떤 방식으로 접근하느냐, 독자가 어떻게 읽어내느냐에 따라 거리가 달라지는 것이다. 작가의 표현 관점이나 독자의 해석 관점이 다르기 때문이다. 작가의 창작 과정에서, 독자의 읽기 과정에서 생기는 거리이다. 이를 내적 거리라고 한다. 작가와 텍스트, 텍스트와 독자 간에 타협해갈 수 있는 거리이다. 텍스트와 작가, 텍스트와 독자 간의 거리는 피할 수 없으나 그 거리는 탄력적으로 조정될 수 있다.

외적 거리의 예를 들어보도록 한다.

> 푸른 산중(山中) 백발옹(白髮翁)이 고요 독좌(獨坐) 향남봉(向南峰)이로다
> 바람 불어 송생슬(松生瑟)이요 안개 걷어 학성홍(壑成虹)을 주곡제금(奏穀啼禽)은 천년한(千古恨)이오 적다정조(積多鼎鳥)는 일년풍(一年豊)이로다
> 누구서 산을 적막(寂寞)타던고 나는 낙무궁(樂無窮)인가 하노라
>
> —작자 미상

> 나보다 난 한 쪽
> 먼저 눈을 떴습니다.
>
> 학처럼 깃을 펴고
> 화분에 앉았습니다.
>
> 이 세상 잠시 떠날듯
> 그렇게 피었습니다.
>
> —이용상의 「난」

전자의 시조는 고시조이다. 한자말들이라 한문을 공부하지 않은 사람들은 무슨 뜻인지 알 수 없다. 당시 식자들에게는 자연스러웠을 것이나 지금의 한글 세대에 와서는 많이 낯설다. 전자를 현대어로 옮겨보면 다음과 같다.

> 푸른 산중의 백발 노옹이 고요히 혼자 앉아 남쪽 봉우리를 바라보고 있구나.
> 바람 부니 솔숲의 거문고 소리요, 안개 걷히니 골짜기엔 무지개로다. 두견
> 새 우는 소리는 천 년 한이요, 솥적다 우는 소쩍새 소리에 풍년이 들겠구나.
> 그 누가 산을 적막하다고 했는가 나의 즐거움은 끝이 없노라.

후자의 시조는 현대시조이다. 화분에 있는 난촉이 한 마리 학처럼 앉았다 이 세상을 이내 떠날듯 피었다고 했다. 현대 언어로 쓰였기 때문에 현대인들은 이를 곧잘 읽을 수 있다. 시대적인 배경 때문에 생긴 거리이다.

2) 거리의 생성

예술을 창작하거나 감상하는 데에 거리 개념에 대한 이해는 필수이다. 창작이나 감상의 성패를 좌우할 수도 있다. 앵글 조정에 따라 의미를 왜곡시킬 수도 있고 정당화시킬 수도 있다. 초점에 따라 해석이 달리할 수도 있다. 거리의 판단 문제는 작가나 독자가 텍스트에 대해 안고 있는 문제 중의 하나이다.

거리 개념은 두 가지 측면에서 생각해볼 수 있다. 작가의 표현 의도에 따른 거리 개념과 독자의 감상 태도에 따른 거리 개념이다.

텍스트의 인물에 대한 작가의 심리적인 상태라든지, 시점의 선택이라든지, 서술 상황이라든지 등은 전자의 거리 개념들이다. 말하자면 작가가 감정을 객관화시켜가는 과정에서 생겨나는 거리들이다.

시점 선택과 서술 상황의 예를 들어보기로 한다.

　　엄마야 누나야 강변 살자
　　뜰에는 반짝이는 금모래빛
　　뒷문 밖에는 갈잎의 노래
　　엄마야 누나야 강변 살자

　　　　　　　　　　　－김소월의 「엄마야 누나야」 전문

　　지상엔 마지막 가을이

　　목발을 짚고 갔네

　　허리가 휘이도록

　　하얀 밤을 걸어갔어도

　　살아서 그리움보다

　　더 먼 것은 없었네

　　　　　　　　　　　－백이운의 「귀뚜라미」 전문

　　김소월의 「엄마야 누나야」는 작가는 성인 김소월 남자이다. 그러나 텍스트 속의 시적 자아는 산골 소년이다. 시점을 삼인칭 산골 소년으로 선택했다. 그 산골 소년이 강변에서 엄마와 누나와 함께 살고 싶다는 것이다. 김소월이 작가 자신으로부터 분리, 텍스트에서 산골 소년으로 나타났다. 작가는 어떤 테마를 효과적으로 전달하기 위해 작가의 감정을 객관화해야할 필요가 있다. 때로는 여인으로, 소년으로 작가와의 거리를 둠으로써 텍스트가 의도하는 테마를 극대화시킬 수 있다. 어린 산골 소년이어야 엄마와 누나와 함께 그런 강변에서 살 수 있는 것이지 성인 소월 자신을 등장시켜서는 그런 효과를 나타낼 수 없는 것이다.

백이운의 「귀뚜라미」에서 목발을 짚고 간 가을 그 하얀 밤을 걸어갔어도 그리움보다 더 먼 것은 없다고 했다. 하얀 밤을 걸어간 것은 귀뚜라미이다. 걸어간 것이 아니라 귀뚤귀뚤 우는 귀뚜라미 소리를 그렇게 표현한 것이다. 귀뚤귀뚤 울었다고 표현한다면 느낌은 반감되었을 것이다. 서술의 묘미가 거기에 있다. 귀뚜라미가 울었다고 한다면 귀뚜라미가 우는 것이지 하얀 밤을 걸어간 것은 아니다. 우는 소리를 하얀 밤을 걸어갔다고 표현했기 때문에 거리가 생긴 것이다. '우는 것'과 '걸어간 것'의 거리는 차이가 있다. 서술을 어떻게 표현하느냐에 따라 독자들의 느끼는 거리가 이렇게 다른 것이다.

독자의 감상 태도에 따른 거리는 독자가 텍스트에 대해 사적인 관심을 버린다든가, 감정을 분리시킨다든가 할 때 생겨난다.

> 까마귀 깊은 울음이 보리밭을 지나던 겨울 시렁에 매어 놓은 메주 한 줌 떼어 먹던 날 몇 번씩 바늘귀만 헛지르던 어머니
> 막소금 단지 속에 굴비 한 마리 숨겨두고 윤팔월 그믐 가도록 기다렸던 우리 누야는 어머니 깊은 얼굴을 갈매기로 날아갔다.
>
> ─김문억의 「바다」 전문

시인은 그 옛날 가난했던 시절을 떠올리며 이 글을 썼을 것이다. 어머니 얼굴이 누이와 오버랩되어 까마귀와 갈매기라는 매개체로 해서 그날의 아픔을 되새기고 있다. 바다는 하나의 배경으로 쓰이고 있다. 실제로 쓰고 싶은 것은 어머니에 대한 그리움일 것이다. 독자들이 반응할 수 있는 공통 분모는 어머니라는 혈육에 대한 그리움이다. 독자들이 깊은 감동을 받았다면 텍스트와 독자와의 거리는 가깝고 그렇지 않다면 텍스트와 독자와의 거리는 멀다고 말할 수 있다.

독자의 감동은 독자의 체험, 환경, 배경과도 무관하지 않다. 작품은 동서고금, 남녀노소 감동을 받을 수 있는 것이어야 한다. 명작으로 평가

를 받다가도 한 시대가 지나면 언제 잊히지 모르는 작품들도 있다. 작가나 독자들의 거리가 객관성을 유지하지 못하고 한 시선에 치우쳐 있기 때문일 것이다. 그래서 텍스트의 중심추가 어느 독자에게도 기울어지지 않도록 객관적인 거리를 유지할 필요가 있다. 그러기 위해서는 텍스트에 대한 사적인 관심을 버리거나 감정을 분리시키지 않으면 안된다. 그래야 텍스트를 제대로 감상할 수 있다.

3) 거리의 분리

작가는 화자나 서술 등을 텍스트에서 분리해내야 하고 독자는 텍스트에서 감정을 분리해내야 한다. 그래야 텍스트로부터 거리가 생성된다.

작가의 화자의 서술 분리를 예를 들어 설명해보기로 한다.

텍스트		텍스트
나는 울었다	→분리→	그녀의 속눈썹이 젖었다

'나는 울었다'라고 한다면 이를 시적 표현이라고는 볼 수 없다. 자신의 감정을 거르지 않고 그대로 표현했기 때문이다. '나는 울었다'를 '그녀의 속눈썹이 젖었다'로 표현해야 시적인 표현이 된다. 독자들은 '나는 울었다' 보다는 '그녀의 속눈썹이 젖었다'라는 표현이 다 아름답다고 말할 것이다.

이 텍스트는 화자와 서술을 분리했다. '나'라는 실제적 시인을 '그녀'라는 허구적 자아 즉 텍스트 속의 시적 자아로 분리했다. 실제 시인 '나'를 허구적 자아인 '그녀'로 분리함으로써 텍스트 밖의 실제적 시인과 텍스트 속의 허구적 시적 자아 사이에 거리가 생기게 되었다. 실제적 시인 '나'를 텍스트 속의 실제적인 '나'로 분리했다면 작가와 텍스트와의 거리는 가까워지나, 실제적 시인인 '나'를 텍스트 속의 '그녀'로 분리했다면 작가와 텍스트와의 거리는 멀어지게 된다. '나'를 '그녀'로 분리했기 때문이다. 그래야 객관적인 거리를 유지할 수 있다. 누구나가 감동할 수 있는 거리가 어떤 거리이어야 하는가는 상황에 따른 작가의 역량에 달려있다. '나는 울었다'라는 구절에서 실제 시인인 '나'를 시적 자아인 '그녀'로만 분리하면 객관적 거리라고 말할 수는 없다. '나의 속눈썹이 젖었다'라고 한다면 오히려 반감될 수 있다. 화자만 분리할 것이 아니라 다른 요소들과 함께 분리시켜야 그 효과를 거둘 수 있다.

서술의 분리가 필요한 이유가 여기에 있다. '울었다'를 '속눈썹이 젖었다'로 분리해야한다. 그래야 객관적인 거리를 유지할 수 있다. '울었다'라는 말은 직설적 표현이다. 시도 때에 따라 직설적 표현이 필요하기도 하지만 여간 능력이 아니고서는 성공하기 어렵다. 서술도 시적인 표현으로 바꾸어야한다. '울었다'를 '속눈썹이 젖었다'로 분리해야 독자들은 비로소 고개를 끄덕끄덕 한다. '울었다'를 '속눈썹이 젖었다'로 분리함으로써 객관적인 거리를 유지할 수가 있다. 작가와 텍스트와의 거리 증가는 독자와 텍스트와의 거리 감소를 가져오게 되는 것이다.

부서지진 않으리
깨어지진 않으리

고스란히
참수되어
선혈을 땅에 뿌릴 지라도

가벼이
난분분 난분분
흩날리지 않으리

　　　　　　　　　　　　　　　　　─신양란의 「동백, 지다」 전문

위 텍스트는 실제 '동백'이 텍스트 상에서 시적 자아 '죄인'으로 변용되었다. 동백이라는 꽃을 씻지 못할 죄인인 사람으로 형상화시켜 실감을 더해주고 있다. 고대 떨어지는 꽃으로 선비의 의연함을 보여주고 있는 것이다. 시적 자아가 사람으로 변용됨으로써 동백에서 사람으로 거리를 넓혀주고 있다. 이러한 거리 유지를 위해서는 서술의 변용과 함께 이루어져야 한다. 부서지지 않고, 깨어지지 않는다고 했다. 떨어진 꽃을 그렇게 서술한 것이다. 선혈을 땅에 뿌릴지라도 흩날리지 않는다고 했다. 대부분 꽃들은 바람에 흩날린다. 그런데 그런 꽃에서 차별화시키고 있다. 이러한 차별화된 거리를 유지해줌으로써 작가와 텍스트와의 거리는 증가한다.

독자의 감정 분리는 시인이 창작한 텍스트와 감상하고자하는 독자와의 거리이다. 이는 독자가 주관이나 실제적 관심으로부터 버린 허심탄회한 마음을 유지함으로써 생기는 거리이다. 독자의 감정으로부터의 분리된 거리이다. 이러한 거리는 독자가 텍스트를 읽어가는 과정에서 생긴다. 읽어간다는 것은 텍스트에 대해 독자가 자신의 사적인 감정을 분리해간다는 것을 의미한다. 이러한 감정 분리는 독자가 텍스트에 대해 적당한 거리를 둘 때만이 가능하다.

> 좌판대에 몸을 굳힌 등 푸른 고기 떼들
> 난바다 가로질러 회귀의 꿈을 꾸고 있다
> 흰 눈발 툭툭 쳐내는 저녁 불빛 아래서
> —임성화의 「아버지의 바다」 4연

텍스트를 읽기 위해서는 독자의 사적인 관심을 버려야한다. 독자가 자신의 감정을 분리하지 않고 주관적으로 바라본다면 독자는 텍스트에 빠져 제대로 감상할 수 없다. 정서의 과잉과 감정 자제의 부재 때문에 생기는 거리이다. 이 경우 텍스트에 대한 독자의 심리적 거리가 멀어 객관적으로 읽어낼 수 없다.

화자는 어부인 '아버지'이다. 그러나 단순히 어부인 아버지로만 해석한다면 텍스트는 하나의 뜻으로 굳어지게 된다. 양식화 과정에서 다듬어지지 않는 지적인 부족이나 정서 과잉 태도는 텍스트를 올바르게 해석할 수 없다.

위 텍스트는 IMF 하의 많은 기층민들의 표상으로 읽어내야 한다. 누구나 다 텍스트에는 시대적인 배경이 있다. 아버지의 바다이지만 단순히 바다만을 이야기하지는 않는다. 여기에는 그래도 희망을 잃지 않는 가난하지만 기층민들의 굳센 의지가 담겨 있는 것이다. 어디에도 치우치지 않는 적당한 거리를 두고 읽을 필요가 있다. 너무 떨어져서 읽거나 너무 가까이 읽을 경우 지나친 감정의 억제나 과잉은 엉뚱한 해석을 낳을 수가 있다. 독자에게 적당한 앵글 조정이 요구되는 것도 이 때문이다.

4) 거리의 상관 관계

거리는 텍스트를 사이에 둔 텍스트에 대한 작가의 선택과 독자의 선택이다. 감정을 양식화하는 과정에서 거리는 생긴다고 하였다. 작가와 텍스트와의 거리가 짧은 경우 이는 시인이 자기 감정을 양식화하지 않고 직접 발화하는 절규의 형태이다. 이럴 경우 독자는 텍스트에 참가할 수 없기 때문에 독자는 읽기를 중단해버리고 만다. 작가와 텍스트와의 거리는 짧아지고 독자와 텍스트와의 거리는 멀어진다.

이 경우는 언급한 바대로 '나는 울었다'와 같은 형태의 텍스트이다. 자신의 감정을 거르지 않고 있는 그대로 표현했다. 독자들은 이러한 텍스트에 별 흥미를 느끼지 못한다. 이 경우 작가와 텍스트와의 거리가 짧기 때문에 독자와 텍스트와의 거리는 멀어진다. 독자는 텍스트에 공감하지 않는다고 말할 수 있다.

'나는 울었다'를 '그녀의 속눈썹이 젖었다'로 하면 작가와 텍스트와의 거리는 증가한다. '나'를 '그'로 분리했고 '울었다'를 '속눈썹이 젖었다'로 분리했다. 감정을 양식화함으로써 작가와 거리를 증가시켰기 때문에 독자와 텍스트와의 거리는 상대적으로 가까워졌다. 이 경우 독자는 텍스트에 대해 공감한다고 말할 수 있다.

작가가 객관적으로 세계를 기술하게 될 경우 작가와 텍스트와의 거리는 증가되고 독자는 텍스트에서 눈을 떼지 않는다. 이럴 때 독자와 텍스트와의 거리는 감소되고 독자는 텍스트에 대해 깊은 감명을 받게 된다.

이를 표로 정리하면 다음과 같다.

$$\text{작가 A} \bullet \overset{x}{\rule{3cm}{0.4pt}} \text{텍스트} \overset{y}{\rule{3cm}{0.4pt}} \bullet \text{B독자}$$

위의 표에서 '나는 울었다'라는 텍스트는 작가와 화자와의 거리가 짧아 A에 접근되어 있는 경우이고 이 경우 독자와 텍스트와의 거리가 멀어 독자는 공감하지 않는다고 말할 수 있다.

$$x < y$$

그러나 '그녀의 속눈썹이 젖었다'라고 하면 화자도 서술도 분리되어 텍스트의 위치가 B에 접근되어 있어 독자와 텍스트와의 거리는 감소되어 독자는 공감한다고 말할 수 있다.

$$x > y$$

그러면 작가와 텍스트와의 거리를 x라하고 독자와 텍스트와의 거리를 y라고 한다면 작가와 텍스트, 독자와 텍스트와의 상관 관계는 'x+y=I'라는 공식이 성립할 수 있다.

그러나 작가와 텍스트와의 거리 감소는 반드시 독자와 텍스트 사이의 거리 증가를 가져오는가. 반드시 그렇다고는 말할 수 없다. 다시 말해 어떤 작품에는 비록 작가가 작품에 개입한다고 해도 독자는 공감을 유지할 수 있다는 말이 된다. 'x+y≠I'라고도 말할 수 있다.

예를 들어보면 다음과 같다.

> 청산은 내 뜻이요 녹수는 님의 정이
> 녹수 흘러간들 청산이야 변할 쏜가
> 녹수도 청산 못 잊어 울어예어 가는고
>
> －황진이 시조

위 텍스트는 자신의 감정을 그대로 텍스트 속에 끌어들여 꾸임 없이 기술했다. 그러나 이런 솔직 담백한 텍스트가 오히려 독자의 마음을 사로잡을 수도 있다. 물론 텍스트 속에 숨겨진 상황이나 의미들이 작가와 적당한 선에서 타협, 거리를 조절했기 때문일 것으로 보인다. 텍스트의 개념들을 어떤 공식에 의해 정의하기 보다는 또 다른 설명을 미루어야 한다는 말이 옳을 수도 있을 것이다.

5) 예

> 불혹도 넘겨버린 어느 간이역쯤에
> 내 여읜 몇 줄 시도 추려서는 버리고
> 서늘한 그늘 한 자락

옷섶으로 받는다

억새 흐느끼는 쟁명한 저 가을볕
누구는 가을볕 같은 이삿짐을 꾸린다지만
또 어느 세속의 비탈을 휘적이며 갈 것인가

이제 웬만큼은 치욕도 알 나일러니
목금마냥 지쳐 누운 목숨의 갈피마다
구절초 마른 꽃대궁
언뜻 비쳐 보인다

－박기섭의 「구절초 시편」 전문

　자신의 얘기를 하면서도 서술들이 적당한 거리를 유지하며 적재적소
에 배치되어 있다. 주관적인 감정에도 군더더기 일체의 말이 없다. 다른
사람이 얘기하는 것처럼 객관적으로 처리되고 있다. 작가와 텍스트와의
선을 넘지 않고 자신의 삶을 구체적이고 섬세하게 묘사하고 있다, 거리
조정으로 구절초 마른 꽃대궁인 것을 언뜻 비쳐보인다는 빛나는 결구를
얻었다.

　　　푸른 하늘 이고서도 빗물 젖는 가슴들
　　　점점 몸져 소리 잃고 흘러가는 강물
　　　어쩌랴 산은 자꾸 돌아서며 그대 이름 지운다

－김교한의 「저 강물」 전문

　시인은 멀리서 가감 없이 자신의 모습을 바라보고 있다. 그대라는 사
람은 누구인가. 자신일 수도 있다. 산도 자신이다. 자신을 산으로, 분리
된 산으로 세계를 객관적으로 바라볼 수 있도록 요구하고 있다. 그래야
자신을 스스로 잘 돌아볼 수 있을 것이다. 살아온 자신의 모습을 푸른
하늘 이고서도 빗물이 젖고 갈수록 소리를 잃고 흘러가는 강물이라고

했다. 그리고서 산은 자꾸 돌아서면서 그대 이름을 지우는 것이다. 욕심을 버리고 자신을 멀리서 뒤돌아보며 세계를 바라보고 또 바라보고 있다. 텍스트와의 거리는 자신만이 알 수 있고 자신만이 조절할 수 있다. 이러한 거리가 많은 사람으로부터 근사하게 보일 때 텍스트는 좋은 작품이라고 말할 수 있을 것이다. 시인이 멀리 놓고 본다 해도, 가까이 놓고 본다 해도 어떻게 서술했느냐는 것은 매우 중요한 문제이다. 모든 독자들이 공감할 수 있는 서술은 많은 노력과 조탁 과정에서 얻어진 결정체임을 알아야한다.

제2장

시조 창작론

많은 훈련을 거치는 동안 피사체를 찾는 작업이 얼마나 피나는 훈련을 필요로 하는가를 알게 된다. 감명 깊은 대목을 다른 시어로 대체해본다든가, 소재를 바꿔본다던가, 배경을 바꿔본다든가 등의 여러 방법들이 있을 것이다. 시어를 빼기도 하고, 보태기도 하고, 변용시키기도 하는 등 자기 나름대로의 방법을 찾아 스스로 습득해나갈 필요가 있다.

1. 시조 창작의 예

1) 하나의 예

글을 잘 쓰기 위해서는 흔히 많이 읽고, 많이 쓰고, 많이 생각해야한 다고 한다. 여기에 어떤 이는 많은 경험을 추가하기도 한다. 다독, 다작, 다생, 다험을 말한다.[1]

애초부터 시조는 음악이었고 문학이었다. 음악이 곧 문학이었다. 시조 시를 노랫말로 해서 부르는 곡이 가곡과 시조가 있는데 가곡은 시조시 를 5장 형식으로 부르고 시조창은 3장 형식으로 부른다.

시조는 음악이기 때문에 다른 운문과는 달리 율격에 맞는 의미를 잘 살려내지 않으면 안된다. 6개의 구와 12개의 음보로 율격과 의미를 조 화롭게 받혀주어야 한다. 이미지의 압축이 필요한 것도 이 때문이다.

율격을 익히기 위해서는 고시조와 현대시조를 많이 읽고, 많이 외워 야한다. 많이 외움으로써 율격은 자연스럽게 체득된다. 읽는 것보다 써 보는 것이 더 좋고 써보는 것보다 외우는 것이 더 좋고 외우는 것보다

---

1) 김제현, 『현대시조 작법』(새문사, 1999), 103쪽.

창작해보는 것이 더 좋다. 시조의 율격을 익히기 위해 읽고 쓰고 외우고 창작하는 작업을 쉴새없이 반복해야한다.

현대시조의 대가 가람 이병기는 "시조 문학을 하시면서 스승으로 모신 분이 누구냐?"는 기자의 질문에 거침없이 "황진이의 시조 한 수가 나의 스승"이라고 말한 바 있다.

> 어져 내 일이여 그릴 줄을 모르는가
> 이시라 하더면 가랴마는 제 구태야
> 보내고 그리는 정은 나도 몰라 하노라

가장 빛나는 고시조 한 수를 스승으로 모셨다는 것은 후학들에게 시사할 만하다. 이 시조 한 수를 스승으로 모셨으니 시조 한 수가 지금의 시조의 대가 가람 선생님을 만든 것이다.[2] 좋은 시조를 자꾸 읽고 외우는 가운데 시조의 율격은 익혀지고 시조 또한 잘 쓸 수 있는 것이다.

반드시 율격을 익히고 나서 시조를 써야하는 것은 아니다. 병행할 수도 있고 그렇지 않을 수도 있다. 순서가 그렇다는 것뿐이다.

3장에 6구에 12음보를 앉혀야하는데 이는 바둑판 위에서 바둑돌을 놓는 것과 같다. 어떤 바둑돌을 놓아야 맥이 뚫릴까. 한 개의 돌을 아무렇게 앉힐 수 없는 것이 바둑이다. 하나의 바둑돌이 승부를 결정하듯 시어 하나하나가 시조의 운명을 좌우한다. 함축이 생명인 시조의 맛을 살리기 위해서는 적재적소에 그에 맞는 시어를 선택해야한다. 12개의 음보로 하나의 완성된 우주를 만들기 위해서는 별자리 하나라도 소홀히 할 수 없다. 욕심을 부려서는 안된다. 좋은 시는 욕심을 부려서 써지는 것이 아니다. 무수한 고심 끝에 얻어지는 땀과 희열이어야 한다. 타고난 재주가 있는 사람이 있기는 하나 빼어난 절구는 대부분 고된 수련 끝에

<hr>

2) 박을수, 『시화 사랑 그 그리움의 샘』(아세아문화사, 1994), 77쪽.

얻어진다.

수련은 어떻게 해야 하는가. 김제현은 시조를 쓸 때 삼불가를 들었다. 강작(强作), 도작(徒作), 구작(苟作)이다. 강작이란 시를 쓸 때 능력 이상으로 잘 쓸려고 하지 말라는 것이요, 도작이란 시쓰기를 게을리 하지 말라는 것이며, 구작이란 구차스럽게 억지로 쓰지 말라는 것이다.[3] 욕심 때문에 생기는 현상들이다. 능력만큼만 쓰면 되고, 부지런히 쓰면 되고, 억지로 쓰지 않으면 된다.

처음에는 남의 좋은 작품을 모방해서 쓸 필요가 있다고 생각한다. 모사해서는 안되겠지만 모방하다보면 왜 좋은 작품인지를 스스로 알게 된다. 스타일이나 기술, 언어를 다루는 솜씨 같은 것을 모방하여 습작하라는 것이다.

불빛은
무얼하는지
밤새
켜져 있고

바람은
무얼하는지
밤새
창을 흔든다

어둠은
무얼하는지
밤새
문을 기웃거린다

－신웅순의 「내 사랑은 30」

---

3) 위의 책, 104쪽.

위 시를 다음과 같이 변형시켜보는 것도 하나의 방법일 것이다.

> 햇빛은
> 무얼하는지
> 밤새
> 숨어있고
>
> 달빛은
> 무얼하는지
> 밤새
> 나돌아 다닌다
>
> 순이는
> 무얼하는지
> 밤새
> 문을 기웃거리고

'불빛'을 '햇빛'으로, '켜져 있고'를 '숨어있고'로, '바람'을 '달빛'으로, '창을 흔든다'를 '나돌아다닌다'로 '어둠'은 '순이'로 바꿔치기 했다. 물론 이 시조는 병렬 기법이지만 이러한 기술도 하나의 방법일 수 있다. 시조 탄생은 바로 이런 모방에서 출발할 수도 있다.

많은 훈련을 거치는 동안 피사체를 찾는 작업이 얼마나 피나는 훈련을 필요로 하는가를 알게 된다. 감명 깊은 대목을 다른 시어로 대체해 본다든가, 소재를 바꿔본다던가, 배경을 바꿔본다든가 등의 여러 방법들이 있을 것이다. 시어를 빼기도 하고, 보태기도 하고, 변용시키기도 하는 등 자기 나름대로의 방법을 찾아 스스로 습득해나갈 필요가 있다. 어떻게 써야한다는 특별한 공식같은 것은 없다. 체계적인 학습 과정과 꾸준한 노력이 필요할 뿐이다.

2) 창작 실제의 예

누구나 자기 나름대로의 창작 방법이 있다. 누구의 방법은 옳고 누구의 방법은 그른 것인가, 그런 것은 없다. 어떤 방법이 자기에게 가장 알맞은 방법인지 자기만의 글쓰기 방법을 개발해서 쓰면 된다.

아래의 현대시조 창작의 실제는 이우걸 시인의 '나의 시조 이렇게 썼다'이다. 제목은 「외우면서 퇴고하기」이다. 시조를 배우는 이들에게 필요할 것 같아 소개한다.

내게도 비밀한 나만의 시조작법이 있다. 그것은 외우기이다. 시조에 접하게 된 계기도 외우는 과정에서 이루어졌고, 좋은 시조를 쓰기 위해 노력하는 과정도 외우면서 이루어졌다. 그렇다면 외우는 것이 어떤 면에서 좋은 방법이 되는가. 또, 외우면서 무엇을 고치는가에 대해 얘기해 보겠다.

나는 초·중학교 시절에 늘 어머니를 위해 고시조를 붓글씨로 써야했다. 어머니는 그걸 외우시는 것이 당신의 낙이었다. 그 낙은 마치 옛 여인들이 기구한 그들의 한을 노래에 실어 물레를 잣듯 시간을 자아가며 살아가는 것과 같은 것이었다.

고시조 두루말이는 그 당시 우리 집에선 어머니의 교과서로 여러 개가 준비되어 있었다. 그 교과서를 외우시는 어머니 곁에서 우리 식구들은 혹시 어느 구절이 틀리나 하고 듣고 있었지만 틀리시는 일은 거의 없었다. 그런 일이 반복되면서 이제 나 스스로도 시조를 외는 버릇이 생기게 되는 것이다. 그런데, 시조를 자꾸 외우다 보면 3장 12음보의 형식미를 자연스레 알게 될 뿐 아니라 그 작품이 그려보이는 정경까지도 상상할 수 있었다.

이제, 나는 시조를 쓰는 시인이 되었다. 어쩌면, 어머니의 덕분인지도 모르겠다. 그리고, 그 어머니의 시조감상 방법대로 지금은 내 시조를 감상하는 것이다. 그 감상 과정에서 문제점이 생기면 손질을 다시 하게 되는 것이다. 이것이 나의 퇴고 방법이다. 그렇다면 내가 발견할 수 있는 문제점이란 무엇일까에 대해 얘기해야 할 순서가 된 것 같다.

첫째로는 형식에 대한 점검이다. 시조는 두루 알고 있는 바와 같이 정형시다. 특히, 자수는 맞으나 시조가 아닌 작품이 있는가 하면 자수로는 넘쳐나는 듯한데도 시조의 형식미를 잘 갖춘 시조가 있다. 이에 대한 감식안은 시조를 많이 외운 사람만이 알 수 있는 비법 아닌 비법이다.

두 번째로는 동원된 언어에 대한 점검이다. 가령, 격을 낮춘 비어를 발견했을 때 이 비어를 동원할 특별한 이유가 있는가에 대해 심사숙고 하게 된다. 또 모음의 지나친 반복이나 받침 사용의 문제점, 동어 반복의 문제점을 따지는 것이다. 지나치게 율감을 느끼게 되는 경우 가벼운 서정시로서는 장점이 될 것이고 무거운 서정시의 경우는 단점이 될 것이다. 또 모음의 반복이 리듬감을 살리기도 하지만 경우에 따라서는 지나치게 지루한 느낌을 줄 수도 있다. 받침의 경우도 점검대상이 되어야 한다. 발음해서 경쾌한 느낌을 주지 못하는 경우 발랄한 서정시의 분위기를 필요로 할 때는 어휘를 바꿀 필요가 있기 때문이다.

세 번째로는 내용에 대한 점검이다. 여기에서 특히 유의해야 할 것은 구조의 완결성이다. 시조는 초, 중, 종장이 유기적인 관계를 맺고 있다. 따라서, 어떤 방법으로든 시적 긴장감을 유지하면서 초, 중, 종장은 서로 관계해야 한다. 또, 연시조의 경우 첫 수와 둘째 수 혹은 셋째 수는 독립해 있으면서도 서로 한 시세계의 분위기를 고조시키는 역할을 할 수 있어야 한다. 만일 서로 관계없는 연시조라면 함께 묶어 같은 제목을 붙일 이유가 없다.

이제 나의 시조 쓰기 방법을 보이기 위해 몇 편의 작품을 들어보고 싶다.

어릴 때 누나는 창녕에서 자랐고
자라서 누나는 파주에서 살지만
당신은 우리 누나를 욕하지 못한다.

강도 산도 해도. 달도 산 자의 인연일 뿐
핏줄처럼 엉켜붙은 잡초들을 후벼파다가
사변이 나던 이듬해 밤차를 타고 떠났다.

이따금 엽서에다 누나는 소식을 쓴다
성한 그, 다리로는 밟지 못할 고향땅에
어머니 추우실까 봐 털옷도 짜 보낸다.

―「우리 누나―6・25」

유월 어느 날이었다. 반공 구호가 신문이나 방송 채널에서 계속 쏟아져나오고 있었다. 나는 그 신문이나 TV 채널의 도식적이고 의례적인 행사에 식상해서 몸서리치곤 했다. 그러던 어느 날 정말 시인인 나는 6・25를 어떻게 노래할 수 있을까 하고 생각하게 되었다. 이런 내용을 시화하는 것이 얼마나 어려운가는 글을 써 본 사람이면 경험하곤 하지만 정말 막막했다. 그 때 얼른 머리 속을 스쳐가는 상이 하나 있었다. 그것은 바로 어릴 때 아랫동네 한 처녀에 관한 것이었다. 즉, 그 처녀는 6·25이후 너무 가난해서 거리의 여인이 되어 파주에 살고 있는데 "내 눈에 흙 들어가기 전엔 고향땅 발 못 디딘다."고 외치던 그 처녀 아버지가 죽은 이듬해에 노랑머리 남자 아이와 얼굴이 검은 아이를 데리고 몰래 밤에 고향에 왔다가 갔다는 것이었다. 그렇다. 6·25의 참상 중 내가 개인적으로 알고 있는 가장 아픈 사건은 바로 죄없는 이 처녀의 인생이다. 따라서, 실감을 느끼게 하기 위해 '우리 누나'의 일로 바꾸어 써 본 것이다. 처음엔 제목을 「6·25」로 했다가 다시 「편지」로 했다가 최종적으로 「우리 누나」로 바꾸었다.

나는 그대 이름을 새라고 적지 않는다
나는 그대 이름을 별이라고 적지 않는다
깊숙이 닿는 여운을
마침표로 지워버리며.

새는 날아서 하늘에 닿을 수 있고
무성한 별들은 어둠 속에 빛날 테지만
실로폰 소리를 내는
가을날의 기인 편지.

—「비」

어느 가을날이었다. 고등학교 2학년. 나는 어떤 사람에게 열심히 사랑의 편지를 썼다. 그러나, 한번도 부치지는 못했다. 그 때 내가 하숙한 집은 일본식 가옥이었다. 그 지붕 끝에 양철 물받침이 있었다. 그래서 물이 떨어지면 실로폰 소리 같은 게 났다.

대학 2학년 어느 가을날, 나는 다시 그 때의 기억을 떠올리게 되었다. 그리고, 위의 시조를 썼다. 비상과 하강의 이미지 배치. 그리고 사랑의 감정—어쩌면 가을에 내가 만난 비는 내가 고등학교 2학년 때 썼던 완성되지 못한 편지일지도 모른다는 생각으로 이 작품은 씌여진 것이다. 제목도 「편지」, 「가을비」, 「비」를 두고 많은 시간을 보낸 뒤 「비」로 정했다. 고심한 덕분으로 이 작품이 중앙시조대상 신인상의 영광을 차지했다.

이제 다시 좋은 시조를 쓰는 방법으로 돌아가서 얘기해 보자. 나는 그 비법으로 외우기를 들었다. 그렇다. 시조는 특히 외우면서 퇴고해야 한다. 퇴고 기간은 길게 잡을수록 좋다. 어떤 작품의 경우는 창작할 때부터 수작이라는 확신을 갖게 하기도 하지만 대부분의 작품은 많은 모순을 안고 태어났다. 그 모순은 퇴고라는 작자의 애프터 서비스를 통해 말끔히 지워지게 된다. 어제까지 몰랐던 작품의 문제점을 오늘 다시 발견하고 그 문제점을 잘 고치면서 느끼는 희열 또한 작은 것이 아니다. 과작이라도 좋다. 시인은 완결된 한편의 작품을 묘비명에 새기기 위해 생애를 투자하는 사람이 아닌가![4]

2. 음보의 여유

1) 음보에 대한 오해

시조가 무엇이냐고 물으면 흔히 시조는 음절수가 초장이 3·4·3·4, 중장이 3·4·3·4, 종장이 3·5·4·3이라고 말한다. 3장 6구 45자 내외라고 말한다. 이렇게 시조는 음절수가 고정되어 있다고 생각한다. 그래서 시조는 짓기가 자유시보다 어렵다고 한다. 이것은 잘못된 상식이다. 자유시가 쉬우면 시조도 쉽고 자유시가 어려우면 시조도 어렵다. 시조가 자유시보다 어려울 수도 쉬울 수도 없다. 자유시는 일정한 형식이 없고 시조는 일정한 형식이 있을 뿐이다. 시조의 형식은 음절수의 고정을 요구하지 않는다. 일정한 형식 속에서 음절수의 자유로움을 요구한다. 음보마다 음절수가 정해져 있는 것이 아니고 음절수를 자유롭게 배치할 수도 있다. 이것이 음보의 여유이다. 이것을 간과하고 있다.

수학에도 공식이 있듯 시조 창작에도 공식이 있다. 이 공식을 알면 음절수를 일정한 한도 내에서 자유롭게 배열할 수 있다. 3장 6구 45자 내외가 아니라 3장 6구 12 음보가 그것이다. 전자는 음수율 적용이요 후자는 음보율 적용이다. 시조는 45자 내외의 음절수가 아니라 시조는 12음보이다. '45자 내외'하고 '12음보'와는 다르다. 음수율은 율격 형성의 필수 자질인 음절수에 의하여 결정된다. 강약이나 고저, 장단 등의

---

4) 김제현, 앞의 책, 216−220쪽.

운율적 자질과는 무관하며 관계있다고 해도 이것이 율격 형성에 기여하지 못한다. 일정한 음절군이 단위가 되어 율격을 형성하는 것이다. 한국어 어휘는 2음절어 3음절어가 많기 때문에 여기에 조사가 붙거나 어미 변화를 하면 보통 3음절어 4음절어가 된다. 이러한 음절수가 율격 단위가 되면 자연히 3·3조, 3·4조, 4·4조 등이 된다. 그렇기 때문에 음수율로 율격의 규칙을 세운다는 것은 한국시에 있어서 다소 무리가 있다. 사안에 따라 2·3조, 2·5, 7조 등도 있을 수 있다. 시조의 기준 음수율을 초장이 3·4·3·4, 중장이 3·4·3·4, 종장이 3·5·4·3이라고 말하지만 고시조에서 이 기준 음수율을 지키고 있는 것은 불과 7% 정도이다. 실제로는 300여 종의 음수율이 적용된다는 것이다.[5] 그래서 시조에 음수율을 적용하기엔 무리가 따를 수밖에 없다.

음보율은 음수율에 비해 합리적이다. 음보는 foot의 역어인데 시각(詩脚) 또는 운각(韻脚)이라고 한다. 음보는 강세음과 약세음, 장음과 단음 또는 음절량에 의하여 구성되는 율격 형성의 최저 단위이다. 이 최저 단위가 한 시행에 몇 번 반복되느냐에 따라 결정되는 율격을 음보율이라고 한다. 한국시의 음보율은 음보가 한 시행에서 몇 번 반복되느냐에 따라 몇 음보인지가 결정된다.[6] 율격 형성의 필수자질이 음보에 의해 결정되는 것이다. 시조는 1장에서 음보가 4번 반복된다. 각 장 4음보이다.

그러면 1 음보의 양은 몇 음절 정도이어야 하는가. 사안에 따라 보통 3·4음절을 기준으로 1음절에서 9음절 정도까지도 허용될 수 있다. 반드시 3·4음절로만 이루어져 있지 않기 때문이다. 음보율은 이렇게 신축성이 있다. 1장에서 네 개의 음보가 중요한 것이지 음보 속의 3·4·3·4 등과 같은 음절수가 중요한 것은 아니다.

---

5) 김홍규, 「한국문학의 이해」(민음사, 1986), 148-149쪽.
6) 문덕수, 『시론』(시문학사, 1993), 143-4쪽.

시조를 창작하다보면 한 음보에 음절수를 어느 정도 허용해야하는가가 문제될 수 있지만 음절수가 늘어난다 해도 1장에 4음보로 읽혀지면 된다. 한 음보에 3음절 4음절 정도가 적당하기는 하나 현실적으로 적용하기엔 다소 무리가 따른다. 천편일률적으로 3음절 4음절에 맞춘다는 것은 시조 형식의 경직성을 드러내놓는 결과가 된다. 한 음보 내에 음절수의 허용치 또한 정할 수 있는 성질의 것이 아니다.

1음보에 1글자도 좋고 7·8·9 글자도 좋다. 호흡이나 의미나 문맥의 관계, 율독의 시간성 등을 고려해서 부자연스럽지 않으면 된다. 그렇기 때문에 구마다 3·4 음절로만 맞출 것이 아니라 음보의 한도 안에서 자유자재로 음절을 배치하면 된다. 3장에 각 장 4음보를 염두에 두고 의미나 문맥 관계를 고려하면서 한 음보에 나름대로의 음절을 배치시키면 된다.

> 활화산
> 단풍 숲에
> 남모르게 덫을 놓아
>
> 너와
> 나
> 생살 찢겨
> 붉디붉게 물든다 해도
>
> 마지막
> 눈매 그윽한
> 한쌍 사슴이고 싶어
>
> ―윤현자의 「사랑」 전문

위 시조는 음절수를 초장 3·4·4·4 중장 2·1·4·9 종장 3·5·2·6으로 배치시켜놓고 있다. 물론 독자에 따라 달리 읽혀질 수 있다.

그러나 시인은 위와 같이 각 장 4음보에 위와 같은 음절수를 배치시켜 놓음으로서 자신의 메시지를 최적하게 전달하고 있다.

중장의 '너와 나'를 한 음보로 처리해도 별 문제가 없지만 '너와', '나'를 음보로 분리하여 처리함으로써 너와 나를 다른 개체로서의 의미를 부여하고 있다. 그렇게 함으로써 '붉디 붉게 물든다 해도'를 2음보로 처리해도 좋을 것을 하나의 음보로 처리하고 있다. 이것은 독자들에게 최적의 의미를 전달하기 위한 하나의 음보 배치이다.

그러면 각 장 3·4·3·4의 음절 배치는 무의미해지고 만다. 한 음보가 3·4음절이 표준이라고 하지만 사안에 따라 1자에서 9자 정도까지 줄고 늘어나는 것을 보면 음수율이 얼마나 불합리한가를 알 수 있다. 음보율로 따져야하는 이유가 여기에 있다.

1자와 9자는 분명 같은 양의 음절수는 아니다. 그런데도 1자와 9자는 시조에서는 같은 양의 음보로 처리되고 있다. 시조의 3·4·3·4의 공식이 원칙이 아님이 입증된 것이다.

2) 음보 처리 문제

시조는 3장 6구 12음보이다. 각 장 4음보이다. 언급한 대로 같은 음보인데도 음절수가 1자에서 9자까지 천차만별이다. 그러면 1음절 어절의 단위와 9음절 어절 단위와의 거리를 어떻게 합리화할 수 있을 것인가가 설명되어져야한다.

> 어저 내일이여 그릴 줄 몰랐던가
> 있으라 하더면 가랴마는 제 구태어
> 보내고 그리는 정은 나도 몰라 하노라
>
> ─황진이 시조

위 시조 중 초장만 표로 만들면 다음과 같다.

○ ─ : 장음, 등시성, 결음절
∧ : 정음, 대상 휴지, 결음절
1=2, 3=4, A=B, 등장성
∨ : 중간 휴지, feminine caesura
‖ : 장(행)말 휴지, end─stopped─line

장음은 음의 길어짐을 말한다. 한 음보에서 4음절을 기준으로 할 때 두 음절을 똑같이 장음으로 낼 수 없다. 부자연스럽기 때문이다. 언어학 상으로 단음이라더라도 사안에 따라 장음으로 발음해야하는 것도 이 때 문이다.

정음은 단음절로 정지되는 음을 말한다. 대신 이 음절 끝에는 대상 휴지로 보상이 되어야한다. 중간 휴지나 장(행)말 휴지 앞에서는 정음으 로 실현된다. 위 시조 초장의 첫 음보는 2음절이 결음절이다. 앞에 음절 '어'는 장음으로 실현되고 뒤의 음절 '져'는 정음으로 실현된다. 장음과 정음의 실현은 한 음보에 같은 양으로 보상해 주어야하기 때문에 생기 는 현상이다. 앞 음절은 같은 시간으로 뒤 음절은 대상 휴지로 결음절 을 보충해주고 있는 것이다.

중간 휴지는 한 장에서 구와 구 사이의 머뭇거림이다. feminine caesura 즉 약한 휴지이다. 이는 행말 휴지, end─stopped─line과는 다르다. 이 중 간 휴지는 구와 구 사이에 일어나기 때문에 의미상으로 약간의 머뭇거 림이 생기게 된다. 우리 시가의 생리적 현상 때문이다. 장말 휴지는 일단락의 의미가 끝나는 행 끝에 생기는 휴지, pause를 말한다.

등장성은 같은 양의 음보 성량을 말한다. 시조는 각 장이 4음보로 반복된다. 그렇기 때문에 음보들은 같은 양을 갖고 있어야한다. 그렇지 않고는 시조의 형식을 유지하기 어렵다. 이를 등장성이라고 한다. 시조 각장 4개의 음보들은 음절에 관계없이 시간과 길이에 있어서 같은 시간의 양을 갖고 있다. 그렇기 때문에 서로 다른 음절수를 가진 음보라도 같은 시간 안에 처리할 수가 있는 것이다.

결음절과 과음절의 두 경우를 생각해 볼 수 있다.

결음절인 경우 같은 길이의 양으로 처리한다면 언급한 바와 같이 장음이나 대상 휴지로 이를 보충해주어야 한다. 장음과 정음은 무질서하게 실현되는 것이 아니라 일정한 원칙이 있다.

기준 음보의 음절수가 모자랄 경우 즉 결음절인 경우에는 장음·정음 중 어느 하나가 실현된다. 3음절의 경우 위 시조 초장의 첫째 음보의 2음절 '어저'에서 앞의 '어'는 장음으로 뒤의 '저'는 정음으로 실현된다. 3음절인 경우 뒤의 것이 정음으로 실현된다. 위 시조의 초장 셋째 음보의 3음절인 '그릴 줄'에서 끝 음절 '줄'이 정음으로 실현된다. 그렇게 되면 3음절이 4음절의 양을 갖게 되어 서로 다른 음절이라 해도 같은 음보로 처리될 수가 있다.

또한 2개 이상의 장음이나 정음은 한 음보 내에서는 실현되지 않는다. 1음보 '어저'의 '어'나 '저'가 '어—저—', '어∧저∧'로는 실현되지는 않는다. 이는 우리말의 생리적 현상에 가깝다고 볼 수 있다.

시조 종장의 둘째 음보는 과음절이다.

　　　○○○∧　○○○○○ ∨　○○○○　○○○∧‖
　　　보내고　그리는정은　　나도몰라　하노라

언급한 대로라면 시조의 각 음보의 4음절을 표준으로 해 5음절인 과음절은 4음절의 시간의 양에 맞춰주면 될 것이다. 5음절을 4음절 발음 길이만큼 발음해주면 된다.

또 하나 생각할 수 있는 것은 이 부분만은 특별한 경우로 생각하여 율독해주는 방법이다. 시조는 3장으로 되어 있다. 초·중장은 같은 음보로 반복되어 있는데 종장의 첫음보는 3음절이고 둘째 음보는 5음절 이상이다. 초·중장이 내내 같은 양의 음보로 진행되다가 종장의 둘째 음보에서 갑자기 길어진다. 그리고 다시 셋째, 넷째 음보에서 다시 원래의 음보로 되돌아간다.

정완영은 이에 대해 다음과 같이 말하고 있다.

> 나이가 든 사람이면 누구나가 다 알겠거니와 옛날 밤을 새워가면서 잣던 할머니의 물레질, 한 번 뽑고(초장), 두 번 뽑고(중장), 세 번째는 어깨너머로 휘끈 실을 뽑아 넘겨 두루룩 꼬투마리에 힘껏 감아주던(종장) 것, 이것이 바로 다름 아닌 초·중·종장의 3장으로 된 우리 시조의 내재율이다. 이만하면 초장·중장이 모두 3,4,3,4인데 왜 하필이면 종장만이 3,5,4,3인가. 그 연유를 알고도 남음이 있을 것이다. 이런 시조적인 3장의 내재율은 비단 물레질에만 있는 것이 아니라 우리 생활 백만에 걸쳐 편재해 있는 것이다.
> 설 다음날부터 대보름까지의 마을을 누비던 걸립(乞粒)놀이의 자진마치에도 숨어있고, 오뉴월 보리타작마당 도리깨질에도 숨어있고, 우리 어머니 우리 누님들의 다듬이 장단에도 숨어 있었던 것이다. 다시 말해서 우리 모든 습속, 모든 행동거지에도, 희비애락에도 단조로움이 아니라 가다가는 어김없이 감아넘기는 승무의 소매자락 같은 굴곡이 숨어있다는 사실이다.[7]

논증은 되지 않았지만 정완영의 시조 종장에 대한 언급은 일견 타당성이 있어 보인다. 그렇다면 종장의 둘째 음보는 별도의 음보 양으로 처리해도 좋을 것이다. 의미상으로도 초장은 시상을 일으키는 장이요,

---

7) 정완영 편저, 『시조창작법』(1981), 15−6쪽.

중장은 시상을 전개시키는 장이며, 종장은 초·중장의 의미를 반전시켜 마무리하는 장이다. 이 종장에서 초·중장과 같은 단조로운 음보의 길이로는 그 의미를 감당하기가 어렵다. 고구해보아야겠지만 종장의 첫음보가 반드시 3음절이어야 하는 이유도 이와 관련되어 있을 것이다. 종장의 둘째 음보가 과음절이기는 하지만 별도의 사항으로 율독하는 것이 자연스럽지 않은가 생각된다.

언급한 윤현자의 「사랑」의 음보와 음절은 다음과 같다.

초장 3·4·4·4
중장 2·1·4·9
종장 3·5·2·6

위 시조는 음보마다 음절의 곡절이 매우 심하다. 초장에서의 첫음보 '활화산'에서는 '활화산∧'으로 율독된다. 결음절이 '산'의 정음으로 실현된다. 둘째 음보 '단풍 숲에', 셋째 음보 '남모르게', 넷째 음보 '덫을 놓아'에서는 장음과 정음은 실현되지 않는다. 기준 4 음절을 지키고 있기 때문이다. 그런데 중장이 문제이다. 중장은 1음절에서 9음절까지 걸쳐있다.

중장의 첫음보 '너와'는 '너와―∧', 장음과 정음으로 실현된다. 2개 이상의 장음이나 정음은 한 음보 내에서 실현되지 않는다. 장음과 정음이 연속적으로 실현될 때는 장음이 앞선다.

둘째 음보 '나'는 '나―∧∨∨', 장음, 정음, 휴지로 나타나게 된다. 음절이 하나이고 두 개 이상의 장음이나 정음이 한 음보 내에서 실현될 수 없기 때문에 긴 휴지로 나타나게 된다. 문제는 중장의 넷째 음보 9음절의 과음절이다. 4음절을 기준으로 할 때 5음절이 남게 된다. 종장의 둘째 음절이 아니라 별도 취급 사항도 아니므로 등장성의 원리에 의해

4음절 기준의 음보와 같은 시간으로 율독해야 한다. 그러자니 자연히 빨리 발음할 수밖에 없다. 이는 하나의 원칙이며 사안이나 상황에 따라 얼마든지 달라질 수 있다.

시조는 한 음보에서 3,4 음절만으로 고정되어 있을 필요가 없다. 시조에 있어서의 음보의 여유가 여기에 있다.

종장에서의 첫째, 둘째 음보의 율독은 언급한 바와 같다. 셋째 음보 '한쌍'은 중장의 첫음보처럼 '한쌍—∧', 장음, 정음으로 실현된다.

위 현대시조는 음절수에 있어서 파격이 심하기는 하지만 형식에서 어긋나지 않으면서 율독이 자연스럽다. 시조는 분망하면서 잘 정제되어 있는 여유로운 가락이라는 것을 알 수 있다.

다음은 3,4음절에 충실한 것과 조금 벗어난 것 그리고 심하게 벗어난 작품이다. 의미 손상도 되지 않으면서 율독도 자연스럽다.

눈 멀고
귀가 멀면
해 뜨고 달 뜨는가

그리움도
물빛 섞여
생각까지
적시는데

오늘은
영혼 끝자락
가을볕에 타고 있다.

—신웅순의 「내 사랑은 25」

주름진 어머니 얼굴
매보다 아픈 생각

밤도
낮도 길고
하고도 하한 날에

그래도 이 생각 아니면
어이 보냈을 거나.

-조운의 「어머니 얼굴」 전문

제 몸을 때려 고운 무늬로 퍼져나가기까지는
울려 퍼져 그대 잠든 사랑을 깨우기까지는

신열의 고통이 있다
밤을 하얗게 태우는

더 멀리 더 가까이 그대에게 가 닿기 위해
스미어 뼈 살 다 녹이고는 맑고 긴 여운을 위해

입 속의 말을 버린다
가슴 터엉 비운다

-권갑하의 「종」 전문

3. 제목, 주제, 대상, 소재

글을 쓰기 위해서는 제목, 주제, 대상, 소재가 필요하다. 때에 따라 제목과 주제, 대상, 소재를 같이 쓰기도 하고 서로 다르게 쓰기도 한다. 때로 혼동하여 쓰이기도 하여 그 개념이 불분명할 때가 있다.

제목은 작품 내용을 나타내거나 그 작품을 대표하기 위하여 붙이는 이름이다. 그 작품이 무엇인가를 알려주는 독자들과의 첫만남이다. 제목은 작품 전체를 대표한다. 그것은 주제일 수도 있고 대상이나 소재일 수도 있다. 상징적인 제목일 수도 있다. 그렇기 때문에 제목은 '이런 것이다, 저런 것이다, 이렇게 해야 한다, 저렇게 해야 한다'라고 말할 수 없다. 작가의 전적인 권한이다. 시조는 이미지의 함축이나 상징에 의해 쓰이기 때문에 제목에 대한 개념 설정은 더욱 어렵다.

제목은 주제나 대상, 소재에 관계없이 작품 자체를 대표하면 된다. 그 것은 함축이든 상징이든 은유이든 상관없다. 제목은 시인이 전달하고자 하는 최적의 메시지로 단 한 줄의 빛나는 광고 문구와 같은 것이면 된 다. 제목은 작품 내용이 될 수도, 작품의 주제가 될 수도, 대상이나 소 재가 될 수도 있다. 제목 붙이기가 얼마나 중요하고 어려운 것인가를 말해주는 이유이다.

> 외줄기 받침대로
> 버티는 다릿목에서
>
> 잠겨도 젖지 않는
> 연두빛 꿈을 품고
>
> 개나리
> 제목을 놓고
> 글짓기 하는 여울
>
> — 김경자의 「봄 아이들」

위 시조를 '봄 아이들' 대신 '송사리'로 제목을 붙이면 어떨까. 그러면 분위기가 확 달라진다. 송사리들이 한군데 모여 헤엄치는 모습을 무슨 글짓기 하는 여울로 생각할 수도 있다. 천진난만한 송사리들이 여울 따 라 몰려가는 모습이 눈에 선하다. 전혀 다른 이미지를 느낄 수 있다. 이 렇게 제목 하나 붙이는 데에 따라서 전혀 다른 분위기와 메시지를 연출 할 수 있다. 제목을 처음부터 붙이고 쓰는 경우도 있고 다 쓴 뒤에 붙 이는 경우도 있으며 쓰는 도중에 붙이는 경우도 있다. 제목은 얼마든지 사안에 따라 붙일 수 있다.

주제는 작품의 중심 사상, 작가가 작품 속에 다루려고 하는 관심이나 내용 같은 것들을 말한다. 바로 '무엇을 쓸 것인가'가 이에 해당된다. 작가는 궁극적으로 주제를 나타내기 위해 글을 쓴다. 주제는 물론 제목일 수 있고 대상, 소재일 수도 있으나 그것과는 다른 차원이다. 주제는 작가의 중심 생각이기는 하지만 제목처럼 글을 대표하는 것도 대상, 소재처럼 글의 주, 부 재료가 되는 것도 아니다. 작품 속에 숨겨있는 영양소 같은 것이거나 보이지 않는 교훈 같은 것이다. 감동을 받는 것도 궁극적으로는 주제 때문에 생긴다.

주제는 영감이나 모티프 같은 것에서부터 출발하지만 그 단계에서의 그것은 안개와 같아서 구체적인 형체를 형성하지 못한다. 그것이 하나의 주제로 형성되기까지는 많은 시간과 고민이 따르게 된다. 시간이 흐르고 생각을 가다듬다보면 처음의 추상적인 영감이나 모티프는 구체화되어가고 작가가 말하고 싶은 중심 사상에 도달하게 된다. 이것이 곧 주제이다.

다

저문

강마을에

매화

꽃,

떨어진다.

그 꽃을 받들기 위해 이 강물이 달려가고

다음 질,

꽃 다칠세라

저 강물이 달려오고…

-이종문의 「매화꽃, 떨어져서」 부분

떨어지는 매화꽃을 받들기 위해 강물이 달려가고, 다음 질 꽃이 다칠
세라 또 저 강물이 달려온다고 했다. '낙조', '낙화'와 '강물'은 궁극적으
로 무엇을 말하고 있는가.

이 작품에서는 '받들고', '다치지 않게 하려고'가 주 포인트이다. 낙조
와 낙화는 소멸의 의미이나 소멸은 곧 재생의 의미이기도 하다. 꽃이
져야 단단한 열매를 맺을 수 있다. 낙화의 의미가 얼마나 소중한 것인
가를 이 작품은 말하고 있다. 재생을 위해 일생을 다하는 낙조와 낙화
의 뒷모습은 얼마나 아름다운가. 그래서 강물은 달려와 받들지 않을 수
없고 다치게 할 수 없는 것이다. 속뜻이야 조금 다를 수도 있겠지만 낙
화의 아름다움 같은 정도의 주제면 될 것이다.

시조를 쓰기 위해서는 또한 대상이 있어야한다. 대상 없이 시조를 쓸
수는 없다. '무엇에 대해, 무엇을 갖고 쓸 것인가'가 이에 해당된다. 그
대상은 하나일 수도 여럿일 수도 있고, 종류가 같을 수도 다를 수도 있
다. 대체로 글 쓰는 대상은 하나가 일반적이다.

대상과 소재를 구별할 필요가 있다. 대상은 그 많은 소재 중에서 글
쓰기 위해 선택된 중심 소재이다. 주제를 나타내는데 대상과 소재들이
동원되는데 대상은 주소재이며 소재는 부소재이다. 대상을 제재라고도
한다. 제재는 작품의 바탕이 되는 주재료를 말한다. 때로는 대상이나 제
재가 제목으로 쓰일 수도 있음에 유의할 필요가 있다.

주연이 대상, 혹은 제재요, 조연이 소재라고 생각하면 될 것이다. 하나의 제목을 갖고 하나의 주제를 향하여 글을 쓸 때 한 대상과 여러 소재들이 동원된다. 쓰고자 하는 대상은 분명하지만 여기에 동원되는 소재들은 얼마든지 다르게 쓸 수도 있다. 이를 혼동해서는 안된다.

생선 아줌마가 날마다

이고 오는 아침 바다

'오징어, 갈치, 고등어
가자미도 왔습니다'

찌들은 골목길을 말끔히

씻어주는 파도소리

－진복희의 「아침」 전문

제목은 '아침'이며 대상도 '아침'이다. 구체적으로 말하면 어느 바닷가 동네의 아침 풍경이 그 대상이다. 소재들은 '생선', '아줌마', '바다', '오징어', '갈치', '고등어', '가자미', '골목길', '파도 소리' 등이다. 주제는 '아주머니의 희망찬 의지' 정도로 생각할 수 있다. 주제를 향하여 제목과 대상, 소재들이 적재 적소에 잘 배치되어 있다. 주대상도 중요하지만 부소재들의 역할이 얼마나 중요한 것인가를 알 수 있다.

찌들은 들길을(골목길을) 말끔히
씻어주는 바람소리(파도소리)

'골목길을'을 '들길을'로, '파도소리'를 '바람소리'로 소재를 바꾸면 위 글은 맥이 빠져버린다. 이럴 때 위의 텍스트는 좋은 작품이라고 말할 수 없다. 반드시 그 자리에는 그 소재가 선택되고 배열되어야 한다.

이런 것들이 시조의 요체가 된다.

4. 제목 붙이기

시조 창작에서 맨 처음 해야 할 일은 '무엇을 쓸 것인가'이다. 주제이다. 그 다음으로 '무엇을 갖고 쓸 것인가'가 선정되어야 한다. 대상이다. 이 주제와 대상은 글쓰기 전에 반드시 먼저 정해져야할 필수 품목이다. 주제는 작품의 중심 사상이고 대상은 주제를 위한 중심 소재다. 이 두 요소 없이는 한 문장도 써내려갈 수 없다. 바늘과 실이 없이 바느질을 할 수 없는 것과 같다.

숨죽여 살금살금
나무에 다가가서

한 손을 쭈욱 뻗어
잽싸게 덮쳤는데

손 안에 남아 있는 건
매암매암 울음뿐

―김양수의 「매미」 전문

위 시조의 주제 '매미를 잡지못한 아쉬움'을 대상 '매미'를 갖고 나타냈다. 주제 '매미를 잡지못한 아쉬움'을 그 대상인 '매미'를 통해 선명하게 잡아내고 있다. 이런 시조들은 사물과 심리를 사실대로 묘사하기 때문에 주제와 대상이 정해져있기 마련이다. 그래야 위와 같은 시조를 사실적으로 쓸 수가 있다.

주제와 대상이 정해졌으면 그 다음은 제목이다. 제목이 대상과 같은 경우에는 제목도 대상과 함께 먼저 붙여야하겠지만 글을 쓰다보면 반드시 그런 것만은 아니다. 제목을 붙이고 쓰는 경우도 있겠지만 쓰는 과정에서 붙이는 경우도 있고 다 쓰고 난 후에 붙이는 경우도 있다.

대개 제목을 먼저 정해놓고 쓰는 것이 일반적이다. 작품을 쓴다는 것은 작가의 체험을 형상화해 가는 일이기 때문에 쓰고자 하는 동기는 사전에 행해지기 마련이다. 제목이 대상과 같을 경우에는 제목, 대상이 자동적으로 결정되어 주재를 통일성있게 전개시켜 나갈 수 있다.

예방 주사 놓으려고
의사 선생님이 들어오시자

왁자한 교실 안이
금세 꽁꽁 얼어붙고

차례를
기다리는 가슴이
콩닥콩닥 방아 찧는다.

뾰족한 바늘 끝이
반짝하고 빛날 때면

다른 아이 비명 소리에
내 팔뚝이 더 아프고

주사를
맞기도 전에
유리창엔 내 눈물이……

　　　　　　　　　　　　　　　　　 －서재환의 「주사 맞던 날」 전문

위 시조는 '주사 맞던 날'의 정황이 아주 실감나게 사실적으로 그려져 있다. 위와 같은 시조들은 주제, 대상이 명확하여 먼저 제목을 정해 놓고 쓰기에 좋은 자료이다.

의미나 심상의 고도한 상징성으로 인해 주제의 통일성을 기하기 어려운 시조도 있다. 메시지를 반드시 전달할 필요가 없는 존재 시조나 사물 시조 같은 것들이다. 이런 경우 제목을 먼저 정해 놓고 쓰면 시어들의 다양한 실험들이 방해 요소로 작용할 수 있다.

그런 시조들은 작업 과정에서 붙일 수도 있고 완성 후에 붙일 수도 있다. 고도한 상징성을 요구하는 작품이면 또 다른 상징을 유발할 수도 있는 제목을 붙일 수도 있다. 소기의 목적을 달성하기 위해 어울리는 나름대로의 제목 붙이기는 시조 창작에 있어서 필수불가결한 요소이다.

한 송이 사과꽃이

순수히 명을 받은 뒤

피로 빚은 시간을

지상에 막 놓고 간 저녁

잘 익은

죽음으로 향하는

생이

온통

향기롭다.

— 정수자의 「생이 향기롭다」 전문

위 시는 비밀 투성이다. 행과 행 사이도 연으로 독립되어 있어 행간에 숨기고 있는 사연을 독자들은 잘 알 수가 없다. 위 시조는 어떤 메시지를 전달하기보다는 생과 죽음 사이의 상징적인 신비를 그저 독자에게 보여주는 데에 있는 것 같다.

위의 시조 제목 붙이기는 작품이 완성된 후에 붙이는 것이 오히려 자연스럽다. 비록 맨 뒤에 제제로 쓰인 구절이 제목으로 쓰이기는 했지만 제목 붙이기가 그리 만만한 작품은 아니다. 다른 제목을 붙여서 또 다른 상징성을 표현해낼 수 있다면 같은 작품이라도 고차원으로 끌어올릴 수가 있을 것이다.

5. 연과 행 가르기

원래 고시조는 한 줄이나 석 줄로 시조를 표기해왔다. 현대에 와서는 장을 연으로 가르기도 하고 행으로까지 가르기도 한다. 어떤 이는 이를 섞어 가르기도 한다. 한 음보마저 연으로 갈라쓰는 이도 있다. 현대시조는 의미뿐만이 아니라 형식에 있어서도 다양한 기법으로 시도되고 있다.

이런 다양한 연, 행 가르기는 새로운 이미지 창출이나 정서적 환기를 위해 필요하다. 의미 부여를 위해, 리듬감 형성을 위해 또한 필요하기도 하다.

> 계면조이수대엽
> 梨花雨흣날닐제울며잡고離別한님秋風落葉에져도날생각는가千里에외로운꿈
> 만오락가락하돗다
> ─부안명기계랑[8]

고시조는 시조 제목도 없고 시조 한수가 한줄로 되어 있다. 시조를 가곡 5장으로 부르기 때문에 연, 행 구분 없이 장별로 불렀다. 연과 행을 갈라 창의 흐름을 단절시킬 필요가 없었던 것이다.

고시조는 현대시조와는 달리 단시조로써 주제가 선명하다. 또한 당시엔 시절에 따른 지금의 유행가와 같이 자연의 아름다움이나 충·효·애 같은 자신의 심경을 읊은 것들이 대부분이다. 굳이 연이나 행갈이를 해야할 필요를 느끼지 않았던 것이다.

> 그대 그리움이
> 고요히 젖는 이 밤
>
> 한결 외로움도
> 보배냥 오붓하고
>
> 실실이
> 푸는 그 사연
> 장지 밖에 듣는다.
>
> —이영도의 「비」 전문

위 시조는 현대시조이다. 초장·중장은 2행으로 각각 연으로 독립시켰고 종장은 3행으로 한 연을 독립시켰다.

초장은 비오는 밤의 정황을, 중장은 자신의 심정을, 종장은 풀어가는 사연을 각장마다 의미를 부여하고 있다. 사안에 따라 연·행갈이를 나름대로 하고 있다.

> 피면 지리라
> 지면 잊으리라

---

8) 『가곡원류』, 한국음악학자료총서5(은하출판사, 1989), 138쪽.

눈 감고 길어 올리는 그대 만장 그리움의 강
져서도 잊혀지지 않는
내 영혼의
자줏빛 상처

　위의 시조는 초장은 2행으로 중장은 1행으로 종장은 3행으로 갈랐다.
그리고 시조 전체를 1연으로 처리했다. 위의 시조는 6개의 최소 의미
단락으로 이루어져 있다. 초장에서는 피면 지고 지면 잊으리라는 각기
같은 비중을 가진 의미를, 중장은 만장 그리움의 강에 대한 의미를, 종
장은 잊히지 않는 내 영혼과 영혼의 자줏빛 상처의 동등한 의미를 부여
하고 있다. 작가의 의도에 따라 3장이 많은 연과 행으로 분리될 수도
있다는 점을 염두에 두어야한다.

귀뚜라미
잠시
울음을
그쳐다오

시방
하느님께서
바늘귀를
꿰시는 중이다

보름달
커다란 복판을
질러가는
기
러
기
떼

－이해완의 「가을밤·1」

위 시조는 각 장을 한 연으로 처리하면서 초장·중장은 4행으로 배열해놓고 종장은 7행으로 배행하고 있다. 특히 '기러기떼'를 하늘을 질러가는 것처럼 시각적인 효과를 노려 각 글자를 한 행으로 길게 처리하고있다. 독특한 배행이다.

음악성을 떠난 현대시조에 와서는 굳이 3장 3행을 고집할 필요는 없다. 의미도 살리고 개성도 살리기 위해서는 나름대로의 배연, 배행은 필요하다.

6. 선택과 배열

시 창작은 언어의 선택, 배열이 중요하다. 좋은 시조를 쓸 수 있는 방법의 제시가 될 수 있어 소개한다.

> 지금 눈 나리고
> 매화 향기 홀로 아득하니
> 내 여기 가난한 노래의 씨를 뿌려라
>
> —이육사의 「광야」 일부

야콥슨은 언어의 시적 기능은 등가의 원리를 선택의 축에서 결합의축으로 투영하는 것이라고 했다. 이는 씨줄과 날줄과 같이 시어를 선택하여 결합 하는 과정을 보여준다.

선택의 축 ↑					
당신	거기	적당한	판소리	뿌리	흘려라
그	저기	부유한	시조창	잎	던져라
내	여기	가난한	노래의	씨를	뿌려라
저희	그 곳	구차한	가곡	열매	섞어라
그들	저 곳	빈곤한	가사	가지	날려라

결합의 축 →

선택의 축을 은유의 축, 결합의 축을 환유의 축이라고도 한다. 선택의 축은 같은 계열의 어휘 층에서의 선택이다. 많은 어휘 층에서 주제에 맞는 가장 적합한 어휘를 선택하면 된다. '내'는 '그', '당신', '저희', '그들' 등의 어휘층에서 '내'를 선택했으며, '노래'는 '판소리', '시조창', '가곡', '가사' 등의 어휘 층에서 선택했다.

선택된 어휘는 '내', '여기', '가난한', '노래의', '씨를', '뿌려라'이다. 이러한 시어들을 결합하여 '내 여기 가난한 노래의 씨를 뿌려라'의 절구를 얻은 것이다. '내' 대신 '저희'를 선택하거나, '여기' 대신 '저 곳'을 그리고 '구차한, 시조창, 잎, 던져라' 등을 선택했다면 '저희 저 곳 구차한 시조창의 잎을 던져라'라는 문장이 된다. 주제와는 전연 다른 이미지로 바뀌게 되어 작가의 중심 생각을 나타낼 수가 없다. 언어의 선택과 결합은 씨줄, 날줄과 같아 단 한 올의 실수도 허용해서는 안된다.

유사한 많은 어휘군 중에서 두 개도 아닌 단 하나의 언어만이 선택된다. 그것을 씨줄과 날줄로 엮어 하나의 문장을 완성해가야 한다. 시어를 짜맞추는 기술은 작가의 몫이다. 시인이 날을 새면서 금맥을 찾아 헤매는 것도 주제를 향한 시어가 제대로 짜지 않기 때문에 그런 것이다. 시인은 그 많은 언어 중에서 그 언어가 아니면 안되는 언어를 끝없이 찾아가야 한다.

7. 구성

시조는 그 의미 구성이 초장·중장·종장 3단으로 되어 있다. 1장은 또 2개의 작은 단위로 나누어진다. 이를 구라하고 이 구는 또 다시 2개 단위로 나누어진다. 이를 음보라 한다. 3장은 3개의 소문장, 6개의 어절, 12개의 낱말로 하나의 시조를 이루는 셈이 된다.

시조는 일정한 형식이 있다. 형식을 무시하고 쓸 수는 없다. 그렇기 때문에 형식에 맞는 언어 선택과 배열은 시조 쓰기에 있어서 매우 중요한 문제이다. 시조는 3장으로 구성되어 있기 때문에 의미 구조도 3단으로 구성되어 있다. 시조 3장의 의미를 어떻게 구성해야하는 가는 시조 창작에 있어서 그 비중이 말할 수 없이 크다.

3단 구성은 초장은 시작하거나 들여오는 부분이고 중장은 전개시키거나 발전시키는 부분이다. 종장은 이를 토대로 해서 전환시키거나 반전시키는 부분이다. 이렇게 시조는 일종의 귀납식 방법의 3단 구성으로 되어 있는 것이 보통이다. 내용의 핵심이나 주제가 일반적으로 종장부에 있기 때문이다.

귀납식이 일반적이긴 하나 현대시조에 와서는 연역, 병렬, 반전, 연쇄, 대우 등 많은 방법들이 시도되고 있다. 이런 것들도 효과적인 결구를 위한 한 변형 형태로 보아야한다.

어떤 구성이건 언어의 선택과 배열이 적재 적소에 앉혀있지 않으면
안된다. 어떤 구성으로 할 것인지에 따라 언어의 선택과 배열은 달라진
다. 주제, 제목, 대상, 소재 등의 선택도 구성법에 따라 달리 배치해야
좋은 절구를 얻을 수 있는 것은 당연하다.

문학은 민족의 사고 방식과 무관하지 않다. 3장의 3의 숫자나 종장의
첫 음보 3음절의 3의 숫자는 우리 민족의 사고태의 표상이다. 특히 700
여 년동안 민족과 고락을 같이해온 시조의 철학적 원리가 밝혀지게 된
다면 이러한 시조의 구성의 원리도 당연히 밝혀질 것이다.

귀납은 개개의 구체적인 사실로부터 일반적인 명제나 법칙을 이끌어
내는 것을 말한다.

> 갈매기는 부리하나로 수평선을 물어올린다
> 갈매기는 나래깃으로 성난 파도 잠도 재우고
> 빙그르
> 바다를 돌리면 하늘 끝도 따라 돈다
>
> — 정완영의 「갈매기」 전문

초장에서 갈매기가 부리로 수평선을 물어올린다고 실마리를 잡았다.
중장에서는 나래깃으로 성난 파도를 잠재운다고 사례를 하나 더 제시했
다. 종장에 가서는 빙그르 바다를 돌리면 하늘 끝도 따라 돈다고 결론
을 맺었다. 초장·중장을 거쳐 종장에 가서야 이야기가 완성되고 있다.

> 가을
> 하늘은
> 독수리도
> 탐이 나서

먼 산
위에서
뱅 뱅
맴을 돌며

며칠째
파란 하늘을
도려낸다
자꾸만

－조규영의 「가을하늘」 전문

　글은 반드시 글쓰는 순서에 의해 차례로 진행되지는 않는다. 몇 과정
들이 한꺼번에 처리되는 경우도 있고 한 과정이 처리되지 않아 글이 엉
성해지는 경우도 있다. 어떤 식으로든 글은 순서에 따라 써지고 써져야
한다. 순간의 시구라도 순서를 무시하고 떠오르는 것은 아니다. 체계적
인 글쓰기 과정은 순식간에 처리되는 것이지 몇 단계를 생략된 채 처리
되는 것은 아니다.

　귀납은 개개의 구체적인 사실로부터 일반적인 명제나 법칙을 이끌어
내는 것을 말한다.

　위 시조의 초장은 독수리의 탐나는 마음이 그려져 있다. 그래서 중장
은 뱅뱅 먼 산 위에서 맴을 돈다. 탐내는 마음이 있어서 맴을 도는 것
이다. 그리고 종장에 가서 도화지 오려내듯이 파란 하늘을 오려내는 것
이다.

　초장·중장의 탐내고 도는 것은 종장의 오려내기 위한 결심과 사전
행위이다. 종장의 명제를 이끌어내기 위해 구체적인 결심과 행위를 열
거하고 있다.

　아래 시조는 연역 구성의 예이다.

필시 내 속에도 저런 슬픔 있을 테지

뜨지도 그렇다고
가라앉지도 못하면서

저문 강
검푸른 물결에 속절없이 휘감기는
　　　　　　－한혜영의 「저공으로 날아가는 밤 비행기」 전문

　연역은 일반적인 원리를 바탕으로 하여 특수한 사례들을 이끌어 내는
추리 방법이다. 초장에 결론이 있고 중장, 종장에서는 이를 부연 설명,
입증하는 식으로 되어 있다.

　초장에는 필시 자신의 가슴 속에 저런 슬픔이 있다고 했다. 중장에서
는 저런 슬픔을 부연, 설명하고 있다. 초장의 일반적인 원리를 바탕으로
하여 두 가지의 특수한 사례들을 이끌어내고 있다. 중장의 뜨지도 가라
앉지도 못하는 것과 종장의 검푸른 물결에 속절 없이 휘감기는 것, 이
두 슬픔이 초장의 일반적인 원리로부터 추출해낸 특수한 사례들인 셈이
다. 이런 원리에 입각하여 언어를 선택하고 배열하고 있다. 슬픔을 뜨지
도 가라앉지도 못하는 밤 비행기에 빗대어 표현하고 있다. 제목이 밤
비행기가 아니라면 이런 언어 선택은 의미가 없을 것이다. 그리고 밤하
늘을 저문 강, 검푸른 물결로 은유한 것도 밤 비행기라는 제목과 주제
에 맞기 때문에 선택된 시어들이다. 시어들은 정황에 맞게 선택되고 짜
여야 한다.

　　　세상을 가리키기에 너만 한 것 있으랴
　　　세상을 떠받히기도 너만 한 것 있으랴
　　　세상을 두드리기에 너만 한 것 있으랴
　　　　　　　　　　－이정환의 「지게 작대기」 전문

위 시는 병렬 구성이다. 병렬은 초·중·종장이 같은 무게로 의미를 배열시키는 것을 말한다. 초장은 가리키고, 중장은 떠받히고, 종장은 두드리는 것이 작대기의 의미들이다. 작대기만큼 세상을 가리키고 받히고 두드리는 것이 없다는 것이다. 주제나 제목, 대상, 소재들이 서로 어울리지 않는가. 제목이 작대기가 아니라면 이러한 시어를 선택할 리가 없을 것이다. 시어들도 서로의 운 때가 맞아야 한다.

연시조나 장시조 같은 것들은 중층 구조로 의미를 배치, 반복시켜 의미의 다양화를 꾀하고 있다.

> 어지러운 마음속에
> 신호등 하나 있었으면
> 머물고
> 떠나감이
> 꼭
> 그
> 좋은 때 되어
> 들끓는 무분별함을
> 잡아줄 수 있다면
>
> 어두운 마음속에
> 촛불 하나 있었으면
> 몸 사뤄 밝혀주는
> 미더움에 뜨거워져
> 절망의
> 빗장을 푸는
> 그런 빛이 있었으면
>
> ─나순옥의 「그래 그랬으면」 전문

위 연시조는 각 연의 장들이 대구가 되어 그 의미가 되풀이되고 있다. 대우식 전개이다.

첫째수 초장의 '어지러운 마음속에 신호등 하나 있었으면'과 둘째수 초장 '어두운 마음속에 촛불 하나 있었으면'이, 첫째수 중장의 '머물고 떠나감이 꼭 그 좋은 때 되어'와 둘째수 중장의 '몸 사뤄 밝혀주는 미더움에 뜨거워져'가, 첫째수의 종장의 '들끓는 무분별함을 잡아줄 수 있다면'과 둘째수의 종장 '절망의 빗장을 푸는 그런 빛이 있었으면'이 서로 의미의 짝을 이루어 대우를 형성하고 있다.9)

시조가 들이고 전개하고 통합하는 구조로 되어 있기는 하나 이렇게 사안에 따라 각기 다른 방식으로 구성할 수도 있다. 외에 반전, 연쇄 등의 구성이 있기는 하나 어떤 구성이 적당한가는 사안에 따르면 될 것이다.

다음 시조 몇 수를 제시한다. 어떤 구성인지 연구해보고 위와 같은 시조의 3단 구성으로 창작의 토대를 마련해보도록 한다.

깎아지른 듯
돌아앉은
절벽의 등 뒤에서

무릎뼈
하얗게 꺾으며
애원하는 파도

사랑을 얻는 일이 저랬던가
내 젊음의 자욱한
자해

　　　　　　　　　－서숙희의 「감포에서」 전문

제일
외로운 곳에

9) 신웅순, 「시조」, 『글쓰기 평가 자료』(대전교육과학연구원, 대교출판사), 68－70쪽.

놓여 있는
빈 잔

그 바람 소리
듣는 이
아무도
없는 빈 잔

달빛이
가져가 제 눈물도
담을 수
없는 빈 잔

　　　　　　　　　　　－신웅순의 「내 사랑은 20」 전문

섬진강, 그 가난한 마을 속으로
밤 기차가 지나간다

섬진강, 그 가난한 마을 속으로
마지막 버스가 지나간다

내 설움,
여기쯤서 그만 둘 걸 그랬다

　　　　　　　　　　　－김영재의 「추석 전야, 어머니」 전문

8. 이미지 만들기

　시조는 시보다 이미지 압축이 더 요구된다. 시조에 있어서의 이미지
압축은 시조의 생명이다. 얼마 되지 않는 단어로 하나의 시상을 완성해
야하기 때문이다.

　데이 루이스는 이미지는 '언어로 만들어진 그림'이라고 하였다. 마음
속에 그려지는 사물의 감각적 형상, 심상이라고 말하고 있다.

'사랑'을 표현해야하는데 그냥 '사랑'이라고 할 수는 없다. 사랑이 둥글다던지, 모난다든지, 길다든지, 짧다든지 구체적으로 보여줘야 한다. 그런데 말해줄 수가 없는 것이다. 사랑을 대신하는 어떤 감각적인 사물을 제시해주어야 한다. 그래야 사랑은 '아, 이런 것이구나'라고 느낄 수 있다.

사랑 대신 '장미'를 제시했다면 사랑은 장미처럼 아름답고 붉은 것이 사랑이라는 것을 느끼게 된다. 사랑을 장미라고 언어로 된 그림으로 제시해 준 것이다. 사랑이라는 추상적인 언어를 장미라는 구체적인 언어로 바꾸어주었다. 이럴 때 장미는 사랑의 구체적인 이미지가 된다.

플레밍거는 이미지를 정신적 이미지, 비유적 이미지, 상징적 이미지 셋으로 나누었다.[10]

정신적 이미지는 감각적 경험을 수반시키면서 빚어지는 심상이다. 오관을 통해서 이루어지는 시각, 청각, 후각, 미각, 촉각 등을 말한다.

> 달과 별이 숨었어도 스스로 차는 밝음
> 나무들 하나같이 뿔 고운 순록이 되어
> 한잠 든 마을을 끌고 어디론가 가고 있다
> ─조동화의 「눈내리는 밤」 일부

눈 내리는 밤 나무를 순록으로 표현하고 있고 그 순록이 수레를 끌고 한잠 든 마을을 끌고 간다고 했다. 동화의 세계처럼 눈에 환히 보이는 듯하다. 시각적 이미지를 부각시키기 위해 달, 별, 나무, 순록, 마을 같은 시어들을 동원하고 있다. 작품을 시각적으로 처리할 것인가, 청각, 혹은 후각, 미각으로 처리할 것인가는 정황에 맞게 처리하면 된다. 눈 내리는 밤에 순록의 시각적 이미지는 매우 참신하다. 하얗게 덮인 앙상

---

10) A.Preminger, Princenton *Encyclopedia of Poetry and Poetics*, 563쪽.

한 나뭇가지는 마치 순록의 뿔과 같다. 눈 내리는 밤의 이미지와 딱 들어맞는다. 소복이 덮인 하얗게 잠든 마을을 그 순록들이 어디론가 끌고 가고 있다. 이미지는 결국 시인이 만들어야한다.

　비유적 이미지는 직유, 은유, 의인, 환유 등이 있다. 비유를 하기 위해서는 반드시 원개념과 매개념이 필요하다. 그런데 원개념과 매개념 사이에는 아무런 상관 관계가 없다. 서로 이질적이다. 이 두 사물이 문맥 속에서 관계 설정되면 문맥화가 이루어진다. 이 때 문맥화는 서로 간의 유추를 통해서 이루어진다. 두 사물은 서로 타협하지 않을 수가 없다. 이질적이고 낯설기 때문에 결국 두 사물은 충돌을 일으키게 된다. 이제 두 사물은 서로 상호 침투되어 일체화를 이루게 된다.

> 눈물로도 사랑으로도
> 다 못달랠 회향의 길목
>
> 산과 들 적시며 오는
> 핏빛 노을 다 마시고
>
> 돌담 위 시월 상천을
> 등불로나 밝힌거다
>
> 　　　　　　　　　　　－정완영의 「감」 일부

　감을 등불로 환치 시켰다. 원개념은 감이지만 매개념은 등불이다. 감을 등불로 은유했다. 감과 등불은 아무런 관련이 없다. 감은 먹는 과일이고 등불은 불을 밝히는 기구이다. 이 두 이질적인 요소가 한 문맥 안에 들어와 상호 침투되어 의미를 만들어 내고 있다. 이는 유추에 의한 것이다. 감은 붉다. 등불은 빛난다. 문맥 안에서 감은 시월 상천을 붉게 밝혀주는 등불의 의미가 되고 있다. 여기에서는 감은 등불이어야 한다. 그래야 깊은 의미를 더해줄 수 있다.

상징적 이미지는 원개념이 생략된 채 매개념만 드러나 있다. 원개념이 명백하지 않아 정확한 의미를 찾아낼 수가 없다. 매개념만 드러나 있기 때문에 정신세계인 원개념은 보이지 않는다. 사람마다 달리 읽어낼 수 있는 것이다. 또한 상징은 가시적인 사물을 통해 불가시의 정신세계를 표현해야하기 때문에 은유처럼 한 문장 안에서 읽어내기가 어렵다. 전체 문맥 속에서 읽어내야 한다. 그렇기 때문에 고차원의 유추 과정이 필요하다. 지적 수준과 사회적 약정에 큰 영향을 받는다.

> 수런대는 소문 마냥 먼데 눈발은 치고
>
> 애굽어 아스라이 철길을 비켜가듯
>
> 욕망도 희망도 없이 또 그렇게 저무는 하루
>
> 그 하루를 다 못채우고 그예 누가 떠나는지
>
> 낮게 엎드린 채 확, 번지는 진눈깨비
>
> 더불어 살 비비던 것 먼 길 끝에 남아있다.
>
> 저물 무렵 한때를 떠도는 영혼처럼
>
> 덜 마른 건초더미 어설픈 약속처럼
>
> 찢어진 백지 한 장이 가슴 속으로 날아든다
>
> —이승은의 「설일(雪日)」

이 글은 지적 수준과 사회적 약정 없이는 읽어내기 어렵다. 고도한 상징으로 이루어졌기 때문이다. 눈 내린 풍경을 바라보며 인생을 되돌아보고 있다. 낮게 엎드린 채 확 번지는 진눈깨비를 바라보며 하루를 못채우고 떠나는 누군가를 생각하고 있다. 하루를 못 채운다는 것은 무엇을 상징하는가. 더불어 살 비비던 것은 또 무엇을 상징하며 찢어진 백지 한 장은 또 무엇을 상징하는가.

읽어내기가 쉽지 않다. 전부다 어떤 정신 세계를 표현하기 위해 구체적인 이미지를 제시했을 뿐이다. 그렇기 때문에 그것이 무엇을 상징하는지는 잘 알 수 없다. 짐작하거나 유추할 뿐이다. 판단은 계속 진행형이다. 그 정신 세계는 화자가 말했듯 영혼이고 약속일 수도 있다. 영혼처럼, 약속처럼 표현되어있기 때문에 그 의미 천착 간단치 않다. 이런 시조들은 의미를 미루면서 유보해두는 편이 더 효과적이다.

9. 전경과 배경

시의 의미는 제 2차적 의미 즉 함축적 의미에서부터 시작된다. 기호의 변이에 따라 의미작용은 방향성 없이 분열되어 간다.

어느 해변가에 건축업자와 시인이 놀러왔다. 건축 업자는 모래의 굵기가 어떻고 건축에 어떤 쓸모가 있을까를 생각한다. 시인은 밀물과 썰물로 밀려왔다 쓸려가는 모래를 보면서 인생의 의미를 생각한다. 제 1차적 수준에서는 해변의 모래는 하나의 해변의 모래일 뿐이나, 제 2차적 수준에서는 해변의 모래는 해변의 모래 이상의 것이다.

두 사람이 보는 풍경은 똑 같은 해변의 모래인데 두 사람은 각각 다른 의미를 생각한다. 1차적 수준에서는 동일한데, 2차적 수준에서는 보는 사람에 따라 각각 다르게 느껴진다.

왜 이런 현상이 일어날까? 이는 문화적 배경과 체험이 달라 보는 방식에 따라 차이가 있기 때문이다. 한 사람은 경제적 타산에서, 한 사람은 정신적 해탈에서 그들의 관심이 집중되어 있다. 전자는 대상을 실천적으로 평가하게 되고, 후자는 미적으로 향수하고 있다.

두 사람은 모두 직접 보이는 것의 배후에서 보이지 않는 것을 보고 있다. 직접 보이는 것이 해변의 모래, 전경이고 직접 보이는 것의 배후에서 보이지 않는 것, 그것이 배경이다. 제 1차적 관조의 대상이 동일함에도 불구하고 제 2차적 관조의 대상이 서로 달리 나타난다. 그들의 관심이 다르기 때문이다. 그들은 똑같은 모래를 보면서 하나는 건축을 생각하고 하나는 인생의 의미를 생각한다. 일상적 지각에서 출발하는가, 미적 지각에서 출발하는가에 따라 현상은 이렇게 다르다.

예술에 있어서 제1차적 관조의 대상을 전경이라 하고, 제 2차적 관조의 대상을 배경이라고 한다. 직접 보이는 것은 전경이요, 배후의 보이지 않는 것은 배경이다. 하르트만은 예술 작품의 미적 가치는 배경층이 전경층에 오버랩되어 나타난다고 한다. 실사적인 전경과 비실사적인 배경이 교착되어 생기는 통일 현상이 바로 미이다.

전경은 실제로 눈에 띄는 층위이다. 배경은 실제로 있지도 않고 실현되지도 않으며 나타나기만(현상하기만)하는 정신적인 층위이다. 그래서 예술 작품에서는 같은 전경에 하나의 배경층이 나타나는 것이 아니라 여러 배경층이 오버랩되어 나타난다. 다시 말해 배경이 여러 계층으로 분열되어 현상의 경이로움으로 나타나는 것이다. 여러 계층으로의 분열은 가상적인 크기로 측정할 수 있을 것이다. 하나의 전경에 여러 개의 배경이 오버랩된다면 그 크기는 클 것이요, 하나의 전경에 한 두 개의 배경이 떠오른다면 그 크기는 적을 것이다.

전경이 글의 중심 소재가 되는 대상이요, 대상 뒤에 숨은 중심된 사상이 배경이다. 대상을 갖고 여러 배경으로 접근을 할 수 있다는 뜻이다.

멍든
살을 깎아
모래를 나르는
파도

천 갈래 바닷길이여, 만 갈래 하늘길이여

옷자락 다 해지도록 누가 너를 붙드는가

—홍성란의 「섬」 전문

위 시조에서 1차적 수준은 섬이라는 대상이다. 섬은 바다 한가운데 떠있는 외로움, 그리움, 이상향의 표상이다. 그런데 대상인 섬을 갖고 파도는 멍든 살을 깎아 모래를 나른다고 했다. 초장부터 심상치가 않다. 사방에서 밀려오는 파도가 천갈래 바닷길로 만갈래 하늘길로 옷자락 다 해지도록 섬을 붙드는 것이다. 무엇을 말하기 위하여 이러한 배경을 깔아놓았는지 생각해보아야한다.

2차적 수준은 중심 사상이다. 전경에서 배경으로 이동하기 위해서는 상상을 동원해야한다. 여기서부터 의미 분열이 일어나는 것이다. 섬이라는 객관적인 전경을 배경으로 치환시키기 위해서는 시인과 독자와의 타협이 있어야한다.

텍스트는 시인과 독자가 대립을 최소화시키며 새롭게 타협해가는 창조적 공간이다. 어떤 배경으로 작업을 했건 활자로 넘어오면 시인은 죽게 된다. 살려내느냐, 재생산해내느냐는 독자들의 권한이다. 같은 전경에 다른 배경이 어떤 크기로 분열되는가. 분열의 크기가 크다고 해서 독자들에게 감동은 큰 것인가, 작다고 해서 감동이 적은 것인가는 논외의 문제다.

주목하고자하는 것은 전경과 배경 현상이 얼마나 유리되어 나타나는가이다. 이러한 유리는 전경에 대한 배경 분열의 크기라고 말할 수 있다. 분열의 크기가 크다면 일단 '세계를 보는 눈이 누구보다도 날카롭다'라고 말할 수 있을 것이다.

> 너를 범하는 것은 참으로 간단하다
> 가벼운 칼질 몇 번에 몸뚱이가 해체되고
> 바다를 지탱한 은비늘도 사정없이 벗겨지고
>
> 뜨거운 냄비 속을 욕심으로 들여다본다
> 짠 내를 토해 내며 공유하는 너를 본다
> 죽어서 더 향기로운 식탁 위의 갈치여
>
> 나도 우려낼 그 무엇이 남아있을까
> 접시 속의 네 뼈처럼 고요할 수 있을까
> 자꾸만 밥상 앞에서 무릎 꿇는 이 저녁에
> ―김종렬의 「갈치 찌개를 끓이다」 전문

전경 '갈치 찌개'를 바라보며 갈치 찌개가 죽어서도 향기로운 갈치로 그 배경이 분열되더니 셋째수에서는 자신의 모습으로 분열되어가고 있다. 갈치와 자신을 동일시하고 있다. 시적 자아는 저 갈치의 뼈처럼 고요할 수 있을까라고 반문하고 있다. 이는 자신이 살아온 모든 것을 이 갈치 찌개라는 평범한 음식 앞에서 지나온 삶을 되돌아보고 있다. 갈치만도 못한 자신, 즉 갈치라는 음식 앞에서 엄숙하게 무릎을 꿇고 있다. 우리들은 무엇이든 먹어야하겠기에 밥상 앞에서는 무릎을 꿇을 수밖에 없다.

셋째수 종장은 일종의 알레고리 형식으로 되어 있다. 사람들은 하찮은 것에 대해 무릎을 꿇지 않는다. 시인은 일상의 반복되는 밥상의 하찮은 것에 대해 무릎을 꿇고 있다. 인간이 느끼지 못하는 것들에 대해 은근히 빗대어 말하고 있다. 전경의 배경에 대한 크기는 독자들이 천착해내야 할 부분이다.

시조를 쓰기 위해서는 참신한 눈이 필요하다. 같은 전경을 보고 이질적인 특성을 발견해내는 일이다. 이러한 시조 쓰기는 새롭고 날카로운 눈을 필요로 한다. 주관적이되 누구나 다 감동을 받을 수 있도록 배경을 깔아놓아야 한다. 그래야 좋은 시조를 쓸 수 있다. 시조의 12개의 음보를 앉혀서 3장이라는 3개의 주춧돌을 세우고 훌륭한 한 수의 정자를 지어야하는 것은 쉬운 일은 아니다. 비바람에 쓰러지지 않는 나그네가 쉬어갈 수 있는 강과 산이 보이는 정자 하나쯤 지을 수 있어야한다.

어린 염소
등 가려운
여우비도
지났다.
목이 긴
메아리가
자맥질을
하는 곳

마알간
꽃대궁들이
물빛으로
흔들리고.

부리 긴 물총새가
느낌표로
물고 가는

피라미
은빛 비린내
문득 번진
둑방길

어머니
마른 손 같은
조팝꽃이
한창이다.

-유재영의「둑방길」전문

「둑방길」은 둑방길이라는 전경을 묘사해놓았다. 그러나 일반적인 경치만을 아름답게 물들려놓은 것은 아니다. 여우비와 염소, 메아리의 자맥질, 물빛에 흔들리는 꽃대궁, 느낌표로 물고 가는 물총새, 은빛 비린내 번지는 피라미, 어머니 마른 손 같은 조팝꽃. 이런 간이 소재들을 둑방길에 그려놓기는 했지만 경치만을 묘사해놓은 것은 아니다. 자맥질이라든가, 느낌표로 물고간다라든가, 어머니 마른 손 같다라는 수식 어구들이 배경을 깊이 있게 깔아놓고 있다.

두껍아 두껍아
흙집 지어라
헌 집은 무너지고
새 집은 튼튼하고
토끼가 살아도 따아딴
굼벵이가 살아도 따안딴

-초등 국어 읽기 2-1

전래 동요이며 하나의 시조형식으로 되어 있다. 대상과 중심 사상이 1차적인 수준에서 머물고 있다. 동요는 성격상 복잡한 중층 구조를 필요로 하지 않는다. 여기에서는 운율이 더 중시되고 있다.

흙집이 대상이고 튼튼하게 지어야한다는 것이 중심 사상이다. 이런 것은 의미가 직선적이라 아름다움을 느끼기는 어렵다. 전경에 어느 정도 배경을 상징적으로 깔아놓아야 참신한 의미를 얻을 수 있다. 그렇다

고 해서 어려운 시조를 쓴다거나 상징적인 시조만이 중요하다는 말은
아니다. 사안에 따라 대중적인 시조도 필요할 때가 있다.

텍스트는 무엇인가를 대신한다. 텍스트가 대신하는 그 무엇이 텍스트
의 세계이며 그 텍스트의 세계는 또 다른 텍스트로 대신해야한다. 어떤
텍스트도 그 텍스트의 세계를 또 다른 텍스트로 해석해야하기 때문이다.

이는 보이는 전경화된 텍스트를 어떻게 보이지 않는 배경화된 텍스트
로 읽어내야하는 문제와 직결된다. 어떻게 읽어내야할까는 전경 속에
숨어있는 분열된 배경을 읽어내는 일에 다름 아니다.

> 저무는 가을볕에 강 울음 소리 들어보라
> 쓰러지는 갈대밭 다시 일어서다 부서지는
> 발등을 적시는 물소리, 물소리만 높아가고
>
> 하얀 기억 되살려 돌아 오는 초승달 같은
> 내 맘 속 노를 저어 삐걱대는 그대 생각
> 아직껏 못부친 사연 물비늘로 파닥인다
>
> —임성화의 「가을 편지」 전문

가을 편지는 전경이다. 편지를 쓰면서 일어나는 생각들은 배경이다.
시적 자아는 강울음 소리를 듣고 갈대밭은 다시 일어서다 부서진다. 발
등을 적시는 물소리는 높아만 가고 노를 저어 그대 생각은 삐걱거린다.
못부친 사연은 물비늘로 파닥이고 이러한 배경들로 분열되어 독자들은
저 강 너머 무엇이 숨어있는지를 읽어낸다.

배치되는 시어들끼리는 서로 저항하기도 하고 순응하기도하여 의미의
확산 내지 의미의 강화를 가져온다. 일어서다 부서진다라든가 초승달
같은 삐걱대는 그대 생각이라든가 못 부친 사연이 물비늘로 파닥인다라
는 시어들은 대체로 이질적인 것들로 배치되어있다. 의미의 순응, 의미

의 확산, 의미의 강화 등은 나름대로의 의미의 파장을 일으키게 된다.

산 자와 죽은 자가 한 획으로 나뉘어

울음의 끈을 놓지 못하는 벽제 하늘 지나면

화두를 타파한 듯이 열리는 적멸의 땅

죽은 자를 위하여 초록은 눈부시고

연등은 붉게 타 그 초록 달래는 걸

이제야 알 나이인가, 등 줄기가 따뜻하네

적막도 깨뜨려질 때 향기로운 법 같아서

보이지 않는 눈으로 나, 그대를 보겠네

전생의 아름다운 체험 꽃들은 하고 있네

　　　　　　　　　－백이운의 「꽃들은 하고 있네」 전문

　자아는 화장터 벽제를 지나면서 그 곳에 핀 꽃들을 바라본다. 꽃들은
여기를 지나갔던 많은 사람들의 전생을 반추하면서 전생의 아름다운 체
험들을 증언하고 있다. 산 자와 죽은 자가 한 획으로 나뉘는 적멸의 땅
에 죽은 자를 위하여 초록은 눈부시고 연등은 붉게 타서 그 초록을 달
래고 있다. 적막이 깨뜨려질 때 보이지 않는 눈으로 그대를 보고 있는
자아. 전생의 아름다운 체험을 대신 꽃들이 증언하고 있다.

10. 감정 처리

1) 감정과 정서

감정과 정서는 사전에서는 거의 같은 뜻으로 사용되고 있다. 사물 현상에 반응하는 마음으로 기쁨·슬픔·두려움·노여움 등의 주관적인 의식 현상을 가리킨다. 그러나 같은 지각 현상이면서 감정과 정서는 다르다. 감정은 질서화되지 못한 생다지 반응인 반면 정서는 질서화된 미적 반응이라고 말할 수 있다. 감정 그대로는 문학이나 예술의 요소로 쓸 수 없다. 감정은 일정한 순화 과정을 거쳐야 정서가 될 수 있으며 이 순화된 미적 정서가 바로 문학의 요소로 쓸 수가 있다.

> 삼천리 그 몇 천리를
> 세월 그 몇 굽이를 돌아
>
> 갈고 서린 한을 풀어
> 가을 하늘을 돌고 있네
>
> 수수한 울음 하나로
> 한평생을 돌고 있네
>
> ─박영교의 「징 1」 전문

징은 몇 천리를 돌아 세월 몇 굽이를 돌아 서린 한을 풀어낸다고 했다. 그 풀어낸 한은 가을 하늘을 돌고 수수한 울음 하나로 한평생을 돌고 있다고 했다.

우리가 길게 울려퍼지는 징소리를 들으면 서러워서 저 징처럼 울고 싶은 생각이 들기도 한다. 지난날 어렵게 살아온 세월을 생각하면 징소리에 눈물이 나기도 한다. 이러한 감정을 그대로 쓸 수는 없다. 그러한 울음을 객관화시켜야한다. 그래야 삼천리를 돌고 또 세월 몇 굽이를 돌 수 있다. 그리고 한을 풀 수도 있고 한평생을 돌 수도 있다. 추상적인 감정을 징을 통해 구체적인 감정으로 정제시켜 처리했다.

2) 미적 경로

감정 처리를 위해서는 특수한 심리적 정제 과정이 필요하다. 대상을 실제적인 감정으로부터 객관화시켜 이를 다시 순화·정화시키는 작업을 해야한다. 이를 미적 경로라하는데 그래야 문학의 요소로 쓸 수 있다.

이와 같이 정서가 미적 정서로 다듬어지는 특수한 심리적 정제 과정을 미학자들은 미적 경로(aesthetic process)라 부르고 있다.

> 미적 경로에는 대개 두 가지의 심리적인 특색이 있다. 하나는 실감의 유리요, 하나는 실감의 보수이다.[11]

곧 본간구웅은 실감의 유리와 보수로서 미적 경로를 설명하고 있다. 특히 그는 톨스토이가 『예술론』에서 든 예로 이 미적 경로를 자세히 설명하고 있다.

> 예술이란 작가가 경험한 어떤 감정을 외적 기억에 위해 남에게 전하고, 남이 작가와 똑 같은 감정을 경험케하는 것임에, 한 소년이 숲 속에서 이리를 만나 전율과 공포를 느낀 감정을 똑 같이 남들도 환기 되도록 기술했을 때 이는 곧 예술이다.

그는 위의 소년의 예로 미적 감정을 다음과 같이 설명하고 있다.
곧 이리를 만난 소년은 공포의 실감 속에 휩싸여 있었다. 그 때 그

---

11) 본간구웅, 『문학개론』, 46쪽, 한영환·이성교, 『문학개론』(개문사, 1978), 39쪽에서 재인용.

소년은 이 공포감을 글로 표현하고 싶은 생각은커녕 필사적인 노력으로 위기를 벗어나려 하였을 것이다. 다행이 이 위기를 벗어난 소년은 안정을 되찾자 그가 경험한 공포과 초조감을 회상케되고, 이 때 비로소 이를 표현하려 생각하게 된다. 그러나 소년이 회상해낸 공포는 실로 당시는 실감이었으나 지금은 실감이 아닌 그림자와 같은 것이다. 곧 실감에서 이미 그 공포는 유리되어 있는 것이다.

또 실감의 보수란 이미 객관화된 실감인 공포의 정서는 당시 그대로의 표현 같지만 실은 무의식 중에 표현에 적합하도록 수정 보수되게 마련이다. 그뿐만이 아니고 그 소년이 여태까지 경험했던 공포의 요소들이 기억 속에서 살아와 공포의 정서적 정수들이 이에 가미되어 객관화된 공포로 재현되는 것이다.

이처럼 실감의 유리와 보수를 통해 그려내려는 갖가지 소재와 대상을 일단 실제적 감정으로부터 객관화시키고, 이를 다시금 노화·정화·순화하여 그 정수를 가려 뽑는 과정을 미적 경로라 한다.[12]

실감의 유리는 당시 사건의 실질적인 감정이 아니다. 그 사건으로부터 분리된 감정이다. 이는 작가가 거쳐야할 반드시 필요한 과정이다. 그래야 작가와 대상 사이의 거리가 조절되고 감정의 객관화가 자연스럽게 이루어진다.

> 굴뚝이 제 속을 까맣게 태우면서
> 누군가의 따스한 저녁을 마련할 때
> 길 건너
> 어둠을 받는
> 밀보리빛 우산 하나
>
> 먹물에 목이 잠긴 수척한 강을 지나

---

12) 위의 책, 40쪽에서 재인용.

내 꿈의 어지러운 십자로를 한참 돌아
사랑이
다리 절며 오는
굽은 길목 어귀에

-문희숙의 「외등」 전문

　외등은 굽은 길목에서 홀로 밤길을 밝혀준다. 이 외등을 어둠을 받는 밀보랏빛 우산으로 처리했다. 흔히 굽은 길목에서 외등 하나가 밤길을 밝혀주고 있었다라고 표현한다. 굳이 어둠을 받으며 누군가를 기다리는 모습으로 처리했다. 외등을 우산으로 은유하여 어둠을 비나 눈처럼 은유하여 실감나게 표현하고 있다. 그것도 그냥 굽은 길목이 아니라 수척한 강을 지나 어지러운 십자로를 한참 돌아온, 사랑이 절며오는 굽은 길목 어귀이다. 이렇게 구체적으로 길목을 제시하여 독자로 하여금 더욱 현장감을 느낄 수 있도록 했다. 그러한 어귀에 쏟아지는 어둠을 우산으로 받으며 외등은 누군가를 기다리고 있는 것이다.

　화자는 위와 같은 비슷한 체험을 했을 것이다. 말할 수 없는 감정을 겪으면서 보고 싶은 마음에 외등처럼 골목에서 기다렸을 것이다. 당시의 감정은 혼란, 흥분, 고독, 처연함 같은 그러한 것들임을 예상할 수 있다. 당시 외등 같은 소재는 화자에게 있어서는 위안이 될 수도, 더 많은 고독에 빠져들 수도 있다. 이러한 감정들은 시간이 흐르면서 당시 감정으로부터의 유리되게 마련인데 여기에 수정과 보수라는 과정을 거쳐 위와 같은 빼어난 작품으로 처리된 것이다.

　위 체험은 당시의 직접 체험과는 거리가 있다. 당시의 사건을 객관화시킨, 새로운 정서로 환기시킨 거리이다. 이렇게 해서 작가와 대상과의 거리가 적절히 조절된 미적 경로를 거친 감동의 작품이 생산되는 것이다.

3) 처리 과정의 예

    정철은 중종 31년(1536)에 나서 선조 26년(1593)에 졸하였다. 호는 송강이며 연일이 본관이며 서울 출생이다. 시조, 가사 문학의 대가이다.

    정철은 강계에서 유배 생활을 했다. 이 때 진옥을 만났다. 진옥은 무명의 강계 기녀이다. 진옥은 송강을 만나 그 이름을 떨쳤다.

    정철은 울분과 실의를 술로 달래고 있었다.

    오동잎이 지는 달 밝은 밤 귀뚜라미 처량한 울음이 정철의 가슴을 더욱 쓸쓸하게 하였다. 인기척이 들려왔다. 적막한 처소에 누가 날 찾아왔을까. 송강은 누운 채로 누구냐고 물었다.

    문이 스르르 열리고 장옷으로 얼굴을 가린 한 여인이 고개를 숙인 채 들어왔다. 우아한 한 마리 학이었다. 진옥이었다.

    어느 날 밤이었다. 송강은 적당히 취했다.

    "진옥아, 내가 한 수 읊을 터이니 너는 내 노래에 화답하거라."

    "예, 부르시옵소서."

    진옥은 거문고 줄을 뜯었다. 송강은 목청을 가다듬어 읊었다.

    옥이 옥이라커늘 번옥만 여겼더니
    이제야 보아하니 진옥일시 분명하다
    나에게 살송곳 있으니 뚫어볼까 하노라

    번옥(燔玉)은 돌가루로 구워 만든 가짜 옥이다. 진옥(眞玉)은 진짜 옥이다. 기녀 진옥을 바라보니 가짜 옥이 아니라 진짜 옥이었다. 진옥은 참옥을 뜻하면서 기녀 진옥을 가리키는 것이다. '살송곳'은 '살(肉)송곳'으로 남자의 거시기를 은유하고 있다. 그것으로 뚫어본다고 하였다.

    철이 철이라커늘 섭철로만 여겼더니
    이제냐 보아하니 정철일시 분명하다
    나에게 골풀무 있으니 녹여볼까 하노라

    섭철(섭철)은 순수하지 못한 쇠붙이가 섞인 가짜 철이다. 번옥에 대한 대구이다. 정철은 잡것이 섞이지 않은 진짜 철이다. 진옥에 대한 대구이다. 정철은 진짜 철이면서 송강 정철을 가리키는 것이다. '골풀무'는 불을 피우는데 바람을 불어넣는 풀무이다. 남자의 그것을 녹여내는 여자의 거시기를 은유하고 있다. 살송곳에 대한 대구이다. 기막힌 은유이다.

송강이 한양에 올라왔을 때 진옥을 데려오려고 했다. 그녀는 끝내 거절했다. 진옥은 강계에 살면서 짧았던 송강과의 인연을 되새기며 나날을 보냈다.

선조 26년(1593) 12월 18일 송강이 강화의 우거에서 생을 마치는 날에 소리 없이 흐느끼는 한 여인이 있었다. 진옥이었다. 그 후의 일을 아는 사람은 아무도 없었다고 한다.[13]

시조의 대구가 탁월하다. 상대방의 이름을 이용하여 남자와 여자의 그것을 속되지 않게 표현했다. 미적 경로를 능숙하게 처리시켰다. 적나라하게 표현하지 않고 은근한 언어, 남자는 살송곳으로 여자는 풀무로 처리했다. 송곳은 철이기 때문에 풀무로만이 철을 녹일 수가 있다.

이를 유리와 보수라는 미적 경로로 표시해보면 다음과 같다.

		유리, 보수
정철(이름)	→	정철(진짜 철)
진옥(이름)	→	진옥(진짜 옥)
남자의 그것	→	살송곳
여자의 그것	→	풀무

왼쪽은 직접 체험을, 오른쪽은 체험 후 유리와 보수가 된 체험을 표현했다. 위 텍스트는 같은 사건이라도 실감의 정도가 어떤지를 보여주고 있다. 같은 뜻이라도 다른 언어로 대체하면 실감의 정도는 확연히 달라진다. 시조는 최소의 비용으로 최대의 효과를 얻어야한다. 12개의 음보로 시조 한 채를 지어야하기 때문에 이미지의 압축은 절체절명의 과제이다. 그래서 살송곳이나 풀무와 같은 수사가 동원되었다. 이러한 은유 덕분으로 당시의 체험을 실감나게 그려낼 수 있는 것이다.

---

13) 신웅순, 『문학과 사랑』(문경출판사, 2005), 94~95쪽. 박을수, 앞의 책에서 일부 각색.

단시조 몇 가지의 예를 들어보도록 한다.

빈집 장독대
고요가 모여서
탱탱한 석류알을 키우고 있었구나
양철문
가시울타리
다 부서진 담장 안에도

—문희숙의 「독가촌을 지나며」

그대
떠난 그 자리에
낙엽이 지고 있다
가을은 혼자서가 아니라서
슬픔까지 껴안는다
찻잔엔 바람 머물다 가고
나는 빈잔으로 남는다

—김영재의 「빈 잔」

싸락눈 흩뿌린 뜨락
큰 스님 작은 발자국
발자국 속의 작은 모이
참새들이 쪼고 있다

오늘은 비질을 하지 말자
고요 속의 작은 행복

—이상범의 「작은 행복」

11. 시간

1) 시간 1

시간이란 무엇인가. 이처럼 난감한 물음은 없을 것이다. 시간은 문학에서보다 철학에서 주로 다루어져왔다. 철학은 탐구 대상이 시간 그 자체이지만 문학은 시간의 수용 문제를 다루는 것이 일반적이다.

많은 철학자들이 시간에 대한 논의가 있어 왔지만 이를 근본적으로 규명하지는 못했다. 어거스틴은 '시간이 무엇이냐고 묻지 않을 때는 시간이 무엇인지 알고 있지만 시간이 무엇이냐고 물었을 때는 알 수 없다'라고 했다. 토마스는 운동이나 존재의 척도로, 칸트는 선험적 시간으로, 베르그송은 지속의 시간으로, 하이데거는 시간성 개념으로 시간을 정의해왔다.

시간은 일반적으로 자연적 시간과 경험적 시간으로 대별할 수 있다. 전자는 물리적 시간으로 질서와 방향 논리로 측정 가능한 시간이지만 후자는 주관적 시간으로 가역성이 내재된 측정 불가능한 시간이다. 문학에서는 양쪽을 다 다루기는 하지만 주로 후자쪽을 다룬다.

베르자예프는 시간을 우주적 시간, 역사적 시간, 실존적 시간으로 나누어 문학 연구의 한 접근 방법을 제시했다.[14]

우주적 시간은 원으로 표현되는 순환하는 시간이다. 밤과 낮의 반복이라든가 계절의 바뀜, 출생・성장・죽음 등과 같은 인간과 자연 간의 순환적인 시간을 특성으로 한다. 원형을 지향하면서 사물이 끊임없이 반복되는 양상으로 전개된다. 유한한 삶 속에서 무한을 재현하는 신화적 시간으로 과거의 시간들이 끊임없이 재생된다고 생각한다.

---

14) 김병욱 편, 최상규 역, 『현대소설의 이론』(대방출판사, 1986), 477쪽.

밤에도 대낮이 허옇게 걸려있다
누구냐, 내 숨을 곳 샅샅이 허물은 자는
천지는 거울을 대며 전 생애를 끄집어 내고 있다

―김원각의 「양심」 전문

시적 자아는 전생은 존재한다고 믿고 있다. 삶의 이전은 전생이요 죽음 이후는 후생이다. 전생이 있으면 후생도 있게 마련이다. 전생과 현생과 후생을 순환적인 시간으로 파악하고 있다. 아무리 숨으려고 해도 숨을 수가 없고 전생과 현생, 후생이 반복되고 있으니 양심대로 살아가라는 교훈적인 텍스트이다. 순환적인 시간을 끌어들여 메시지를 전하고 있다.

역사적 시간은 수평선으로 표현되는 무한 직선의 지속 시간이다. 시간이 과거, 현재, 미래로 계속해서 나아간다는 양식의 시간으로 그 본질은 계기성에 있다. 문학에서는 시간이 현재에서 과거로의 역방향으로 진행될 수도 있다.

섬돌에 묻어 둔 불씨 빠지직 불 지피다
언 가슴 녹인 불꽃으로 피어난 맨드라미꽃
오지랖 데인 흔적을
주홍글씨 새기며.

몇 번을 까무라쳐도 끓어오르는 더운 피
내림굿 손대 잡고 날고 싶은 나비의 꿈은
선무당 신들린 춤사위
바라춤을 추느니

귀뚜리 밤을 울어 풀잎도 잠 못든 새벽
혼을 실은 낮달은 빈 하늘에 떠돌고
아 여기 불타는 집 한 채

지상에 머물고 있다

—김정희의 「맨드라미, 불지피다」

위 시간은 맨드라미가 봉오리에서부터 피어난 후 얼마간의 시간이다. 그리고 3연에서는 집중적으로 밤에서 그 이튼 날 새벽, 낮 시간까지 묘사되어 있다. 1연은 맨드라미 피기까지의 시간을, 2연은 맨드라미가 피고 얼마간 경과된 시간을, 3연은 밤에서 그 이튼날 오후까지의 시간을 나타내고 있다. 이 텍스트에서의 시간은 직선으로 지속하는 시간이지 순환하는 시간이 아니다.

실존적 시간은 수직으로 표현되는 개인적인 시간이다. 이 시간은 수직선으로 상징되는 종교적이고 신비적인 성격을 갖고 있다. 세속적인 시간이 아니라 성스러운 시간, 해탈이나 초월의 시간을 말한다.

벌판 끝
천둥 밟던
맨발이 저랬을가

빈 골짝
핥고 가던
회초리가 저랬을가

접질린
뉘 사랑만 같아라
내처 닫는 저 서슬!

—진복희 「소나기」 전문

텍스트는 소나기를 천둥을 밟던 맨발, 빈 골짝 핥고가던 회오리, 접질린 사랑, 내친김에 내닫는 서슬 등으로 표현했다. 시간을 초월한 제의적인 시간에 가깝다. 시적 자아는 객관적 상관물인 소나기로 세속을 넘어 초월적인 시간을 경험하게 된다. 시간의 속도가 달라지는 거의 단절된 정지된 시간이기도 하다. 소나기가 끝나면 대지의 모든 것들은 다시 조용한 세속의 시간으로 돌아오는 것이다.

2) 시간 2

인간이 존재함으로써 시간은 존재하는가? 인간이 존재하지 않으면 시간은 존재하는가? 자연이 존재하는 한 시간은 존재한다. 인간이 자연의 일부라고 한다면 우주가 존재하는 한 인간의 존재 여부를 떠나 시간은 존재할 것이다. 인간이 사용하는 언어도 의미를 갖고 있던 없던 시간에서 한 치도 벗어날 수 없다.

약속을 할 때 시간과 장소를 묻는다. 메시지는 시간과 공간을 떠나 존재할 수 없다. 하나의 텍스트가 되기 위해서는 반드시 시간과 공간이 필요하다. 단어 자체 하나만으로는 메시지를 담지할 수 없다. 텍스트가 되지 못하면 그 단어는 영원히 침묵하는 언어가 된다. 언어는 시간과 공간이 주어져야 비로소 의미를 담지하게 된다.

'꽃'이라고 하면 도대체 그 꽃이 어떤 꽃인지 언제 피는 꽃인지 어디에서 피는 꽃인지 알 수 없다. 아침이라는 시간이 개재되면 '아침에 피는 꽃'이 된다. 그러면 독자들은 나팔꽃, 박꽃, 호박꽃 등을 떠올리게 된다. 그만큼 정보성은 높아진다. 죽었다가 살아있는 꽃이 되는 것이다. 여기에 구체적인 공간이 주어진다면 그 밀도는 더욱 높아진다. '이른 아침 마당 울타리에 핀 나팔 모양의 꽃' 하면 바로 그 꽃이 나팔꽃이라는 것을 알게 된다. 시간과 공간이 구체적으로 제시되고 여기에 약간의 수식만 가해주면 메시지의 내용은 좀더 선명해진다. 시간이나 공간이 메시지의 의미 획득에 얼마나 중요한 요소로 작용하고 있는가를 알 수 있다.

가슴 풀린 대지 위로 벚꽃이 톡톡 튄다
맑은 날 킥킥대는 꼬마 새싹 재롱 보며
뾰족한 연필 끝으로 세상 모서릴 찔러본다

사춘기 나뭇가지 여드름이 송송 돋고
뻐꾸기 음성에도 변성기 소리가 난다
화냥끼 대지는 지금 신열을 앓고 또 앓고

선생님 호명 따라 차례 차례 앉은 3월
산수유, 개나리꽃, 백목련, 진달래꽃
길길이 때때옷 입고 입학식이 한창이다

ㅡ이영필의 「3월에」 전문

위 텍스트는 3월이라는 시간에 일어나는 자연의 현상들을 생동감 있
게 그려내고 있다. 시간이라는 백지 위에 여러 풍경들을 안치시켜 놓고
있다. 시간이 없으면 텍스트 자체가 만들어질 수 없다. 시간은 필수 불
가결한 요소로 작용하고 있다. 3월의 시간 안에 꼬마 새싹 재롱도 보고
나뭇가지 여드름도 보고 입학식도 본다. 이 시간이 아니면 볼 수 없는
것들이다. 얼마나 시간이 텍스트에 없어서는 안되는 것인가를 명징하게
보여주고 있다.

또 시간에는 내적인 시간과 외적인 시간들이 있다. 내적인 시간들로
는 이야기의 시간, 기술의 시간, 독서의 시간들이 있으며 외적인 시간들
은 작가의 시간, 독자의 시간, 역사적 시간들이 있다.[15] 이야기의 시간
이 몇 십 년, 몇 백 년이라 해도 기술의 시간은 불과 몇 분 몇 시간이
될 수 있고 몇 줄이 될 수도 있다. 작가가 작품 속에서 시간을 어떻게
인식하고 있는가, 작품 속에서 시간은 어떻게 인식되는가 등의 여러 문

---

15) O.Ducrot&T.Todorov:*Encyclopedic Dictionary of the of the Sciences of Language*, trans.by
C.Porter, the Johns Hopkins Univ.Press, 1979 참조. 이승훈, 『문학과 시간』(이우출판
사, 1986), 179쪽에서 재인용.

제들을 생각해볼 수 있다. 시간이라는 것이 우리들이 보통 인식하는 물리적인 시간만이 아니라 작가에 따라 복잡한 양상을 띠고 있어 문학에 있어서의 시간을 논리적으로 설명하기 어렵다.

시간의 속도나 양으로도 언급할 수 있다. 생략이라든가 요약, 직접 문체, 분석, 묘사, 이탈, 인쇄적 공간 같은 것들이 그것이다.[16] 간단한 한 두 줄로 몇 십년을 생략할 수도 요약할 수도 있다. 자세히 묘사할 수도 있고 인쇄적 공란으로 남겨둘 수도 있다. 이야기의 속도가 평형을 유지하느냐, 빠르냐, 완만하냐 등으로도 따져볼 수 있다.

어쩌면 닿을 법한
멀고 먼 소식 하나

기다린 긴긴 날들
이끼 돋아 푸르도록

날마다
나 여기 와서
강물처럼 울고 있다

열릴 듯 열리잖는
트일듯 트이잖는

쇠사슬 녹슨 사슬
절로 삭아 끊어지렴

사무친
말씀 하나로
흘러가는 물이어라

　　　　　　　　　　　　　　－김춘랑의 「임진강 쑤꾹새·2」 전문

---

16) 김병욱 편, 최상규 역, 앞의 책, 490－493쪽.

위 텍스트는 반백년의 역사의 이야기를 불과 14줄로 요약해놓고 있다. 이야기의 시간은 50여년이지만 기술의 시간은 짧다. '기다린 긴긴 날들/ 이끼 돋아 푸르도록'에서 보면 그 많은 세월이 '이끼 돋아 푸르도록'이라는 두 줄로 요약되어 있다. 그리움에 목말라 있음을 시간의 속도가 보여주고 있는 것이다. 물론 위 텍스트의 인쇄 공란에도 시간이 존재하고 있다

12. 공간

1) 문학으로서의 공간 수용

시창작의 경우 지각에 의한 외적 경험이 직관된 언어를 통해 시공간으로 표출된다. 대상이 선이고 표출이 후가 된다. 이것은 대상이 가지는 공간 때문에 그 대상을 표출케하는 공간이 생기게 된다는 말이다.[17) 이것은 감각적인 경험으로 의식할 수 있는 실재 공간이다.

그러나 시가 언어로 표현될 때 그것은 언어의 수사 때문에 그 공간이 표상되어지는 것이지 언어가 실재 공간을 지칭하여 공간이 표상되어지는 것은 아니다. 그것은 시인의 상상력에 의해 표상되어지는 상상력 공간이라고 볼 수 있다.

실제적 공간은 실제적 자연이 전개되는 차원으로의 감각적 공간을 의미하며, 상상적 공간은 상상에 의해 축조된 비가시적 관념적 공간을 의미한다. 실제적 공간이라도 기호로 표출된 이상 자연 그대로의 공간은 아니다. 실제가 변형된, 재창조된 공간일 수도 있다. 그렇다고 상상적

---

17) 신상성 · 유한근, 『문학과 공간』, 13쪽.

공간이라고 말할 수는 없다. 전자는 구체적인 인식 공간을 지칭한 것이며 후자는 수사에 의해 창조된 상상적 공간, 은유, 상징 공간을 지칭한 것이다.

섬이
하나 있다.

콩알보다 조금 작은……

몇몇 살던 이들 낱낱이 다 떠나고 일흔 둘 할머니 혼자 살고 있는 작은 섬
— 이종문의 「섬」 첫수

산재한
갈망 위해
돌아와
답하는 봄비

계절이
머뭇거리는
허공을
진압하고

먼 재를
넘어온 그리움 풀어
어찌나
속삭이는지

— 김교한의 「봄비」

위 두 시는 근본적으로 다르다. 전자는 실제 공간에 가까운 인식 공간이다. 자연이 있는 그대로의 공간을 사실적으로 묘사하고 있다. 섬이 하나 있고 콩알보다 작다고 했다. 섬의 의미는 강조하기 위해서 쓴 과장

법이다. 거기서 살던 이들은 다 떠나고 일흔 두 살 할머니가 살고 있다고 했다. 우리가 인지할 수 있는 가시적 공간을 그대로 제시하고 있다.

후자의 시조는 다르다. 자연의 인식 공간을 묘사한 것이 아니라 시인의 상상력에 의해 재창조된 상상적 공간이다. '산재한 갈망'의 '산재'는 공간이 있어야 가능한 단어이다. '갈망'은 관념적인 단어로 공간을 필요로 하지 않는다. '산재한 갈망'은 '산재'라는 단어에 의해 '갈망'이 공간화되었다. 이렇게 수식에 의해 관념적인 단어가 재창조되어 상상적 공간으로 변형될 수 있는 것이다.

2) 실재적 공간과 상상적 공간

시인은 최소의 노력으로 최대의 효과를 위해 은유와 상징 같은 수사를 사용한다. 은유 공간과 상징 공간의 두 측면에서 논의할 수 있는 이유가 여기에 있다.

> 코잡아 별을 짜려나 연사흘 은빛 생각
> 대바늘 사슬뜨기 재촉하여 폭설내리고
> 마무리 눈동자 위에 처음이듯 그 설레임
>
> ─김성숙의 「새벽, 뜨개질하다」 첫수

'그리움'을 '은빛 생각'이라했다. '그리움'도 '은빛 생각'은 공간이 형성되지 않은 단어이다. '그리움'이라는 관념 공간이 상상력에 의해 '은빛 생각'이라는 또 다른 관념 공간으로 바뀌었다. 시인은 하나의 단어를 또 다른 단어로 의미를 증폭시키고자 한다.

'그리움'은 '보고 싶은 마음이 간절함'을 의미하는 관념 공간이다. 이러한 공간으로 시인은 만족할 수 없어 '은빛 생각'인 은유 공간으로 재창조한 것이다. 이렇게 함으로써 의미 효과를 거두고 있다. '그리움'에서

'은빛 생각'으로의 전이는 독자에 따라 달리 생각할 수 있어 공간의 폭으로 재단하기는 쉽지 않다. 그러나 그렇게 함으로써 의미의 폭이 넓고 깊어지며 이미지는 더욱 선명해질 수 있다.

> 누군가를
> 사랑하면
> 일생
> 섬이 된다
>
> 유난히
> 파도가 많고
> 유난히
> 바람이 많은 섬
>
> 그래서
> 가슴에는 평생
> 등불이
> 걸려있다

— 신웅순의 「내 사랑은 47」

위 텍스트에서 사랑하면 일생 섬이 된다고 했다. 사람은 존재이지 공간은 아니다. 사람이 섬으로 공간이 확대되었다. 섬은 뭍에서 떨어져 있고 외롭고 신비스럽기까지 하다. 게다가 그 섬은 파도가 많고 바람이 많다고 했다. 그리움이 많으니 파도가 많고 바람은 끊일 날이 없다. 실재 공간 '섬'이 작품 속에서 또 하나의 가시적인 실재 공간인 '섬'으로 전이 되었다.

물론 섬은 시인의 상상력에 의해 창조된 사랑하는 사람을 대신하는 인지할 수 있는 은유 공간이기도 하다. 새로운 공간으로의 전이는 새로운 의미 창조를 의미한다. 시인의 직관이 상상력에 의해 재생산되어 새로운 인식 공간을 창출한 것이다.

> 없는 이름 부르며 한 생 저어 가듯
>
> 어둠 끌어안고 살 지피는 밑불처럼
>
> 캄캄한 눈썹 하나로 산을 넘는 밤이 있다
>
> 없는 길을 찾아서 한 생 헤쳐 가듯
>
> 어둠으로 기르는 생금 같은 눈썹 들고
>
> 높다란 고독 하나로 밤을 넘는 밤이 있다
>
> ─정수자의「그믐달」

후자는 전자의 공간 인식과는 여러면에서 다르다. 이름, 어둠, 밤, 눈썹 등의 상징들이 많은 공간을 배치하고 있어 의미를 천착하기가 여간 어렵지 않다. 상징보다 은유가 이미지 면에서는 선명할지 모르지만 공간의 크기에는 상징에 미치지 못하는 경우가 많다. 눈썹은 그믐달을 은유하거나 미인을 상징했다고 볼 수 있지만 눈썹과 그믐달은 모양이 비슷하여 쉽게 연결이 될 수 있어 의미는 그렇게 크지는 않다.

그러나 이름이나 어둠, 밤의 의미는 많은 사유가 있어야 가능하다. 눈썹이 그믐달이 아닌 미인을 상징한다면 어둠, 밤, 이름의 상징 공간은 또 다르게 창조된다. 무엇을 상징하든 어떤 식으로든 상징의 물체를 결정하지 않고는 읽어내기가 어렵다. 의미 결정은 공간의 크기를 말한다. 그 크기가 얼마인지는 매우 주관적이어서 쉽게 판단을 내릴 수는 없다. 의미 결정은 독자 스스로가 해야 한다.

작자의 표현 공간과 독자의 감상 공간 간의 차액은 언제나 남기 마련이다. 창작은 이런 것이다.

13. 객관적 상관물

1) 개념

객관적 상관물은 T.S 엘리어트가 『햄릿과 그의 문제들(1919)』에서 우연히 사용했으나 그 말이 20세기 문학 비평에 도입되어 큰 반향을 일으킨 현대의 창작 방법 용어 중의 하나가 되었다. '시는 정서로부터의 해방이 아니고 정서로부터의 도피이며 개성의 표현이 아니라 개성으로부터의 도피이다'라고 엘리어트는 정의 했다.

객관적 상관물은 특정한 정서의 공식이 될 그리고 그와 똑같은 감정을 독자에게 불러일으킬 일단의 사물들, 하나의 상황, 일련의 사건들을 가리킨다. 예술의 형식으로 개인의 정서를 표현하는 하나의 방법으로 개인 감정의 예술적 객관화를 의미한다.

이는 비평가로부터 시인의 실제 창작 방법을 왜곡시켰다는 비난을 받기도 했다. 시인은 사물이나 상황을 표현하는 나름대로의 방식에 의해 그 정서적 효과를 얻는 것이지 본질적으로 어떤 정서의 공식에 의해 효과를 얻는 것이 아니라는 것이다.

텍스트는 어떤 개인의 감정이라도 혼자만 향유할 수 있는 성질의 것이 아니다. 누구나 공통적으로 향유할 수 있는 텍스트이어야 한다. 이 점에서 객관적 상관물은 이에 상응할만한 훌륭한 창작 방법의 하나라고 볼 수 있다.

객관적 상관물은 자신의 감정을 직접 말하는 것이 아니라 자신의 감정을 어떤 사물에 이입시켜 누구한테도 같은 감정을 환기시킬 수 있도록 표현하는 것을 말한다.

김광균의 「설야(雪夜)」에서 보면 '밤에 내리는 눈'을 '머언 곳의 여인의 옷 벗는 소리'라고 했다. '머언 곳의 여인의 옷 벗는 소리'라는 인간의 생활 경험을 하늘에서 내리는 사물 '눈'으로 객관화시켰다. '눈'을 '옷 벗는 소리'로 매치시킨 것이다. 이 때 '옷벗는 소리'는 '눈'의 객관적 상관물이라고 볼 수 있다.

'눈'을 '어언 곳의 그리운 소식', '서글픈 옛자취', '어느 잃어진 추억의 조각' 등으로 표현한 것도 '눈'의 객관적 상관물이 된다. 이 때 두 사물 간에는 긴장이 일어난다. 긴장을 완화시키기 위해 독자들은 두 사물 간의 공통된 의미를 연결시키지 않으면 안된다. 그렇게 해서 얻어진 의미가 사람들의 정서를 새롭게 환기시키는 것이다.

> 노숙에 길들여진 저 자유의 빈 손짓
> 사는 일 짐이 된다며
> 소식 조차 끊고 사는
> 누이의 모진 가슴에도
> 된바람이 치겠구나
>
> 양지에 손을 내미는 민들레 속잎에서
> 때로는 봄소식을
> 앞질러 듣지마는
> 밤새워
> 울던 문풍지
> 저 떨리는 매화가지
>
> ─홍진기의 「저 매화」 전문

여기에서는 '누이의 모진 가슴'을 '밤새워 울던 문풍지'로 객관화시켰다. '누이의 모진 가슴'의 객관적 상관물은 '밤새워 울던 문풍지' 혹은 '떨리는 매화'이다. 문풍지에 비치는 매화 가지를 그렇게 표현한 것이다. '매화 가지가 바람에 떨리는 것'과 '밤새워 울던 문풍지'는 같은 이미지이다. 그것이 다시 누이의 가슴에 된바람이 치는 것으로 매치시 킨 것이다.

용어의 개념을 좀 더 명료하게 하기 위해 이정일 편저 『시학 사전』 일부를 싣는다.

> 엘리엇에 의하면 섹스피어의 <햄릿>은 예술적으로 실패작이다. 그 이유는 이 작품의 등장 인물이 표현할 수 없는 정서의 지배를 받는다는 점과 그 정 서 역시 있는 그대로의 실보다 과장되고 왜곡되었다는 점 때문이다. 감정을 예술로 표현하는 유일한 방법은 객관적 상관물을 발견하는 데 있는데 섹스피 어는 햄릿에게 이와 같은 객관적 상관물을 제공하는데 실패했다. 객관적 상 관물은 작가가 작품에서 인물의 정서를 표현하는 수단인데, 햄릿은 애인조차 타락했다고 보며 전 왕국이 악으로 가득 차 있다고 생각한다. 또한 그의 우 유부단한 태도는 작가가 적절한 객관적 상관물을 찾지 못하고 있기 때문이라 는 것이 엘리엇의 지론이다. 따라서 그는 <햄릿>이 주제의 성질상 객관적 상관물을 발견하지 못했으므로 예술적으로 실패했다고 결론 짓는다 [18]

엘리어트는 정서를 표현하기 위해서는 반드시 객관적 상관물을 찾아 야한다고 했다. 여기서의 실패는 곧 작품의 예술적인 실패를 의미한다. 그렇기 때문에 감정을 표현하는 유일한 방법은 객관적 상관물을 발견하 는 데에 있다는 것이다.

2) 예

> 산빛은 수심을 재지 않고 강물에 내려앉는다
> 강물은 천년을 흘러도 산빛을 지우지 못한다
> 일테면 널 잊는 일이 그럴까, 지워지지 않는다
>
> ―김현의 「산빛」 전문

[18) 이정일 편저, 『시학사전』(신원문화사, 1995), 31쪽.

여기서 화자 '나'의 객관적 상관물은 '강물'이며 청자 '너'는 '산빛'이다. 산빛은 강물에 내려앉지만 강물은 산빛을 지우지 못한다는 것이다. 강물과 산빛을 나와 너로 매치시켜 '영원히 잊을 수 없다는 그리운 마음'으로 정서를 환기시켜놓고 있다. 시인은 공통적인 이미지를 창조할 수 있는 새로운 사물을 찾아 이를 결합시켜 정서를 환기 시킬 수 있어야한다.

사람을 찾습니다
나이는 스무살
키는 중키
아직 내어난 그대로의
분홍빛 무릎과 사슴의 눈
둥근 가슴 한아름 진달래빛 사랑
해 한 소쿠리 머리에 이고
어느 날 말없이 집을 나갔습니다
그리고 삼십 년 안개 속에 묘연
누구 보신 적 없습니까
이런 철부지
어쩌면 지금쯤 빈 소쿠리에
백발과 회한 이고
낯설은 거리 어스름 장터께를
해마다 지쳐 잠들었을지라도
연락바랍니다 다음 주소로
사서함 추억국 미아보호소
현상금은
남은 생애 전부를 걸겠습니다.

—홍윤숙의 「사람을 찾습니다」 전문

과거의 잃어버린 젊음을 찾는 이 시의 객관적 상관물을 찾아보자. 분홍빛 무릎, 사슴의 눈, 진달래빛 사랑, 해, 안개, 백발, 회한, 추억국 미아보호소, 남은 생애 등이다. 분홍빛 무릎은 젊었을 적의 무릎이다. 사습의 눈, 진달래빛 사랑도 젊었을 적의 눈과 사랑이다. 해와 안개는 지난 세월을, 백발과 회한은 지금 늙은 자신의 실체를 가리킨다. 추억국 미아보호소는 당시의 젊었을 적의 미아보호소를 말하며 남은 생애는 실현될 수 없는 천문학적인 현상금을 말한다.

객관적 상관물을 찾기 어려운 것들도 있다. 이러한 시들은 대개가 상징으로 되어 있어 깊은 사유 없이는 접근하기가 어렵다.

> 문득 개화를 알리는
> 사이렌소리가 멎는 순간
>
> 사람과 꽃송이 사이로
> 그림자 하나가 지나갔다
>
> 아, 지금 내 생의 정점에
> 자오선이 지나고
> 있다
>
> ─고정국의 「정오의 시」 전문

사이렌이 멎는 순간이 개화하는 시간이다. 사람과 꽃송이는 무엇의 상관물이고 그림자는 또 무엇의 상관물이고 자오선은 또 무엇의 상관물인지 많은 고민이 필요하다. 인간과 우주, 시간의 흐름과 정지, 자연과 인간, 음과 양, 사물들의 생성, 변화 등 깊은 지식과 사유 없이는 해석할 수가 없다. 또 여러 의미를 가능하게 하는 시어들로 되어 있어 상관물을 찾기란 그리 쉽지가 않다.

> 물렁해
> 지기 위해
> 감들은 익고 있나

감밭에 언뜻 실린
가을을
다는 가지.

특유한
저 손저울들
출렁이며 눈금 잰다

왁자턴 여름 벌레
무엇 그리
울다 갔나.

바위는 모래톱 쪽
실금내며
가고 있네.

오늘은, 사진으로 미리 찍힌
서호(西湖)도
질 잎새다.

　　　　　　　　　－서벌의 「붓 먼저 감잎처럼 물이 들어」 전문

'손저울, 바위, 서호'들은 객관적 상관물로 만추의 스케치에 큰 비중을 차지하고 있다. 상징이기는 하지만 이러한 상관물들은 깊은 사유없이는 의미를 천착해내기 어렵다. 거기에 감상의 묘미가 있다.

14. 외시와 함축

1) 기호, 외시, 함축

귀로드는 기호학은 기호에 관한 연구라 정의 했고 소쉬르는 사회 안에서 일어나는 기호들의 삶에 대한 연구라고 정의했다. 기호학은 모든 학문에 편재되어 있어 일반 학문이라 볼 수 있다. 그렇기 때문에 세상의 모든 것들이 다 기호가 될 수 있다. 문학이든 예술이든 과학이든 사회학이든 심리학이든 어떤 학문이든 기호들은 존재한다. 그런 기호들을 체계적으로 연구하는 학문이 기호학이다.

기호는 기표와 기의로 이루어졌다. 기표(시니피앙)는 청각이나 시각 영상, 기의(시니피에)는 개념을 뜻한다.

　　　기호＝기표＋기의

갑순이가 갑돌이에게 사랑을 고백하고 싶다고 하자. 이 때 갑순이는 자기의 마음을 갑돌이에게 전달해야하는데 말로 할 수 없고 해서 장미꽃을 선물했다. 장미꽃은 갑순이가 갑돌이에게 자신의 사랑하는 마음을 전하기 위한 하나의 매개체이다. 이 '장미꽃'이 기표이다. 이 장미꽃에는 갑순이의 사랑하는 마음이 담겨있다. 이 때 이 '사랑'의 의미가 기의에 해당된다. 기표인 장미꽃이 사랑이라는 기의와 결합하여 하나의 기호가 만들어진 것이다.

　　　기호＝장미꽃(기표)＋사랑(기의)

기호는 기표와 기의가 결합, 의미 작용이 일어나야 가능하다. 갑돌이가 갑순이에게 장미꽃을 받았을 때 갑돌이는 장미에는 어떤 의미가 있는가를 알아야한다. 갑순이는 하나의 기호를 만들기 위해 사랑이라는 의미를 담아 갑돌이에게 장미꽃을 주었다. 이때 기호 발신자와 기호 수신자의 두가지 방향에서 의미 작용이 일어난다. 기호 발신자는 '사랑'이라는 의미로 전했는데 기호 수신자가 이를 '우정'의 의미로 받아들였다면 이는 커뮤니케이션이 실패했다고 말할 수 있다. 기호 수신자가 '사랑'이라는 의미로 받아들였다면 커뮤니케이션이 성공했다고 보는 것이다. 이 때의 기호를 메시지라고 말한다.

이를 표로 정리하면 다음과 같다.

기호(외시 의미) —	기표1(장미)	기의1(사랑)

단 하나만의 기표에 단 하나만의 기의를 나타낼 때 이를 외시 의미라한다. 언어와 물체, 메시지와 물체가 매치되는 객관적 의미의 수준이다. 언급한 갑순이의 장미꽃은 사랑의 의미 외에 다른 뜻이 내포되어 있지 않다. 그렇기 때문에 객관적 수준의 외시 의미라고 할 수 있다.

기표는 반드시 기의 하나만을 지칭하지는 않는다. 여기에서 소쉬르가 제시했고 바르트가 심화시킨 기호 모형을 생각해 볼 수 있다.

함축기호의미	기표 2(수사)		기의2(신화)
외시기호의미	기표 1	기의 1	

함축 의미에 와서는 주관적 의미의 수준으로 외시 의미의 기표1과 기의 1이 합쳐져서 함축 의미의 새로운 기표2를 만들어낸다. 외시 의미의 '기표1+기의1'은 함축 의미의 새로운 내용을 담기 위한 하나의 용기가 된다. 외시 의미 '기표1+기의 1'은 새로운 '기표 2'가 되어 외시 의미를 담고 있는 용기를 비워버린다. 그 용기에 새로운 기표2를 채워 새차원의 의미를 만들어낸다. 이 때 새로운 기표2는 새로운 기의2를 배태하게 되는데 기표2는 수사, 기의2는 신화라 한다. 여기에서 신화는 새로운 의미를 말하는 것이지 미토스 같은 신비스러운 이야기를 말하는 것은 아니다.

'그 여자는 곰이다.'라고 할 때 곰은 실제의 곰이 아니다. '뚱뚱한 여자' 혹은 '미련한 여자' 등의 의미로 우리들에게 인식된다.

곰의 외시 의미는 동물 'abear'를 말한다. 그러나 '그 여자는 곰이다' 라고 할 때 '곰'은 '뚱뚱한 여자' 혹은 '미련한 여자'를 의미하지 실제 곰을 의미하지는 않는다. 외시 의미에서 곰의 용기에는 동물 'abear'의 내용물이 들어있지만 함축 의미에서는 이러한 동물 'abear'의 내용물을 들어내고 새로운 차원의 '뚱뚱한 여자' 혹은 '미련한 여자' 등의 새로운 내용물을 채워넣는 것이다.

'그 여자는 곰이다.'라고 하면 이는 수사 은유법이다. 은유는 새로운 차원의 신화인 셈이다. 시는 외시 의미보다는 함축 의미가 생명이다. 시를 쓰기 위해서는 이런 점을 상기할 필요가 있다.

2) 여러 함축 의미들

퍼스의 3항 구조 이론은 기호와 그것이 지칭하는 대상 그리고 기호 사용자가 그 대상에 대해 갖고 있는 정신적 개념인 해석체로 구성되어 있다. 퍼스의 기호는 소쉬르의 기표에 퍼스의 해석체는 소쉬르의 기의 와 비교될 수는 있으나 반드시 상응되는 것은 아니다. 기호는 그 자신을 나타내는 것이 아니라 어떤 것을 대신 나타내는 것이다. 대상체를 대표하는 것이 기호이다. 그렇기 때문에 대상체는 언제나 기호에 의해서 표상되어진다. 일단 기호가 작성되면 기호는 시간과 공간을 초월하여 그것이 대표하고 있는 대상체를 지시하게 되어 있다. 기호 사용자는 그러한 기호를 읽음으로써 기호의 지칭 대상에 어떤 해석을 내리게 되는데 이러한 정신적 개념이 해석체이다.

기호는 사용하자마자 대상체는 사라지고 그 자리에 해석체가 들어앉게 된다. 여기에서부터 외시를 넘어 함축의 차원에 이르게 되는 것이다. 기호를 사용하기 이전은 기호의 해석체는 외시 의미에 지나지 않는다. 그러나 기호를 사용함으로써 함축의 의미로 들어선다. 이렇게 기호를 사용하자마자 외시 의미는 사라지고 새로운 의미가 그 자리에 들어선다.

「광야」의 '다시 천고의 뒤에/ 백마 타고 오는 초인이 있어/이 광야에서 목놓아 부르게 하리라'에서 '초인'은 기호이다. 이 '초인'의 기호는 지금 여기에 없는 대상체를 가리킨다. '초인'은 보통 사람으로는 생각할 수 없을 만큼 뛰어난 능력을 가진 사람을 지칭한다. 이것이 외시 의미이다.

기호 사용자는 대상체와 가졌던 경험에 의해 원래의 실제 대상체인 '초인'을 증발시키고 거기에다 '의지나 희망, 광복'과 같은 해석체를 들어앉힌다. 해석체를 매개로 해서 대상체인 실제 초인을 초인이라는 기호로 그 의미를 완성시키는 것이다. 해석체의 중개 없이는 기호로 표상되어진 대상체의 의미는 불가능하게 된다. 이 때 해석체는 기호와 지칭 대상에 대한 문화적 관습에 따라 그 의미가 한계지어진다. 그렇기 때문에 지칭 대상과 가졌던 각자의 경험에 의해 그에 대한 해석은 다양하게 나타날 수 있다. 그렇다면 이러한 각자의 해석들은 또 하나의 기호가 되어 또 다른 해석을 낳게 된다. 절대적인 해석은 존재하지 않을 뿐만 아니라 끝없이 반향되고 지연된다. 여기에서 기호의 무한한 표류현상이 나타나게 된다. 이것이 함축의 의미들이다.

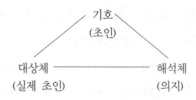

세상을 가는 길이 여러 길이 있더이다
웬만큼 정을 주고 둥글둥글 살기도 하지만
준만큼 받지 못하고 사는 사람 많더이다
준만큼 받지 못한 서운함이 있더라도
사랑으로 서운함 감싸던 그 사람
이제는 인생의 강가에서 서성이고 있더이다
기억이 너무 멀어 버리고 싶은 길을 두고
오막살이 집 황토벽에 기대어 선 그 사람
오늘도 뭉개진 반쪽 생애를 부활하고 있더이다

-이재창의 「그 친구-밀재를 넘으며·7」

위 시조의 '인생의 강가'나 '버리고 싶은 길', 등에서 '강'이나 '길'의 기호는 실제의 대상체인 강이나 길을 의미하지는 않는다. 해석체는 인생과 결부된 화자의 현재에 처한 심정을 나타낼 것이다. 독자에 따라 여러 가지의 해석이 가능하다. 시에 있어서의 기호의 무한한 표류 현상이 나타나는 것도 이 때문이다.

그 많은
마침표가
어디에
있는지

간 밤의
나머지를
울어대는
뻐꾸기

오늘은
울음의 반을
그대에게
부치리

-신웅순의 「내 사랑은 48」 전문

위 시조의 '마침표'의 해석체는 무엇이며 또 '뻐꾸기의 울음'과 '울음의 반'의 해석체는 무엇인지. 물론 임을 그리워하거나 보고싶어하는 마음일 것이다. 그런 마음을 마침표나 뻐꾸기 울음 등의 기호로 표현한 것이다.

함축 의미는 독자들이 앉히는 주관적인 의미이다. 결국 시의 의미란 독자들의 몫이다. 시가 독자들에게 어떤 형태로든 의미로 남는 것은 함축 때문이다. 남들이 쓴 것이지만 마치 누구나 다 내 마음을 쓴 것처럼 느껴져야 한다. 시인은 그러한 영양소를 끝없이 제조해내야 한다.

15. 코드화, 탈코드화

1) 코드화, 탈코드화

소쉬르의 기호 모형은 기표와 기의로 이루어졌다. 기표는 물질적 개념이고 기의는 정신적 개념이다. 기호를 만들기 위해서는 기표와 기의가 필요하다. 기표는 의미의 운반체이며 기의는 정신적 의미이다. 이 기표와 기의가 결합이 되어야 비로소 하나의 기호가 만들어진다.

갑순이가 갑돌이한테 사랑을 고백하고 싶다고 하자. 커뮤니케이션이 제대로 이루어지기 위해서는 갑순이는 사랑한다는 기호를 만들어야 하고 갑돌이는 그것을 사랑한다는 기호로 해석해야한다.

갑순이는 장미를 사서 갑돌이에게 주었다. 이 때 장미는 사랑이라는 운반체, 기표이다. 갑돌이는 장미를 받고 갑순이가 자기를 사랑하고 있다고 인식하게 된다. 이 때의 장미는 그냥 장미가 아니고 사랑의 기호가 된다. 눈짓이면 사랑의 눈짓, 미소면 사랑의 미소, 손길이면 사랑의 손길 기호가 되는 것이다.

하나의 기호를 만들기 위해 기표와 기의를 결합시키는 작용을 의미작용이라 한다. 의미작용이 바로 코드화 작용이다. 갑순이의 갑돌이에 대한 사랑이 변함없다고 갑돌이가 믿게 되면 코드화는 이루어진 것이다. 코드화가 이루어지면 갑돌이는 갑순이 외에는 어느 누구도 거들떠보지 않는다.

히틀러는 유태민족을 열등 민족이라고 코드화시켰다. 황국 일본은 일본 천황을 신으로 코드화 시켰다. 2차 세계 대전으로 이런 코드화는 수많은 사람들을 희생시켰다. 코드화의 힘은 대단하다. 상품 광고가 자연적 상품 광고로 바뀌게 되는 것은 상품 광고의 반복에 있다. 소비자들은 그 많은 광고비를 자신들의 몫인 줄 모르고 상품을 구매하게 된다. 과거 우익과 좌익 간의 이데올로기 대립도 그것이 옳든 옳지 않던 이런 코드화에 의해 조작된 것이 대부분이다.

어떤 시조들은 시인이나 독자들이 커뮤니케이션과 같은 코드화에 의해서 이루어진 것들이 있다. 관습화된 코드들에 의해 하나의 해석만을 요구하는 시조들이다. 이런 시조들은 탈코드화를 허용하지 않는다.

태산이 높다하되 하늘 아래 뫼이로다
오르고 또 오르면 못 오를리 없건 마는
사람이 제 아니 오르고 뫼만 높다하더라

제 탓을 하지 않고 남만 탓한다는 교훈 시조이다. 누구나 다 알 수 있고 느낄 수 있는 일반적으로 코드화된 기호들로 이루어졌다.

예술은 탈코드화이다. 기표와 기의 관계를 해체시키고 기표와 기의 관계를 새로운 질서 위에서 재조립해야한다. 예술은 작가와 독자와의 코드화된 커뮤니케이션이 아니다. 작가와 독자의 생각은 단선 라인으로 연결되어 있는 것이 아니라 수많은 복선 라인으로 연결되어 있다.

하이데거는 예술 작품은 사물로서 있는 것을 넘어 있는, 어떤 다른 것이라고 했다. 사물 자체로 보지 않고 은유나 상징으로 본 것이다. 예술은 탈코드화를 통해 새로운 의미를 창출한다. 예술은 탈코드화이며 탈 커뮤니케이션이다.

퍼스의 기호 모형은 탈코드화의 좋은 예이다.

한 기표가 어떤 다른 것을 표상함으로써 기호가 될 수 있다. 즉 어떤 사물을 대신할 수 있는 것이면 무엇이든지 기호가 될 수 있다는 말이다. 이를 기호의 표상성이라 한다.

퍼스는 기호, 해석체, 대상체의 기호 삼부 모형을 만들었다. 기호는 실제 대상체를 가리킨다. 대상체가 기호 주변에 있으면 기호로서의 구실을 수행하는데 방해된다. 기호가 대상체를 지시하기 때문이다. 그래서 기호는 대상체를 잠적 시켜버린다. 만들어진 기호 속에는 대상체의 지시와 지시된 대상체의 해석체를 담지하고 있다. 기호는 대상체를 사라지게 하고 거기에 새로운 해석체를 들어앉힌다. 기호 사용 즉시 대상체는 증발되고 또 다른 해석체가 그 자리에 들어앉는다.

퍼스의 대상체는 소쉬르의 기표에 해당되고 해석체는 기의에 해당된다. 퍼스의 기호모형에서 '장미'는 기호이며 실제 장미는 대상체이다. 갑순이가 갑돌이에게 장미를 주었을 때 그 때의 장미의 의미, 사랑은 기의이며 이것이 퍼스의 해석체에 해당된다.

이육사의 「광야」의 시에 '초인'이 나온다. 이육사는 광야의 시에 '초인'의 기호를 만들었다. '초인'은 기호이고 초인의 대상체는 '능력이 뛰어난 사람'이다. 그러나 해석체는 '능력이 뛰어난 사람'을 의미하는 것이 아니라 '의지', '광복', '희망' 등 여러 해석체들을 의미한다. 초인이라는 기호는 대상체인 '능력이 뛰어난 사람'을 증발시키고 '의지', '광복', '희망' 등의 해석체를 앉힌다. '초인'이라는 기호는 대상체인 '능력

이 뛰어난 사람'을 넘어 '의지', '광복', '희망' 등의 해석체로 탈코드화
시키는 것이다. 이것이 예술이다.

　　부르튼 입술로 지는 봄밤의 목련처럼

　　그대 적막 속에 쓰러져 묻히기까지

　　강물은 또 몇 번이나 내 안턱을 넘나들까

　　넘나드는 그 물길에 모래톱이 덧쌓이고

　　손을 풀고 돌아서도 술래의 시간은 남아

　　때 늦은 안부를 묻네, 더듬거리는 빗줄기로
　　　　　　　　　　　－이승은의 「시간의 안부를 묻다」 전문

　「시간의 안부를 묻다」제목 자체가 탈코드화되어 있다. 시간의 안부는
무엇인가. 시간이란 상징화된 누구를 말하고 있는 것일까. 시적 자아가
그대라는 시간에게 안부를 물으며 자신을 되돌아보고 있다. '시간'이라는
기호를 탈코드화시켜 시적 자아로 하여금 안타까움을 더욱 극대화시키
고 있다. 시간이란 무엇인가를 독자들에게 어필하여 시간 이상의 차원
까지 의미를 넓혀주고 있다. 강물, 모래톱, 술래의 시간, 빗줄기 등의 상
징화된 기호들이 기표들을 자꾸만 지연시켜가고 있다.
　일반적으로 강물은 흐르는 것이지 넘나드는 것이 아니다. 술래의 시
간은 사라지는 것이지 남는 것 아니다. 빗줄기는 내리는 것이지 더듬거
리는 것은 아니다. 기호간의 탈코드화는 사물로서 있는 것을 넘어 어떤
또 다른 것을 말해주고 있다.

2) 탈코드화의 예들

애당초 나무는 죽는 것이 아니라

제 무늬 깊은 곳에 숨을 쉬고 있었나 보다

한 순간 부드러운 손길에 전율하는 걸 보면

대나무건 소나무건 벼락 맞은 대추나무건

나무의 무늬 속으로 눈 감고 들어가 보면

그것은 다만 마음의 무늬, 환희 작약 하나 보다.

나무 무늬가 아니라 마음 무늬 찾아서

아무도 가지 않는 길을 간 그림자

나무는 길 하나를 내고 기다리고 있었나보다

─백이운의 「나무이야기」 전문

「나무이야기」에서 나무는 가만히 있어 죽은 것처럼 보이지만 사실은 그렇지 않다. 무늬 깊은 곳에서 숨을 쉬고 있으며 순간의 부드러운 손길에 전율하곤 한다. 어떤 나무이건 나무의 무늬 속에 들어가 보면 환희 작약하리만큼 나무는 많은 이야기들을 하고 있다. 나무의 무늬가 아니라 마음의 무늬를 찾아 아무도 가지 않는 길을 그림자로 가는 것이다. 그리고 길 하나를 내고 나무는 거기서 기다리는 것이다. 우리가 생각하는 나무와는 전혀 다른 모습으로 나무를 이야기하고 있다.

탈코드화된 기호들로 숨긴 상징을 찾아가기 위해 시인은 나무의 여러 이야기에 귀를 기울이고 있다. 무엇을 밝히기 위해 예술은 이렇게 깊이 감추고 있는 것일까. 아름다움과 진실을 얻기 위해 사실과 추상 사이를 왔다갔다 하며 나타났다 사라지는 것일까? 아름다움이나 진실은 조화나 균제만이 아닌 기표들의 무수한 자연의 무늬일 것이다.

산에서 살자하니
그도 닮는 걸까

오늘은 약수터에
물 길러서 간 아내가

흡사 그 원추리 꽃 같은
산 노을을 입고 왔다.

　　　　　　　　　　　　　－정완영의 「아내의 노을」 전문

　산 아래에서 살고 있으면 아내도 산을 닮아가고 있다고 했다. 오늘은 물 길러간 아내가 원추리꽃 같은 산노을을 입고 왔다는 것이다. 옷이 아름답다라든가 옷이 해진다는 말로 표현하는 것이 일반적인 코드화된 기표인데 시인은 원추리꽃 같은 산 노을을 입고 왔다는 것이다. 그것은 산 아래에서 살기 때문이라고 했다. '옷'을 '산 노을'로 탈코드화시켜 독자들을 놀라게 하고 있다.

내 몸도 물이 드나 얼굴이 빨개진다
면죄부 받지 못한 시한의 잎새들
무관심 실직의 아픔
남의 일인 줄 알았는데……

계절감 타지 않고 늘 푸르게 살 수 없는지
강심장으로 버텨 선 사철나무 되고 싶다
뒷모습 아름다운 놀
한 자락 되고 싶다

　　　　　　　　　　　　　－이영필의 「단풍을 보며」 전문

단풍을 바라보는 시인의 모습이 떠오른다. 단풍을 바라보며 몸에 물이 들어 얼굴이 빨개진다고 했다. 면죄부를 받지 못한 시한의 잎새와 동일시하고 있다. 실직의 아픔을 무관심으로 치부했건만 그것이 남의 일이 아님을 단풍을 바라보며 깨닫고 있다. 어쩌면 자신의 죄일지 모른다고 생각하고 있다. 그래서 푸르게 살고 싶고 사철나무처럼 강심장으로 살고 싶다고 했다. 인생을 죄짓지 않고 맑고 깨끗하게 살고 싶어 하는 시인의 순수한 모습을 볼 수 있다.

하이데거는 예술의 본질은 시라고 했다. 탈코드화가 예술의 본질이라면 시는 필연적으로 탈코드화라는 운명을 타고 난 셈이다. 단풍이 물드는 것을 보며 면죄부를 받지 못하는 자신의 모습을 떠올리고 단풍이 물드는 것을 실직의 아픔으로 환치시키고 있다. 그것이 면죄를 받지 못하는 시한의 잎새와 같은 것이라고 말하고 있다. 단풍을 생각하는 일반적인 생각과는 사뭇 다른 코드가 연결되어 있어 독자의 마음을 움직이고 있다.

16. 아니마, 아니무스

1) 개념

스위스의 정신분석학자 C.G. 융이 분석 심리학에서 사용한 용어로, '영혼·정신'을 뜻하는 말이다. 융은 개인적이든 집단적이든 정신의 구조적인 면을 형성하는 보편적 경향을 지칭하는 말로 '원형'이라는 개념을 분석 심리학에 도입하였는데, '아니마(anima)'는 남성의 정신에 내재되어 있는 여성성의 원형적 심상을, '아니무스(animus)'는 아니마의 남성

형으로 여성의 정신에 내재된 남성성의 원형적 심상을 가리킨다.[19)]

이때 남성성, 여성성은 사회적인 통념을 넘어선 보편적이고 원초적인 특성을 말한다. 흔히 사람들은 계집애 같은 소년, 머슴애 같은 소녀라고 말한다. 계집애 같은 소년은 남성에게 여성적인 면이 강한 경우, 머슴애 같은 소녀는 여성에게 남성적인 면이 강한 경우를 두고 말한다.

누가 보아도 그 사람과는 어울릴 것 같지 않은데 두 사람은 죽도록 사랑하는 경우를 본다. 제 눈에 안경이라고 한다. 사람이 사랑을 하게 되면 무한한 황홀감과 행복감을 느끼게 된다. 이는 아니마, 아니무스가 서로에게 투사되기 때문에 그렇다고 볼 수 있다. 이런 경우 흔히 남자는 여자를 선녀로, 여자는 남자를 영웅으로 인식되곤 한다. 남성은 여자에게서 현실적인 여성을 보고 있는 것이 아니라 자신의 무의식에서 투사된 여신상을 보고 있고, 여성은 현실적인 남성을 보고 있는 것이 아니라 투사된 영웅상을 보고 있는 것이다.

이러한 무의식이 예술 창조에 얼마나 강하게 작용하는가는 예술가의 분석을 통해서 증명되고 있다.

예술가들은 이러한 아니마, 아니무스를 작품에 투사시켜 이를 형상화시킨다. 처녀, 여신, 달, 태양, 물, 강, 산, 사자, 독수리 등을 등장시켜 작품에다 이를 아니마, 아니무스 원형으로 투사시킨다. 비단 물질에만 해당되는 것은 아니다. 이념이나 사상 등에서도 그것이 공산주의든 기독교 사상이든, 낭만주의 사상이든 아니마, 아니무스의 투사 대상이 되면 그것은 사랑의 대상이 되어 거기에 광신적으로 집착하게 된다.

현대 사회에 와서는 돈이나 알콜, 도박 같은 것도 사랑의 대상이 될 수 있다. 이러한 물질에 아니마, 아니무스가 투사되면 그 물질은 이용의 대상이 아니라 맹신이 된다. 돈으로 모든 것을 해결할 수 있다고 믿고,

---

19) 『문학비평용어사전 하』(국학자료원, 2006), 385쪽.

알코올로 괴로움을 씻을 수 있다고 믿고, 도박으로 일확천금을 얻을 수 있다고 굳게 믿는다. 이러한 애착은 이성을 능가할 수도 있다.

아니마, 아니무스는 인류가 조상 대대로 이성에 관해 경험한 모든 것의 침전물이며 경험의 총화이다. 남성의 여성에 대한 경험, 여성의 남성에 대한 경험들이 오랜 역사를 통해 인간 정신 속에 전승되어 온 여성적, 남성적 요소들이다.

성모마리아상, 모나리자, 동양의 달의 연인이나 관음보살 등은 아니마에 해당되고 타잔이나 전쟁 영웅이나 간디, 이순신 등은 아니무스에 해당된다고 말 할 수 있다.

훌륭한 사람들의 일생에서도 아니마, 아니무스의 원형이 나타남을 볼 수 있다. 성 오거스틴의 어머니, 맹자의 어머니, 율곡의 어머니들이 이에 해당된다.

문학 작품 「신곡」의 베아트리체, 정몽주나 한용운의 「님」 같은 데서도 아니마 아니무스의 요소를 찾아볼 수 있다.

> 껍데기는 가라
> 사월도 알맹이만 남고
> 껍데기는 가라.
>
> 껍데기는 가라.
> 동학년 곰나루의, 그 아우성만 살고
> 껍데기는 가라.
>
> 그리하여, 다시
> 껍데기는 가라.
> 이곳에선, 두 가슴과 그곳까지 내 논
> 아사달, 아사녀가
> 중립의 초례청 앞에 서서
> 부끄럼 빛내며

맞절한지니

껍데기는 가라.
한라에서 백두까지
향그러운 흙가슴만 남고
그, 모오든 쇠붙이는 가라.

　　　　　　　　　　－신동엽의 「껍데기는 가라」 전문

위 작품은 남성인 신동엽 시인이 쓴 시이다. 화자는 청자에게 명령투
로 말하고 있다. 여기에는 남성성과 여성성의 원형이 적절하게 배치되
어 있다. 껍데기, 쇠붙이, 한라, 백두 등은 남성성 심상으로 아사녀, 초
례청, 흙가슴 등은 여성성 심상으로 형상화되었다. 아니마와 아니무스의
양면이 텍스트에 균형있게 배치되어 있음을 볼 수 있다.

2) 예

융은 정신세계를 의식 세계와 무의식 세계로 나누었다. 무의식 세계
를 집단 무의식, 개인 무의식, 아니마, 아니무스, 그림자 등으로 분류하
고 그 위에 의식 세계를 설정했다.

특히 집단 무의식은 어떤 사람이 정신적 위기에 부딪혔을 때 비로소
의식 표면에 나타나 그 일부를 보여준다. 집단 무의식은 항상 의식에
작용하며 영향을 주고 있으나 많은 사람들은 그것을 모르는 채 지나가
버리고 만다.

시창작은 의식 세계에 있는 생각을 갖고 쓴다기보다는 오히려 무의식
세계를 의식 세계로 끌어올려 작품에 형상화시키는 작업이라고 볼 수
있다. 창작은 고통 속에서 생성된다. 그래야 좋은 작품을 쓸 수 있다.
그 때 무의식은 의식 세계로 자신도 모르게 분출되어 창작에 투사, 형
상화되고 있다.

그래서 많은 학자들이 작품을 해석할 때 무의식을 해석 수단으로 삼고 있는 것도 그 때문이다.

　　　퍼담아도 넘쳐나는 벌레 우는 물빛 가을

　　　차운 돌계단을 서성이던 잎새는

　　　골똘히 웅크려 앉아 가을 편지 쓰고 있다
　　　　　　　　　　　　　　　　　　－박영식의 「가을 편지」 전문

　　　아내의 이마에서
　　　흐르는 땀 속에는

　　　열 손가락 백금 반지
　　　다이아보다 눈부시는

　　　우리가
　　　가꾸며 사는
　　　황금빛 별 하나가 있다

　　　　　　　　　　　　　　　　　　－홍진기의 「별」 전문

　　　성난 파도 앞에 근육질이 살아난다
　　　빛나는 작살 끝에 툭툭 튀는 구릿빛 생애
　　　몇 해리 두고 온 고향 낮달로 돋아난다

　　　집어등 불빛 쫓아 일상을 입질하던
　　　풀려나간 삶의 궤적 밧줄을 되감아도
　　　그물에 장미 꽃잎만 부서지며 오는 아침

　　　만선의 기쁨도 잠시 실어증에 걸린 폐선
　　　소금 친 지난 청춘 해무를 피워물면
　　　내항에 낮게 깔리는 뱃고동의 실루엣

좌판대에 몸을 굳힌 등 푸른 고기 떼들
난바다 가로질러 회귀를 꿈꾸고 있다
흰 눈발 툭툭 쳐내는 저녁 불빛 아래서

― 임성화의 「아버지의 바다」 전문

위 시에서 여성적인 요소와 남성적인 요소를 찾아보면 시의 배치가 어떻게 되었는지 알 수 있다. 이러한 것들이 창작의 기본 요소가 되어 좋은 시를 쓰는데 중요한 개념으로 작용한다.

박영식의 「가을 편지」는 잎새가 퍼소나로 등장한다. 그 잎새는 차운 돌계단을 서성이다 어느 한 귀퉁이에 웅크리고 앉아 가을 편지를 쓰고 있다. 아마도 지은이는 저 무의식 속에서 누군가에게 잊어버렸던 옛여인을 떠올리며 가을 편지를 쓰고 싶었을 것이다. '물빛 가을', '잎새', '가을 편지'는 아니무스로 시의 맛을 더해주고 있다.

홍진기의 「별」은 아내가 퍼소나로 등장한다. 아내의 이마에 흐르는 땀방울에서 열손가락 백금반지 다이아보다 눈부신 별 하나를 가꾸며 산다고 했다. 아내와 같이 살면서 아내의 땀방울이 그 어느 다이아보다 더 빛난다고 했다. '땀', '백금반지', '다이아', '별' 등의 아니무스가 독자들에게 깊은 감동을 주고 있다.

이와는 달리 여성인 임성화 시인은 「아버지의 바다」에서 많은 시어들이 아니마로 작용되어 남성적인 특성을 나타내고 있다. '파도', '근육질', '작살', '밧줄', '폐선', '뱃고동', '좌판대', '난바다' 등의 시어들이다. 반면에 여성적인 특성을 지닌 시어들은 하나의 보조 수단으로 출현시켜 남성적인 강한 이미지를 독자들에게 전달하고 있다. 여성적 시어들은 '낮달', '꽃잎', '실루엣' 등이 있다.

17. 호환성 검사

1) 언어체(langue)와 발화체(parole)

소쉬르는 언어 활동을 언어체와 발화체로 그 용어를 규정했다. 언어체는 사회적 측면으로 같은 언어 공동체 안에 속한 모든 개인들의 머리 속에 잠재적으로 존재하는 공통적인 문법적 체계이며 발화체는 개인적 행위로 자신의 생각을 표현하기 위하여 사용하는 개별적 차원의 언어이다.

언어체는 언어 사용의 집단적 규칙 체계로 하나의 사회 제도이며 계약체계이다. 이는 개인이 마음대로 고치거나 창조할 수 있는 성질의 것이 아니다. 공동 사회 성원들 간에 맺어진 일종의 집단적 규약이다. 이러한 규약을 습득하지 않고는 언어를 구사할 수 없다. 학습과 경험, 사회화를 거쳐야만 비로소 기호를 선택하고 통합할 수 있는 능력이 생기는 것이다.

언어체는 모든 사람에게 공통이면서 그들 각자의 안에 존재하는 그 무엇이다. 그러나 발화체는 선택과 실행의 개별 변용 행위이며 개인적이고 순간적이며 개별적 사례이다.

학교 교칙이 언어체라면 교내에서의 학생들의 활동은 발화체이다. 축구 규칙이 언어체라면 축구 경기들의 전술들은 발화체이다. 단군 신화가 언어체라면 현대의 많은 소설들은 거기에서 변이된 하나의 발화체인 셈이다.

언어체와 발화체는 서로 상호 의존 관계에 있다. 발화체의 존재 없이 언어체가 이루어지지 않으며 언어체를 바탕으로 하지 않고는 발화체가 이루어지지 않는다.

이는 문화와 밀접한 관계를 갖고 있다. '미역국을 먹었다'라고 말하면 한국 사람들은 입시에서 떨어졌다고 금방 알아듣지만 다른 나라 사람들은 진짜 미역국을 먹었느냐 하면서 반문할 것이다. 이러한 코드들이 밑받침이 되지 않고는 메시지를 작성하거나 해독할 수 없다. 코드는 언어체이고 메시지는 발화체이다.

언어체는 집합체이나 그 규칙이 제한되어 있다. 그것을 토대로 해서 개인이 다양하게 배합하는 과정은 제한이 없다. 무궁무진한 메시지를 작성할 수 있다.

'미역 감다'라고 한다면 개울가 같은 데에서 몸을 씻는 것을 말한다. '미역국 먹다'라고 하면 미역을 넣고 끓여먹는 것을 말한다. 통속적으로는 시험에 떨어지거나 직장에서 떨려나가는 것을 말한다. '미역이야' 하면 아직 번역되지 않았다는 말이다. 이렇게 몇 개의 집합적인 규칙들이 있다. 여기에서 미역에 대한 말을 할 때 많은 사람들은 이러한 규칙만을 말하지 않는다. '미역국 먹었느냐' 하면 생일날을 말하기도 하고 상황에 따라서 해산했다는 말도 된다. '미역국 먹고 생선 가시 내라' 하면 불가능한 일을 우겨대는 것을 빗대기도 한다.

메시지 작성에 따라 같은 단어라도 그 단어가 뜻하는 내용은 전연 다르다. 언급한 '미역'의 뜻이 메시지 작성에 따라 '몸을 씻는 것'이라든지, '시험', '생일', '미번역' 등의 서로 다른 의미로 얼마든지 바뀔 수 있다.

2) 호환성 검사

메시지 작성을 할 때에 어떤 것이 그 메시지에 가장 맞는 단어이고 구이고 절인가를 검토해야한다.

이미 작성된 메시지에다 어떤 계열체를 구성하는 단위들에서 다른 것으로 바꾸어보면 메시지가 전혀 다른 뜻으로 바뀌는 경우가 많다. 언급한 '미역국을 먹었느냐'하면 생일날을 말하지만 '된장국을 먹었느냐'하면 식사에서 진짜 된장국을 먹는 것을 말한다. 미역국 대신 된장국을 선택하면 같은 국인데도 하나는 생일을, 하나는 식사를 말하는 전혀 다른 메시지로 해석된다. 어느 단어가 들어가야 메시지 작성에 가장 효율적인가를 꼼꼼하게 따져보아야 한다.

소나무가 장자(杖者)라고 말하는 이 순간

햇살은
뿌리쪽을
어김없이 읽어낸다

한 백년 발자국 푸른 범종소리 따라와서
　　　　　　　　　　　　　　　 －김광순의 「계룡산에서」 전문

　위 시조에서 장자(杖者)를 장자(莊子)로 바꾼다면 그 뜻하는 의미가 달라질 것이다. 장자(杖者)와 장자(莊子)는 같은 계열체이지만 변별적 대립을 이루고 있어 메시지의 의미는 확연히 달라진다. 또한 종장의 '한 백년'을 같은 계열체인 '한 천년'으로, '발자국'을 '세월'로 '범종 소리'를 '교회 종소리'로 대신한다면 또 다른 뜻으로 읽혀진다.
　어떤 단어를 계열체에서 선택해야 하고 어떻게 통합시켜야하는가. 통합체는 각 계열체로부터 연속적으로 기호들을 선택하지 않으면 안된다. 이 때 선택된 기호들은 다른 계열체에서 선택된 기호들과 통합적 관계에 의해 영향을 받게 된다. 계열체의 기호의 선택은 다른 계열체로부터 기호의 선택에 영향을 주기도하고 영향을 받기도 한다. 서로 간의 기호들은 응집력을 갖기도 하고 긴장하기도 하고 길항하기도 한다. 이 때 기호들의 통합 과정에서 관습이나 문화가 개입하게 된다. 통합 과정에서 더러 제약이 따를 수 있으나 시의 경우 계열체에서의 선택은 매우 자유롭다. 선택은 자유로우나 통합하는 과정에서 미적인 효과를 거둘 수 있어야 한다. 그래야 하나의 감동적인 시가 탄생할 수 있다. 한 통합체 내에서의 한 계열체에서의 시어는 다른 계열체의 시어와 비교되어 선택되기 때문에 그렇게 녹녹한 것만은 아니다. 계열체 내의 시어 하나가 선택되면 다른 계열체에 영향을 주어 또 다시 거기에서도 또 다른 시어를 선택하지 않을 수 없다. 고도한 정신세계를 요구하는 것도 이 때문이다.

　시어의 선택은 다른 시어 선택과의 치열한 전투이다. 이러한　메시지 작성은 하루 아침에 이루어지는 것이 아니다. 많은 시간과 노력이 투자되어야 가능하다. 많은 사람들의 가슴을 울릴 수 있는 시를 쓴다는 것은 그만큼 작가의 노력과 땀의 대가라고 말할 수밖에 없다.

긴 장마 반짝 트인 날 송도 바닷가에 섰다
감람빛 물마루는 영원을 노래하고
발등에 부서지는 물보라 일순에 사라진다

내 집앞 남강물도 흘러왔을 이 바다
잎만 보며 숲 못보는 눈 귀 어두운 나에게
초록빛 경전 펼치며 책장 넘겨주는데

삶이란 무엇이며 죽음은 무엇인지
늘 깨어 뒤척이며 잠 못드는 파도는
눈부신 해인을 찾아 꿈길 속을 헤매고

빈 손으로 왔다가 빈손으로 가는 파도
회초리 내리치듯 소리치며 자지러지며
남은 날 마음 비우라고 시 읊으며 살라 한다
　　　　　　　　　　　　　－김정희의 「파도 법칙」 전문

'초록빛 경전 펼치며 책장 넘겨주는데'의 구절은 뛰어나다. 바다는 하나의 경전이며 파도를 책장으로 생각하고 있다. 파도가 밀려오는 경전의 책장은 넘어가고 또 넘어간다. 위 시인은 인생의 황혼에 서서 바다를 바라보고 있다. 남은 날을 비우며 시를 읊으며 살아가라고 밀려오는 파도를 공부하고 있는 것이다.

바다를 수학책이나 사회책으로 바꾸어보면 어떨까? 그러면 인생의 깨달음과는 엉뚱한 다른 메시지로 읽혀질 것이다. 또한 늘 깨어 뒤척이며 잠 못드는 파도가 아니고 늘 푹 잠만 자는 파도라면 눈부신 해안을 찾아 꿈길 속을 헤메고 다닐 수 있을 것인가?

경전이나 수학책, 사회책은 같은 계열체에서의 다른 항목이다. 경전 대신 수학책이나 사회책을 선택하여 통합했다면 의미는 180도로 달라질 것이다. 의미가 달라지는 것은 그 시어가 한 통합체 내의 의미 단위로 작용하고 있기 때문이다. 경전 대신 수학책이나 사회책은 작가가 말하고자하는 의미가 아니다. 그렇기 때문에 작가는 수학책이나 사회책 대신 경전을 시어로 선택한 것이다. 아름다운 시를 쓰기 위해서는 이런 의미 작용 단위인 시어를 바꾸어가면서 수많은 호환성 검사를 해보아야 한다. 작가가 생각하는 곳까지 이 작업이 계속되지 않으면 안된다.

시조 한 편 제시해본다.

> 손발이 다 닿도록 고생하심을 실감한다
> 아파트 출입문에 지문 열쇠 달렸는데
> 어머니 엄지손가락 문을 열지 못한다
> 아들 딸 젊은이는 쉽사리 열리는데
> 어머니 닮아가는 아내의 지문까지
> 제대로 알지 못하는 새 아파트의 자동문
> 목메인 여든 세월 바지런한 성정으로

지워져서는 안될 지문이 지워져도
'내 삶은 지울 수 없니라' 종요로이 웃으신다

-김복근의 「지문열쇠」 전문

18. 긴장

1) 개념

텍스트는 작가와 독자의 타협 공간이다. 작가가 만들어 놓은 긴장과
독자가 처리해야하는 긴장, 그 밀고 당기는 과정에서 미의 체계가 형성
된다.

휠라이트(P. Wheelwright)는 '긴장은 외연과 내포, 보조 개념과 원개념
사이에 있다'고 했다.[20] 외연은 1차적 언어, 사전적 언어를 말하고, 내포
는 2차적 언어, 함축적 언어를 말한다.

초인이라는 1차적 언어는 '뛰어난 능력을 가진 사람'을 말한다. 그러
나 이육사의 「광야」라는 담론에서는 초인은 2차적 언어 즉 '광복', '희
망' 등을 의미한다. '광복'은 원개념이고 '초인'은 보조 개념이다. 여기에
서 '초인'과 '광복' 사이에는 필연적으로 긴장이 유발된다. 이 거리를 작
가와 독자가 타협해야 예술적 효력이 발생한다. 어떻게 긴장을 처리해
야하는가? 시인이 만들어 놓은 '사람과 광복' 간의 이질적인 거리를 독
자는 어떻게 좁혀야 하는가. 어느 지점에서 타협이 이루어지고 조정되
지 않으면 안 된다. 그 지점에서 쾌락이 발생된다.

브르통(A.Breton)은 '갑작스럽고 충격적인 비유가 시의 최고급의 일'[21]

---

20) Philip Wheelwright, *Metaphor and Reality*(Indiana University Press, 1973).
21) A.Breton, *Manifestes du surrealisme*(Pluto, 1978), 송재영 역, 『다다/쉬르레알리즘 선언』
    (문학과지성사, 1987).

이라고 말했다. 갑작스럽고 충격적인 것은 수용자의 마음 속에 일어나
는 긴장 현상이다. 시 속에 제시된 감각의 이질성 때문이다. 리차드
(I.A.Richards)는 은유는 멀리 떨어진 사물 간의 연결이 긴장이 크다[22]고
말했다. 이질성을 달리 말함에 다름 아니다.

> 내가 사는 초초시암은
> 감나무가 일곱 그루
>
> 글썽글썽 여린 속잎이
> 청이 속눈물이라면
>
> 햇살은
> 공양미 삼백석
> 지천으로 쏟아진다
>
> 옷고름 풀어논 강물
> 열두 대문 열고 선 산
>
> 세월은 뺑덕어미라
> 날 속이고 달아나고
>
> 심봉사
> 지팡이 더듬듯
> 더듬더듬 봄이 온다
>
> ─정완영의 「시암의 봄」 전문

속잎과 청이 속눈물, 햇살과 공양미 삼백석, 세월과 뺑덕어미, 심봉사
지팡이와 봄의 비유들은 긴장 관계에 놓여있다. 시인은 비유로 긴장, 대
립물을 만들어놓았다. 독자는 이를 어떤 방식으로든 처리해야한다.

---

22) I.A.Richards, *The Principles of Literary Criticism*, 이선주 역, 『문학비평의 원리』(동인,
2005).

'속잎'이 어째서 '청의 속눈물'이라는 말인가. '햇살'이 어째서 '공양미 삼백석'이라는 말인가. 속잎은 여리다. 청의 속눈물도 여리다. 이 '여리 다'란 지점에서 충돌을 일으킨다. '햇살'은 지천이라 '많다'는 것을 의미 한다. '많다'는 좌표에서 '공양미 삼백석'이 만난다. 이 '많다'라는 지점 에서 또한 충돌이 일어난다. '세월'은 또 '뺑덕 어미'라 했다. 속이고 달 아나는 데에는 뺑덕 어미를 따를 자가 없다. 세월도 마찬가지이다.

'심봉사 지팡이'와 '봄'도 절묘하다. 심봉사 지팡이는 더듬거린다. 금 세 따뜻하다가도 꽃샘바람이 부는가하면 꽃샘바람이 불다가도 금세 또 따뜻해지는 것이 봄이다. 봄도 그냥 쉽게 오지 않고 더듬더듬 온다. '더 듬더듬 온다'라는 곳에서 지팡이와 봄의 이질적인 세계가 만난다. 이런 것들은 긴장 상태를 유지하지 않고는 느낄 수 없는 참신한 은유들이다.

허구의 세계가 이렇게 만들어 놓는다. 허구는 사실은 아니지만 진실 일 수 있다. 시인은 시인의 거리에서 독자는 독자의 거리에서 그 중간 지점에서 만날 때 그 곳이 진실에 이르는 지점이며 충돌과 쾌락에 이르 는 지점이다.

피히테(J.G.Fichte)는 정·반·합으로 긴장 관계를 설명하고 있다. 정· 반·합의 소론은 인간의 인식력의 작용 전반에 관한 문제이며, 예술 작 품의 수용에서도 간과될 수 없는 소중한 이론이다. 감상자의 사유체계 는 '정'이고 예술가의 사유체계는 객관화된 예술품 수용자에게 일종의 '반'인 것이다. 이 정·반·합에 문제 되는 것이 예술 속에 긴장의 문제 이고 이 긴장은 새로운 합의 세계를 지향하는 수용자의 의식 속에 영원 히 전제될 수밖에 없는 것이다.[23]

예술가의 예술품이 '반'이라는 사실은 긴장을 만들어내는 것에 다름 아니다. 감상자의 사유체계가 '정'이라는 말은 예술가의 사유체계인 '반'

---

23) J.G.Fichte, 한자경 역, 『전체 지식론의 기초』, 서광사, 1996.

을 조절, '합'으로 이끌어내는 과정 때문에 그렇게 말한 것이다.

이런 점에서 대립물 간의 정·반·합은 긴장 개념의 입증에 좋은 기재가 될 수 있다.

> 매화가지 몸을 굽혀 무슨 말을 할 듯 말 듯……
>
> 정적의 한 순간 한 꽃잎 떨어져
>
> 찻잔에 파문도 없이 신의 길이 열린다
>
> —백이운의 「속삭임」 전문

위 텍스트에서는 '정적의 한 순간', '한 꽃잎 떨어져'와 '찻잔에 파문도 없이', '신의 길이 열린다'를 상정해볼 수 있다. 위 시조는 대립물 간의 긴장이 팽팽하게 맞서 있다.

'정적의 한 순간'과 '한 꽃잎 떨어져'는 '정과 동'이, '찻잔에 파문도 없이', '신의 길이 열린다'도 '정과 동'이 서로를 긴장 상태로 몰아넣고 있다.

'한 꽃잎 떨어져'는 동적인 것을 말하고, '정적의 한 순간'은 정적인 것을 말한다. 낙화가 정적을 깨뜨린 것이다. 물질과 비물질과의 충돌 현상이 일어나는 것이다. 현실 세계에 소리가 없는 것도 허구의 세계에서는 그 충돌의 강도가 얼마든지 클 수 있다. 현실 세계의 물질과 물질끼리의 충돌만이 크게 느껴지는 것은 아니다. 중요한 정보나 깜짝 놀랄 일이 있을 때 오히려 가만 가만 귀에 대고 속삭인다.

파문이 없다는 것은 물체가 수면에 닿지 않았다는 증거이다. 길이 열린다는 것은 파문이 인다는 증거이다. '파문이 없다는 것'은 위에서 '정적의 한 순간'과 연결시켜볼 수 있고, '길이 열린다'는 것은 '한 꽃잎 떨어져서'와 연결시켜 볼 수 있다. 이도 비물질과 물질과의 충돌 현상으로 파악할 수 있다. 파문이 일지도 않았는데 길이 열린다는 것은 사실 세계에서는 있을 수 없다. 허구의 세계에서만이 느낄 수 있는 충돌 현상으로 이는 긴장 관계를 더욱 팽팽하게 조여주기 위한 하나의 수사 장치이다. 그것도 신의 길로 제시했다. 신은 절대적인 존재이다. 절대적인 존재가 여는 길은 그만큼 신성하고 거룩한 것이다. 속삭임에도 이러한 신성성이 개제되어 있다는 시인의 무언의 메시지이기도 하다. 그래서 독자들은 깜짝 놀라는 것이다.

시인의 사유체계가 반이고 독자의 사유체계가 정이라면 반과 정이 사실의 옳고, 그름을 말해주는 것이 아니라 긴장을 유발시키기 위해 만들어 놓은 작위적인 장치들이다. 예술품에서 정이든 반이든 그 개념은 지정된 장소에서만 일어나지 않는다. 상상의 세계에서는 어디서 어떻게 일어날지 알 수 없다. 누구에게나 일정한 곳에서 같은 방식으로 일어나지 않는다. 예술가나 독자들은 저마다 자신의 방식으로 사유하고 인식하기 때문이다.

독자는 텍스트를 읽는다. 텍스트는, 시인이 정이라고 생각하고 그것이 진실이라고 생각해서 창작된 신성한 예술품이다. 그 정이 독자에게 와 반이 되어 의미를 확장시킨다. 확장되면서 정과 반이 조정된다. 독자의 사유체계가 정이라고 할 때에는 독자의 사유체계가 정이라 생각하고 예술품을 바라보기 때문에 정이라고 생각하는 시인의 작품은 독자에게는 반으로 보이게 된다. 이 때문에 감상자가 작품을 바라보는 순간은 언제나 상대는 반이 되는 된다. 충돌은 이렇게 해서 일어난다. 시인과 독자가 순서야 어떻든 합을 이루어내야만 하는 이유가 여기에 있다.

2) 감상을 위한 자료들

몇 점의 자료들을 소개한다. 대립물들의 긴장 관계가 어느 선에서 유지되고 있는지는 분석에서 얻어지는 것보다는 느낌에서 얻어지는 것이 보통이다. 명시는 독자들에게 깜짝 놀라게 할 수 있는 장치를 정교하게 만들어낸다. 이를 분석하는 것은 창작에 많은 도움을 줄 수 있다. 창작이라는 것도 따지고 보면 분석이다. 시의 좋고 나쁨은 얼마나 긴장을 오랫동안 유지할 수 있는가에 달려있다. 어떤 시는 깜짝 놀라지만 그 긴장이 오래 가지 못하는 경우가 있고 어떤 시는 처음에는 놀라지 않지만 긴장이 오래 가는 경우가 있다. 물론 후자가 명시임에는 말할 나위가 없다.

꼼꼼히 명시를 읽는다는 것은 매우 중요하다. 그리고 그것이 창작의 지름길임은 말할 필요가 없다.

풍덩!
나는 천둥벌거숭이
천하장사다

봤지
하늘 박살나고
구름 쫙 흩어지는 거

저 뱀도
잔뜩 겁먹고
설설 기잖아 에헴!

─허일의 「왕개구리」 전문

알겠다, 밤낮으로 듣고 보라는 저 명창
득음이 희로애락 걸러서 떨쳐버려
조금도 군소리 없는 희디흰 저 후련함

─서벌의 「폭포」 전문

어느 신의 뜻으로도
한 생은 버릴 수 없어

뜨지도 잠기지도 않고
가만 드는 산목단

골보다 깊은 사모를
잎으로나 접었다

　　　　　　　　　　　　　 －조오현의 「산목단」 전문

19. 낯설게 하기

1) 개념

낯설게 하기는 러시아의 형식주의 비평가들로부터 나온 개념이다. 쉬클로프스키는 '기교로서의 예술'에서 낯설게 하기를 강조했다. 일상 인식, 자동화에서 벗어나 이를 낯설게 함으로써 독자들에게 신선한 충격을 줄 수 있다는 것이다. 일상 언어의 일탈이 사물의 원모습 회복이라는 예술 본질의 목적에 부합하는 것이기도 하다.

엠프슨은 다음과 같이 말했다.

> 예술의 목적은 사물들이 알려진 그대로가 아니라 지각되는 대로 그 감각을 부여하는 것이다. 예술의 여러 가지 기교는 사물을 낯설게 하고 형태를 어렵게 하고 지각을 어렵게 만들어 이를 지각하는데 시간이 걸리게 한다. 지각의 과정은 그 자체로서 하나의 심미적 목적이므로 가능한 한 연장시켜야한다. 예술이란 한 대상이 예술적임을 의식적으로 경험하기 위한 하나의 방법이다.[24]

---

24) W. Empson, *Seven types of Ambiguity*(Penguine Books, 1962), 박명용, 『오늘의 현대시작법』, 푸른사상, 2003, p.59 재인용.

스무 고개나 수수께끼, 우문우답 같은 것도 일종의 낯설게 하기의 한 방식이다. 스무고개는 제시된 문제를 스무 번의 질문으로 알아맞히는 재치 놀이이다. 처음부터 낯설게 만들어 스무 번의 질문과 '예, 아니요'의 대답으로 알아맞힌다. 낯선 큰 카테고리에서 익숙한 작은 카테고리로 좁혀나가는 것이다.

> "생물입니까?"
> "예"
> "식물입니까"
> "아니요"

이렇게 해서 하나씩 좁혀가 20번째의 질문에서 온전한 답을 맞혀야 한다.

수수께끼는 사물을 빗대어 말하며 그 뜻이나 이름을 알아맞히는 놀이이다. 그 나라의 문화를 이해해야 알 수 있는 낯설게 하기의 한 방식이다.

'머리를 풀어헤치고 하늘로 올라가는 것은 무엇입니까?'라는 수수께끼가 있다. 머리를 풀어헤친다는 것은 일단 미친 사람을 연상하게 된다. 하늘로 올라가는 것은 또 무엇인가? 미친 사람이 하늘로 올라갈 수는 없는 일이다. 그러면 또 다른 방식으로 접근해야 한다. 연기가 하늘로 올라가는 것을 그렇게 말한 것임은 두말할 필요가 없다.

우문우답에 참새 시리즈라는 것이 있다.

참새가 날아가다가 포수의 머리 위에 응가를 했다. 화가 난 포수가 참새에게 '넌 팬티도 안입냐' 하고 물었더니 참새는 '넌 팬티 입고 똥누냐'고 대답했다는 것이다.

웃자고 한 말이겠지만 참새가 팬티를 입을 일도 없거니와 팬티를 입고 응가할 일도 없다. 사람들은 특별한 일인 줄 알고 엉뚱한 상상을 하는 것이 보통이다. 일상적인 것을 뒤집어 낯설게 하는 것이다.

이 낯설게 하기는 의사 진술과도 관계가 깊다. 의사 진술은 사실의 세계에서는 거짓이나 시의 세계에서는 진실이다. '한 송이 국화꽃을 피우기 위해 소쩍새는 그렇게 봄부터 울었나 보다'라는 시가 있다. 한 송이 국화꽃을 피우기 위해서는 물과 공기와 햇빛이 필요하지 소쩍새의 울음이 필요한 것은 아니다. '한 송이 국화꽃을 피우기 위해서는 물과 공기와 햇빛이 필요하다'라고 말하면 시가 아니지만 '한 송이 국화꽃을 피우기 위해 그렇게 소쩍새는 봄부터 울었나 보다'라고 말하면 이것은 시이다. 과학의 세계에서는 거짓이나 시의 세계에서는 진실이다. 이런 것도 낯설게 하기의 방법임은 두 말할 필요가 없다.

> 참말로
> 서러운
> 사람은
> 파도가 없다
>
> 참말로
> 그리운
> 사람은
> 바람이 없다
>
> 그 많은
> 파도와 바람이
> 방파제에서
> 부서진 것이다
>
> ─신웅순의 「내 사랑은 45」 전문

그 많은 파도와 바람이 방파제에서 부서져서 참말로 서러운 사람은 파도가 없고 참말로 그리운 사람은 바람이 없다는 말인가. 이 말은 거짓이다. 서럽거나 그리운 사람은 파도나 바람이 있다는 말인가. 사람에게 파도나 바람이 있을 리 없다. 서러움이나 그리움을 파도나 바람에 비유해서 그렇게 의사 진술한 것이다. '그냥 보고 싶다던가 기다린다던가'라는 말을 사용하면 될 것을 굳이 파도, 바람, 방파제 같은 비유를 끌어내어 표현했다. 일상적인 말을 낯설게 표현한 것이다.

> 문빗장도 풀지 않고
> 지레 길을 나서더니
>
> 눈과 귀 다 놓치고
> 껍데기로 돌아왔네
>
> 이렇게 놓인 돌 하나
> 알 수 없는 그 행방
>
> —이승은의 「물음표」 전문

'?'를 문빗장도 풀지 않고 지레 길을 나선 눈과 귀 다 놓치고 껍데기로 돌아온 알 수 없는 그 행방, 이렇게 놓인 돌이라고 했다. 물음표를 물음이나 의심을 나타내는 부호쯤으로 설명하면 그만인 것을 에둘러서 말했다. 낯설게 만들지 않고는 물음표를 달리 설명할 길이 없어 그랬을 것이다. 이것이 예술이다. 시가 자동화된 일상을 낯설게 만듦으로써 독자들의 가슴을 놀라게 만드는 것이라면 낯설게 하기는 시의 본질에 충실한 하나의 창작 방법임에 틀림없다.

2) 예

언급한 대로 낯설게 하기는 하나의 비중있는 창작 방법이다. 그렇다고 무턱대고 자기만이 아는 무모한 낯설음이 아니라 독자로 하여금 넓은 공감대를 형성해야 한다. 여기에는 자기만의 개성과 독창성이 있어야한다. 시뿐만이 아닌 설명이나 논증의 글에도 낯설게 하기는 글쓰기의 필수 조건이다. 남들이 많이 쓰고 누구나 다 알 수 있는 것을 쓴다면 별 흥미를 느끼지 못할 것이며 공감대를 형성하기가 어렵다. 무엇인가 새로워져야 한다.

사물에 대한 예리한 관찰력과 남다른 시선, 발상의 전환이 있어야함은 물론이거니와 남다른 노력과 끈질긴 인내심도 갖추어져야 한다.

낯설게 하기의 방법들은 여러 가지가 있다. 상징, 은유, 인유, 아이러니, 패러디 등과 같은 수사적인 방법들도 있을 수 있겠고 거리, 화자, 시간, 공간, 전경, 배경 같은 문학적 장치들을 사용할 수도 있을 것이다. 그것이 무엇이든 독자들의 공감대 형성은 필수 조건이다.

몇 개의 자료들을 예시해 본다. 어떤 것들이 낯설게 만들어졌는지, 그것을 자신의 글쓰기 방법으로 차용, 연습하는 것도 하나의 방법일 수 있을 것이다.

> 한 사나흘 질긴 비로
> 결빙은 풀리겠지만
> 사랑은 절애의 고독
> 먼 폐가의 잔등인가
> 열사의
> 바람을 안고
> 목마처럼 가고 있다
>
> 욕망을 깎아내는
> 뒤집힌 사연들이
> 완벽한 어둠 앞에서
> 절망으로 몰릴 때도
> 추억의

물목에 앉아
눈 뜬 자정을 지키고 있다

　　　　　　　　　　　　　－홍진기의 「이별 이후」 전문

위 시조는 이별을 절애의 고독, 먼 폐가의 잔등으로 표현하고 있다.
그리고 열사의 바람을 안고 목마처럼 가고 있다고 말했다. 물목에 앉아
눈 뜬 자정을 지키고 있다는 자신의 비감 서린 심정을 솔직하게 드러내
고 있다. 이별 이후 자신을 절애의 고독이니 폐가의 잔등으로 표현하고
있음이 묵직하면서 독자들에게 깊은 공감을 갖게 만든다.

풀여치 가을 속을 포로록 뛰어든다
달빛 밤 정으로 쪼아 축대 허무는 귀뚜리
바람은 고운 잎새를 따 빗소리를 뿌린다

　　　　　　　　　　　　　－박영식의 「가을 소나타」 전문

풀여치는 가을 속을 뛰어들고 귀뚜라미는 달빛 밤을 정으로 쪼아 축
대를 허물고 바람은 잎새들을 따 빗소릴 뿌린다. 이쯤 되면 가을을 다
말했다. 이것이 가을의 소나타이다.
　여치와 귀뚜리, 바람 셋이 하나는 가을 속을 뛰어들고 하나는 축대를
허물고 하나는 빗소리를 뿌린다. 독특한 발상이 아닐 수 없다. 누가 그
런 상상이나 했겠는가. 일탈은 낯설게 하기의 좋은 실례가 된다.

20. 고착 이미지

1) 개념

글을 읽을 때 활자체, 활자의 크기, 띄어쓰기, 붙여쓰기 등이 맨 먼저

눈에 띈다. 선, 부호, 도표 같은 것들도 있고 행과 연의 기하학적 구성 같은 것들도 있다. 활자를 이러한 공간 구조에 부착시켜 만든 심상을 고착 이미지라고 한다.

이러한 고착 이미지가 시에 어떤 의미를 주는가는 설명하기 어려우나 어느 정도의 영향을 미치는 것은 사실이다. 독자들에게 의미의 새로운 면을 지각시켜줄 수도 있지만 의미가 작가의 의도대로 제한될 수도 있다. 그런 점에서 본다면 독자들의 인지를 한계지울 수 있다는 단점도 있을 수 있다.

활자 배열에 의한 도형 실험은 20세기 초 입체파 아폴리네르에 의하여 처음 시도된 바 있다. 아폴리네르는 입체파의 회화관을 시이론에 적용하고자 하였다. 구체적인 어떤 형태를 기하학적 패턴으로 바꾸어 이를 의미화하고자 하였다. 한국에서는 이상에 의해 시도된 바 있다.[25]

고착 이미지는 기존의 관습화된 전통적 시형을 부정하고 시의 외적 공간과 형태의 다양성을 추구한다는 점에서 그 중요성이 평가될 수 있을 것이나 언어 논리, 문법 자체를 파괴한다는 면에서 본다면 이러한 시도는 낯설고 일반화되기 어렵다.

시조는 일반적으로 3행으로 배행한다. 이것도 하나의 고착 이미지이다. 물론 이는 시조가 3장으로 되어 있다는 점에서 3행으로 처리한 것에 불과하지만 기하학적으로 본다면 세 줄로 된 직사각형의 형태로도 볼 수 있다.

> 이화에 월백하고 은한이 삼경인 제
> 일지춘심을 자규야 알랴마는

---

25) 문덕수, 앞의 책, 222-223쪽.

다정도 병인양 하여 잠 못들어 하노라

—이조년

  이러한 3행 배열은 반드시 시의 내용을 읽어 보아야 그 뜻을 알아차릴 수 있다. 그 뿐 아니라 패턴이 획일적이고 단순해서 지루한 느낌조차 들고 있다.

  현대시조에 와서는 행 배열이 여러 형태로 바뀌었다. 한 장이 두 행으로 처리하기도 하고 4행으로 처리하기도 한다. 의미에 따라 형태를 자유 자재로 바꾸기도 하고 시각적인 효과를 위해서 여러 형태를 실험하기도 한다.

    불고 갈 뜻이 없어
    바람은
    멀리 있고

    꿈꾸다가 돌 된 듯한
    그
    의
    머나먼 하늘

    눈발이 희긋희긋거려 무너져 내린다

    생각다가
    뒤틀다가
    거듭거듭 그러다가

    에라 모르겠다는 듯
    와락 펑펑
    펑
    펑

와락

나갈 데, 한 군데도 없는 저녁답이 쏟아진다

피우자며 일으키곤
곧장 거덜나버린

지난 봄
낙과 천지
부도 낸 그 세상이

말려도
아무리 말려도
한꺼번에 쏟아진다

　　　　　　　－서벌의 「그 사람의 함박눈」 전문

　같은 시조이면서 앞의 고시조와는 판연히 형태면에서 다른 점을 발견
할 수 있다. 자유 자재로 내용에 따라 시각적인 변화를 주고 있다. 장을
여러 행으로 쪼개어 어떤 것은 1행으로 어떤 것은 2행으로 또 어떤 것
은 3행, 4행, 5행으로 배열하고 있다. 이러한 배열들은 다양한 변화로
시를 읽는데 지루하지 않고 의미를 인지하는데 도움을 주고 있다.

　1연의 중장 그의 머나먼 하늘을 화자가 머나먼 하늘을 처다보는 하
늘과의 거리로 '그의'를 수직으로 표현하였다. 2연 중장 눈이 펑펑 쏟
아지는 것을 '펑펑'을 수직으로 써 눈 내리는 모양을 형상화했다. 분명
히 이러한 기하학적 이미지는 의미에 보조적인 역할을 수행하면서 독
자들에게 신선한 시각적 이미지를 전달해준다. 고착 이미지의 활자 배
열은 언어의 논리나 문법을 일부 파괴시키고 있기는 하나 시의 의미를
회화적 심상으로 보여주기 때문에 어느 정도 독자들에게 신선한 감각
을 전달해 줄 수 있다. 의미의 시각화, 고착은 하나의 구체적인 공간에

부착된 활자 이미지들이다. 이도 하나의 창작 방법임은 두 말할 나위도 없다.

이러한 시각적 이미지들은 청각 영상과 어울려 일어나기도 한다. 들을 수 있는 청각 영상과 입으로 발음을 하는 발음 심상 같은 것들이다. 이것들도 문자에 고착되어 있는 심상이므로 고착 이미지라 할 수 있다.

> 히히히 호호호호 으히히히 으허허허
> 하하하 으하하하 으이이이 이 흐흐흐
> 껄껄걸 으아으아이 우후후후 후이이
>
> ─조오현의 「인우구망(人牛俱忘)」 1연

위 시조는 둘이 아닌 것, 분별하지 않은 것 중생과 부처가 하나이고 번뇌가 바로 깨달음이라는 불이(불이)사상을 나타낸 것이 아닌가 생각된다. '히히히'가 '호호호호'로, '으히히히'가 '으허허허'로 심상이 바뀌어도 그 바뀐 삶은 연기될 뿐 아무리 바뀐다 해도 그것도 하나라는 불이 사상을 그렇게 청각 영상과 발음 심상으로 나타냈다. '히히히', '호호호호'가 무엇을 상징하는 것인지는 알 수 없다. 그것이 웃음 소리라해도 좋고 어떤 것들이라도 좋다. 다만 위 시조는 둘이 아닌 것이 없다는 것을 청각적인 고착 이미지로 나타내고자 한 것이다. 불이사상을 나타내는 데에 일체의 의미가 배제된 청각·발음의 고착 이미지 방법은 시창작의 좋은 소재가 될 수 있다.

2) 예

　　　　　　고
　　　　　랐
　　　　올
　　　떠
　　　멋
　　　슬
　　　서
　　　치
　　　만
　　　저
　　은
　　달　늪
　　　은
　　　끝
　　　모
　　　르
　　　게
　　　슬
　　　쩍
　　　　갈
　　　　앉
　　　　았
　　　　다
　은근하게달빛이늪의안을헤집지만
　끝모를그의깊이는드러나지않는다

　　　　　　　　　－문무학의 「달과 늪」 전문

위 시조는 초장의 1,2음보는 왼쪽에서 오른쪽으로 떠오르고 초장의

3,4음보는 왼쪽 위에서 오른쪽 아래로 가라앉는다. 초장 1,2음보는 달 뜨는 장면을 초장 3,4음보는 가라앉는 늪을 시각적으로 축조시켜 놓았다. 수면은 '달'과 '늪'이다. 그리고 중장과 종장은 늪 아래로 가라앉은 모습으로 배치시켜 놓았다. 중장에서는 달빛이 늪의 안을 헤집는 장면을 종장은 끝모를 그의 깊이를 안치시켜 놓았다. 의미와 공간 축조가 절묘하게 맞아 떨어진다.

우리 속담에 열 길 물 속은 알아도 한 길 가슴 속은 알지 못한다는 속담이 있다. 늪의 물은 맑지 못해서 그 깊이를 알 수 없다. 그것을 그의 마음 속으로 매치시켜놓았다. 달빛이 늪을 헤집어보지만 번번이 실패이다. 그럴 수밖에 없다. 불투명한 늪을 그 환한 달빛 마음으로도 비쳐볼 수 없기 때문이다. 인간의 마음이 그렇다.

띄어쓰기를 하지 않은 것도 늪의 물의 밀도를 형상화시켰기 때문일 것이다. 이도 의미의 시각화를 위한 치밀한 한 창작의 계산법일 것이다.

이제는 시조 창작이 음악이자 문학인 장르에서 음악 따로 문학 따로 분리된 이상 정형율 내에서 자유시와 같이 시조도 기하학적 공간으로 배분해봄직도 하다. 문법의 파괴는 있기는 하나 다양한 실험을 통해 시조의 행간을 짚어보는 것도 현대시조에 있어서 의미있는 하나의 창작 방법이 될 수 있다.

21. 말하지 않고 말하기

신라 진평왕이 재위에 있을 때 당나라 태종이 홍색, 자색, 백색의 모란꽃 그림과 꽃씨 세되를 보내왔다. 진평왕은 대신들과 덕만 공주에게 아름다운 모란꽃 그림을 보여주었다. 진평왕은 대신들에게 당 태종이 그 꽃을 보내온 이유를 물었다. 대신들은 진의를 알지 못해 전전긍긍했다.

훗날 선덕여왕이 된 덕만공주는 이렇게 말했다.

"이 꽃은 아름답기는 하나 향기가 없을 것입니다."

진평왕이 물었다.

"왜 이 꽃에는 향기가 없다고 생각하느냐?"

"꽃이 활짝 피었는데도 벌, 나비가 날고 있지 않습니다. 여자가 국색이면 남자들이 저절로 따르는 법인데 벌, 나비가 따르지 않으니 이 꽃은 반드시 향기가 없을 것입니다."

진평왕은 꽃씨를 대궐의 뜰에 심었다. 1년 후 모란꽃이 활짝 피었다. 과연 향기가 없었다. 여기서 말하지 않은 '벌과 나비'로 '향기 없는 모란꽃'을 말한 것이다. 시창작은 이와 같다.

신라 활리역에 지귀라는 청년이 살고 있었다. 지귀는 미모에 반하여 선덕 여왕을 짝사랑하고 있었다. 지나치게 사랑한 까닭에 눈물로만 세월을 보냈다. 그는 몰골이 초췌해졌다.

어느 날 여왕은 국태민안을 위해 영묘사로 행차했다. 그 말을 들은 지귀는 그 절 탑 밑에서 기다렸다. 그러다 그만 깜빡 잠이 들고 말았다.

지귀가 사랑한다는 말을 들은 선덕여왕은 잠들어 있는 청년의 가슴 위에 자신의 팔찌를 조용히 얹어놓고 황궁했다. 지귀는 잠을 깨었다. 지귀에게 이 안타까운 사연은 너무도 충격적이었다. 갑자기 마음에 불이 일어 그 탑을 에워싸더니 마침내는 불귀신으로 변했다. 이 불귀신이 결국 화재의 원인이 된 것이다.

이 소식을 들은 선덕여왕은 그것을 막기 위해 시를 지어 나라에 공표했다. 이 때부터 신라 풍속에 시를 대문이나 벽에 써붙여 화재를 막았다고 한다.

지귀의 가슴에 얹어놓은 팔찌로 선덕여왕의 휴머니즘을 말한 것이다. 하고 싶은 말은 선덕여왕의 휴머니즘이다. 그러나 휴머니즘을 말하지 않고 휴머니즘 대신 팔찌로 말을 한 것이다. 이것이 시이다.

송나라 휘종 황제의 그림 이야기이다.

화가들에게 감추어진 절을 그리라고 했다. 어떤 화가는 숲 속 사이로 절 집을 희미하게 비치게 그렸고 어떤 화가는 숲 위로 절 탑이 뾰쪽 솟아 있는 그림을 그렸다. 또 어떤 화가는 절은 그리지 않고 깊은 산 속 작은 오솔길로 물동이를 이고 올라가는 스님을 그려놓았다.

휘종은 그림들을 보고 다음과 같이 말했다.

> "자, 이 그림을 보아라. 내가 그리라고 한 것은 산 속에 감춰져 보이지 않는 절이었다. 보이지 않는 것을 그리라고 했는데, 다른 화가들은 모두 눈에 보이는 절의 지붕이나 탑을 그렸다. 그런데 이 사람은 절을 그리는 대신 물을 길으러 나온 스님을 그렸구나. 스님이 물을 길으러 나온 것을 보니, 근처에 절이 있는 것을 알 수 있다. 그런데 산이 너무 깊어서 절이 보이지 않는 게로구나. 그가 비록 절을 그리지는 않았지만 물을 길으러 나온 스님만 보고도 가까운 곳에 절이 있다는 것을 알 수 있지 않느냐? 이것이 내가 그림에 1등을 주는 까닭이다."[26]

말하지 않은 스님의 물동이로 산 속의 절을 말한 것이다. 이것이 시이다.

시인은 말하지 않으면서 말을 다해야 한다. 이것이 '객관적 상관물'이다. 하고 싶은 말을 직접 하지 않고 다른 사물로 하여금 대신 말하게 하는 것이다.

벌과 나비를 그리지 않고 대신 향기 없는 모란꽃을 전달했다. 팔찌로 휴머니즘을 그렸다. 보이지 않는 절을 말하기 위해 물동이를 이고 올라가는 스님을 대신 그렸다. 시를 잘 쓰는 사람은 이렇게 말을 하지 않고도 할 말을 다 하는 것이다.

---

26) 정민, 『한시 이야기』(보림, 2002), 28쪽.

동요 윤석중 작 홍난파 곡 「낮에 나온 반달」이다.

낮에 나온 반달은 하얀 반달은
해님이 쓰다 버린 쪽박인가요
꼬부랑 할머니가 물 길러 갈 때
치마끈에 딸랑딸랑 채워 줬으면

낮에 나온 반달은 하얀 반달은
해님이 신다 버린 신짝인가요
우리 아기 아장아장 걸음 배울 때
한짝발에 딸각딸각 신겨 줬으면

낮에 나온 반달은 하얀 반달은
해님이 빗다 버린 면빗인가요
우리 누나 방아 찧고 아픈 팔 쉴 때
흩은 머리 곱게 곱게 빗겨 줬으면

화자는 낮에 나온 반달을 바라보며 반달은 햇님이 쓰다버린 쪽박, 신다버린 신짝, 빗다버린 면빗이라고 말했다. 그러나 사실은 그것을 말하고 싶은 것은 아니다. 낮에 나온 반달을 바라보며 쪽박, 신짝, 면빗으로 할머니에 대한 사랑, 아기에 대한 귀여움, 누나에 대한 우애를 말하고 싶었던 것이다.

이렇게 시는 말하고 싶은 것을 말하지 않는 것이다. 말을 하고 싶다고 다 말한다면 무슨 매력이 있을 것인가. 시인은 말하고 싶은 것을 꺼내놓지 않는다. 가슴 깊숙이 어둠 속에 보물처럼 숨겨놓는다. 독자들은 그들의 눈으로 불을 밝혀 보물을 찾아내야 한다.

옛날 초등학교 소풍 때 보물찾기라는 것이 있었다. 선생님은 종이를 잘라 거기에 도장을 찍거나 무슨 암호 표시를 해둔다. 그것을 찾지 못하게 숲 속 깊숙한 곳이나 돌 틈 속에 숨겨놓는다. 그리고 점심 식사를 하고 나머지 시간 안에 그 종이 쪽지 보물을 찾자오라고 한다. 눈썰미 있는 아이들은 몇 장씩을 찾기도 한다. 그러면 종이 쪽지 하나에 공책 한 권을 나누어 준다. 시의 의미, 그 보물을 찾는 작업, 숨겨놓은 보물을 독자들이 찾았을 때 그 희열은 누구에게도 비길 바 없다. 시인은 보물, 한 구절의 의미를 아무도 모르게 감춰둔다. 안목 있는 독자는 그것을 찾으면서 환호를 내지르는 것이다.

　몇 점의 자료들을 제시한다.

　　　　찻잔에
　　　　달을 띄워
　　　　마음 뜨락 밝힌다

　　　　어느 먼 곳
　　　　나들이 간
　　　　생각도 불러들이고

　　　　내 안의
　　　　나를 모시고
　　　　올리는 아득한 제의(祭儀)

　　　　　　　　　　　　－김정희「찻잔에 달을 띄워」전문

　　　　하늘 환히 보이는 창
　　　　바람 솔솔 잘 들이고

　　　　명주실 비단실에
　　　　진주발을 드리웠네

　　　　은햇살
　　　　사물거리는
　　　　눈부신 이른 아침

긴긴 밤 꿈을 엮어
오색실로 수를 놓고

해맑은 손거울처럼
꽃빛 환히 밝혀주네

빈 하늘
가득한 물빛
찰랑이는 이 아침

-한혜영의 「거미집」 전문

22. 숨은 그림 찾기

조선시대 시조나 그림에서 승려와 양반가 여성들의 성관계가 심심치
않게 나온다. 조선시대 부녀자들은 절에 갈 수 없었다. 이런 법은 조선
시대에 철저하게 지켜진 것은 아니다. 사실상 법회나 불공, 기도를 드리
러 간다는데 부녀자들의 사찰 출입을 막을 수는 없었다. 당시 사찰 출
입은 부녀자들이 집과 남성 중심에서 벗어날 수 있는 유일한 출구였다.
승려와 부녀자와의 접촉은 사찰뿐만이 아니라 일반 여염집에서도 이루
어졌다. 제도적으로 막는다고 해서 인간의 본능조차 억제할 수는 없는
법이다.

먼저 승려와 부녀자와의 성묘사가 적나라하게 드러나 있는 장시조(사
설시조)의 예를 들어보기로 한다.

중놈도 사람인양 하여 자고 가니 그리워라
중의 송낙 나 베고 내 족두리 중놈 베고 중의 장삼 나 덮고 내 치마란 중
놈 덮고 자다가 깨달으니 둘의 사랑이 송낙으로 하나 족두리로 하나
이튿날 하던 일 생각하니 흥글항글 하여라

중을 사람 취급 안했던 시대에 중과 관계한 어느 여인이 중을 떠나 보내고 지난밤의 즐거웠던 일을 회상하는 장면이다. 함께 자는 데에는 신분 차별과 도덕이 무슨 문제가 되는가. 신분은 사람이 만들고 성은 신이 만든 조화이니 음양의 교합은 인간에게도 당연지사가 아닌가. 송 낙은 중이 쓰는 모자이며 족두리는 부녀자들이 쓰는 모자이다.

> 창 밖에 어른어른하니, "그 뉘오신고?"
> "소승이 올소이다. 어제 저녁에 노시(老媤)보러 왔던 중이러니 각씨네 자는 방 족두리 벗어 거는 말곁에 이내 송낙을 걸고 가자 왔네."
> "저 중아, 걸기는 걸고 갈지라도 훗말 없이 하시소."

어느 중놈이 지난밤에는 늙은 시어머니와 사랑하고 오늘은 며느리를 찾아와 사랑을 청하고 있다. 며느리는 자신의 몸은 허락하겠지만 대신 소문이 나지 않도록 소승에게 부탁까지 하고 있다. 중과 여인 간의 통 간이 사찰이나 여염집의 은밀한 장소에서 이루어졌음을 알 수 있다.

당시의 성 풍속이 어떠했고 얼마나 여인들의 성이 억압되었는지 엿볼 수 있는 대목들이다. 성문제는 사찰 출입을 법으로 금한들, 도덕으로 여 인들을 억압한 들 막아질 일이 아니다.

어떻게 언어로 설계해야 이런 숨은 그림들을 보여줄 수 있을까. 이것 이 시인들이 할 일이다. 작가들은 그림을 깊숙이 숨겨두고 독자들은 그 그림들을 찾아 읽어내야 한다. 숨겨져야 할 그림이 드러난다면 직설적 인 표현이 되어 그 예술적 가치는 떨어질 것이다. 그래서 의미를 더욱 숙성시키기 위해 그림이나 시를 깊숙한 곳에 감추어두는 것이다. 그래 야 더욱 감칠맛이 난다.

남녀의 제재를 송낙과 족두리로, 장삼과 치마로 대체했다. 후자의 말 수작에서 그립다는 말, 보고 싶다는 말 같은 언어들을 사용하지 않았다.

족두리 걸어두는 말 곁에 송낙을 걸어두는 것으로 말을 바꾸었다. 숨은 그림이 환히 그려지지 않는가.

이미지는 마음 속에 언어로 그린 그림이다. 그 그림은 추상적이고 관념적인 것이 아니라 물리적이고 구체적이다. 그래서 마음 속에 그려진 그림으로 독자들의 상상력을 자극시킨다. 그래서 의미가 생겨난다.

이런 표현들은 시에서만이 나타나는 것이 아니라 그림에서도 나타난다. 그림도 숨은 그림으로 숨은 의미를 표현하고 있다.

신윤복의 <기다림>이라는 그림이다.

이미지를 포착하고 추적하는 힘은 상상력이다. 이러한 상상력으로 여러 가지 사건들을 추단해낼 수 있다. 이 여인은 송낙을 말아쥐고 뒤를 쳐다보고 있다. 누군가를 기다리고 있는 모양이다. 도대체 여인은 누구를 기다리고 있는 것일까. 뒤에 모자 하나를 말아쥐고 담장 쪽을 연신 바라보고 있다. 이 연인에게 무슨 일이 일어난 것일까. 여기에서 구도가 어떻고 색깔이 어떻고 그것에 관심이 없다. 그림의 배경과 주체의 행위가 무엇을 말하고자 했는지가 중요하다. 무슨 일이 일어났으며 무슨 그림이 숨겨져 있는지가 중요하다. 화가는 그림을 숨겨두기 위해 몇 가지 구체적인 상황만 제시했다.

이 여인의 신발은 짚신이다. 분명 민가 여염집 아낙일 것이다. 꽃이 피어있는 것으로 보아 화창한 봄날이다. 봄은 모든 만물이 생동하는 계절이다. 송낙을 말아쥐고 있는 것으로 보아 상대는 중이다. 그리고 여인 옆에는 큰 나무 하나가 서 있다. 뒤를 바라보며 송낙을 쥐고 중을 기다리는 여인의 모습. 독자는 이 그림 하나로 상상력을 자극해 사건의 전말을 읽어낼 수 있다. 그것을 숨은 그림에서 천착해내야 한다. 어떤 일이 벌어졌는지 상상이 간다.

위 시조들과 비견됨직하다. 숨은 그림으로 숨은 사건들을 떠올려야한다. 그 상상력으로 화가나 시인들은 전달하고자하는 메시지를 작성해야한다. 의미 전달은 시의 궁극적인 목표이다. 시인은 이러한 전달을 위해 언어로 숨은 그림을 설계해야하고 독자는 시인이 설계한 숨은 그림을 찾아 의미를 작성해야한다.

사람아 먼 사람아 비바람 세찬 이 밤
아득한 은하계를 홀로이 건너와서
두 손에 움켜쥔 적막을 차마 펼 수 없구나

바람 부는 들길을 한참을 서성이다
온 길을 지우고 가는 시간의 젖은 행방
숲 속을 찰방거리는 물소리도 하마 깊다

산다는 것은 애오라지 나를 견디는 일
으아리 목울대를 하얗게 뽑아 오려
풀무질 담금질 끝에 열린 날을 들어 올린다

ㅡ하순희의 「담금질」 전문

첫 연의 적막, 둘째 연의 시간, 물소리에다 그림을 깊숙이 숨겨 두었다. 그 적막과 시간, 물소리는 어떤 그림일까. 이는 담금질이라는 언어에 귀결되어 있다. 적막은 고독이나 외로움 등등의 의미를 예상할 수 있는 단어들이다. 시간의 행방은 지나온 길을 지우고 간다. 길들을 지우지 않으면 안되는 그 까닭이 필시 있을 것이다. 이것이 시간의 행방이다.

시간은 분명 적막을 지우고 갈 것이다. 그래서 그 행방은 더욱 알 수가 없다. 이것이 사는 것이고 담금질이라면 그 시간의 행방은 어디엔가 있을 것이다. 깊은 숲 속의 물소리는 얼마나 적막하기에 하마 깊다고 했을 것인가. 시인 자신만이 알 수 있겠지만 독자들은 이쯤에서 시인이 숨긴 코드를 읽어낼 수 있다. 그림이 숨어 있으니 상상의 힘으로 숨은 그림을 찾아 읽어낼 수밖에 없다.

시에 있어서 구체적으로 사물을 보여준다는 것은 그 상황만을 제시한 것이지 그 자체가 의미의 귀결로 나타나는 것은 아니다. 그 상황 제시는 1차적인 의미는 될 수도 있어도 궁극적인 의미는 될 수 없다.

위 텍스트는 담금질이라는 제하에 적막이나 시간의 행방, 물소리 등 다소 추상적인 그림을 깊숙이 숨겨 놓았다.

다음의 텍스트에 어떠한 그림이 숨어 있는지 찾아 읽어보는 것도 재미있을 것 같다. 칸나꽃이 질 때 쇳물이 쪼개져 붉게 진다고 했으니 얼마나 삶이 아쉽고 처절했으면 그랬을 것인가. 한 번쯤 삶을 성찰할 수 있는 시조가 아닌가 생각된다.

섬뜩한 칼끝이 불의 꽃으로 핀,

온 몸이 절절 끓어 시뻘건 쇳물로 핀,

아 식어 내리 꽂히기 전
쪼개져 붉게 진다

-김영수의 「칸나」 전문

23. 상황

"엄마, 그만 먹어?"

맛있는 음식을 어머니와 같이 먹던 딸애는 음식이 조금 남은 접시 위를 바라보며 안타까이 묻는다. <그만 먹으란 소리보다 더하구나.> 이렇게 속으로 생각하며 어머니는 수저를 놓는다.

"엄마, 그만 먹어?"

아직도 적지 않게 음식이 남아 있는 접시를 위를 보며 딸애는 걱정스레 묻는다.

"응, 별맛이 없네."

<엄마, 그만 먹어?>란 문장은 제발 그만 먹으란 뜻이 될 수도 있고 좀 더 먹었으면 하는 뜻이 될 수도 있다. 똑같은 문장이 어떻게 다른 의미를 가질 수 있는가? 그것은 말하는 쪽과 듣는 쪽이 동시에 어떤 상황에 대응하기 때문이다. 그렇다면 담화는 어떤 상황을 반영하는 게 아니고 어떤 상황 그 자체이며, 억양은 의미를 좌우하는 언어의 일부가 된다. 어떻게 말해지느냐에 의해서 무엇이 말해지는가가 결정되기 때문이다.[27]

이 인용문은 같은 문장이라도 상황에 따라 의미가 달라질 수 있다는 것을 보여주고 있다. 첫 번째 "엄마 그만 먹어?"는 '제발 그만 잡수세요'라는 의미이고 두 번째의 경우는 '조금 더 잡수세요'라는 의미이다. 이렇게 같은 문장이라도 말해지는 것과 말해져야 할 것으로 말해지지 않은 것이 동시에 존재한다.

하나의 예술 작품도 시대적 상황과의 관련 속에서 태어나게 되어 있

---

27) 권택영, 『후기 구조주의 문학이론』(민음사, 1990), 68쪽.

다. 따라서 기호의 의미도 그 시대의 사회 상황 속에서 체현되어진다.

> 1947년 봄
> 심야
> 황해도 해주의 바다
> 이남과 이북의 경계선 용당포
>
> 사공은 조심조심 노를 저어가고 있었다.
> 울음을 터트린 한 영아를 삼킨 곳.
> 스무 몇 해나 지나서도 누구나 그 수심을 모른다.
>   —김종삼의 「민간인」 전문

　「민간인」에서 말해진 것은 시간과 장소, 그 상황에서 일어난 사건의 기술이 전부이다. 작자는 이러한 단순한 사건을 알리기 위하여 기술한 것은 아니다. 민족의 비극상을 나타내기 위하여 기술했을 뿐이다. '말해진 것'과 '말해져야 할 것으로 말해지지 않은 것'이 문장 안에 공존하고 있다.

　울음을 터트렸다고 해서 영아를 바다에 던졌다는 말은 사건 자체로서는 의미가 없다. 스무 몇 해나 지나서도 누구나 그 수심을 모른다는 말도 발화 자체로는 아무 의미가 없다. 이러한 수사는 시대적인 상황 속에서만이 진정한 의미를 획득할 수 있다. 동일한 사회적 지평에 속한 사람들만이 민족의 비극상을 이해할 수 있다. [28]

> 세월만 가라, 가라, 그랬죠.
> 그런데 세월이 내게로 왔습다.
> 내 문간에 낙엽 한 잎 떨어뜨립다.
>
> 가을 입다.

---

28) 신웅순, 『시의 기호학과 그 실제』(문경출판사, 2000), 38쪽.

그리고 일진광풍처럼 몰아칩디다.
오래 사모했던 그대 이름
오늘 내 문간에 기어이 휘몰아칩디다.

─최승자의 「가을」 전문

위 시에서 화자는 "세월만 가라, 가라 그랬죠"라고 말한다. 그러나 말해진 것은 그렇지만 말해져야할 것으로 말해지지 않은 것은 "세월아 가지마라, 가지마라 그랬죠"일 것이다. 그것이 역설이건 아이러니건 은유이건 상징이건 상관할 바 아니다. 분명한 것은 '말해진 것'과 '말해져야할 것으로 말해지지 않은 것'이 공존하고 있다는 것이다. 이것이 상황이다. 어떻게 말을 해야하느냐에 따라 상황은 달라진다. 한 쪽만의 말로써 상대방의 말을 짐작할 수 있다. 그래서 한 쪽 면만의 담화만을 보여주어 상대방의 말을 짐작케하기도 한다.

위 시에서 화자는 청자한데 '세월만 가라' 했다는데 세월은 화자에게 왔다. 이 시의 상황은 '세월아 가지마라'라고 말 한 것일 것이다. 사실 말하고 싶은 것은 세월은 내게로 와 가지 말라는 것일 것이다. 그런데 세월은 잠깐 내게로 와 낙엽 한 잎 툭 떨어뜨리고 간다. 어쨌든 이 두 가지 상황 '말해진 것, 세월만 가라'와 '말해져야할 것으로 말해지지 않은 것, 세월아 가지마라'가 동시에 존재하는 것이다.

시에 있어서의 상황은 매우 중요하다. 다음 시조 한 편을 보자.

내 아픔 여울진 골에
그는 연기로 피고
팔을 벌리면
잡힐 듯 가깝다가도
잡으면 저만치 물러서는
늘

타오르는 모습

-한분순의 「환」 전문

　여기서 '내 아픔은 골'이고 '그는 연기'이다. 상황은 내 아픈 골에 그는 연기로 피어오른다. 또한 팔을 벌리면 잡힐 듯 하지만 잡으면 저만치 물러서는 늘 타오르는 모습이다. 그는 연기이고 늘 타오르는 모습이라 했다. 또한 잡힐 듯 가깝다가도 잡으면 저만치 물러서는 모습이라고 했다. 이것이 말해진 것이다.

　그러면 말해져야할 것으로 말해지지 않은 것은 무엇일까. 화자의 아픔이 여울져 있는 골이라는 것과 잡힐듯 가깝다가도 잡으면 물러서는 타오르는 모습이 말해지지 않은 것을 대신 말하고 있다.

　제목에서도 암시하는 바와 같이 환영이 보일 정도로 화자의 심리 상태는 매우 불안정하다. 아마도 열병에 시달린 사랑을 연기가 아닌 타오르는 모습으로 표현하지 않았나 생각된다. 이것이 말해져야할 것으로 말해지지 않은 것일 것이다. 물론 말해진 것은 연기이고 타오르는 모습이다. 다소 추상적이긴 하나 절절한 사랑이 연기와 타오르는 모습에 공존하고 있는 셈이다. 또 다른 뜻들이 얼마든지 공존할 수 있다. 물론 연기와 타오르는 모습이 담재하고 있는 의미들은 서로 다르다. 하나는 연기요 하나는 불꽃이다. 초장과 종장의 상황은 똑같은 불이지만 하나는 연기로 하나는 타오르는 모습으로 나타나 초장과 종장의 화자의 심리는 사뭇 다르다. 말해져야할 것으로 말해지지 않는 여러 가지들이 공존하고 있다. 종장에서 깊은 인상을 남겨주는 이유가 바로 거기에 있다.

　　상처받은
　　낱말들은

어디에
있는 걸까

강가를
걷다가
산모롱 막
지났을까

망초꽃
에굽은 길가
혼자 눈물
서성일까

-신웅순의 「내 사랑은 7」 전문

상처받은 낱말들은 낱말만을 뜻하는 것은 아니다. 낱말은 생각을 나타내는 말이다. 사람은 살면서 많은 말들을 주고 받는다. 상대방의 단한마디 말에 인생이 바뀔 수도 있고 사생결단을 할 수도 있다. 말 한미디에 일희일비할 수밖에 없는 것이 사람이고 현실이기도 하다.

상처받은 낱말들은 무엇일까. 위 시조는 잊고 싶은 상처들을 영원히 떠나보냈지만 아픈 상처는 언제나 가슴에 남아 길가를 서성거리는 것이다.

상처받은 낱말들이 무엇과 공존하고 있는지 읽는 이는 나름대로 해석할 것이다. 공존하는 것이 많을수록 좋은 시라고는 말할 수 없지만 의미의 파장은 커 독자들에게 많은 생각과 사색을 준다.

많은 생각을 갖는 시조 두 점을 소개한다.

상처 없는 영혼이
세상 어디 있으랴
사람이
그리운 날

아, 미치게
그리운 날
네 생각
더 짙어지라고
혼자서
술 마신다

—박시교의 「독작」 전문

아무래도 연애를 넌 너무 일찍 한 것 같다
바람막이 없는 혹한
다산이 시작되고
미혼모 어찌할건가
하혈 펑펑 쏟아낸다

아픈 기억들은 하얀 지우개로 지우고 싶다
산문을 닫아 걸고
사흘 밤낮 퍼붓는 저주
입술을 꼭 깨물고 선
눈물겨운 자태여!

—이영필의 「홍매」 전문

24. 기만

　어쩌면 창작은 현실을 철저하게 기만하는 행위이다. 현실을 기만한 창작물을 보며 독자들은 '이런 가짜가 어디 있어'라고 말하지 않는다. '이거 진짜같다'라고 말한다. 진짜같은 현실 기만의 기호들을 꼼꼼하게 읽어내는 것이 평자들이 할 일이다.
　그것이 참으로 쉽지 않다.
　기만이라 해서 표절을 의미하는 것은 아니다. 세상에 오리지날 창작은 없다. 바흐찐의 말대로 언어는 화폐와 같아서 다른 사람이 사용한 다음에서야 비로소 나에게 전달되며 그것은 또 그것을 실제 사용하는 사람에 의해 언어는 불가피하게 굴절된다. 창작이라는 것은 남의 작품을 모방해서는 안되며 훔쳐와야하며 남의 작품을 취해서도 안되며 자기 것으로 만들어내야한다. 말하자면 철저한 기만 행위이다.

현실과 시의 경계를 무너뜨리기 위해 시인들은 별의별 수사를 다 동원한다. 현실을 반영한 문학이 현실을 그대로 모방할 수는 없듯 시 또한 비현실 세계를 현실과 직결시키지 않을 수 없다. 현실과 비현실의 외줄타기는 그만큼 아슬아슬하고 손에 땀을 쥐게 한다. 그래서 시인들은 코드의 파격적 도입을 마다하지 않는다.[29]

문학은 현실을 있는 그대로 옮겨올 수 없다. 소설 형식이든 시 형식이든 현실의 무질서를 나름대로 질서화시켜야 한다. 이를 위해서는 현실을 철저히 기만해야한다. 위 언급은 창작을 현실의 기만 행위로 보고 시 형식으로 나타내기 위해 그에 맞는 수사를 동원해야한다고 말하고 있다.

'그녀는 울었다'라고 말하는 것보다 '그녀의 속눈썹이 젖었다.'라고 말하는 편이 훨씬 낫다. 이것이 시이다.

> 잊고 있었구나
> 끊겨버린 안부처럼
> 아픔이 깊을수록 향기마저 깊어져
> 혀 짧은 바람 소리를 가슴 속에 품는 산
>
> 서걱대는 댓잎 앞에 부끄럽지 않으려고
> 안으로 문을 잠근 채 밤새도록 뒤척이면서
> 뼛 속에 통곡을 묻는 너의 아픔 몰랐네
>
> 무시로 흔들고 가는 천둥 비바람에
> 꿈틀대는 역심의 칼 풀꽃으로 달래는 줄
> 몰랐네 세상에 눈 멀어 내 미처 알지 못했네
>
> 그렇지 사람이면 새벽 산은 닮아야지

---

29) 신웅순, 『무한한 사유 그 절제 읽기』(문경출판사, 2006), 15쪽.

캄캄한 시간들을 비수처럼 등에 꽂고
읽다만 경전 속으로
발걸음을 옮기는 산

　　　　　　　　　　－민병도의 「새벽산」 전문

　'혀 짧은 바람 소리를 가슴 속에 품는 산'이라고 말했다. 현실을 기만
해도 보통 기만한 것이 아니다. 바람 소리가 어째서 혀가 짧으며 어떻
게 바람 소리를 산이 품을 수 있는가. 바람 소리를 마치 사람 소리인
것처럼 의인화 하여 이것을 가슴 속에 산이 품는다고 한 것이다. 수사
없이 이런 살뜰한 표현을 할 수는 없다.

　'안으로 문을 잠근 채 밤새도록 뒤척이며' 산이 어떻게 문을 잠그고
밤새 뒤척일 수 있는가. 시인이 아무리 산이 그런다 해도 독자들은 실
제로 산이 그런다고 생각하지 않는다. 산이 마치 사람처럼 그런다고 독
자들은 생각한다. 이런 것들이 기만 행위이다. 얼마나 멋지게 독자들을
속이는지에 작품의 성패가 달려있다. 세상에 자기만의 독창적인 것은
없다. 누군가로부터 훔쳐와 자기 것으로 만든 것에 불과하다. 시인들은
그런 언어 도둑질을 잘하는 사람들이다.

　'읽다만 경전 속으로 발걸음을 옮기는 산'이라고 말한 것은 더욱 기
막히다. 언어 도둑질은 세상을 아름답게 만들고 독자들의 마음을 황홀
하게 만든다. 왜 새벽산은 경전을 읽고 있는가. 경전은 온 천지를 말하
는 것인가. 자연의 이치를 말하는 것인가. 이런 기만행위 없이 시는 이
루어지지 않는다. 어떻게 언어를 도둑질해 와 어떻게 속여야하는 것인가.
이 때문에 시인은 밤잠을 설치고 죽을 때까지 가슴이 설레는 것이다.

　　단풍도 처음에는 연초록 잎새였다

　　너와 나

사랑으로 뒹굴고 엉클어질 무렵

목이 타

붉게 자지러져

숨이, 탁

끊긴다

　　　　　　　　　　　－김영재의 「단풍」 전문

　낙엽이 지는 것은 자연적인 현상이다. 시인은 목이 타 붉게 자지러져
서 숨이 탁 끊긴다고 했다. 이런 기만 행위가 세상에 어디 있는가. 독자
들은 고개를 끄떡이며 '맞아, 맞아' 한다. 이러한 행위는 현실과 비현실
의 경계를 순식간에 무너뜨린다.

　연초록에서 붉게 될 때까지의 단풍은 사랑하기까지의 단계이다. 그
단풍이 붉게 자지러지러 떨어질 때 비로소 사랑의 완성을 이룬다는 상
징성은 독자들을 놀라게 한다. 누구든 시텍스트는 하나의 과정일 뿐이
다. 누군가가 이 작품을 훔쳐 또 하나의 자기 것으로 만들어낼 지도 모
르는 일이다.[30]

　　　대체 누가 내 가슴에다
　　　그리움의 비수를 꽂는가
　　　어느 누가 내 목에다
　　　사랑의 못을 박는가

　　　마침내
　　　터져나오는

---

30) 위의 책, 17쪽.

그 황홀한
비명,
석류

－양승준의 「석류」 전문

사랑과 석류의 대비는 진부한 대체물인지 모른다. 흔한 것이라해도
얼마든지 묻힌 세계는 있기 마련이다. 시인들은 이것을 놓치지 않는다.
화자는 그리움의 비수를 꽂고 사랑의 못을 박을 수밖에 없다. 그래야
청자는 석류의 황홀한 비명을 들을 수 있는 것이다.

시는 예상을 뒤엎는 코드가 서로 충돌되어야 한다. 두 코드 사이가
너무 멀고 너무 가까울 때 독자들은 읽기를 포기한다. 그러나 코드 사
이가 멀수록 의미의 파장은 크다. 그래서 철저하게 대상을 기만해야한
다. 감쪽같이 남의 언어를 훔쳐내어 내 것으로 만들어내야 한다.

시는 원심력 언어이다. 언어가 갖는 의미를 확충하고 그것을 액센트
화 함으로써 언어의 힘을 무력하게 만들어야한다. 그러나 독자들의 언
어는 대체적으로 구심력 언어이다. 언어를 축소시키고 일반화시킴으로
써 언어의 힘을 강하게 만들려고 한다. 서로 충돌하고 갈등을 일으킬
수밖에 없다. 숙명적으로 시텍스트에서 시인과 독자 간의 끝없는 투쟁
이 이루어지는 것이다.[31]

옛날 옛적 신은 작고 예쁜 각시같은

찰랑대는 금빛 별 하나 만들어 놓고

당신의 재주에 취해
슬몃 잠에 빠지셨다.

---

31) 위의 책 17－18쪽.

사랑이란 덕목을 깜빡 잊은 것이다

그 뜨거운 입김 불어넣어 주기를

슬픔의 한복판에서
웃고 있는, 저 파란 별!

―백이운의 「별」 전문

'야훼 하느님은 진흙으로 사람을 빚어 만드시고 코에 입김을 불어넣으시니 사람이 되어 숨을 쉬었다.' '야훼 하느님께서는 아담을 깊이 잠들게 하신 다음 아담의 갈빗대를 하나 뽑고 그 자리를 살로 메우시고는 그 갈빗대로 여자를 만드셨다.' 창세기에 2장에 나오는 말이다. 아담과 이브의 창세기 신화이다.

인유나 헌정에 해당된다.

하느님은 진흙에 입김을 불어넣어주어 숨을 쉬게 했지만 시인은 금빛 별에 입김을 불어넣어주어 사랑이란 덕목을 만들었다. 사람이 사람이 되기 위해서는 사랑이란 입김을 불어넣어주어야 한다. 그래야 생명이 있는 유기체로 살아갈 수 있는 것이다. 그것이 슬픔의 한복판에서 웃고 있는 파란별이다.

창세기의 아담과 이브 신화의 요소를 상징적으로 훔쳐 재해석했다.

이쯤의 기만 행위는 할 말을 잃게 만든다. 이러한 원심력의 코드 배치는 다의적이고 다층적이어서 시텍스트에서 우리들은 심한 몸살을 겪게된다. 이러한 몸살은 의미의 확장을 가져오고 이와 더불어 독자들에게 경이적인 예술미를 체험하게 된다. 이렇게 읽혀져야 시의 재미가 있다.

특히 시조는 시와는 조금 다른 속성을 가지고 있다. 시는 어느 정도 참지 않아도 되지만 시조는 더 많은 것을 참아내야 한다. 한정된 도구로 미의 세계를 탐색해가야 하기 때문이다. 신중한 선택을 하지 않으면 유치해질 수 있는 것이 시조이다. 고도한 사유로 현실을 감쪽같이 속여야한다. 현실과 비현실간의 외줄타기는 불필요한 행동은 삼갈 수밖에 없다. 그렇지 않으면 망신당하기 일쑤다. 그만큼 품이 많이 들고 품이 많이 든 만큼 아름다운 것이 또한 시조이다. [32]

25. 일탈

1) 파괴와 무시

시는 기존 사물의 파괴와 무시로부터 출발한다. 기존 사물의 일탈이 치열할수록 예술 행위는 더욱 치열해진다. 시작의 자유가 여기에 있다. 자유는 우리가 파악하고 있는 사물을 우리가 파악하지 못하는 사물로 전이시키는 데에 있다. 사물과 인간과의 철저한 차별성에 시의 자유가 존재한다.

언어는 인간의 사물로의 전이, 사물의 인간으로의 전이 둘 중의 하나이다. 전이시 동질성이냐 차별성이냐에 따라 일반적인 말이냐 시이냐가 판단 기준이 될 수 있다. 다시 말해 일반 질서의 수용이냐 저항이냐이다. 여기에서 일상적 사물의 해체가 질서의 파괴로 볼 수 있는가의 문제가 제기될 수 있다.

일상의 말은 사물과 인간의 객관화된 결과물이지만 시는 사물과 인간의 새로운 차원으로의 객관화 과정이다. 질서의 해체가 아니라 새로운 질서의 정립이다. 새롭게 정립된 질서 그것이 시 텍스트이다.[33]

---

32) 위의 책, 18−19쪽.
33) 위의 책, 28쪽.

기존 사물의 의미는 누구나 다 보편적으로 인지할 수 있는 객관적인 의미를 말한다. 일탈은 이러한 소통 방식에서 벗어나는 작업이다. 여기서부터 예술의 행위가 시작된다. 시는 언어 예술이다. 시가 일반적인 언어 소통 방식이라면 그것은 사회 활동이지 예술 행위는 아니다. 시가 기존 사물의 파괴와 무시일 수밖에 없는 이유가 여기에 있다.

> 백년을 살다 죽은 감나무 속을 보면
>
> 나이테 한복판에 먹물이 배어있다
>
> 어머니 타버린 속이 고스란히 들었다
>
> —박구하의 「먹감나무」 전문

> 긴 세월 속을 끓으며 사신 우리 어머니의 초상이 먹감나무에 있습니다. 먹감나무를 베어 눕히면 나이테 안쪽이 먹물처럼 까맣게 타들어간 게 보입니다. 까맣게 속을 태우며 사신 어머니의 일평생이 고스란히 보입니다. 어머니가 가르침이 되듯이 먹감나무는 죽어서도 단단하고 빛나는 가구가 됩니다.[34]

첫번째 텍스트는 박구하의 '먹감나무'이고 아래 텍스트는 그에 대한 홍성란의 해설이다. 박구하의 '먹감나무'는 예술의 소통 방식이고 홍성란의 해설은 일반적인 언어 소통 방식이다. 시조를 언어소통 방식으로 썼다면 해설이 필요 없고 분석도 필요 없는 것은 당연한 일이다.

먹감나무란 기존 의미를 철저히 파괴시키고 무시했다. 이것이 일탈이다. 먹감나무 나이테 안쪽은 생리적으로 그렇게 된 것인데 어머니의 일생으로 치환하여 인생의 의미를 얻어냈다. 까맣게 속을 태우며 산 어머니로 먹감나무의 기존 의미를 치환시킨 것이다. 고스란히 일평생 어머니의 가르침이 되듯 죽어서도 먹감나무는 단단하고 빛나는 가구가 된다

---

34) 홍성란, 『내가 좋아하는 현대시조 100선』(책만드는 집, 2006), 72쪽.

고 했다.

> 봄날 양지쪽에 세 사람이 앉았습니다
>
> 장모님과 딸아이 그리고 아내입니다
>
> 꽃처럼 흙돌담처럼 장독처럼 앉았습니다
>
> 햇살에 움돋던 정도 렌즈 앞에 놓고 보면
>
> 여자의 가는 길이 이마를 타고 흘러
>
> 무수히 실릴 말들이 사무치게 숨습니다
>
> 딸아이는 꽃가지 꺾어 병에다 꽂지만
>
> 장모님은 외손녀와 아내 가슴에다 꽂습니다
>
> 필름이 다 못찍어도 마음에는 남습니다
>
> —채천수의 「사진찍기」 전문

여기서 사진을 찍는 사람은 남편이고 피사체는 장모님과 딸과 아내이다. 혈육의 정을 사진 찍듯 사실적으로 그려냈다. 독자들은 사실이라고 생각할지 모르지만 사실과는 전혀 다르다. 사실이 아니라 진실일뿐이다. 필름은 보이는 장면만 찍힐 뿐이지 혈육의 정까지 찍을 수는 없다. '꽃처럼 흙돌담처럼 장독처럼 앉았습니다', '여자의 가는 길이 이마를 타고 흘러 무수히 실릴 말들이 사무치게 숨습니다'는 사실 파괴이며 현실 무시이다. 어떻게 꽃처럼 흙돌담처럼 장독처럼 앉아있을 수 있을까. 무수히 시린 말들이 어떻게 사무치게 숨을 수 있을까. 그럴 수는 없다. 그러나 독자들이 느끼기에는 사실을 말한 것처럼 느끼는 것이다. 독자의 마음까지 파괴시키고 무시한 것이다.

2) 각도 조절

텍스트 읽기는 독자의 텍스트 읽기가 아니라 텍스트의 독자 읽기이다. 내가 시를 바라보고 있는 것이 아니라 시가 나를 바라보고 있는 것이다. 텍스트가 독자를 어떤 시선으로 바라보고 있는가. 그 각도에 따라 독자들은 당황할 때가 있고 놀랄 때가 있고 수치심을 느낄 때가 있다. 시인의 자동적 각도 조절에 타고난 재능을 보여야하는 이유가 여기에 있다.

사물의 인간화이다. 사물과 인간은 적당한 각도에서 거리를 조절해야 한다. 누구나 다 다 자기 일인 것처럼 수긍할 수 있는 것이어야 한다. 이것이 시이다. 거리를 놓쳐서는 안된다.

> 아침이 찾아오면
> 별들은 바쁘다
>
> 달빛에 뛰어오른
> 파도를 타다가
>
> 수평선
> 햇살에 놀라
> 섬 그늘에 숨는다
>
> ─박석순의 「어디에 숨나」 전문

'시가 왜 의인화해야 하는가'를 보여주고 있는 텍스트이다. 사물의 인간화는 사물에 대한 이야기가 인간 관계의 어떤 이야기를 띠게 될 때이다. 별들이 파도를 타다가 햇살에 놀라 섬그늘에 숨는다고 했다. 어른이라면 놀란다고 해서 금새 숨거나 하지 않는다. 어린이가 아니면 체험해

볼 수 없는 형태의 텍스트이다.

이쯤에서는 어느 누구도 텍스트의 시선에서 자유로울 수 없다. 일단 텍스트를 읽으면 그 시선에 우리들의 읽기는 저당잡히고 만다. 종장의 반전 때문이다. 일생동안 저당잡힐 수 있는 시조 텍스트는 얼마나 될까.

각도 크기는 얼마쯤이 적당한가. 그것은 인간의 사물화, 사물의 인간화 과정의 새로운 질서 정립에 달려있다. 예리한 시인의 시선에 있음은 두말할 필요가 없다.

> ☆
> 아, 저 섬광!
> 별이 분신 낙하하는―
>
> 만 길
> 어둠을 찢고
> 혼불 떨어진 거기
>
> 아직도
> 눈을 못감는
> 푸른 넋들이 있어……
>
> ―허일의 「미완의 장」 전문

하늘에서 지상으로 어둠을 찢고 혼불처럼 분신 낙하하는 별똥별. 낙하시 부서지는 잠깐의 섬광은 역사 속에 각인되어 사라지지 않는다. 떨어진 거기에 눈 못감는 넋이 있기 때문이다. 이미지야말로 사물을 통해 인간에게 전이해준 기막힌 선물이다.

텍스트의 각도 자동 조절은 시인의 몫이자 독자의 몫이다. 사물의 인간 전이를 객관적으로 제시해야하는 이유가, 정밀하게 읽어야하는 이유가 거기에 있다. 때, 장소, 계층 불문 각자의 인식 능력에 자유자재로 텍스트는 공급되어야 한다.

새로운 차원에서 제시되는 사물의 인간화, 인간의 사물화이어야 한다. 텍스트는 시인의 자유 실현이며 새로운 질서의 존재이다. 그래야 텍스트의 시선에 많은 독자들이 잡히고 텍스트 스스로가 독자들에게 자동적으로 각도를 조절해 줄 수 있는 것이다.[35]

인간의 사물화, 사물의 인간화는 기존 사물의 철저한 파괴와 무시로부터 출발한다. 이것이 예술의 시작이며 자유이다. 기존 사물의 해체이며 기존 사물의 새로운 질서 정립이다.

다음 시조 텍스트는 이런 점을 이해하는 데에 대해 다소의 도움이 될 수 있을 것이다.

> 그대를 보냅니다
> 등 떠밀어
> 보냅니다
>
> 명치끝에 아려오는
> 절절한
> 그리움을
>
> 다 덮고
> 혀를 깨물며
> 그대를 보냅니다
>
> — 서일옥의 「파도」 전문

> 귀뚜라미여
> 잠시
> 울음을
> 그쳐다오

---

35) 신웅순, 앞의 책, 29-31쪽.

시방
하느님께서
바늘귀를
꿰시는 중이다

보름달
커다란 복판을
질러가는
기
러
기
떼

—이해완의 「가을밤」 전문

26. 욕망

사람들은 살아가면서 흔적들을 남겨놓는다. 기억은 이러한 흔적들을
유기적으로 관계를 맺게 해준다. 이 흔적들은 억압되거나 억압되지 않
거나 둘 중의 하나이다. 억압되지 않은 기억들은 의식의 영역으로 편입
되지만 억압된 흔적들은 무의식으로 남게 된다.

무의식이 의식으로 진입하기 위해서는 전의식이라는 영역을 통과해야
한다. 무의식 그대로는 의식으로 통과할 수가 없다. 그래서 무의식은 전
의식이 알아보지 못하도록 변장하고 이 때 억압된 기억들은 의식화하기
위해 여러 변용 과정을 겪게 된다.

예술 작품은 작가가 의도적으로 쓰던 쓰지 않던 무의식으로부터 영향
을 받지 않을 수 없으며 그러한 무의식의 의식으로의 변용 과정이 예술
로 나타나는 것이다. 예술은 원초적으로 상실된 낙원을 되찾기 위한 끝

없는 작업이다. 낙원 상실은 인간에게 억압과 희생을 강요하고 있다. 그 때문에 생긴 결핍은 죽을 때까지 사라지지 않고 다른 모습으로 되풀이되어 나타난다. 영원히 충족될 수 없는 이러한 욕망이 예술의 원천이 되고 있는 것이다.36)

> 그대를 보냅니다
> 등 떠밀어
> 보냅니다
>
> 명치 끝에 아려오는
> 절절한
> 그리움을
>
> 다 덮고
> 혀를 깨물며
> 그대를 보냅니다.
>
> － 서일옥의 「파도」 전문

위의 화자는 이별의 아픔이 억압된 채 남아 있는 경우이다. 밀려왔다 밀려가는 파도를 통해 이별의 아픔을 형상화하고 있다. 무의식 속에 억압되어 남아 있는 화자의 또 다른 욕망일 수 있다. 이러한 억압들은 텍스트에서 보상이나 합리화, 투사, 승화, 퇴행 등 여러 심리 기재로 나타나곤 한다.

> 생각마저
> 갈색뿐인
> 햇빛 차암
> 좋은 날

---

36) 위의 책, 67-68쪽.

등 마알간
바람이
길을 가다
멈춘 곳

마가목
고, 가지 끝에
초롱 닮은
알집
하
나
!

－유재영의 「햇빛 좋은 날」 전문

사람은 태어나는 순간부터 어머니의 태아 속 낙원을 상실한다. 그래서 사람들은 언제나 낙원을 꿈꾼다. 원초적인 억압이 텍스트에서 등 마알간 바람이 길을 가다 멈춘 곳 마가목 가지 끝에 알집 하나로 나타나고 있다. 억압된 기표들은 텍스트에서 상징이나 은유 등으로 나타나 독자들에게 잠시나마 결핍을 충족시켜준다.

시는 인간의 무의식에 억압되었던 것들이 의식 세계인 텍스트에서 욕망으로 표출되는 것에 다름 아니다. 억압은 텍스트에서 원래의 모습 그대로 표출되지는 않는다. 어느 누구도 눈치채지 못하게 텍스트마다 원래의 모습과는 다른 모습으로 변용되어 나타나게 된다. 이것이 시이다.

사람들은 지난날의 괴로운 모습이나 가슴 아픈 것들을 시로 나타내고 싶어한다. 그렇다고 '아, 괴롭다.', '아, 아프다.'로 표현할 수는 없다. 그것을 어떻게 변형시켜 나타내야 객관성을 획득할 수 있을까가 관건이 된다.

욕망은 기표이다. 기표는 완벽한 기의를 갖지 못한다. 그렇기 때문에 또 다시 욕망하게 된다. 시를 써 놓고 보면 아무리 고쳐도 맘에 들지 않는다. 그렇기 때문에 시인들은 고치고 또 고치게 된다. 욕망 때문이다. 어떤 이는 작품 하나로 몇 십년을 고치는 이도 있다. 시인이 생각하고 있는 욕망과 일치될 때까지 기표는 계속된다. 그것은 불가능하다. 기표가 완벽한 기의를 갖지 못하고 의미를 끝없이 지연시키듯 욕망도 욕망의 대상을 끝없이 지연시키기 때문이다.

다음은 화자의 욕망을 감쪽같이 변형시켜 객관성을 획득하고 있는 좋은 텍스트들이다. 어떻게 글을 쓸 것인가. 그것은 자신의 욕망을 어느 정도 채워질 때까지 연습하는 외에는 특별한 길은 없다. 비록 결핍을 채워주지 못할지라도 끝까지 그러한 작업은 계속되어야한다. 이것이 시를 짓는 기본적인 자세이다. 화자의 욕망을 숨겨놓은 채 독자들이 전혀 눈치채지 못하게 또 다른 모습으로 변장시키고 있다.

> 또 다시 늑대처럼 먼 길을 가야겠다
> 사람을 줄이고 말 수도 줄이고
> 이 가을 외로움이란 얼마나 큰 스승이냐
>
> ─이달균의 「다시 가을에」 전문

> 달빛은 장독대의 차돌보다 차고 희다
>
> 천지간
> 혼자 남아
> 외톨이로
> 난 외로워
>
> 물방아
> 심심산골의 달빛
> 밤새도록 퍼붓다
>
> ─이문형의 「달빛」 전문

나무는 서성이며
백년을 오고 가고

바위야 앉아서도
천년을 바라본다

짧고나, 목련의 밤은
한 장 젖은 손수건

　　　　　　　　　　　　　－지성찬의 「목련꽃 밤은」 전문

하늘이 흔들리며 다가오는 자리에다
밟혀오는 얼굴 하나
매달아 놓고
한 가닥 줄을 타고서
밤에도 낮에도 간다

은실 하나 이끌고
허공의 길을 걸어서
나 거미가 되어 그대에게 간다
잎 다 진 고갯길에서
바람으로 만나는 우리

　　　　　　　　　　　　　－전원범의 「거미가 되어」 전문

흐르는 것들만이 죽비로 깨어있다
물소리로 겹치는 산과 산 검은 이랑을
거슬러
치고 오른 달
은어처럼 빠르고,

쏟아 붓는 달빛의 돋을 새김 속에는
낯선 길바닥을 헤매던 고무신과
적막한 기억을 쓸던 시간의 붓자국만

마음이란 먹을 갈아 일필 휘지 하고픈 밤
이별보다 만남으로 남은 날을 채우고져
두 눈은 아픈 내부를
깊숙이
응시하다

—김일연의 「일박—산사에서」 전문

27. 절제

시조는 절제이다. 3장이어야 하고 6구이어야 하고 12음보이어야 한다.
이 틀 안에 적절한 언어를 선택, 배치시켜주어야 한다. 타 장르에서는
찾아 볼 수 없는 까다로운 규칙이다. 이 규칙 속에는 무한한 사유와 그
절제가 있다. 언어를 선택하는 데에 신중을 기할 수밖에 없는 이유가
여기에 있다.

조선 후기 사설시조는 삼장 중 한 장이 무한정 길어지는 것을 허용했
다. 그러나 이도 3장을 벗어나서는 존재할 수 없다. 사설시조는 시조의
이형태이지 시조의 원형은 아니다. 누구든 욕망한다고 해서 그것을 다
채울 수는 없다. 적당한 절제가 인간의 욕망을 채워줄 수 있는 하나의
지혜일 수 있다.

시조가 바로 그 그릇이다. 말이 많은 절제 되지 못한 시조는 시조가
아니다. 할 말을 다 하지 않는 정황에서 맞는 언어이어야만 한다. 그렇
지 않다면 그것은 이미 시조일 수가 없다.

한 열흘 하늘과 땅 텅 비워둔 내 산방에

누가 찾아와서 등을 달아두었는가

적막이 기름이 되어 산국화가 탑니다

—정완영의 「산방시초 1」 전문

위 시조는 종장에 그 묘미가 있다. 중장에서 '등'이라는 단어가 매개
역할을 하고 있다. 종장에서 적막이 기름이 된다고 했다. 기름이 될 수
있는 것은 중장의 '등'이라는 단어 때문이다. 그래서 종장에서 산국화가
타는 것이다. 산국화가 타기 위해서는 기름이 필요하다. 그 기름을 중장
의 등에서 얻고 있다. 단어에 욕심을 부리지 않고 적절한 언어만을 선
택했다. 할 말을 하지 않은 채 그 언어는 하고 싶은 많은 말을 대신하
고 있다. 절제한다는 것은 쉬운 일이 아니다. 욕심을 버려야하고 언어를
버려야한다. 그래야 시조에 가까이 갈 수가 있다.

다음은 연시조의 예이다.

서둘러 묻어야할 내 허물이 얼마나 많아
어둠이 다져놓은 빈 새벽을 다시 덮어
마침내 눈부신 슬픔, 겹겹이 포개는지

소리 없이 숨겨야할 내 상처가 얼마나 많아
칼날로 제 뼈를 깎는 강물에도 몸을 던져
흐르는 시간의 발길 묶어 보려 하는지

묻지 말고 갚아야할 내 빚은 또 얼마나 많아
자신의 침묵 안에 향기 나는 불을 붙여
온 세상 마음과 마음을 하얗게 태우는지

몰랐네, 천국의 새가 죄 없음을 노래하는
걸어서는 갈 수 없는 한 사람의 가슴 안에
그리운 발자국 하나 두고 떠난 까닭을

—민병도의 「눈」 전문

눈은 화자의 허물을 덮어주고 상처를 던져주고 빚을 태워준다는 그런 메시지로 상징되어 있다. 허물을 덮어주기 위해 새벽을 덮고 슬픔을 포갠다. 상처를 숨겨주기 위해 강물에도 몸을 던지고 시간의 발길까지 묶어보려고 몸부림을 친다. 갚아야할 빚은 침묵 안에 향기나는 불을 붙여 하얗게 태운다. 이런 것들은 걸어서는 갈 수 없는 한 사람의 가슴 안에 그리운 발자국 하나 두고 떠난 까닭이라 했다.

얼마나 절제 있게 생의 의미를 말하고 있는가. 이러한 절제된 행간에서 독자들은 무한한 사유를 할 수 있다. 시란 얼마나 위대한 것인가. 단 몇 줄로 인생의 의미를 담아내는 것이다. 절제만이 말할 수 있는 시의 대단한 특권이기도 하다.

시조의 포석은 각 장마다 4개의 음보를 배치하는 일이다. 작가와 독자의 돌과의 무한한 전술들을 숨겨두어야 한다. 각 음보마다 두는 돌들은 고작 3,4,5개 정도에 지나지 않는다. 한 장에 겨우 15개 정도이다. 초반전·중반전을 거쳐 종반전까지 돌들을 합쳐보았자 고작 45개 정도이다. 이 돌로 대마를 끊고 승부를 내야하다. 그러기 위해서는 치열한 전술 접전이 필요하다. 욕심을 억누르고 치밀한 계산을 하지 않으면 안 된다.

주로 종장에서 의미를 뒤집기 때문에 절제 전술에 능해야한다. 절대로 욕심을 부리면 낭패하기 일쑤다. 많은 말을 한다고 그것이 독자들의 가슴을 울려주는 것은 아니다. 단 하나의 화살이 필요한 것이지 수많은 솜방망이가 필요한 것은 아니다. 가슴에 예리하게 꽂혀 숨을 멎게 하는 것이지 가슴을 멍들게 하는 것은 아니다. 명궁은 타고 나면서 형성되는 것이 아니라 피나는 수련의 결과로 태어나는 것이다.

시조는 바로 이런 것이어야 한다. 세상에 영원히 남는 시조 한 수 쓰고 싶지 않은 시인이 어디 있으랴. 시는 신이 내려주는 선물이지 사람이 만들어 내는 재주가 아니다. 차가운 머리로 시를 쓰는 것이 아니라 뜨거운 가슴으로 시를 쓰는 것이다.

　몇 편의 자료를 제시한다.

　　　부처님 출타중인 빈 산사 대웅전 처마

　　　물 없는 허공에서 시간의 파도를 타는

　　　저 눈 큰 청동 물고기 어디로 가고 있을까

　　　뼈는 발라 산에 주고 비늘은 강에나 바쳐

　　　하늘의 소리 찾아 홀로 떠난 그대 만행

　　　매화꽃 이울 때마다 경을 잠시 덮는다

　　　혓바닥 날름거리며 등지느러미도 흔들면서

　　　상류로, 적요의 상류로 헤엄쳐 가고 나면

　　　끝 없이 낯선 길 하나 희미하게 남는다
　　　　　　　　　　　　　　　　　　　—민병도의 「풍경」 전문

　　　와스스
　　　천하에 가을이 오는구나
　　　쨍그랑
　　　도망치던 하늘은 깨어지고
　　　그 모든 소리가 모여 침묵으로 맺혔다.
　　　　　　　　　　　　　　　　　　　—유자효의 「포도」 전문

　　　자판기가 보이면 돈을 넣고 싶다
　　　지폐 한 장

쏘옥
빨아먹는 모습이
맛있게 밥 받아먹는
앙증맞은 입 같아

먹을까 밀어낼까 새침한 척 하지만
나 예쁘죠, 하면서
눈에 반짝 불을 켤
단추를 누르고 싶어진다
벌써
누르고 있다

―김일연의 「중독」 전문

몇 억 광년이나
몇몇 겁을 굽이 돌다

관음의 아미에 닿아
푸른 숨결로 깨어난 듯

척박한 이 땅을 밝히는
영원의 꽃
한 송이

―조주환의 「미소」 전문

28. 구체적 언어

C.D. 루이스는 이미지를 '독자의 상상력에 호소하는 방법으로 시인의 상상력에 의해 그려진 언어의 그림'이라고 했다. 언어로 그림을 그려야 한다는 것이다. 그 그림도 선명한 그림을 그려야지 흐릿하거나 모호한 그림을 그려서는 안된다는 것이다. 흐릿하거나 모호한 그림을 그린다면 독자들은 그것이 무슨 그림인지 잘 알 수 없다. 시인은 슬라이드에 선

명한 그림을 독자의 스크린에 비추어 주어야한다. 그래야 독자들이 그것이 무슨 그림인지 알 수 있다. 언어로 그림을 그리기 위해서는 구체적인 언어가 필요한 것이다.

다음과 같은 옛시조가 있다.

> 스랑이 엇더터니 둥그더냐 모나더냐
> 기더냐 쟈르더냐 밟고 남아 자힐러냐
> ᄒ그리 긴 줄은 모르듸 ᄉ 간 듸를 몰너라

사랑은 추상적인 언어이다. 사랑하면 사랑이 무엇인지 마음 속에 떠오르지 않는다. '나는 당신을 사랑합니다.'라고 했을 때 독자들은 그것이 어떤 사랑인지 알 수 없다. 불꽃 같이 타오르는 사랑인지 물과 같은 미지근한 사랑인지 알 수가 없다. 불꽃 같은 사랑인지 미지근한 사랑인지 감각적으로 그려볼 수 있어야 한다. 이것을 '나는 장미 한 송이를 그대 책상에 몰래 놓고 왔습니다.'라고 하면 어느 정도의 장면이 그려진다. 장미 한 송이로 사랑을 이미지화시켰고 행동으로 그것을 보여주었기 때문이다.

위 시조는 사랑을 표현하는 데에 사랑이 둥근지, 긴지, 모난지, 잴 수 있는 것인지 물었다. 그리고는 사랑이 하도 길어서 끝 간 데를 모른다고 했다. 사랑이라는 추상적인 이미지를 비교적 구체적 이미지로 표현해놓고 있다. 시에서는 이렇게 구체적인 이미지로 감각화시킬 언어가 필요한 것이다. 이러한 언어를 구체적인 언어라고 말한다.

이미지에도 등급이 있다. 바꾸어 말하면 비싼 값을 쳐주어야 할 이미지와 그렇지 못한 싸구려 이미지가 있는 것이다. 싸구려 이미지는 내버려야 한다. 그렇게 내버려야 할 싸구려 이미지의 한 예로는 '국화꽃이 피어 있다'와 같은 가상의 싯구를 들어볼 수 있다. 피어있는 국화꽃은 우리가 감각적으로 알아

볼 수 있는 대상이니까 이 한 구절도 이미지가 되는 것이다. 그러나 그것은 어떤 국화꽃이 어떻게 피어 있으냐는 전혀 알려주지 않는다.[37]

위 언급은 구체적인 언어를 사용하여 이미지화시켰다고 해서 전부가 좋은 시가 되는 것이 아니라는 것을 보여주고 있다. 그 이미지가 싸구려 이미지이냐 아니냐 그 등급을 따져봐야 한다는 것이다. 누구나 다 생각할 수 있고 누구나 다 느낄 수 있는 그런 것들이라면 구태어 시로 표현할 필요가 없는 것이다. 참신하고 예리한 그런 이미지이어야 좋은 시가 될 수 있다는 것이다. 아래의 두 시조는 이러한 등급을 알 수 있게 해주는 적절한 텍스트이다.

> 국화야 너는 어이 삼월 동풍 다 지내고
> 낙목한천에 너 홀로 피었는다
> 아마도 오상고절은 너뿐인가 하노라
>
> ―이정보 시조

> 저 웃음을 보아라 왁자한 빛의 모임
> 향긋한 수액뽑아 순금으로 이룬 궁궐
> 저렇듯 세상을 사는 무더기로 피는 황홀
>
> ―김계연의 「국화」 전문

위 김계연의 시조 「국화」는 국화꽃이 어떤 국화꽃이 어떻게 피어있는지를 은유를 통해서 감각적으로 보여주고 있다. 국화가 피어있는 모습을 웃음, 순금, 황홀 같은 구체적인 언어를 동원하여 감각적으로 이미지를 그림 그리듯 표현하였다. 그러나 이정보의 시조는 그렇지 않다. 국화의 절개를 상징한다든가 지조를 상징하는 그런 상투적인 이미지로 그려져 있다. 과거에 많은 시인들이 써왔던 상투적인 이미지들이다. 이런 이

---

37) 이형기, 『당신도 시를 쓸 수 있다』(문학사상사,1997), 69-70쪽.

미지는 현대에 와서는 이미 싸구려 이미지로 전락해버리고 말았다. 같은 이미지를 자꾸 반복하여 사용해서는 안된다. 시인은 어느 누구도 사용하지 않은, 그것이 비유적 이미지이든 상징적 이미지이든 새로운 이미지 창조이어야 한다. 인습에 얽매지 않고 새로운 개성으로 볼 수 있는 날카로운 눈이 필요한 것이다. 구체적인 언어를 동원한다해도 인습적인, 상투적인 싸구려 이미지는 써서는 안된다. 언어는 구체적이고 정확해야하며 새로워야하며 개성적이어야 한다. 아무리 그러한 언어로 표현했다 해도 이미지가 신선하지 않으면 그 시는 좋은 시라고 말할 수는 없다.

> 피면 지리라
> 지면 잊으리라
> 눈 감고 길어 올리는
> 그대 만장 그리움의 강
> 져서도 잊혀지지 않는
> 내 영혼의
> 자줏빛 상처
>
> ─이우걸의 「모란」 전문

　위 시조는 모란을 '그대 만장 그리움의 강', '내 영혼의 자줏빛 상처'라고 했다. 모란 하면 부귀영화를 상징하는 꽃으로 널리 알려져 있다. 그러나 위 시인은 '그대의 만장 그리움의 강'이라 표현하였고 '져서도 잊히지 않는 내 영혼의 자줏빛 상처'라고 했다. 이렇게 이미지가 선명하게 그려져야 한다. 독자들이 그림을 그려낼 수 있을 정도로 선명하게 그릴 수 있어야한다. 언어는 그림으로 표현해야지 설명을 해서는 안된다. 흔히 초보자들은 자기의 생각을 그림으로 보여주려고 하는 것이 아니라 설명해주려고 한다.

몇 개의 자료를 제시한다.

어둠이 깊을수록 정념은 더 날카롭다
불신의 창을 뚫고 적막 속 달빛 묻어와

가리듯
촉수를 세워
숨막히는 간절함

손끝 시린 낯선 바람 불편한 창가에서
다듬은 발톱마다 핏물 배어들어도

오늘 밤
타는 목마름으로
홍등을 켜고 있다.

　　　　　　　　　　　　　　　　－김세환의 「선인장」 전문

맥없이 크지 않고
매듭 분명 짓고 산다

속을 비워 굳은 의지
때를 봐선 휘어진다

모두들
떠나간 계절
홀로 지킨 퍼런 눈빛

　　　　　　　　　　　　　　　　－김몽선의 「대나무」 전문

봄날이면 다시 한 번
연지를 찍고 싶다

함덕시장 근처에
유물 같은 돌담집

4·3때
그 집에서는
쉬쉬하는 곡절 있다

그렇게 반세기를
보냈으면 그만이지

혼사한지 며칠 만에
누가 산으로 갔는지

별안간
붉은 꽃대를
저리 훤히 올렸나

　　　　　　　　－김향진의 「홍매」 전문

29. 감각적 언어

감각은 '사물의 상태나 변화에서 무엇인가를 느껴 받아들이는 마음의 작용'이다. 눈, 코, 귀, 혀, 살갖 등 오관을 통해 바깥의 어떤 자극을 알아차리는 것을 말한다. 이러한 감각적인 언어로 어떻게 하면 아름다운 시를 빚어낼 수 있을까?

시는 언어를 매재로 한 하나의 이미지에 다름 아니다. 플레밍거는 이미지를 감각적 이미지, 비유적 이미지, 상징적 이미지로 나누었다. 감각적 이미지는 시각 이미지, 청각 이미지, 미각 이미지, 후각 이미지, 촉각 이미지, 공감각 이미지 등이 있다. 이러한 이미지를 만들어 내기 위해서는 감각적인 언어를 동원해야하지만 동원 자체만으로 만들어 낼 수는 없는 것이다. 언어들이 어떤 형식으로든 짜여져야 이미지가 형성된다. 어떻게 짤 것인가는 시인의 역량에 달려 있다. 많은 수련과 피나는 노력이 필요함을 두말할 나위가 없다. 언어들의 배치가 얼마나 중요한지 아래 텍스트는 보여주고 있다. 같은 언어라 할지라도 배치된 위치에 따라 감각적인 언어가 될 수도 있고 안 될 수도 있는 것이다.

<blockquote>
덩굴손
긴 봄날이
흘림체로
쓰여지고

뻐꾸기
울음소리에
번져가는
푸른 적막

못이룬
지상의 꿈이
메꽃으로
지고 있다
</blockquote>

—유재영의 「이 순간」 전문

이미지는 마음 속에 언어로 그린 그림이다. 위 텍스트는 한 폭의 동양화처럼 보인다. '흘림체로 쓰여지고'라든지, '메꽃으로 지고 있다'와 같은 감각적인 언어로 시 자체를 시각화시켜 이미지를 구성하고 있다. 덩굴손이 흘림체로, 뻐꾸기 울음 소리가 적막으로, 또한 지상의 꿈이 메꽃으로 감각화되어 참신하고도 새로운 이미지를 형성하고 있다.

<blockquote>
풀잎 끝
파란 하늘이
갑자기 파르르 떨었다.
</blockquote>

웬일인가
구름 한 점이
주위를 살피는데

풀잎 끝
개미 한 마리
슬그머니
내려온다

　　　　　　　　　　　－박종대의 「풀잎 끝 파란 하늘이」 전문

　'풀잎 끝 파란 하늘이'라든가 '구름 한 점이 주위를 살피는데', '풀잎
끝 개미 한 마리 슬그머니 내려온다'와 같은 감각적인 언어로 이미지를
처리하고 있다. 풀잎이 떠는 것인데 풀잎 끝 파란 하늘이 떨고 있다고
했다. 풀잎이 떨고 있다고 처리하면 그만큼 의미는 반감된다. 낯설지 않
은 것을 낯설게 만들어 놓았기 때문에 이러한 현상이 나타난 것이다.
　'이 순간'의 텍스트와는 달리 '풀잎 끝 파란 하늘이'는 또 다른 형식
의 언어로 배치되어 있다. A(덩굴손)가 B(흘림체)의 변형된 이미지로 처
리되지 않고 대상을 시각적 이미지로만 보여주고 있다. 어떤 형태이건
감각적인 언어로의 시 처리는 시인의 언어 배치 능력에 달려 있다. 감
각적인 언어를 동원하여 배치하되 얼마만의 여백으로 시를 처리하느냐
가 관건이 될 수 있다. 여백은 낯설음일 수 있다. 잘 쓰지 않는 어려운
언어를 동원하는 것보다는 일상적인 언어를 어떻게 배치하느냐가 더 중
요하다. 여기에서 새롭고 참신한 감각적인 이미지가 형성되는 것이다.

누가 떨어뜨렸을까
구겨진 손수건이
밤의 길바닥에 붙어있다
지금은 지옥까지 잠든 시간
손수건이 눈을 뜬다

금시 한 마리 새로 날아갈 듯이
금시 한 마리 벌레로 기어갈 듯이
발딱발딱 살아나는 슬픔

-문덕수의 「손수건」 전문

위 텍스트에서는 밤의 길바닥에 떨어진 하얀 손수건을 바라보며 바람이 불면서부터 이미지가 형성된다. 손수건이 한 마리 새로 날아갈 듯, 한 마리 벌레로 기어갈 듯 발딱발딱 슬픔이 살아난다고 했다. 결국 손수건을 슬픔으로 감각화시켜 이미지를 전개하고 있다. 그 손수건이 어떤 손수건인지 몰라도 슬픔으로 발딱발딱 살아난다고 했으니 시인으로서는 예사로운 손수건은 아니다. '손수건'이라는 구상적인 언어를 '슬픔'이라는 추상적인 언어로 감각화시켜 새로운 이미지를 형성하고 있다.

거미는 이슬비가 내리기를 기다렸다
이슬비를 물어다가 보석처럼 꿰맸다
아, 저기
거미줄에 줄줄이
걸려있는 은하수

-박석순의 「거미」 전문

사실은 그 많은 이슬비가 거미줄에 걸렸는데 그것을 거미가 보석처럼 꿰맸다고 했다. 그것이 은하수라고 했다. 이슬비를 금세 은하수로 둔갑시킨 것이다. 그것도 보석처럼 꿰매지 않았으면 불가능한 일이다. 보석 꿰매는 일을 하지 않았으면 은하수가 될 수 없다. 그렇지 않다면 어떤 언어로도 감각적인 언어가 될 수 없다. 일반적인 언어라 할지라도 어떻게 꿰매느냐에 따라 감각적인 언어가 될 수도 있고 안 될 수도 있다.
다음 텍스트는 청각과 시각적 이미지가 감각적인 언어로 결합되어 표현된 좋은 자료이다.

돌담장 틈 사이로
귓속말이 소곤댄다

외신을 감지하는
안테나 야윈 가지 끝

보란듯
자목련 편지가
속달로 와 걸려있다.

―최혜숙의 「봄이 오는 길목」 전문

무슨 귓속말인지는 알아들을 수 없다. 봄이 오느라 어수선 하다. 물론 이것은 청각적 이미지이다. 그러다가 이것이 중장, 종장에서 시각적 이미지로 바뀐다. 이러한 말 소리를 감지하는 안테나인 야윈 가지가 있다. 물론 자목련 나뭇가지를 두고 한 말이다. 이것은 시각적 이미지이다. 그런데 보란듯이 편지, 그것도 자목련 편지가 속달로 걸려있는 것이다. 외신을 감지했으니 속달로 올 수밖에 없을 것이다. 귓속말이 안테나를 통해 속달 편지로 걸렸다. 언어들이 꿰매어질 때 비로소 그 언어는 감각적 언어로 되살아나는 법니다.

몇 개의 자료를 제시한다.

봄의 빨래줄에
목련은 흰 버선을 널어 두었습니다.

바람이 놀러갈 때
한 두 켤레씩 신고 갔습니다.

텅빈 빨래줄,
봄도 졌습니다.

―손동연의 「목련꽃」 전문

아가위 열매 익자 가만 휘는 무게여
잎사귀 뒤에 숨은 고 열매 빛깔까지
벌레에 물린 가을이 가랑잎처럼 울었다

보랏빛 여운 두고 과꽃으로 지는 하루
오늘은 한종일 햇살들이 놀러와서
마른 풀 남은 향기가 별빛처럼 따스했다
                                    ―유재영의 「햇살들이 놀러와서」 전문

그리움의
기슭은
너무나도
차갑다

졸지
않으려고
얼지
않으려고

물 가득
연못에 담고
밤마다
철석거린다
                                    ―신웅순의 「내 사랑은 14」 전문

30. 제목 바꾸기

제목은 글을 대표하거나 내용을 나타내기 위해 붙이는 이름이다. 제
재는 글의 바탕이 되는, 글의 주제를 표현하기 위해 선택된 구체적인

재료이다. 제재는 수많은 소재 중에서 의도적으로 선택된 재료이다. 소재에 주제적 의도가 가해질 때 비로소 재제가 된다. 따라서 소재가 훨씬 광범위하고 제재는 소재보다는 좁은 범위에 드는 의도적인 것이다. 표현 대상으로서의 소재를 제재라고 말할 수 있다.[38]

> 가거라
>
> 그래 가거라
>
> 너 떠나 보내는 슬픔
>
> 어디 봄 산인들 다 알고 푸르겠느냐
>
> 저렇듯 울어쌓는 뻐꾸기인들 다 알고 울겠느냐
> ─박시교의 「이별 노래」 전문

주제 '이별의 아픔'을 표현하기 위해 '슬픔', '봄 산', '뻐꾸기' 등 몇 개의 제재를 동원했다. 이러한 제재들이 시에 들어오면 전달의 기능은 중지되고 함축적인 의미로 전환된다. 시의 독특한 구조 속에 제재들이 타 시어들과 조직·결합되어 또 다른 의미가 창조되는 것이다.

여기에서 '산'이나 '뻐꾹'은 무생물, 생물 같은 그런 사전적 의미가 아니다. 시 속에 들어온 이런 제재들은 무엇인가를 상징하고 있다.

'봄 산'이나 '뻐꾹'의 제제는 '산인들 다 알고 푸르겠느냐', '저렇듯 울어쌓는 뻐꾸기인들 다 알고 울겠느냐'라고 반문함으로써 이별의 슬픔을 고조시켜 주고 있다. 산이나 뻐꾸기 같은 제재가 여기에서는 무엇을 상징하는가는 그리 중요하지 않다. 이별의 슬픔을 고조시켜 주는 장치로

---

38) 한국문학평론가협회 편, 『문학비평용어 사전 하』(국학자료원,2005), 842쪽.

서의 역할을 수행만 하면 된다. 주제는 이러한 보조 장치들에 의해 끝없이 완성되어 간다.

만약에 위 텍스트를 '이별 노래'라고 하지 않고 다른 제목으로 바꿔 본다면 어떨까? 시의 제목을 바꿔본다는 것은 시를 낯설게 하기 위한 하나의 수단과 방법이 될 수 있다. 그렇다고 주제의 의미가 손상되는 것도 아니다. 오히려 주제를 더욱 깊이 있고 격조 있게 해 줄 수 있는 하나의 방법이 될 수도 있다.

'바위'로 제목을 바꾸어 보면 또 다른 뉘앙스를 느낄 수 있을 것이다. 이때의 '바위'는 현상적 화자로 등장하지만 '이별 노래'는 함축적 화자로 등장한다. 바위가 현상적 화자로 등장하는 것과 이별 노래가 함축적 화자로 등장하는 것과는 느낌의 강도가 다르게 나타날 수 있다.

위 텍스트에서는 화자가 직접 청자에게 말을 걸고 있다. 화자는 보내는 사람, 청자는 떠나는 사람일 것이다. 화자는 '이별 노래'는 숨겨진 사랑하는 사람이고 '바위'는 바위로 상징되는 사람일 것이다. 화자가 청자에게 '어디 봄 산인들 다 알고 푸르겠느냐', '저렇듯 울어쌓는 뻐꾸기인들 다 알고 울겠느냐'고 반문하고 있다. 느낌의 차이는 있지만 '바위'는 중후한 이별 같은 느낌을 '이별 노래'는 애련한 이별 같은 느낌을 주게 된다.

제목을 바꾼다 해서 궁극적인 주제는 크게 달라진다고는 볼 수 없다. 낯선 느낌과 또 다른 감동을 불러일으킬 수는 있을 것이다. 그러나 고도한 은유나 상징은 주제조차 달라질 수 있어 이런 경우 신중하게 제목을 달지 않으면 안된다. 그래서 시를 쓸 때 제목을 먼저 정해놓고 쓰는 이가 있는가하면 나중에 제목을 붙이는 경우도 있다. 어느 것이 좋은지는 시인의 역량과 취향에 달려있다.

외에 행갈이를 해본다든지, 시각적인 배치를 해본다든지, 문구를 반복

해본다든지 등의 여러 방법이 있을 수 있다.

　몇 개의 자료를 제시한다. 나름대로 제목을 바꾸어 보면 나름대로 느
낌을 체험해볼 수 있을 것이다.

　　　의붓어미 그늘에서 풀물 든 설움이야
　　　떫은 보릿고개 도토리랑 삼켰다마는
　　　퍼렇게 민적에 앉은
　　　식민의 피는 못 지웠다.

　　　뼈마디 물러앉고도 못 벗은 징용살이
　　　동자 깊이 박고 간 황토빛 타는 산천
　　　풀국새
　　　뭉개진 울음
　　　쑥빛으로 물드나

　　　　　　　　　　　　　　　－박재두의 「쑥물 드는 신록」 전문

　　　고통의 삶 빼고나면 살 날 그 얼마인가
　　　산다는 건 또 다시 많은 죄를 짓는 일
　　　노래된 마음의 감옥 무시로 갇히는 일
　　　그래, 내 기억에서 무엇을 지운다는 건
　　　어떤 추억 속에 마음이 폐허되는 것
　　　그 위에 욕망의 집 한 채 또 세우고 허무는 것
　　　모른다, 어른 된 지금 아직도 갈 길 잃고
　　　<상처 곪아 터지도록 견디고 또 견디었을
　　　힘들게 살아온 길>을 되돌아보고 있는지
　　　오늘 한 날씩 슬리는 <가을 햇살 경영하며
　　　세상에 감나무 한 잎 물들일 수> 있다면
　　　황폐한 그 집 골방에 편한 잠 잘 수 있으리

　　　　　　　　　　　　　　　－오종문의 「황폐한 옛집에 서다」 전문

　　　본디 차고 딱딱한 가슴은 아니었느니
　　　지상의 피고지는 그 모든 그리움을
　　　끝끝내 참고 또 참다 터져 부서진 흔적이다

둔부 같은 뽀얀 달이 능선을 더듬는 밤
홀로 몸서리치다 온몸에 돋은 열꽃
반쯤은 적막에 지고 남아있는 설움이다

지질 않는 꽃 몇 송이 겁 없이 받아 들고
아직 남은 미열로 가슴에 깊이 새긴
한 생애 다시 참은 뒤 터뜨릴 첫 울음이다

　　　　　　　　　　　　　－김종빈의 「매화석」 전문

가슴에
일생
떠 있는
달인지 몰라

가슴에
일생
떠있는
섬인지 몰라

그래서
하늘과 바다가
가슴에
있는지 몰라

　　　　　　　　　　　　　－신웅순의 「내 사랑은 12」 전문

31. 동기 유발

　시를 쓰기 위해서는 동기 유발이 있어야한다. 그래서 시인들은 낯선 곳으로 여행하기도 하고 유다른 체험을 하기도 한다. 명상을 하거나 공상을 하기도 하고 누군가에게 깊이 빠져보기도 한다. 시는 체험에서 얻어지는 것이 대부분이다. 그러나 좋은 시를 읽고 제목이나 시어, 구절에 감동을 받아 그것이 동기가 되어 시를 쓰기도 한다.

이형기 시인의 「비」는 백석의 「적막강산」을 읽고 제목에 감동을 받아 창작했다고 한다. 다음은 시인의 창작 과정의 변이다.

> 이것은 내가 20대 초반인 1954년에 쓴 작품이다. 그리고 이 졸작에 종자를 제공한 다른 사람의 시는 1947년 가을 ≪신천지≫란 잡지에 발표된 백석시 「적막강산」이다. 당시 중학교 3학년이었던 나는 서점에서 그 시를 읽고 큰 감동을 받았다. 아니 이 말은 정확하지 않다. 사실대로 말하면 그 시의 제목이 되어 있고 또 본문에 한번 등장하는 「적막강산」이란 시어가 나의 가슴을 강하게 울렸던 것이다.
>
> 그 전에도 적막강산이란 말을 몰랐을 리는 없다. 그러나 그날은 난생 처음으로 그 말을 들어보는 듯한 느낌을 받았다. 그리고 그러면서 그 말은 또 나에게 전혀 낯설지가 않았다. 처음 발견한 말이기는 하되 사실은 오래 전부터 찾고 있던 맘에 꼭 드는 말을 이제야 만났다는 느낌이 들었던 것이다. 그러니까 졸작 「비」의 종자가 된 것은 백석시 「적막강산」 전체가 아니라 바로 그 제목이 된 「적막강산」이란 한 마디의 단어 그것이었다고 말할 수 있다.[39]

시 전체가 아니라 제목 하나가 시 창작의 동기가 되었다. 두 시를 비교해보면 시 이미지의 흐름은 전혀 다르다는 것을 알 수 있다. 취한 것은 제목이지만 시상을 전개해 나간 것은 서로가 다르다. 두 시를 비교해보면 금세 알 수 있다. 그러나 분명한 것은 백석시의 제목이 동기 유발이 되어 시를 쓰게 했다는 점이다.

　…중략…
풍경은 정좌하고
산은 멀리 물러 앉아 우는데

---

39) 이형기, 앞의 책, 227쪽.

나를 에워싼 적막강산
그저 이렇게 비속에 저문다.
살고 싶어라.
사람 그리운 정에 못이겨
차라리 사람 없는 곳에 살아서
청명과 불안
기대와 허무
천지에 자욱한 가랑비 내리니
아아 이 적막강산에 살고 싶어라

─이형기의 「비」 일부

오이밭에 벌배채 통이 지는 때는
산에 오면 산 소리
벌로 오면 벌 소리

산에 오면
큰 솔밭에 뻐꾸기 소리
잔솔밭에 덜거기 소리

벌로 오면
논두렁에 물닭의 소리
갈밭에 갈새 소리

산으로 오면 산이 들썩 산 소리 속에 나 홀로
벌로 오면 벌이 들썩 벌 소리 속에 나 홀로

정주 동림 구십여리 긴긴 하루 길에
산에 오면 산 소리 벌에 오면 벌 소리
적막강산에 나는 있노라

─백석의 「새벽달」

  중 3학년 때에 읽고 바로 쓴 것이 아니라 7년 후에 썼다. 백석 시는
평안북도 사투리로 시를 썼기 때문에 사투리를 들어본 적이 없는 사람

들은 무슨 뜻인지 잘 알 수가 없다. 물론 이형기 시인도 그랬다. 그러나 무슨 이유에서인지 적막강산이란 시어만이 시인을 강하게 사로잡았다는 것이다. 시인의 말을 빌어본다.

> 세월이 흘렀다. 그것도 자그만치 7년의 세월이다. 때는 1949년, 추적추적 봄비가 내리는 어느 날 멍하게 창밖을 내려다보고 있던 나의 의식 속엔 느닷없이 오래 전에 잊어버린 그 말 「적막강산」이 떠올랐다. 그리고 그와 함께 그 말은 곧 비와 결부되어 「적막강산에 비 내린다」는 한 줄의 시구를 이루었다. 7년 전에 내가 백석한테서 얻은 시의 종자 「적막강산」은 그 동안 아주 소멸되어버린 것이 아니라 무의식 세계의 어느 구석진 자리에 나도 모르게 간직되어 있었던 것이다. 그렇다고 하더라도 7년 만의 소생은 뜻밖이요 또 대견한 일이기에 나는 약간의 흥분을 느끼면서 시를 쓰기 시작했다.[40]

이렇게 작품에 감동을 받은 것도 아니고 「적막강산」이라는 제목 하나가 가슴에 박혀 무려 7년 동안 무의식 한 구석에 처박혀 있다 가을비 추적추적 내리는 어느 날 느닷없이 수면으로 떠올라 한 편의 시가 된 것이다. 도대체 시는 무엇이기에 오랫동안 어디 가있다가 뒤늦게 돌아와 써지는 것일까. 알다가도 모를 일이 시이다.

필자는 어느 날 'TV는 책을 말하다'를 보고 있었다. 윤동주에 관한 글이었다. 사회자가 윤동주의 동시 「편지」 한편으로 담론의 문을 열고 있었다. 늘 접해 본 윤동주 시이건만 윤동주의 그날따라 동시의 한 구절이 갑자기 내 영혼을 사로잡았다. 이것이 잊히지 않았다. 오랜 시간이 흘렀다. 어느 날 난 지난날 어떤 여인이 생각났다. 그 때 이 시조를 썼다. 물론 갑자기 일필휘지한 것은 아니다. 일단 써 놓고 고치고 또 고치고를 되풀이 했다. 다만 윤동주는 '눈'을 부치지만 사실은 부칠 수 없는 물건이다. 절실한 것이면 무엇이든지 부칠 수 있다는 그런 생각이 들었

---

40) 위의 책,229쪽,

다. 모티프는 '눈을 봉투에 싸서 보낸다'는 누나에 대한 그리움의 시 한 구절이었다.

이것이 모티프가 되어 필자는 이런 시조 한 수를 쓸 수 있었다.

그 많은
마침표가
어디에
있는지

간 밤의
나머지를
울어대는
뻐꾸기

오늘은
울음의 반을
그대에게
부치리

—「내 사랑은 48」 전문

'봉투에 눈을 싸서 부친다'는 모티브가 '울음의 반을 부친다'는 말로 바꾸어 창작한 것이다. 윤동주의 것은 누나에 대한 그리움이지만 필자의 시는 님에 대한 그리움이다. 이것도 쉽게 나온 것이 아니었다. 많은 시간이 흐른 다음에야 몇 번을 고치고 해서 탄생된 작품이었다. 이형기 시인의 예는 제목에서 모티프를 구했지만 필자는 한 구절의 이미지에서 모티프를 구했다.

윤동주의 시 「편지」는 다음과 같다. 「내 사랑은 48」과 비교해보면 창작의 의도나 창작 방향이 어떻게 달라졌는지를 알 수 있을 것이다.

누나!
이 겨울에도
눈이 가득히 왔습니다.

흰 봉투에
눈을 한 줌 옇고
글씨도 쓰지 말고
우표도 붙이지 말고
말쑥하게 그대로
편지를 부칠가요?

누나 가신 나라엔
눈이 아니 온다기에

－윤동주의 「편지」 전문

몇 작품을 소개한다. 여기에서 독자에게 모티프를 얻어 습작을 해보
는 것도 괜찮을 듯싶다. 시어나 제목이나 이미지, 어떤 구절이든 간에
그 하나를 잡아 시상을 전개해나가면 될 것이다.
자료를 제시한다.

다

저문

강마을에

매화

꽃

떨어진다

그 꽃을 받들기 위해 이 강물이 달려가고

다음 질,

꽃 다칠세라

저 강물이 달려오고

-이종문의 「매화꽃 떨어져서」 일부

32. 시와 시조

사람들은 시는 쓸 수 있어도 시조는 쓰기 어렵다고들 한다. 글자를 맞추어야하기 때문에 그렇다고 말한다. 천여년을 우리의 호흡으로 자연스럽게 정제되어온 우리의 시를 사람들은 왜 그렇게 어려운 것으로 인식하고 있을까. 이는 어렸을 때부터 접해보지 못했고 교육을 받을 기회가 적었기 때문일 것이다. 초·중고등학교 교과서에 시조가 극소수만 실려있고 그나마 고시조 몇 편이 고작이니 배운 것이 그것이고 보니 그럴 수밖에 없었을 것이다. 20세기 들어 현대시가 그 자리를 차지하면서 시조는 자연스럽게 자유시의 뒷전으로 밀려나고 말았다.

시조는 정해진 틀이 있어 거기에 글자 수를 맞춘다는 것은 자유 분방한 현대인들에게 여간 힘든 일이 아닐 수 없다. 그것은 시조 운율에 낯설거나 익숙해져 있지 않아서이지 애초부터 시조의 형식이 어려워서가 아니다. 시가 어렵다면 시조도 어렵고 시조가 어렵다면 시도 어렵다. 시나 시조나 의미를 응축해야한다는 면에서는 하등 다를 게 없다. 최대의 의미를 위해 최소의 언어를 사용해야한다. 은유나 상징을 많이 쓰는 것도 그러한 이유 때문이다.

 이런 면에서 시와 시조를 비교 논의해보는 것도 시조 창작에 좋은 동기가 될 수 있을 것이다.

> 눈송이처럼 너에게 가고 싶다
>
> 머뭇거리지 말고
> 서성대지 말고
> 숨기지 말고
>
> 그냥 네 하얀 생애 속에 뛰어 들어
> 따스한 겨울이 되고 싶다
>
> 천년 백설이 되고 싶다
>
> —문정희의 「겨울 사랑」 전문

> 만리 밖에 바람 보내고
> 서러운 건 보내고
>
> 내 뜨락
> 빈 가지에
> 금지환을 끼우며
>
> 녹슨 문 열어 달라고
> 들어가고 싶다고
>
> —김일연의 「새벽달」 전문

 시, 문정희의 「겨울 사랑」은 형식 없이 자유롭게 쓴 시이고 시조, 김일연의 「새벽달」은 일정한 형식을 갖추어 쓴 시조이다. 별반 느낌에 다를 것이 없다. 우리 고유한 운율로 쓴 것인지 아닌지의 차이 뿐이다. 낭송해보면 맛이 서로 다르다. 자유시는 내재율로 시인 자신만의 운율이요 시조는 외형율로 우리만의 고유 운율이기 때문이다.

그러나 문정희 시 「겨울 사랑」을 연갈이 하거나 일부 음보를 빼거나 덧붙이면 바로 시조가 될 수 있다.

눈송이처럼/ (천년을)/ 너에게/ 가고 싶다

머뭇거리지 말고/
서성대지 말고/
숨기지 말고/
그냥/

네 하얀/
생애 속에 뛰어 들어/
천년 백설이/ 되고 싶다

이렇게 고치면 완전한 시조가 되는 것이다. 운율 습득을 위해 자유시를 자신만의 시조로 바꾸는 스스로의 창작 연습도 가능할 수 있다. 시와 시조는 이렇게 넘나들 수 있는 것이지 구분지어 서로 닿을 수 없는 곳에 있는 것이 아니다.

현대 시인들의 시들도 시조와 비슷하거나 같은 것이 많다.

해와/ 하늘 빛이
문둥이는/ 서러워

보리 밭에/ 달 뜨면
애기/ 하나 먹고

꽃처럼/ 붉은 울음을/ 밤새/ 울었다

－서정주의 「문둥이」 전문

이 시를 시조라 하지 않는 것이 이상할 정도로 위 시는 완벽한 현대
시조이다.

> 얇은 사/ 하이얀 고깔은
> 고이 접어서/ 나빌레라
>
> 파르라니/ 깎은 머리
> 박사/ 고깔에 감추오고
>
> 두 볼에/ 흐르는 빛이
> 정작으로/ 고와서 서러워라
>
> ―조지훈의 「승무」 앞부분

종장의 첫음보가 '두 볼에' 3음절, 둘째 음보 '흐르는 빛이' 5음절로
이도 완벽한 시조이다. 시조의 운율은 일정한 틀이 있다. 그것은 하루
아침에 하늘에서 떨어진, 땅에서 솟아난 것이 아니다. 우리 조상들이 우
리의 호흡에 맞게 정제된 우리만의 고유한 운율이다. 시조는 민요나 신
라 향가, 고려 가요 등을 거쳐 오면서 횡으로 한시의 영향을 받아 여말
에 세상에 하나 밖에 없는 옥동자, 우리만의 위대한 운율 3장 6구 12음
보를 낳았던 것이다.

> 초장 : 3·4 ∨4·4ㅣ   ㅣ : 장 표시
> 중장 : 3·4 ∨4·4ㅣ   ∨ : 구표시
> 종장 : 3·5 ∨4·3ㅣ   · : 음보 표시

아래는 시조 형식이나 음절수는 반드시 3·4, 4·4, 3·5, 4·3일 필
요는 없다. 다만 종장의 첫음보는 3음절이고 둘째 음보는 5음절 이상이
어야 하는 것은 불변이다. 나머지 음보들은 2음절에서 6,7음절도 가능하

다. 음절수의 문제라기보다는 음보의 문제이기 때문에 음절에는 얼마든
신축성을 부여할 수 있다. 말을 다듬어야하는 시의 속성 상 그 어떤 자
유시도 시조만큼 언어의 조탁을 따라갈 수가 없다. 그만큼 시조는 언어
를 아껴야하는 절체절명 시이기도 하다. 45자 내외의 음절로 소우주를
완성해야하는 고난도의 명품시이기도 하다. 명품을 만든다는 것은 누구
나가 어렵지만 그렇다고 시조가 어렵다는 말은 아니다. 예로부터 우리
조상들은 사대부를 비롯하여 중인, 일반 서민들에 이르기까지 누구나
다 시조 한 수 지으면서 시조창을 해왔다. 시조는 예나 지금이나 어느
누구나 즐길 수 있는 그런 대중적 시인 것이지 시조 시인이나 지식인들
만의 전유물은 아니다.

몇 개의 시조를 제시한다. 일상 생활에서 누구나가 느낄 수 있는 일
들이다.

옥양목
흰 저고리를
즐겨입던
울 어머니

가신 길 하도 멀어
꿈에도 안 뵈더니

개망초
작은 꽃에서
환히 웃고
계시다

—이충용의 「개망초」 전문

구두를 새로 지어 딸에게 신겨주고
저 만치 가는 양을 물끄러미 바라본다

한 생애 사무치던 일도 저리 쉽게 가것네

-김상옥의 「어느 날」 전문

몹시 추운 밤이었다
나는 커피만 거듭하고

너는 말없이 자꾸
성냥개비를 꺾기만 했다

그것이 서로의 인생의
갈림길이었구나

-이호우의 「어느 날」 전문

33. 청각, 시각, 촉각의 예

언어에는 마력이라는 것이 있어 언어로 소리를 낼 수도 있고 볼 수도 있고 질감을 나타낼 수도 있다. 모든 감각을 자신만의 이미지로 만들어 낼 수 있는 것이다.

> 우리가 바람 소리를 두고 당신에겐 그 소리가 구체적으로 어떻게 들리고 있는가란 질문을 받았을 때 망설이지 않고 즉각 자신있게 대답할 수 있는 사람이 과연 몇이나 될 것인가? 시인이 되자면 그런 질문에 대해서도 대답할 수 있는 소릴 찾아내어 그것을 언어로 표현해야 할 것이다. 그 때의 그 소리에 대한 언어 표현을 청각적 이미지라 한다. 이미지인 만큼 그것은 실재하는 소리가 아니라 시인의 상상의 공간에 떠오른 소리요, 따라서 개성적으로 창작된 소리인 것이다. 좋은 시를 쓰기 위해서는 소리의 영역에 있어서도 이처럼 개성적인 상상의 소리, 즉 뛰어난 청각적 이미지를 만드는 능력이 요구된다.[41]

---

41) 위의 책, 89-90쪽.

소리를 언어로 표현하는 방법은 얼마든지 있다. 보리 피리 소리를 '삘릴리 삘릴리'로 뻐꾹새 소리를 '뻐꾹 뻐꾹' 같이 소리를 직접 모방하는 방식이 있고 '돌담에 속삭이는 햇발 같이', '분수 처럼 흩어지는 푸른 종소리' 같은 비유적인 방식도 있다.

> 후렴이다
> 너의 노래는
> 열정 끝에 부르고 싶은
>
> 마지막 박수 갈채가 낙엽으로 쏟아지는 숲
>
> 무대를 떠나기 전 잠시 뜨거운 흐느낌이다
>
> ─김영수의 「만추」 전문

'마지막 박수 갈채가 낙엽으로 쏟아지는 숲'에서 '우수수 지는 낙엽'을 마지막 '박수 갈채로 쏟아진다'고 했다. 낙엽은 누구든 '우수수' 떨어진다고 표현한다. 그러나 시인은 자신만의 언어로 우수수 지는 낙엽을 마지막 갈채로 쏟아진다고 표현했다. 이런 비유가 독자들의 가슴을 울리게 만든다. 같은 소리를 갖고도 사람마다 다르게 들릴 수 있는 것이다. 개성적이고 독창적인 언어로 표현해야하는 것이 시를 쓰는 이유이다.

시각적 이미지 중에는 현실의 공간에서는 존재하지 않는 추상적 관념에 모양과 색깔을 부여하여 그것을 구체화시킨 것도 있다. 그리고 같은 감각이라도 모양이나 색깔을 가질 리 없는 감각적 지각을 눈으로 볼 수 있게 바꾸어 놓은 것도 있다. 말하자면 보이지 않는 것을 보이게 만드는 요술사와 같은 일을 해내는 것이다. '시인은 보이지 않는 것을 보는 사람'이란 말이 있다. 모양이나 색깔을 갖지 않은 대상에 모양과 색깔을 부여한 어떤 종류의 시각적 이미지는 그 말을 피부로 실감할 수 있게 해준다.[42]

어떤 사물을 구체화하기 위해 언어로 시각화한다. 이것을 시각적 이미지라고 한다. 사물 중 구체적인 사물을 시각화하기도 하지만 현실 공간에 존재하지 않는 추상적인 관념을 시각화하기도 한다.

> 덫에 채인
> 짐승 한 마리
>
> 목이 조이어 막 숨이 꺼져 갈 무렵
>
> 어딘가
> 한 송이 꽃이
> 벼랑 끝에 피고 있다
>
> ―이정환의 「묵시록」 셋째수

위 「묵시록」은 현실 공간에 존재하지 않는 추상적 관념이다. 이를 '어딘가 한 송이 꽃이 벼랑 끝에 피고 있다'고 시각화하여 표현하고 있다. '묵시록'이 '한송이 꽃'으로 이미지화되어 있다.

시각, 청각을 이미지로 표현한다는 것은 어렵지는 않으나 누구나 공감할 수 있는 이미지로 승화시킨다는 것은 쉬운 일이 아니다.

> 내 홀로 밤 깊어 뜰에 내리면
> 먼 곳에 여인의 옷벗는 소리
>
> ―김광균의 「설야」 일부

시 「설야」는 다소 감상적이기는 하나 '먼 곳에 여인의 옷 벗는 소리' 이미지는 비범하다. '밤에 내리는 눈'을 설야라고 한다. 밤에 내리는 눈

---

42) 위의 책, 81쪽.

은 소리가 들리지 않는다. 그러나 시인은 소리 없이 내리는 눈을 먼 데서 여인의 옷 벗는 소리라고 했다. 물론 시인의 상상력으로 만들어낸 소리 이미지이다. 시인은 '소리가 들리지 않는 밤 눈'을 객관적 상관물 '먼 데서 여인의 옷 벗는 소리'로 기막힌 소리 이미지를 창조해냈다.

이 여인은 외투를 입지 않았을 것이다. 비칠듯 말듯 한 실크였을 것이다. 아마도 하얀 살결, 아름다운 얼굴, 날씬한 몸매를 갖고 있을 것이다. 고전적 기품보다는 서양식의 에로틱한 우아한 여인이었을 것이다. 그러한 여자가 한 밤중 먼 데서 옷을 벗는 것이다. 옷도 가까이서 벗는 것이 아니라 먼 데서 벗는다. 아무도 먼 데서 옷 벗는 소리는 들을 수가 없다. 소리 없이 내리는 설야를 이렇게 표현한 것이다. 이것이 시이다.

이것만으로 그치지 않는다. 위 구절은 소리 이미지만 만들어낸 것이 아니라 질감까지 나타내고 있다. 옷이 무슨 옷인지 말은 하지 않았어도 두꺼운 옷이 아님을 직감적으로 알 수 있다. 살결이 비칠 듯 말 듯 한 실크였으리라. 누구나 그렇게 생각 할 것이다. 얼마나 그 옷은 부드러울 것인가. 이렇게 언어는 질감에까지 느낄 수 있도록 이미지화시키는 것이다.

또한 '먼 데서'라는 데에서 시각적 이미지까지 얻어내고 있다. 그림으로 그려낼 수 있을 정도로 시각화되어 있다. 몇 글자 갖고 3가지의 공감각적 이미지를 창조한다는 것은 그리 쉬운 일은 아니다. 이렇게 언어로 소리를 낼 수 있고 질감까지, 시각에까지 그려낼 수 있다. 시인은 이렇게 들을 수 없는 것을 들을 수 있게 만들어 주고, 보이지 않는 것을 볼 수 있게, 만질 수 없는 것을 만질 수 있게 만들어주고 있다.

내 어느날 그대 향한 바람이고 싶어라

울 넘어 물 넘어

뫼라도 불러 넘어

그 가슴
들이받고는
뼈부러질 그런 바람

-문무학의 「바람」 전문

'그 가슴/ 들이받고는/ 뼈부러질 그런 바람', 이 구절을 자세히 읽어보면 3가지 이미지가 복합되어 있음을 알 수 있다.

바람은 보이지 않는다. 그러나 시인은 가슴을 들이 받을 때 바람에 뼈가 있음을 보여주고 있다. 들이 받음으로써 뼈의 실체가 드러난다. 들이 받음으로써 보이지 않는 뼈를 볼 수 있고, 뼈 부러지는 소리를 들을 수 있고, 아픔까지 느낄 수 있다. 시각 이미지는 드러내놓고 청각, 촉각 이미지는 숨겨두고 있다. 이미지가 반드시 겉으로 드러내어 이미지화시키는 것만이 능사가 아니다. 시각, 청각, 촉각 이미지를 생략하고서라도 느낌과 의미를 얻어낼 수 있다면 오히려 이것이 창작상의 고도한 전술일 수도 있다.

34. 형상화

형상(形象)은 어떤 사물이나 현상을 문학이나 그림 등에 반영하는 일을 말한다. 다시 말해 어떤 대상을 표현하고자 할 때 어떤 개념을 사용하여 이를 추상화, 일반화하는 것이 아니라 구체화하거나 개별화하는 것을 말한다.

이것은 인상과 표현이라는 두 과정으로 이루어진다. 감각적 자극을 마음의 안으로 새기는 것을 내적 형상화, 즉 인상이라고 한다. 그리고 이 인상을 언어 등의 매체를 통해 어떤 형식 속에서 밖으로 드러내는 것을 외적 형상화, 즉 표현이라고 한다. 이 두 과정은 외적 인상을 주체의 내부에 결합시키는 일과 이렇게 결합된 인상을 외부로 표출하는 것으로 이루어진다. 인상이 외적 자극에 대한 수동적 반응이라면 표현은 그것에 대 적극적 의미 부여이자 대응방식이다. 자극과 반응, 인상과 표현은 이 때 서로 해소될 수 없는 긴장 관계를 지닌다. 인간은 형상화 속에서 자신의 경험을 그 나름으로 질서 짓는 가운데 보다 선명하게 이해하고 또 인식한다. 형상화는 표현을 통한 현실의 보다 강렬한 파악 방식이며……43)

형상화는 인상과 표현이라는 두 가지 방식으로 이루어진다고 했다. 인상은 대상의 감각적 자극으로 마음 안에 들어오는 것을 말하고 표현은 이 인상을 어떤 매체를 통해 밖으로 나타내는 것을 말한다. 이 때 인상과 표현은 서로 해소될 수 없는 긴장 관계를 갖는다는 것이다.

정강이 말간 곤충 은실 짜듯 울고 있는
등 굽은 언덕 아래 추녀 낮은 집 한 채
나뭇잎 지는 소리가 작은 창을 가리고

갈대꽃 하얀 바람 목이 쉬는 저문 강을
집 나간 소식들이 말없이 건너온다.
내 생애 깊은 적막도 모로 눕는 월정리

—유재영의 「다시 월정리에서」 전문

시인은 작시 과정에서 이렇게 말했다.

내가 다시 '월정리'를 찾은 것은 정강이 말간 곤충들이 '은실짜듯' 울어대는 가을이었다. 나는 '월정리'의 모습을 더욱 구체화시키고 싶었다. 어느 쓸쓸한 가문처럼 등 굽은 언덕 아래로 추녀 낮은 집 한 채가 보였다. 그 집의 작은 창으로 나뭇잎 지는 소리가 많이 들렸다. 문득 갈대꽃이 하얀 저문 강을

---

43) 한국평론가 협회 편, 『문학비평용어사전 하』(국학자료원, 2006), 1175쪽.

바라보며 나는 누군가가 금방이라도 불쑥 찾아올 것만 같은 예감이 들었다. 적막과 기다림은 한 가지의 의미인가. 그날 내가 느낀 것은 바로 이러한 삶의 본질같은 것이었다.[44]

이러한 고백은 인상이라기보다는 표현에 가깝다. 어떤 인상에 자신의 경험이나 감성을 결합, 월정리라는 대상을 위와 같은 시로 표현한 것을 시인은 설명하고 있다.

가을을 '정강이 말간 곤충들이 은실짜듯 울어대는 가을'이라고 표현했다. 보통 사람들은 그런 표현을 하지 못한다. '참 맑고 깨끗한 가을'이라든가, '쓸쓸하고 외로운 가을'이라든가 이런 식으로 표현한다. 일반적으로 느끼는 이런 것들은 시인에게는 하나의 인상에 지나지 않는다. 이러한 인상에 시인은 '정강이 말간 곤충들이 은실짜듯 울어대는 가을'이라고 형상화시켜 표현했다. '참 맑고 깨끗한 가을'이라든가, '쓸쓸하고 외로운 가을' 같은 인상과 '정강이 말간 곤충들이 은실짜듯 울어대는 가을' 표현 사이에는 어떤 긴장 관계가 형성된다. 그러한 긴장 때문에 의미의 확장을 가져오게 되고 그것이 독자들을 감동시키는 요인이 되는 것이다. 이렇게 시인은 적극적으로 대상에 의미를 부여하고자 한다. 보통 사람하고 감각이 다를 수밖에 없는 이유가 여기에 있다.

또한 시인은 '나뭇잎 지는 소리가 작은 창을 가리고'라고 표현했다. 소리가 창을 어떻게 가린단 말인가. 사람들은 '소리가 크다'라든가 '작다'라든가 아니면 '소리가 쓸쓸하다'라든가 '외롭다'라든가 이런 선에서 의미를 타협한다. 이것은 하나의 인상에 지나지 않는다. 시인은 그것을 뛰어넘어 소리를 소리로 보지 않고 시각적인 물체로 처리해 그것이 창을 가린다고 했다. 이렇게 형상화해야 독자와 시인과의 긴장 관계를 유지할 수 있다. 이것이 형성화 작업이다.

---

44) 김제현, 앞의 책, 227쪽.

쳐라, 가혹한 매여 무지개가 보일 때가지
나는 꼿꼿이 서서 너를 증언하리라
무수한 고통을 건너
피어나는 접시꽃 하나

　　　　　　　　　　　　　－이우걸의 「팽이」 전문

　시인은 팽이를 접시꽃으로 형상화시켰다. 보통 팽이에 대한 인상은
다 다를 것이다. 팽이를 접시꽃으로 표현한다는 것은 비범하다. 여기에
무지개, 매, 고통, 증언 같은 매재를 통해 돌아가는 팽이를 접시꽃으로
형상화시켰다.
　다음은 관념을 형상화한 예이다.

조심스레 한가를 실로 뽑아
나선형 거미줄을 쳐놓고
줄에 걸린 생각들을 포식하는
이름 모를 신종 거미 한 마리

　한가란 별로 할 일 없어 잠시 틈을 내어보는 마음의 여유다. 그래서 적당
한 한가는 정신적 휴식이 되지만 매양 할 일이 없어 심심하고 무료해지면 이
한가한 틈에서 벗어나기 위해 파한이나 보한을 통해 한가에서 벗어나거나 한
가를 즐기고자 한다.
　위의 예시도 마찬가지여서 한가한 시간이나 마음의 여유를 실로 뽑아 거미
줄을 치듯 쳐놓고 거기에 걸려드는 생각들을 되새김하면서 한가를 즐긴다.
이때 생각은 추억이어도 좋고 연인에 대한 생각이나 다른 무엇이어도 무방하
다. 문제는 이 생각들을 되새김으로 반추하면서 즐기는 '이름 모를 신종 거
미' 한 마리다. 이 신종 거미는 분명 한가를 포식한, 이를테면 보한을 즐기는
화자 자신을 의미하게 된다.
　해석이야 어떻건 한가란 마음의 여유 곧 마음으로 느낄 수 있는 정신적인
것을 '실'로 형상화하고, 또 이 실로 나선형 거미줄을 침으로써 한가가 거미
줄이란 구체적 형상으로 드러나게 된다. 여기에서 끝나지 않고 이 거미줄에

먹이가 걸리듯 생각이 걸리게 해서 먹이를 거미가 잡아먹듯 화자 스스로가 걸린 생각들을 되새김함으로써 '신종 거미'로 변용되는 구체적 형상에 의해 한가란 정신적인 것이 사물의 모습으로 재구성되고 있다.[45]

다음은 사물을 대상으로 형상화한 예이다. '구름'이란 사물이 어떤 현상으로 형상화되었는가를 보며 나름대로 글을 써보는 것도 좋을 것이다. 좋은 시조나 시를 쓰기 위해서는 많은 사색과 많은 습작이 필요한 것은 두말할 나위가 없다.

구름 1

저 무심한 것이 어찌
유심을 읽고 벗해주는가
가고 싶어도 돌아갈 수 없는 고향
안부 전한다니 인정보다 고마운 것을.

구름 2

일진의 백마 떼가
세운 갈기 흩날리며
황금마차에 바람을 싣고
험한 준령을 힘겹게 넘고 있다

구름 3

방목으로 살이 찌는
흰 양 떼들의 초원
한가도 함께 새김질되는
천연의 목장의 한 때[46]

---

45) 박진환, 『당신도 시인이 될 수 있다』(자유지성사, 2000), 285쪽.
46) 위의 책, 292쪽.

다음은 사물 '탑'을 대상으로 한 시조이다. 탑을 일정한 거리에서 관찰했다. 인생의 무게가 느껴지는 시조이다. 탑이라는 대상에서 받은 일반적인 인상에다 자신만의 독특한 감각과 필체를 결합시켜 자신만의 아름다운 탑을 완성했다.

울음이 있어도 스스로 울지 못하고
다비 끝 한 줌의
사리로 남아
풀어 둔 번뇌를 씻으며
돌이 되어 있구나

생각을 깎아서 쌓은지 얼마인가
어쩌지 못할 형업으로
저렇게 서서
이제는 삶의 무게가 된
기인 그림자

바람으로 왔다가
달빛으로 왔다가
세월을 허물어서 등뼈를 세우다가
두 손에 소망을 모두고
하늘을 우러른다

－전원범의 「탑」 전문

35. 산고

산고 없이 아이를 분만할 수 없다. 시도 이와 같다. 그 과정이 너무 고통스럽다. 종자를 틔우고 열매를 맺는데 인위적으로 화학 처리하여 인공 재배할 수도 없다. 인공 재배한 식물은 건강 식품이 아니듯 고통 없이 속성 짜깁기해서 만든 작품은 믿을 수도 공감할 수도 없다.

세상에 일필휘지는 없는 법이다. 단숨에 글씨를 써서 완성한다는 것은 쉬운 일이 아니다. 또 쓰고 또 써서 결국 하나가 얻어지는 것이 글씨이다. 한편의 시가 일단 완성되면 그것은 초고일뿐이지 작품은 아니다. 그것을 몇 시간 후, 며칠 뒤에 보면 부끄럽기 짝이 없다. 다시 고친다. 그리고 또 놔두고 또 다시 고치고 이런 작업을 수없이 되풀이 한다. 어떤 것은 몇 시간, 또 어떤 것은 며칠, 또 어떤 것은 몇 달 아니 몇 년 후까지 퇴고하는 것도 있다. 그렇게 해서 얻어지는 것이 겨우 몇 줄 안 되는 시이다. 정화수를 떠 놓고 날마다 간절하게 기도해야 얻어지는 것과 같다. 퇴고하고 또 퇴고하고 이런 수 없는 산고의 과정을 거쳐서 얻어지는 것이 시라고 생각하면 될 것이다.

시에 거의 달통한 서정주도 시 쓰기는 고통스런 과정[47]임을 밝히고 있다. 서정주는 「국화 옆에서」를 쓸 때 오랫동안 구상해왔던 시의 지형인 40대 여인의 미의 영상은 처음에는 아래와 같이 비교적 쉽게 형상화되었다.

> 그립고 아쉬움에 가슴 조이던
> 머언 먼 젊음의 뒤안길에서
> 인제는 돌아와 거울 앞에 선
> 내 누님같이 생긴 꽃이여

그리고 나서 우여곡절을 거치면서 계속 시를 형상화시켜 나갔지만 마지막 연만은 좀처럼 써지지 않아서 굉장한 고통을 겪었던 것 같다. 그의 말을 들어보자

---

47) 서정주, 「시창작에 관한 노트」, 서정주 외 『시창작법』(예지각,1982), 104-109쪽. 이상옥, 『시창작 강의』(삼영사, 2002), 62-63쪽에서 재인용.

그러나 마지막 연만은 좀처럼 표현이 되지 않아, 새벽까지 누웠다가 앉았다 하다가 그만 자버리고 말았습니다. 그리하여 이것은 며칠 동안 있다가 어느날 새벽 눈이 뜨여서 처음으로 마련되었습니다. 밖에선 무서리가 오는 듯한 늦가을의 상당히 싸늘한 새벽이었는데, 내가 안 자고 혼자 깨어 있다가 호젓한 생각 끝에 밖에서 서리를 맞고 있을 그 놈을 생각하자 그것이 용하게 맺어졌습니다.

이는 이미 널리 알려진 일화이기 때문에 새삼스러울 것도 없지만 산고 없이 시가 창작될 수 없음을 생생하게 보여준다는 점에서는 아직 유효한 일화가 아닌가 한다.[48]

시를 쓴다는 것은 언어와 싸우는 일이고 언어를 버리는 일이다. 싸우고 버린다는 것은 퇴고에 퇴고를 거듭한다는 말에 다름 아니다. 왜 시 창작은 언어와 끊임없이 싸워야하고 가차없이 언어를 버려야하는가. 시보다 시조가 더더욱 그렇게 해야 하는 이유는 한정된 도구로 미의 세계를 탐색해나가야 하기 때문이다. 신중한 선택을 하지 않으면 유치해질수 있는 것이 시조이다. 고도한 사유로 현실을 감쪽같이 속여야한다. 현실과 비현실 간의 외줄타기로 불필요한 행동은 삼갈 수밖에 없다. 그렇지 않으면 망신당하기 일쑤다. 그만큼 품이 많이 들고 품이 많이 든 만큼 아름다운 것이 또한 시조이다.[49]

시조 한 수 소개한다.

꽃이라면 모름지기
시인 하나쯤은 잡아먹고

시침 뚝! 떼고 앉을
화냥끼는 있어야지

---

48) 이상옥, 『시창작 강의』(삼영사, 2002), 62−63쪽.
49) 신웅순, 앞의 책, 19쪽.

아무렴
요염에 가리어진
저 능청과 푸른 살의

—이달균의 「장미」 전문

다음은 시조와 창작 간의 시조 쓰기의 산고를 말해주는 하나의 좋은
실례이다.

시조는 형식으로 언어를 제약한다. 일탈은 원심력이다. 현재의 거리에서 끊
임없이 원을 그리며 밖으로 나가고자 한다. 유난히 내겐 그런 속성이 강하다.
하지만 시조는 구심력이다. 구심점을 향해 자꾸 언어를 몰아간다. 그러므로
나와 시조와의 관계는 견제와 균형이란 등식으로 만난다. 나는 이 원심력과
구심력의 경계에 서 있다. 일탈을 위한 무모한 감행을 언제나 꿈꾸지만 한편
에선 그 무모함을 제어하는 힘을 즐긴다. 그것은 과거를 미래로 옮기는 시간
의 게임이기도 하고 한국적인 것을 세계적인 것으로 변모시키려는 공간 이동
운동이기도 하다. 누가 나의 정체성을 묻는다면 원심력과 구심력, 그 경계를
지키는 경계인이라고 말하면 되리라.[50]

어머니, 한 방울
눈물의 평토제
꽃답고 아름다웠으니
가시어요 홀홀총총
빛 낡은
수사법 몇 잎
은장도로 잘라내듯…

—이달균의 「생명을 위한 연가·2—지워지면서」 전문

시는 구심력이요 일탈은 원심력이라 했다. 그 경계에 시인이 서 있다
고 했다. 나와 시와의 팽팽한 접전, 언어와 싸워야하는 시조 창작의 숙

---

50) 이달균, 「원심력과 구심력의 경계에 서서」, 『경남시조사반세기』(도서출판 경남,
2007), 411쪽.

명을 잘 말해주고 있다. 시인의 언어와 독자의 언어와의 관계도 이런 관점에 생각해 볼 수 있다.

> 시는 원심력의 언어이다. 언어가 갖는 의미를 확충하고 그것을 액센트화함으로써 언어의 힘을 무력하게 만들려고 한다. 그러나 독자들의 언어는 대체적으로 구심력의 언어이다. 언어를 축소시키고 일반화시킴으로써 언어의 힘을 강하게 만들려고 한다. 서로 충돌하고 갈등을 일으킬 수밖에 없다. 숙명적으로 시텍스트에서 시인과 독자간의 끝없는 투쟁이 이루어지고 있다.[51]

시인과 독자 간의 언어 충돌은 한 편의 시 앞에서는 한 판 승부를 벌일 수밖에 없다. 언어 선택과 결합이 얼마나 어려운 것인가를 말해주는 한 실례이다. 수많은 퇴고를 거듭한 작품은 달라도 뭔가가 다르다. 화려한 시조가 있는가하면 은근한 시조가 있다. 금새 읽어서 다가오는 시조가 있는가하면 읽을수록 뚝배기 맛이 나는 시조가 있다.

오래 남는 시조는 많은 산고의 고통을 거쳐 생산된 작품이다. 그만큼 함부로 읽을 수 없는, 시인의 아름다운 혼이 깃들어 있는 작품이다. 여기에는 범접할 수 없는 어떤 고결함과 경건함이 있다. 몇 작품을 소개한다.

> 그저 아득하여
> 무시로 쳐다보는
> 막막한 이 가슴은
> 당신께서 만든 비
> 비 받아
> 그냥 젖는다
> 젖어 더 막막하지만
>
> —서벌의 「젖어 더 막막하지만」 전문

---

51) 신웅순, 앞의 책, 18쪽.

널린 검은 별들이
흰 별
될 때꺼정

제 숨
고스란히
내 쉬고 들이쉰다

갈피가
쪽문들이어서
별빛만이 드나든다

─서벌의 「헌 책」 전문

발에 감긴 밤 하늘이 시려서 우는 저 기러기

30원이 없었던가
막차 놓친 외기러기

못 가눠
뽑은 외마디
둘 데 찾는 이 기러기

─서벌의 「서울·3」 전문

제3장

시조 체험론

시를 읽으면 깜짝 놀란다. 어쩌면 이렇게 쓸 수 있을까. 시는 행간 사이의 공간을 즐기는 일
인지 모른다. 같은 낱말의 적절한 선택과 배치가 천지를 바꾼다. 훌륭한 시인은 낱말의 선
택과 배열이 남다르다. 그래야 독자들에게 경이를 불러일으킬 수 있다. 시인을 두고 언어의
연금술사라고 한 것도 이러한 연유에서일 것이다.

1. 시조는 나의 반려자-고두석론

1) 내가 시조를 쓰는 이유

열세 살 소년시절, 홍수에 떠내려가 죽을 뻔한 일이 있었다. 사나운 물결 속에서 필사의 부침(浮沈)을 반복할 때, 강둑에 늘어선 아이들은 허우적거리는 내 모습을 보면서 깔깔대고 웃고 있었다. 그때 느꼈던 소외감은 내 일생동안 지워지지 않고 줄곧 따라다녔다. 죽음과 직면했을 때 죽음보다 더 두려웠던 것은 외로움이었으며, 이를 극복하는 과정이 바로 내 삶이었다.

그땐 다행히 강둑에 뿌리박은 두엄나무를 붙잡고 겨우 살아났었지만, 그 후로 끊임없이 몰아닥친 내 인생의 물살과 맞서면서 나는 뭔가 붙잡지 않곤 견딜 수가 없었다. 그렇게 해서 늦게나마 붙잡게 된 또 다른 두엄나무가 바로 시조쓰기였다. 주변이나 인간으로부터 구원받지 못한 내 외로움을 시조쓰기를 통해서 극복하고자 했다. 내게 오랜 세월동안 뿌리 내려온 두엄나무, 그리고 우리 민족의 정신세계에서 뿌리내려온 시조, 이들이 자연스럽게 만나게 된 것도 이런 맥락에서다.

2) 내가 시조를 쓰게 된 동기

어렸을 적 아버지의 모습은 내게 엄하고 두려운 존재였다. 자상한 정(情)도 없으시고 조금이라도 게으르면 무섭게 호통 치시던 아버지셨다. 5살쯤 무렵부터 추운 겨울에도 어두컴컴한 새벽에 깨워 세수는 집 앞 도랑물에 가서 하고 와야 했다. 그런 연후에 윗목에 무릎 꿇고 앉아서 천자문을 읽게 하시던 아버지셨다. 대문간에 세워둔 작대기처럼 꼿꼿하고 단단하게만 느껴졌던 아버지. 그 무섭고 두려웠던 아버지가 세월이 갈수록 그리움으로 다가왔다.

    대문간에 세워놓은
    단단한 작대기는

    평생을 꼿꼿하게
    살다 가신 아버지

    갈수록
    닳아만 가는
    내 모습이 거기 있네

                            ―「나」

아버지는 시조 부르기를 좋아하셨다. 사랑방에서 들려오던 아버지의 낭랑한 시조 소리는 누구도 감히 범접 못할 피안의 세계에서 들려오는 듯 했다. 가끔 인근 고을 선비들이 우리 집 사랑방에 모이게 되면 왼 종일 돌아가면서 시조를 부르곤 했다. 그 때 유행가도 있었으련만 우리 집에서는 시조 소리 이외에는 들을 수 없었던 것이다.

    유장한 가락타고

신선들 하강 했네

무지개 일곱 줄로
탄주(彈奏)한 비단소리

시조방
섬돌위에다
꽃수처럼 널린다.

-「시조 소리」

　아버지께서 돌아가신지 어언 40년이 지났지만 그 시조 소리는 늘 내 가슴속에 남아 있었다. 아버지에 대한 향수는 시조 소리와 함께 내 가슴에 남아있었다. 그러던 어느 날(1975년) 퇴근길에 종각 근처 골목길을 지나다가 들려오는 시조 소리에 나도 모르게 문을 두드리고 되었는데, 그때부터 김월하(문화재) 전국시조총연합회 사범인 박기옥 명인에게서 시조창을 전수받기 시작했다. 시조창을 하다 보니 자연히 노래 가사인 시조시를 접하게 될 수밖에 없었다. 그때부터 시조시 습작도 하게 되었다. 1991년 ≪시조문학≫ 초회천을 받은 다음 1993년 봄호를 통해 등단하게 되었다. 지금도 시조를 짓게 되면 이를 창으로 읊는다. 그러면서 아버지에 대한 향수에서 벗어나지 못하고 있다. 그러다보니 옛날 우리 선비들이 시회(詩會)를 열고 시조시를 즉석에서 지어 창으로 부르던 그 감동을 맛보게 된다. 우리 선현들이 즐겼던 문화의 맥을 계속 이어가고 싶다.

3) 시조는 하나의 道였다

　시조는 우리 겨레의 고유한 시가로서 민족의 얼을 담은 슬기로운 가락이었다. 우리 선조들은 "시언지 가영언 가여시일도(詩言志 歌詠言 歌與詩

一道"라 해서 시(詩)와 노래(歌)는 하나의 도(道)로 통한다고 했다. 그래서 시를 지으면 이를 창(唱)으로 불러서 시의 운치를 살리고 감동을 자아냈던 바, 요즈음엔 시와 창이 문학과 음악의 각각 다른 분야로 분리 되어 버림으로써 옛날 우리 선조들이 느꼈던 감흥은 반감(半減)되고 말았다. 그 나라의 전통이나 문화가 시대에 따라 변모되어 감은 어쩔 수 없는 일이기는 하나, 시조가 우리의 독특한 전통 술로서의 가치를 지니게 함은 가락을 얹어 불렀기 때문이 아닌가 생각해볼 때 참으로 아쉬운 일이다. 그런 의미로 전통적인 시조의 맥을 잇기 위해서 시와 창이 서로 만남으로서 문학과 음악의 접점에서 시적 감동과 운율의 감흥을 상승시킬 수 있다면 앞으로 우리는 이의 접목을 다시 시도해볼 필요가 있지 않을까 하고 생각을 해본다.

4) 이 시대에 왜 시조가 필요한가?

현대인의 가장 큰 병폐라면 물질만능주의에 젖어 정신적으로 너무 황폐해져 버렸다는 점이다. 인간이 인간다울 수 있기 위해선 자신을 늘 돌아보며 살아야 한다. 과연 물질의 풍요만이 인간의 행복을 담보할 수 있는가? 옛 선인들은 청렴결백한 한빈락도(寒貧樂道)의 삶을 인간다운 가치로 여기며 살아왔다. 포의한사(布衣寒士)로 자신의 내면을 가꾸며 자족(自足)한 삶을 살아가려고 노력했던 것이다. 그런데 현대는 모든 가치를 물질 우선에 두고 부와 명예만을 삶의 목표로 삼고 살고자 하는데서 참 인간다운 면모가 상실되어 가고 있다. 이제 인간회복운동이 일어나야 한다. 참된 삶이 무엇인가를 깨달아야 한다. 그러기 위해선 우리에게 선비정신이 필요하다.

선비는 물질과 절대로 야합하지 않는다. 부와 명예를 버리고 농촌으로 간 실학 지식인 반계(磻溪) 유형원(柳馨遠) 같은 선비, 청렴과 도덕, 언행을 실천하며 삶을 살아간 대문장가 영제(寧齋) 이건창(李建昌) 같은 선비 정신이 우리에겐 필요하다. 또한 선비는 권력과 명예를 위해 살지 않는다. 벼슬자리를 마다하고 후학을 지도했던 남명(南冥) 조식(曺植) 선생과 같은 선비, 벼슬을 버리고 고향에 은거하면서 성리학 연구에 몰두하여 후일 영남학파를 이룩했던 퇴계(退溪) 이황(李滉) 선생, 그는 조정으로부터 벼슬길에 다시 나올 것을 끊임없이 제의 받았으나 부패한 정치세계에 나아가지 않고 선비로서의 청렴결백을 끝까지 지켰던 분이었다.

그리고 정치 일선에 나가서는 일신의 영달에 사로잡히지 않고 자신의 학문과 신념을 펼치려 했던 선비 또한 부지기수다. 조선을 건국하고 성리학적 민본정치의 기반을 마련했던 삼봉(三峰) 정도전(鄭道傳), 조선초 이상과 원칙을 중시했던 개혁정치가였던 정암(靜庵) 조광조(趙光祖) 같은 선비, 비록 훈구파들의 반격에 누명을 쓰고 38세의 아까운 나이로 사약을 받으면서도 끝내 자신의 뜻을 굽히지 않았던 지조와 절개를 생명처럼 중히 여겼던 선비였다.

선비란 '어질고 지식 있는 사람'을 뜻한다. 세속의 명리를 좇아 시류에 영합하지 않고 올바른 삶을 추구하고 실천해가는 사람이다. 선비는 사회의 양심이며 지성이며 인격의 기준이 되어야 한다. 이 시대가 요구하는 이념적 지도자이며 지성인이며 실천자가 되어 건전한 사회를 지탱하는 큰 축을 이루어야 한다. 물질만능과 부패, 권모와 술수가 횡행하는 시대에 새로운 가치 체계를 정립할 수 있고 새로운 비전을 제시할 수 있는 선도자의 역할을 해야 한다. 바로 이 선비정신을 함양하고 고취시키는 책무를 우리 세대에서 이룩해야 한다. 우리의 전통적인 선비정신을 복원시키는 길만이 타락과 오염, 그리고 혼탁한 현대사회를 맑고 깨끗한 사회로 정화시킬 수 있는 것이다. 선비 정신을 복원시키기 위해 우린 시조를 보급시켜야 한다. 일본의 하이꾸가 일본의 국민시가 되어 일본 국민을 하나로 묶었듯이 우리도 시조를 국민시로 승격시켜 하나가 되어야 한다. 시조를 통한 선비정신만이 우리 민족의 정신적 좌표가 되어야 한다.

5) 시조일기를 쓰자

내 고집불통도 넓은 의미에선 이런 선비 기질과 일맥상통한 것인지도 모른다. 이런 의미에서 나는 언제부턴가 생활시조를 쓰기 시작했다. 매일 한 편씩 '시조일기'라는 제목을 붙여 써오고 있다. 시조를 굳이 생활시조와 예술시조로 분류한다면 우린 먼저 생활시조부터 써나가야 한다고 생각했기 때문이다. 눈만 뜨면 아예 시조와 함께 생활해야겠다는 생각에서다.

나는 대략 다음과 같은 과정을 겪어서 매일 한 작품씩 써내고 있다.

A) 순서
1. 발상 단계 : 시상이 떠오른 단계
2. 소재 수집 단계 : 구체적 내용(글감)을 찾아내서 추려내는 단계
3. 구성 단계 : 소재를 늘어놓고 꾸미고 얽어 맞추는 단계
4. 퇴고 단계 : 고치는 단계
5. 평가 단계 : 운율이 제대로 맞는지 낭송해보는 단계
6. 감상 단계 : 낭송하면서 심취하는 단계(이때 내가 지은 시조를 시조창곡에 얹어 부르면서 스스로 도취한다.)

B) 실제 짓기
1. 생각 그물 만들기(mind map)

먼저 주제나 제목을 정한다. 예를 들어 주제를 '내 하루'라고 정하고 쓴다면 하루에 해야 할 일과부터 생각해본다. 오늘도 많은 일들이 나를

기다리고 있다. 92살 잡수신 노모를 모시고 새벽기도 다녀온 후 아침운
동을 나간다. 다녀와서 시조일기 한 수 써야 한다. 이를 인터넷 카페에
올리고 댓글 달고 바쁘게 움직여야 한다. 아침 먹고 오전에 시조창 지
도를 하러 시조방에 간다. 점심 때 잠깐 친구 딸 결혼하는 예식장에 다
녀서 오후엔 노인대학 강의를 하러 사회복지회관에 가야 한다. 저녁엔
국악관현악단 공연 연습에 임해야 한다. 그리고 귀가한 후, 밤엔 곧 있
을 행사의 자료 정리를 해놓고 잠자리에 들어야 한다.

  2. 줄글로 쓰기

  위의 일들을 일일이 나열해서 생활시조로 다 옮길 수 없다. 일감들이
마치 세탁기 앞에 한 무더기 쌓아놓은 빨래감처럼 많다는 생각에서 짤
순이를 객관적 상관물로 이끌어내어 시조를 짓기로 했다.

  3. 산문으로 써보기

  오늘의 일감들이 마치 발을 동동 구르며 서있듯이 차례를 기다리고
있구나.

  시간은 잠시도 멈추지 않고 흘러가는데 그 시간 안에 다 끝내려면 서
둘러야 한다.

  일감들을 순서대로 짤순이 속에 넣고 꼭 꼭 짜듯이 해결해나가야 한
다. 아무리 바빠도 하나도 빠뜨리지 말고 뒷손 볼 필요 없이 깔끔하게
해치워나가야 한다.

  4. 시조시로 완성하기(다음과 같이 완성 시킨다)

      발 동동 구르면서 줄 서있는 일감들을
      잠시도 안 멈추는 시간 속에 넣고서
      짤순이 돌려대듯이 꼭꼭 짜는 내 하루

                                    ―「내 하루」

이렇듯 매일 매일 생활시조를 써나가면서 나는 하루하루를 의미 있고 풍요롭게 보내고자 노력한다. 우리 시조에 입문해서 시조를 반려자로 삼고 동행하며 사는 내 인생은 행복하다.

2. 나의 체험적 시조 이론-김문억론

1) 이런 질문

느닷없이 질문 하나 먼저 던지고 싶다.

그럼 왜 그토록 유구한 역사와 전통을 자랑하는 우리글에서 자생한 시조문학이 오늘 날 서점에 가도 시조집을 찾을 수가 없고 교과서에서 모두 자취를 감추게 되었느냐는 것이다.

이것이 체험적 시조 이론을 청탁 받은 내가 시조 옹호자들에게 던지고 싶은 강한 질문이면서 나의 화두이기도 하다

우연히 시조를 대하고부터 오직 시조 창작만 30년 쯤 해온 현역 시조 작가가 던지는 가슴 아픈 질문이다

나처럼 시조를 좋아하고 평생을 시조 한 가지만 써 왔고 앞으로도 계속 시조를 찬양하고 싶은 사람들은 잠시 동안만 한 발짝 뒤로 물러서서 자신의 시조 얼굴을 다시 살펴 볼 수 있는 질문이기를 바란다.

이미 수많은 세월 동안 이론적으로 또는 작품의 실증을 통해 밝혀진 시조문학에 대한 역사적 개요나 전통성에 대한 이야기는 새삼 여기서 더 말 할 필요가 없을 것이다. 어쩌면 지금도 곳곳에서 시조문학의 우월성이나 전통성을 찬양하는 글을 쓰고 있을 것이며 앞으로도 계속 이어질 것이다 왜냐하면 시조문학에 대한 찬반이나 당위성에 대한 논조는

자유시가 들어오면서부터 지금까지 줄기차게 이어져 왔던 것이다.

지금도 시조 옹호론자는 시조야말로 우리말에서 자생된 유구한 역사의 전통 문학으로 시작하여 결국은 우리나라를 대표할 수 있는 문학이라고 한다. 그리고 시조작가 인구가 1천 명이 훨씬 넘는다고 하는데 작가는 그렇게 늘어나고 있는지 모르지만 반대로 독자는 점점 줄어들고 있다는 사실이다. 이것은 가정도 아니고 험담도 아니다 협회 세미나에서 띠를 두르고 농성이라도 해야겠다는 말이 나올 정도로 교과서에 수록 되지 않고 있는 것이 실증되고 있는 현실이며 실지로 수도 서울에서 가장 크다고 하는 대형 서점에서도 시조에 관한 서적을 찾기가 쉽지 않다. 나머지 전국에 있는 서점 실태는 얘기해서 무엇하랴. 교과서를 만드는 사람이 시조를 모른다고 하는데 그 사람들이 시조를 모르다니 천만의 말씀이다

얼마나 시조 책이 안 팔리면 작가가 시조집을 발간하면서 겉표지에 시조집이라 하지 않고 그냥 시집이라고 쓰겠는가.

2) 그러면 왜 일반 독자들이 시조를 점점 안 읽게 되었는가

그 첫째 이유를 시조문학이 안고 있는 몸 자체, 디엔에이에 있다고 감히 진단하고 싶다

즉 이는 전통문학으로서의 시조 우월성을 내 세우고 있는 반복된 리듬의 가락을 지적하고 싶다. 3.4 3.4 —3.4.3.4. —3.5.4.3이라고 하는 기본 율에서 나오는 단순한 반복 리듬이 지금 사람들에게는 지루하고 재미가 없다는 판단이다. 시조의 참 맛이 종장에서 휘감치는 가락의 반전에 있고 몇 자는 파격을 할 수도 있다고 하지만 어찌했든 시조 작품은 똑 같은 모양의 3장 6구 안에 들어 있다. 반복 리듬은 음악성을 갖지만 똑 같은 길이의 반복은 사람을 졸리게 한다. '자장자장 자장자장 우리 애기

잘도 잔다' 할머니 등에서 아이가 가장 빨리 잠들 수 있는 가락이 우리 말 4.4. 음보의 반복 리듬이다. 이는 작품 내용의 문학성을 따지기 이전에 시조의 몸체 정형이라고 하는 틀의 문제다. 그런데 우리는 시조문학이야말로 우리말에서 자생된 유구한 전통 문학이라면서 시조의 단수만으로도 온 세계 온 우주를 다 담을 수 있는 큰 그릇이라고 추켜세웠다. 자유시는 서양에서 나중에 들어왔지만 시조는 자생된 역사를 갖는다고 한다. 그래도 독자들은 우리의 외침을 잘 듣지 않는다. 시조를 얘기 하자니 자연히 자유시를 비유 관계로 세워 말하지 않을 수 없겠지만 자유시가 서쪽에서 들어왔다고 해서 자유시를 영어나 불어로 쓰지는 않는다. 그 쪽에서도 유구한 역사의 자생된 우리말로 시를 쓰고 운율이 숨 쉬는 음악이 있다. 지금은 그 운율마저 많이 일탈을 하고 있다면서 제 자리로 돌아가야 한다고 역설 한다.

> '한송이 국화꽃을 피우기 위해 봄부터 소쩍새는 그렇게 울었나 보다.'
> '강 나루 건너서 밀밭길을 구름에 달 가듯이 가는 나그네'
> '그 날이 오면 그 날이 오며는 삼각산이 일어나 더덩실 춤이라도 추고'
> '어느 머언 곳의 그리운 소식이기에 이 한밤 소리없이 흩날리느뇨'

잘 정돈된 시는 모두 우리 가락이다. 읽기에 편하고 무리가 없다

시조가 하늘에서 떨어진 것도 아니요 땅에서 솟구친 것도 아니라면 그 당시에 그럼 시조는 왜 생겨났고 각광을 받았을까

물론 시조의 틀이 갖추어지기 이 전부터 이미 농요나 별곡같은 우리 말의 가락이 있었고 그것이 시대의 변천에 따라 전화(轉化)되어왔다.

성리학이 도래되는 조선 선비들에게는 갓 쓰고 도포자락 휘젓듯이 엄한 질서의 유교사상 틀 안에서 시조문학은 딱 맞아 떨어졌던 것이다 그것은 군말이 필요치 않았고 간결하면서 삽상하고 완고하면서 튼튼해야

했다. 응축과 생략으로 행간의 깊은 공간에서 뜻이 잘 전달 됐다. 그것이 공부를 많이 한 식자층 계열의 선비 문학 시조의 태생적 디엔에이다. 시조는 그렇게 고고하고 자존심 있는 문학이다. 지금 시조처럼 뜻 연결도 되지 않으면서 한 번 더 비틀어대지 않았다. 솔직히 자랑할만한 독특한 전통문학이다. 그리고 오래도록 사랑 받아 왔다.

그러나 지금은 아니다.

지금은 아니라는 말은 희망이 있다는 뜻도 된다. 문학뿐이겠는가. 세상 만물이 변하는 것에 뜻이 있고 진리가 있는 것인데 시조문학만 변하지 않고 어찌 독자만 탓 할 수 있겠는가

지금은 21세기 정보화 시대다. 다양하고 변화무쌍한 시대에 살고 있는 현대인들은 시 문학의 내용은 물론 구성까지 일반적인 상상을 초월하는 다양한 작품을 접하고 있다. 언어와 언어끼리의 다양한 충돌은 물론 동화나 시나리오, 소설적 요인까지 산문화 되는 경향도 두드러지고 있다. 인터넷을 통한 정보화 시대 디지털 시대에서 다양한 문화를 접하고 있는 오늘의 문학도들은 새로운 경험 속에서 미래를 추구하고 있다.

예술이나 다른 학문이나 심지어 경제 정치까지 규제 풀기를 경쟁적으로 하는 세상에 오직 시조문학은 규제 풀기를 주저하고 있다.

물론 변하지 말아야 할 것은 변하면 안 된다. 그러나 거기에는 그럴만한 필연적인 이유가 있어야 한다. 오늘의 문학도는 고려시대에 태동하여 같은 모양으로 내려온 가락의 반복 리듬을 쉽게 받아들이지 못하고 있다. 변하지 않는 반복은 전수에 불과할 뿐 진정한 전통문학이라 하기 어렵다.

3) 그 둘째 이유로 시조작가들이 책임지어야 할 몫이 있다

시조의 현대성을 이야기 하면서도 막상 내 놓는 작품은 자연을 관조

하거나 신변 일기 범주에서 과감하게 벗어나지 못하고 있었다.

세상 만사가 다 시적 대상일진대 독자들의 목마름은 언제나 새로운 것을 요구하고 기다렸지만 시조문학은 단조로운 리듬에다가

작품의 소재나 주제 의식이 너무 빈약했다. 오히려 고시조의 내용이나 멋을 따르지도 못 했다.

특히 지나친 관념과 일기풍으로 인하여 구체적인 소설이 결여되기 대문에 자유시에 비해서 재미가 떨어진다. 시조(時調)는 계절 느낌만 쓴 것이 아니고 시대(時代) 느낌도 써야 했는데 도무지 시조문학에서 지금껏 누가 당대의 고통을 작품으로 내 놓았는가. 돌이켜 보았을 때 이호우 외 몇 명을 빼고 보면 너무 빈약하다. 오히려 고시조에서는 당대의 흥망성세나 정치적 사회적 병리현상을 깊이 꿰뚫어 보면서 풍자한 시조 작품이 많이 있었다. 그런 시조문학이 오히려 현대로 넘어오면서 일제강점기 이 후 자유당 독재와 군사문화 속에서 백성들이 고통 받던 때 현대시조는 무엇을 써 왔는가를 묻지 않을 수 없다

특히 80년대 군사독재 시절에 문인들을 탄압하고 언론의 입을 막던 어둠 속에서 우리 시조는 무엇을 쓰고 있었던가를 생각해 본다.

필자가 처음 시조를 쓰던 80년대만 해도 현역 작가들이 몇 명 되지 않는 빤한 숫자였지만 그래도 그 때는 경향 가지에 있는 신문사마다 신춘문예에 시조 부문이 있었으며 초등학교부터 고등학교까지 교과서에 시조 작품이 고시조와 같이 현대시조도 수록 되어 있었다. 돌이켜 보면 1960년대부터 80년때까지는 시조문학이 많이 융성했고 역량있는 작가도 많이 배출됐다. 그 후부터 서서히 시조 작품이 인쇄 매체에서 사라지기 시작했고 문예지에서는 뒤편에 수록되는 푸대접을 받아왔다. 국정 교과서가 검인정으로 바뀌면서 교과서도 다양해지고 선택의 폭도 넓어지고 있을 때 우리 시조는 편 가르기 줄 세우기로 도끼 날 썩는 줄 몰랐던

것이다

'왜 그렇게 되었을까?'

라고 하는 질문을 지금 우리는 자신에게 던져 보면서 시조 작가가 지어야 할 책임이 있다면 아픈 마음으로 끌어안고 용기있게 고백해야 한다.

근대에서 현대로 너머 오는 과정의 시조 역사를 돌이켜 보면 한국시조시인협회가 창립되기까지 불과 몇 명 안 되는 선배들이 알뜰살뜰하게 시조문학 살림살이를 잘 해 왔던 것으로 드러난다. 어찌했든 시조 부흥을 위한 노력과 함께 무엇보다 시조시인들의 끈끈한 인적 인프라가 매우 희망적이었다. 예술을 하는 별난 성격의 개성들이 집합을 한다는 일이 그리 쉬운 일이 아닌데도 유별나게 시조시인들만큼은 3장 6구 만큼이나 잘 뭉쳐 있었다.

하지만 안타깝게도 거기까지였다. 80년대로 들어 시조 작가 숫자가 늘어나면서 몇몇 사람에 의해 노골적인 정치 파벌이 벌어지고 문단 새내기들은 뜻도 잘 모르면서 줄서기를 하기 시작했다. 그러다 보니 뜻 있는 사람이나 작품이나 쓰고 싶은 사람들은 모두 뒷전이 됐다. 발전하고 좋아질 수 있는 가장 중요한 따뜻한 가슴들이 뿔뿔이 흩어지고 말았다. 시조 작품이 변하기 이전에 단체가 먼저 변해버렸다. 불과 몇 명 안되는 사람들이 벌리는 시조 문단 삼국지 였지만 그 결과는 엄청나게 큰 재앙으로 지금에 와서 나타나고 있는 것이다. 필자가 늘 말하는 우스개 소리로 속(3)줄짜리 시조 쓰면서 빼기는 사람이 너무 많이 나왔다. 처음부터 시조 쓸 뜻은 별로 없이 상금만 똑 따 먹고 돌아서는 것도 같고 시조를 평생 열심히 쓰는 사람보다는 시조는 별반 쓰지 않으면서 시조 문단 정치를 주도하는 사람도 있다. 협회가 동강 나면서 무슨무슨 단체들이 또 생겨나고 지방은 지방대로 중앙을 외면하게 되었다. 문인이란 이름으로는 이해가 되지 않는 파벌 싸움을 보면서 지방에 계신 시조작가들의 입장도 충분히 이해는 간다.

그런데 그것이 그렇다. 당면하고 있는 시조문학의 열악한 입장에서 보더라도 중앙에서 활동한다는 일이 그 사람이 훌륭해서가 아니고 우리나라 여건상 풍토상 중앙 무대를 무시할 수가 없는 것이다. 좋게 생각하면 각 지방마다 자유롭게 동인 활동이 활성화 되고 문학회가 융성하면 좋은 작품도 나오고 작가층도 두터울 것같겠지만 실제에 있어서는 모든 행정이나 문학 단체 문학 활동의 무대 등이 중앙으로 집중 되어 있는 현실을 외면할 수가 없다. 다른 장르에 비교하여 더 뭉치고 친목을 해야 할 입장에 있는 시조문학이 이렇게 가당치도 않은 파벌로 풍비박산이 되고만 것이다. 이것이 오늘의 시조문학을 초래한 결정적 원인이 된다. 너무 욕심이 앞서는 것같다. 그렇게 해서 어찌했다는 것인가.

역대 노벨 문학상을 수상하는 심사평 속에는 자국의 전통 속에서 얻은 문예성을 높이 평가하는 경우도 있었다. 시조문학은 그런 이유로 세계의 눈을 끌어 들일 수 있는 독특한 매력을 갖고 있다고 하겠다. 부지런히 힘을 합쳐서 영문 번역도 하고 노벨 문학상도 시조 장르에서 받아야겠는데 자국의 문인들에게마저 따돌림을 당하면서 엉뚱한 일을 벌리고 있다.

시조 한 수로 역사의 흥망성쇠를 알고 시조 한 수로 왜적과 싸우는 장수의 고독을 느끼면서 이어 내려 온 전통이 우리 당대에서 우리에 의해 위기에 처해있다. 자업자득이다.

뿐만 아니다. 작품을 좀 쓴다고 하는 사람들끼리 차별화 작업을 꾸준히 하고 있다. 작품이 좀 모자라기로서니 같이 어우러지며 격려도 하고 용기도 주고 밥도 먹고 술도 치면 종당에는 시조문학이 튼튼해지고 괄시를 받지 않을 것인데 그런 풍토로 시조는 줄어들고 작가만 늘어가고 있는 기현상이 나타나고 있다. 글 쓰기가 반드시 책상머리에서만 이루어지는 것이 아니라면 문학 발전에 목적을 둔 집합체는 매우 중요한 창작의 밑거름이 될 수 있다. 좋은 글은 세월과 더불어 역사 속에 남을 뿐이며 전 국민이 시조를 썼다면 시조 천국이 될 뿐이다. 그 때는 진정으로 시조문학은 대한민국을 대표하는 문학이 될 것이다

다른 전통 예술에 비해서 지나치게 서자취급 받아왔던 정통 시조문학이 더욱 뭉쳐야 힘이 생기고 무엇을 이룰 수가 있겠는데 이는 정 반대로만 달아나는 격이었다. 어차피 창작 활동은 외롭고 즐거운 중에 혼자서 하는 고독한 작업이다. 파벌을 만들고 줄서기 운동을 해서 얻은 것이 무엇인가.

어찌해야 좋을꼬!!!

오호 통재라!!!

4) 시조문학의 전망

시조는 단수다

시조의 정수(定數)는 단수에 있고 단수가 갖는 뜻의 정수(精髓)도 촌철살인 하는 단수의 맛에 있다. 그래야만 읽고 난 훗맛이 뇌리에 오래 남는다. 감동이다. 일단은 단수를 넘어 연작으로 읽게 되면 아무래도 응축하는 힘이 흩어지게 되므로 훗맛의 향기가 떨어지기 쉽다 뿐만 아니라 시조를 읽을 때마다 똑 같은 리듬의 반복을 만난다는 일은 읽는 재미를 떨어뜨린다. 우리가 지금껏 고시조의 명작품은 많이 외고 있지만 현대시조의 명작은 잘 외지 못하는 것도 이와 같은 맥락이다. 시조는 가락이고 창이었다. 잔치 집에서 흥이 도도하면 한 수 읊조리고 화답했던 시가(詩歌)였다. 단수면 족했다. 더구나 이것이 창으로 불러지던 시절에는 단수도 길고 긴 노랫말이었다. 그런가하면 우리의 깊은 정한이나 나라에 대한 충성도 단수 하나면 족했다.

시조문학이 태동하면서 나온 단심가나 하여가를 놓고 보아도 참으로 멋스런 작품이라고 하지 않을 수 있다.

동서고금에 국가적 혁명을 앞두고 상대방의 의중을 타진하기위한 수단으로 시를 써서 보내고 받아 보는 경우가 있었을까.

사람이 죽고 사는 일까지 시를 써서 표현하는 나라가 있었을까 싶다.

이 역시 단수 시조였기 때문에 지금까지 잘 전해지고 있다고 하고 싶다.

지금은 물론 앞으로도 시조문학이 발전하려면 시조의 본령인 단수 짓기를 육성하고 보급하여 국민 누구나 지을 수 있는 '국민시'로 발전 시켜야 한다. 가끔 심심치 않게 3행시 짓기 놀이 하는 것을 보면서 아차! 저것을 시조 짓기 운동으로만 발전시킨다면 너무 좋겠네! 하는 생각을 해 보았다. 어차피 시조 단수는 3행시다. 그렇게 보급하면 시조문학의 정수인 단수 짓기에서 고시조 같은 좋은 작품이 나올 것이다.

5) 사설시조를 발전시켜야 한다

뭉쳐있는 시조문학을 풀자면 사설시조라고 하는 보다 더 크고 넉넉한 그릇을 택해야 할 것이다 팔리지 않는 음식을 맛있다고 우길 것이 아니라 사설시조는 이미 시조 메뉴판 속에 존재하고 있기 때문에 소비자에게 권해서 확대 발전시키기에 무리가 없다. 같은 4.4 음보의 반복 리듬이라고 하지만 사설을 엮다 보면 엇박자의 충돌로 효과를 극대화 하는 경우도 있다. 사설의 특성이 갖는 빠른 말 걸음과 풍자 해학이 곁들어지는 무대 성질을 갖고 있기 때문에 읽는 재미도 탁월하다. 평시조가 진양조라면 사설시조는 자진모리 휘모리다. 맥 빠진 날장고 소리 보다는 사물놀이를 좋아하는 것도 증명되고 있다. 넌출거리는 음악과 함께 춤사위까지 유발되는 가락의 정수다. 민요로 비유하면 정선 아라리 중에서도 엮음 아라리요 서양 음악과 비유한다면 강렬하게 반복되는 리듬으로 엮는 '랩 뮤직'이다. 우리는 이미 조선 시대부터 문학적으로 음악적으로 랩 뮤직이 있었지만 외면당해 왔다.

또한 여러가지 종류의 기계체조 운동 종목에 비유가 된다면 사설시조는 평행봉도 아니요 철봉 뜀틀 안마 경기도 아니요 넓은 마루에서 마음껏 모든 묘기를 종합적으로 보일 수 있는 마루 운동에 속한다. 그만큼 편하고 넉넉한 형식이다.

요즈음 노동시다 참여시다 하면서 새삼스럽게 시사적인 작품을 논하고 있지만 실은 자유시가 도입되기 이전부터 이미 사설시조가 그 부분을 아주 멋지게 담당하고 있었다. 이 역시 옛 사람들이 즐겼던 사설시조에서 여실히 증명하고 있다

사설시조는 표출하고 싶은 작품의 주제에 따라 그 내용을 담는 구성이 정해질 수 있을 것이며 이는 작품의 길이와 관계되는 일로 이 또한 자유스럽게 놔두면 오히려 다양한 모양의 사설시조 작품이 나올 것이다. 짧은 사설도 나올 수 있고 사설의 연작도 나올 수 있고 서사적인 장대한 판소리 사설도 나올 수 있다. 시조문학의 나아갈 길이라고 생각한다. 구태여 사설시조도 길이를 정해야 한다는 논의가 필요하겠는가. 길고 짧아야 할 이유 역시 작가의 몫이기 때문이다

6) 나의 대표작

하지가 지나도록 비가 오지 않는구나

조석으로 서슬 퍼런 바람만 불어 올 뿐 밤새워 물꼬를 찾다 보면 텅텅 빈 마을 서편으로 새빨간 하연달이 기운단다
나락은 까불러서 쭉정이를 골라냈고 낫 날은 무디지않게 날 세워 두었지만 조상만대 혼이 묻힌 조선 논배미가 금쩍쩍 갈라져도 소리 한 번 못 지른다
모내기만 끝내면 올 농사도 풍년이라고 목표 달성 재촉하며 큰 소리 땅땅

치지만
　하늘만 바라보고 살아가는 우리 농군들을 쉴새 없이 몰아치며 들들볶아대
지만

　번번이
　빗나가는 일기 예보가 야속키만 하구나.

-「한해(旱害)소식」 전문

　첫 시집『문틈으로 비친 오후』첫 장에 올라있는 사설시조를 약간 중
략 했다.

　발표한 작품마다 모두 아프고 몸살나는 살붙이라서 딱히 어느 작품을
뽑아서 대표작이라고 하기가 어렵다 그냥 첫 시집 첫 장에 있는 작품
먼저 올려 본다. 오래 묵은 작품이다.

　난 처음부터 무작정 시조만 썼다. 시조 쓰기를 시작한 후로는 어느
다른 장르의 글은 쓰지 않았다. 솔직히 말을 하면 '문학반에서는 글 잘
쓰는 사람이 최고다', '모든 문학의 평가는 작가가 죽은 후에 후대에 의
해서 평가 되어야 진정한 평가라고 할 수 있다'라고 하는 옹고집으로
들어앉아서 시조만 써 왔다. 지금 생각하면 좀 미련한 짓을 한것 같다.
기왕에 시작한 학문이니 글쟁이의 천민 소리는 듣고 싶지 않았던 자존
심 때문이다.

　뒤늦은 나이에 주책 맞게 시조문학에 입문을 했다. 굴러다니는 중앙
일보 찢어진 신문 조각에서 우연히 눈길에 들어온 <중앙시조> 공부방
이 처음부터 나를 홀랑 빠지게 만들었다. 참말로 재미있고 흥이 났다.
솔직히 시조문학이 그렇게 인기가 없는 줄은 내가 시조에 푹 빠진 뒤에
알았다. 그렇다고 해서 시조를 포기하기 보다는 오기가 성하기 시작 했
다. 시를 오기로 쓰는 일도 아니지만 현실적으로 시조를 안 읽고 있는
풍토에서 그런 오기는 반사적으로 나를 사로잡았고 흥미를 유발시켰다.

문제가 있는 장르라면 문제를 안고 도전해 보자는 심산이었고 즐기면서 들어갔다.

팔십 년대 이전부터 작품 활동을 해 왔다면 살벌한 군사 독재 시절에 이런 작품을 과감하게 쓰지 못했을지도 모른다.

마침 나는 등단과 동시에 군사문화를 맞이하면서 물결치는 역사의 중심에 설 수밖에 없었고 현실을 외면하면 글쟁이로서의 직무유기라는 강박관념으로 꽉 차 있었다. 붓은 칼보다 강하고 정의로워야 한다는 신념뿐이었다. 붓을 들고 있는 한 참으로 순수했다. 배운대로 행동하는 것밖에는 달리 요량이 없었다. 그러다 보니 꼿꼿한 끝이 휘어질 줄 몰라 얻은 것이 없다. 부딪쳐 온 현실을 거역하지 못하고 노동의 현장에서 체험적으로 쓴 작품이 첫 시집 『문틈으로 비친 오후』였다.

습작기에 너무 빨리 문단의 속성을 꿰뚫어 볼 수 있었던 것도 나의 작품 활동에 큰 전기를 만들어 주었고 태생적으로 야성(野姓)의 피가 흘렀던지 출세같은 것은 초개처럼 버릴 수가 있었다. 당돌하고 시건방졌지만 정직하고 눈물 많은 감정이 내 흠을 덮어 주었다

시조가 되고 안 되고를 떠나 참으로 용감했다는 부끄럼이 앞선다.

지금 보면 시조같지 않은 억센 구호들이지만 문단 옹챙이가 뭘 안다고 구둣발 정치의 살벌한 시국을 향해 호랑이 물어갈 소리를 내질렀다. 당시의 시조문학 풍토에서는 패기만만한 도전이었다. 그 뒤로 몇 권의 시집을 더 찍은 적 있지만 그 때같이 조마조마 하면서 희열을 느낀 적은 없다. 출판사에 가기 전에는 성당에 가서 기도를 하며 떨리는 맘을 달랬고 출판이 된 후에도 얼마 동안은 좀 불안했다. 지금도 많은 선배 시인들이 격려해준 답신 편지를 갖고 있다

삼청 교육대를 졸업하고 나온 이적 시인과 농담을 한 일이 있다

어쩌다가 인기도 없는 시조라는 장르에 들어 있기 망정이지 나도 자

유시를 썼다면 상청 교육대에서 죽었을 것이라고 말했다. 이적은 체질이 강하지만 나는 너무 빈약하기 때문이다. 하지만 당시 정권을 빼앗았던 군인 아저씨들도 시조가 뭔지 몰랐던지 아니면 내 작품을 발견하지 못했나 보다. 그런 면에서는 재수가 좋았던 편이다. 당시에 동환 출판사 사장님은 내 작품집을 흔쾌히 찍어 주면서 격려했다. 내가 마음이 좀 좁아들어서 이러이러한 작품은 빼자고 하면 괜찮다고 하면서 편집을 했다. 그 분도 출판 문제로 한 번 불려갔다 온 사람이었다. 문단 변두리에서 혼자 겪었던 일들이다

당시엔 내 눈에 빨강색뿐이 안 들어왔기 때문에 그 당시에 찍은 사진을 보면 모든 옷이 빨강 일색이며 첫 시집을 찍을 때도 출판사에서 겉표지 색상을 골라 달라면서 다양한 색상이 들어있는 책을 펼쳐 보여 주는데 첫 눈에 들어 온 색이 빨강이었다

지금까지도 빨강색을 표지로 삼은 책은 여지껏 받아 보지 못했지만 난 과감하게 빨강색을 선택하고 빨강 책을 만들고야 말았다

그 빨강색은 팔십 년대 후반까지 따라 다니다가 내 눈에서 사라져갔다, 아마 내 육신에서 힘이 다 빠져나간 신호였으리라

따라서 작품 역시 그만큼 숙성되지 못하고 풋풋하기만 하여 풋내가 물씬 난다.

『문틈으로 비친 오후』는 나중에 정진명 시인에 의해서 『틈의 시각』이란 제목으로 계명대학교 문화제에서 평론부문 장원을 한다. 정원식 교수로부터 이름 없는 시조 작가의 작품을 발굴했다는 평가를 받는다. 대학가에서는 카페 이름으로 붙었다는 말을 전해 들었다 그 뒤로 <음치가 부른 노래>가 또 그랬다고 한다. 그런 시집 제호를 택한 이유 역시 시조 독자를 끌어 들이고자 하는 속내가 있었던 것이다.

그런 감회로 첫 시집 첫 장에 올린 작품 「한해(旱害)소식」을 한 번 올

려 보았다

처음부터 사설시조를 공부했다

사설이야말로 서민시조라고 생각하고 있었으며 사설시조야말로 시조 문학이 대중과 어울릴 수 있는 길이라고 믿었기 때문이다

어떻게 하면 시를 좋아하는 사람에게 시조를 읽게 할 수 있는가 하는 것이 언제나 내 머리 속에 꽉 들어찬 화두였다. 서점에 가도 자유시집을 샀다

혁명은 피지배 계급인 기층 민중으로부터 시작 되어야 한다는 생각에 서였다. 시조는 선비들이나 지배 계급 사회에서 출발한 것이지만 사설시조는 엎드려 있는 민중으로부터 부터 올라온 형식이기 때문이다. 내용 또한 그러하다. 시조가 왜 자꾸만 기본 형식에서 파격을 하느냐 하는 질문은 결국 평시조의 3장 6구는 답답하다고 할 수 밖에 없는 증거다. 혹자는 평시조만으로도 무엇이든 담을 수 있는 넉넉한 그릇이라고 하지만 이는 무슨 주제든지 담을 수 있다는 말로 해석하고 싶다.

따지고 보면 시인은 광대나 무당이다. 칼 대신 붓쟁이 시인은 모두 무당이다. 무당의 흥과 춤과 노래가 없이 어찌 시를 쓰겠는가. 시조를 한 수 쓰다가 보면 취흥이 도도하여 말듦의 꼬리가 춤을 추고 사설이 길어졌던 것이다. 어쩔 수 없는 우리 가락의 흥취에서 나온 자연스런 가락의 연장이다

처음 시조에 입문하는 때 정치적으로 사회적으로 내 눈에 투시되는 내시경 속의 모습들이 사설로 엮어 가기가 십상이었고 사설시조가 요구하는 풍자나 해학 속에 할 말을 다 하고 싶은 것이 내 성격이나 입담에 꼭 맞는 맞춤옷이었다. 스스로 통쾌하고 만족했다.

처음 습작기 때다. 왜 현대시조 작가가 고시조를 쓰느냐. 왜 시조는 현실 문제를 쓰지 않느냐 하는 나의 질문에 '그것이 앞으로 자네의 과

제일세'라고 말씀하신 서벌 선생님의 대답으로 나의 시조문학은 분명한 길을 선택하게 되었다.

이미 조선 시대부터 흥이 많았던 우리 민족은 자연스럽게 사설시조를 생산했지만 서쪽에서 들어온 자유시라는 것과 대결 구도를 갖는 바람에 시조를 부흥 시키자면서 그 때부터 평시조도 연작을 쓰자고 했고 사설 시조에 관심을 두지 않았다. 당시의 몇몇 안되는 시조 작가 역시 조선 시대의 선비적 문학 사상 맥 속에서 시조 창작을 해 왔으며 문예 운동 같은 이데올로기 틈 속에서 전통 문학으로서의 시조를 보호하기 위한 안간 힘을 썼던 것같다. 차라리 그 때에 의연하게 그냥 시조를 놔뒀다 면 오히려 민족적으로 억압 받던 수난의 역사 속에서 때맞춘 사설시조 가 더욱 융성했을 것이며 시조문학은 전체적으로 두터운 독자층 속에서 발전했을 것이다.

> 들끓는 바다 속에서
> 사리가 나왔습니다
>
> 물도 큰 물은
> 다비를 하고 나면
>
> 물뼈만 남았습니다
> 죽비 치던 파도 소리
>
> 빛이 이르지 못한
> 쉰내 나고 부패한 곳에
>
> 액운을 쫓아 내던
> 소태같이 쓴 말씀은
>
> 포말로 피어 오르던
> 하얀 물꽃입니다

－「소금」 전문

지금 막 어느 문예지의 청탁을 받고 탈고한 작품이다.

시조 독자를 만들기 위해서는 무엇보다 시조를 쉽게 써야 되겠는데 쉬운 글이 쉬운 뜻이 아니어야 하기 때문에 또 그것이 문제였다 시를 안 읽는다는 말은 재미가 없기 때문이며 재미를 앞세우다가는 시가 경망스러울 수 있겠기 때문이다. 두 가지를 다 고려하면서 며칠을 주물럭거렸다. 이 작품 역시 둘째 수가 아니더라도 첫 수만 가지고도 확실한 의미 전달을 전할 수 있다는 느낌이다. 평시조가 연작으로 길게 늘어질 경우 경음악같은 반복 리듬으로 읽기에 지루할 것이란 것이 나의 체험적 느낌이다.

심지어 시를 쓰는 사람마저 시조문학을 경멸시 하는 발언을 하면 나 자신 인간마저 경멸시 되는 것같아 분통이 터졌다. 어떤 선배 시인이 「망초」라는 내 작품을 읽어 본 뒤 하는 말이 '이정도면 시조 쓰지 말고 시를 써도 되겠네요.' 하는 것이었다. 그 사람은 그 순간에 내 머리 속에서 한주먹에 지옥으로 날려 보냈다.

왜 이런 취급을 받을까 하는 기분 나쁜 의문이 나를 더욱 시조에 매달리게 했다

일단은 진부하지 않은 범위 안에서 읽을 수 있는 시조를 써야겠다는 생각뿐이었다

더구나 첫 시집 『문틈으로 비친 오후』가 나가면서 나의 문학세계가 큰 오해를 받고 있었다.

김문억 하면 으레 시사적인 참여시로나 생각을 하고 있다는 것이 또한 못마땅했다. 오히려 그런 작품이 시조로는 너무 흔치 않았기 때문에 조금은 의도적으로 쓰고 싶은 마음도 있었지만 끝없이 변하고 싶은 것이 내 창작의 기본 뜻이었다

세상 만물이 다 시적 대상일진대 작품의 모양도 질감도 끝없는 만물 상으로 변하고 싶은 것이 내 생각이다. 그래서 연가집도 만들고 노골적인 관능시도 짓고 싶었다.

보통은 은유법을 강조하지만 어느 경우는 지나친 은유로만 꼭꼭 조여놓기 때문에 자신만 알고 남들은 모르는 시조가 나오기도 한다. 뜻 전달이 쉽지 않아서 시 한 편 감상하고 싶은 사람을 골치 아프게 만드는 경우다. 뜻 전달이 쉽게 된다고 해서 뜻이 깊지 않다는 논리는 없다. 특히 시조는 자연을 관조하고 시절을 풍자하던 민족시다. 아무리 현대 시조라고 해서 뜻 전달이 애매모호하거나 난해한 경우는 시조만 삼십 년을 써 온 나도 잘 모르겠는데 일반 독자들이 그런 시조를 좋아하겠는가. 그런 의미에서도 백수 선생의 '가락과 이미지 중 우선 순위를 꼭 택하라면 가락을 먼저 두겠다'라고 한 말은 의미가 있다. 풀고 맺고 하면서 직접 고백과 간접 인용이 어우러질 때 감동을 유발할 수 있다고 생각한다.

느닷없는 혁명이다
혁명군이 몰려오고 있다
뜨거운 포연 속을 밀고 오는 천군만마
조용히 승복하고 있다
어쩌지 못할 이 반전을

눈부신 화관을 쓰고 새 공약을 외치고 있다
긴긴 겨울 통치 속에서 풀려난 잎잎들이
다투어 손을 흔들며 질문들을 하고 있다.

-「봄」 전문

숫돌에 갈던 날을 급한맘에 옥갈다가
빠진 이빨 날 하나가 허공에 가서 박혀있다

부도난 액댐을 하고 있다
부적으로 붙어 있다.

-「낮달」 전문

위 두 편은 작가들로부터 쓸만하다는 평을 받은 작품이다. 하지만 일반 독자가 쉽게 이해를 할 수 있을까. 이런 시조를 계속 썼을 경우 일반 독자들이 시조문학을 계속 사랑할 수 있을까 하는 것이 또한 나의 괴로운 화두다.

묻혀있는 우리말을 발굴하는 작업은 좋다. 그렇지만 그 작업 역시 작품이 흐르고 있는 전체적인 문맥상 자연스럽게 읽혀져야 할텐데 생경한 언어들을 자주 써서 돋보이게 하려는 작가들이 있는 것같다. 읽으면서 맥이 끊어진다. 무슨 말인지 또 사전을 찾아 봐야 하기 때문이다. 그런가하면 혀가 꼬부라지면서 잘 안 읽혀진다. 자음 모음 배열이 잘 안 맞기 때문이다. 또는 제목부터 주렁주렁 장식을 다는 작품이 또 있다. 일련번호에 본 제목 그 아래에 부제목 심한 경우는 괄호를 또 친다. 무슨 변별력을 갖고자 했는지 모르지만 본문의 내용과 연결하여 연구를 해봐도 꼭 필요한 것이 아니다. 이쁜 여자는 액세서리가 없어도 이쁘다. 시각적으로 어지러울 뿐이다. 정작 본문이 말하는 내용에 맞는 제목이 어느 것인지 혼돈스럽다. 전체적인 주제에 맞는 선명한 메시지면 족할 것이다

소설 속에는 시가 있어야 하듯이 시 속에는 선명한 소설이 있어야 한다. 그래야만 독자가 따라온다. 그런 이유로 젤 앞머리 초장에 가장 핵심적인 구절을 올려놓게 된다. 독자를 확 끌고 들어와서 끝까지 모시고 가고 싶은 때문이다.

3장 6구라고 하는 평시조의 틀을 벗어나서 나처럼 많은 시험을 하고 방황을 한 경우도 흔치 않을 것이다. 실패한 작품이 너무 많다. 만삭 중

에 낙태된 작품도 너무 많다. 이는 모두 어떻게 하면 외면당하고 있는 시조문학을 다시 대중 속으로 끌고 들어올 수 있을까 하는 한가지 신념 뿐이었다. 그렇게 지은 시조지만 발표할 기회가 너무 없기 때문에 모아지는대로 시집으로 엮었다. 다만 헤실되지 말아야 한다. 내가 죽은 후에 누군가가 봐야 한다고 하는 생각뿐이었다. 그래서 내 작품집 다섯 권에 올라있는 작품 중 절반 이상은 미발표(?) 작이다. 선 보일 기회가 적었기 때문에 노처녀만 우글거리는 아비의 심정이다.

문을 두드릴 적마다 빗장을 지르던 너는
돌아서면 문틈으로 내 모습을 훔치다가
풀리는 옷고름을 황급히 접어 맨 것 난 다 알아

부글거리는 바다가 파도를 몰고 갈 적마다
아니라고 아니라고 그게 아니라고 물보라를 때리지만
얇은 사絲 젖은 앞섶에서 꽃 한 송이 보았어

슬픈 고백일수록 소리치고 싶었어 나는
부딪치면 활활 타오를 성냥 알갱이 하나
가슴에 숨겨 두고서 시치미 떼는 네 앞에서
　　　　　　　　　　 ―「시치미 떼고 있었어 너는」전문

　시조의 반복 리듬을 억제하고 읽을 수 있는 시조를 만들기 위한 의도적으로 쓴 연가라고 하겠다.
　단수로 써도 연애편지의 깊은 사연을 담을 수도 있겠지만 일반 독자를 겨냥한 연애편지는 이야기가 절절히 살아 있어야 하지 않겠는가. 다분히 의도적으로 형식 구조에 신경을 쓴 연애편지다. 제목부터 그렇다.
　이런 일화가 있었다.
　동인 몇몇이 앉아서 시에 관한 담론을 주고받던 중 당시에 김초혜의

'사랑 굿'이 한창 발표 되던 때였다. 시조문학도 연가 집을 만들어 찍어내야 하다고 성토적인 주장을 했지만 모두 회의적으로 받아들였다. 누가 시조집을 찍어주겠느냐는 것이다. 시도를 해 보지도 안 하고 왜 시조는 안 된다는 선입견을 갖느냐. 재미없게 쓰니까 안 찍는 것 뿐 읽는 재미가 있으면 왜 안 찍어 주겠느냐는 것이 내 주장이었다. 그 후에 몇 편의 연가를 열심히 썼다. 결국은 '박우사'에서 『너 어디 있니 지금』이라는 연가집을 흔쾌히 발간해 주었다.

연가집은 편집을 한 사람이 내용만 보았지 형식이 시조인줄 몰랐기에 찍었을 것이란 것이 내 짐작이다. 어떻게든 시조 연가집을 만들고 싶은 욕심이 부끄럼도 모르고 3장 6구의 표기 형식에 파격을 가했던 것이다. 읽는 시조를 생각하다가 오기로 시작한 시조 연가집은 찍어냈지만 막상 노랫가락같은 그런 작품이 결코 나의 창작 근간은 아니라는 인식 때문에 바로 접어두었다. 이래저래 갈등이었다.

> 바람 없는 나무들을 울 안에 심지마라
> 눈물나고 서러워도 가로수는 길로 갔다
> 가다가 가지 잘려도 제 영토를 지켰다
>
> ―「격문(檄文)」 전문

> 어제는 닥터 박이 암으로 죽고
> 오늘은 김변호사가 옥사를 했습니다
> 이상무
> 질문 있습니까
> 누구 질문 없습니까
>
> ―「현재(現在)」 중 첫째 수

> 목 타는 심지 하나가 사막을 질러간다
> 오아시스 찾아서 창세기 골짜기까지

폭죽을 쏘아 올린다
떨어지는 꽃 잎 꽃 잎.

－「오르가즘 2」 전문

시는 언어의 해방이요 자유라고 생각한다. 없는 설음도 만들어서 울고 싶은 때가 있듯이 없는 말도 만들어서 쓸 수 있는 것이 시인의 특권이다. 시적 대상의 넓이도 넓혀야 한다. 선비문학으로 출발한 시조지만 현대문학으로의 다양한 소재 범위를 확대해야 한다.

어느 경우에 어떤 언어를 자리매김 하느냐에 따라서 작품은 얼마든지 돋보일 수 있기 때문이다. 작품을 다 써 놓은 후에는 퇴고하는 과정에서 보다 좋은 표현을 추구하겠지만 보통은 예삿말이라도 꼭 필요한 적소에 합당한 말을 정리정돈 하고 보면 전체적으로 원하는 문장을 얻을 수 있다.

시어(詩語)는 반드시 고상하고 얌전한 것이어야 한다는 선입견을 갖지 않는다. 때로는 욕을 해도 통쾌하거나 용서가 되는 경우도 있다. 언어의 변용은 일반적인 상식을 깨뜨리면서 충돌하고 새로운 것을 요구하는 독자를 신선하게 할 수 있기 때문이다. 평시조 단수라고 해도 일단 초고를 써 놓은 후에 반복해서 소리 내서 읽어 보면 잘 안 읽혀지는 부분이 나오는 경우가 있는데 이 부분이 바로 율이 맞지 않는 부분이다. 때문에 반드시 소리 내서 읽어 보면서 퇴고 작업을 한다. 물론 처음부터 시조를 쓰고 있다는 인식이 자연스럽게 가락을 만들어 가겠지만 글자 수에 매이지 않는다. 자유로운 중에 형식이 맞아 들어가는 것을 보면 어지간히 시조 율에 습성이 된 듯도 하다 시조를 거듭해서 쓰다가 보면 어느 정도는 하나의 장을 이루는 노래의 리듬을 타게 된다.

소리 내서 읽다 보면 율이 잘 넘어가는 부분은 형식의 틀에 충실하고 있는 것이고 잘 안 읽혀지는 부분은 지나치게 모자라거나 넘치는 부분이란 것을 발견하게 된다.

평시조에서는 앞구 보다는 뒤구를 길게 빼 주는 것이 가락이 좋고 같은 구에서도 앞에 두는 말 마디 보다는 뒤에 두는 말 마디가 길면 가락이 나온다.

> '모름지기 이렇게 한 번/ 울어본 적 있느냐'
> 발가벗고 부끄럽지 않게/ 통곡한 적 있느냐'
> 맨발로 저리 고꾸라지며/ 뛰어본 적 있느냐'
>
> ─「소낙비」 전문

지금 새삼 「소낙비」 작품을 소리 내서 읽다 보니 이 작품은 3장 모두가 2구보다는 1구가 글자 수가 더 많다. 이는 또 평소의 내 작품 쓰기의 기본과는 반대되는 경우의 작품이 되고 말았다. 하지만 소리 내서 읽어 보면 또 한가지 더 재미있는 사실을 발견하게 되는데 3장이 모두 음보상으로는 1구와 2구의 길이에 큰 차이가 없다. 울려오는 소리의 파장 길이가 비슷하지 않은가

3장 모두 앞 구를 천천히 읽을 필요가 없는 가속도가 붙는 발음이 되기 때문이다. 이는 아주 자연스런 소리음이다. 이 경우는 가락에 무리가 가지 않는 한 이미지를 더 살펴야 하기 때문이다 아무리 좋은 가락의 시조라 해도 주제나 이야기가 빈약하면 그야말로 앙꼬 없는 찐빵 맛이다. 억지스럽게 글자 수를 맞춘다면 모양이야 왜 못 만들겠는가. 쓰고자 하는 흥과 신명이 한정된 안방 보다는 춤출 수 있는 노래방석이 필요하다면 마당으로 나와야 하지 않겠는가. 한지창에 호롱불이 아니라고 해서 넓은 마당이 어찌 내 집이 아니라고 하겠는가.

게 섰거라
게 섰거라 이 놈
거기 서지 못하겠느냐

준마를 몰아 쫓아가며 호통을 치지만
숨 가쁘게 몰아가지만
달아날 길을 터 주고 있다
쫓는 자가 울고 있다

—「소낙비 1」 전문

술을 건너뛰고 집으로 오는 늦은 밤에
발그레한 입술 요염한 자태의 하현달이
서녘하늘 깊은 골방에 술 한 상 차려 놓고
무릎에 턱 괴고 앉아 물끄러미 바라보네

—「늦은 밤에 네가」 전문

위 작품 두 편은 시조의 기본 형식에서 많이 어긋나 있다

구태여 이를 두고 모양새에 이름 붙여 엇시조니 사설시조니 할 수도 있겠지만 필자는 그냥 시조라고 불러주는 것을 원한다.

이 경우 시적 발상이 최초에 발생 했을 때 평시조로 간단히 만들 수 (?)도 있고 아니면 몇 마디 허사라도 붙여 넣어 조금 더 긴 사설시조 모양으로 지을 수도 있겠지만 그 보다는 쓰고자 하는 것만 썼을 때 더욱 단단한 작품이 될 수 있으며 그렇게 쓴 것만이 더 독자와 교감될 수 있겠다는 생각이다. 구태여 평시조 단수로 만들기 위해 말 줄임을 해야 하는가. 어차피 시조는 풍부한 가락의 율(律) 시라고 하고 싶다.

3. 자연과 문명의 혼융-김복근론

> 손발이 다 닳도록 고생하심을 실감한다
> 아파트 출입문에 지문 열쇠 달렸는데
> 어머니 엄지손가락 문을 열지 못한다
> 아들 딸 젊은이는 쉽사리 열리는데
> 어머니 닮아 가는 아내의 지문까지
> 제대로 알지 못하는 새 아파트의 자동문
> 목 메인 여든 세월 바지런한 성정으로
> 지워져서는 안 될 지문이 지워져도
> '내 삶은 지울 수 없느니라' 종요로이 웃으신다
>
> —「지문 열쇠」전문

아내는 아파트로 이사하기를 희망하였다. 그러나 연세가 많으신 아버지께서는 떠나고 나면 가라시며 반대하셨다. 어른의 말씀이 지엄한 터라 어쩔 수 없었다. 세월이 흘러 아버지께서 작고하셨다. 다시 몇 년이 흘러간다. 20여년을 살아온 주택을 정리하고 아파트로 이사를 하였다. 아파트는 현대인의 성정에 맞게 편리하게 구조화 되어 있다. 성정이 긍정적이신 어머니는 주택보다 편리하다며 좋아 하신다. 현관 출입문부터 지문인식 키로 열게 된다. 지문을 저장하면 편리하게 문을 열 수 있는 자동 시스템이다. 나의 지문은 말할 것 없고, 아이들의 지문부터 아내 지문까지 저장한다. 그러나 오랜 세월, 너무도 많은 일을 하신 어머니의 지문이 제대로 인식되지 않는다. 몇 번을 되풀이해도 되지 않는다. 참 답답한 일이다. 편리하자고 이사를 하였는데, 어머니께서는 오히려 불편하게 된 것이다. 어머니 뵙기가 민망한데, 삶의 흔적이라시며 종요롭게 웃고 계신다. 그러던 어느 날이다. 아내의 지문까지 제대로 인식하지 못한다. 세월이 어느 새 아내까지 어머니처럼 만들어버린 것이다. 이런 상황을 노래한 시가 바로 「지문 열쇠」다. 아파트로 이사를 하고 난 후, 편리에 대한 모순과 삶의 아픔을 노래하고자 하였다. 이 시를 신웅순 교수는 과분하게 평가하고 있다.

> 「지문 열쇠」는 3대에 걸친 우리 삶의 이야기를 시조 3수에 압축시켜 넣은 전례 없는 수작이 아닌가 생각된다. 지문 열쇠라는 문명의 이기 앞에 자식들의 뒷바라지를 감당하느라 손가락 지문이 다 닳아버린 자연에 순응하며 살아오신 어머니, 그리고 또 어머니를 닮아가는 아내의 지문. 어쩌면 우리 삶을 단면적으로 드러낸 촌철살인, 현시대의 담론이 아닐까?
>
> 아들, 딸, 젊은이들은 어머니의 세월을 살지 않았다. 그들은 자연보다는 문명과 훨씬 친숙하게 살아왔거나 아예 문명에 갇혀 살아온 세대들이다. 그러기에 손가락 하나 대기만 해도 육중한 철문은 힘없이 쓰윽 열리는 것이다. 그러나 아무리 문질러대도 좀처럼 열리지 않는 세월에 지워진 어머니의 손가락 지문. 지문 열쇠는 문명과 자연의 충돌 지점이다. 어머니는 그 수평선에 엇갈린 설움처럼 인생의 끝에 서 있었던 것이다.
>
> 그러나 지문 열쇠 앞에서 '내 삶은 지울 수 없느니라'고 종요로이 말씀하시며 웃으시는, 세상을 달관한 어머니의 환한 장식은 잠시 필자의 눈을 멀게 했다. 어머니의 미소 뒤에 보이지 않는 눈물이 가을 햇살에 눈부셔 눈을 뜰 수가 없었기 때문이었다.
>
> ─신웅순, '경남시조문학상 심사평'의 일부

내 시의 지향점

햇볕 좋은 가을날, 가족들과 함께 성묘를 하고 오는 길이다. 산길을 걷다가 솔가리가 너무 좋아 한 줌씩 쥐고 내려온다. 얼기설기 돌을 포개놓고 쌀을 씻어 올려 솔가리로 불을 피운다. 보글보글 끓는 소리가 정겹다. 김이 난다. 한 동안 뜸을 들인다. 냄새가 구수하다. 반찬이라야 이웃집에서 얻어온 해묵은 김치가 전부이다. 아이들과 함께 둘러앉아 맨재지를 먹는다. 일미다. 마치 유년시절로 돌아간 듯한 기분이다. 어렸을 때의 입맛이 살아난다. 맨재지는 물의 양과 불의 세기를 잘 조절해야 한다. 불이 약하면 설익게 되고, 너무 세게 하면 타버린다. 물이 많으면 물밥이 되고, 적으면 고두밥이 된다.

내 시조를 돌아본다. 그 동안 시조를 빚느라 나름대로 애를 썼지만, 물의 양도 불의 세기도 제대로 조절하지 못한 결과의 산물이다. 입맛에 당기는 맨재지가 되었으면 좋겠는데, 마음 같지 않다. 나는 내 시에 현란한 이미지를 사용하거나 지나친 의미부여를 하지 않으려 한다. 쉽게 먹을 수 있고, 먹고 나면 포만감이 느껴지는 맨재지 같은 시조이길 염원한다. 맨재지처럼 입맛에 맞는 고슬고슬한 시조. 아름다운 언어로 물과 불을 조절하고, 뜸을 들여 우리의 정서에 맞는 시조를 쓰고 싶은데, 마음에 드는 작품 한 편 빚기가 너무 어렵다.

그 동안 내 시는 몇 가지 갈래를 가지고 있다. 젊은 시절, 나는 인연에 대해 관심이 많았다. 사람의 인연은 참으로 오묘한 것이다. 이 땅에 태어나고, 부모를 만나고, 아내를 만나고 자녀를 가지게 된 것은 내 의지와는 무관한 운명적 만남이다. 살면서 누구를 만나느냐가 중요하다지만, 그 만남은 결코 우연일 수 없다. 인연에 의해 만나게 되고, 만남에 의해 사연이 생긴다. 이 인연을 포착하여 사연을 노래하고자 하였다. 역사적 인물을 현대화 하여 묘사하기도 하고, 그 의미를 유추하기도 한다.

그러다가 차츰 산업화 되어가는 현대사회의 물상을 노래하게 된다. 자연과 인간의 문제로 관심이 바뀌어져 갔다. 정보화 시대를 맞이하면서 현대 문명과 생태 문제 같은 현실적인 사안에도 관심을 기울이게 된다. 이런 가운데 서정적 공감대를 형성하기 위해 다양한 시도를 해보지만, 결과는 신통치 않다.

시실, 체 하면서 살고 있지만, 모르는 게 너무 많다. 삶의 이치는 말할 것 없고, 길가의 풀이름이나 숲속의 나무 이름까지 제대로 아는 게 너무 적다. 자연에서 태어나 자연을 살면서도 자연의 이치를 잘 모른다.

무디어진 감각은 비가 오고 바람이 불어와도 사전에 인지하지 못한다.

빠진 머리와 뱃살은 탐욕스런 속인의 모습 그대로다. 작은 일에 연연하며 일상에 쫓기듯이 살고 있다. 이러다보니 제대로 된 작품이 쓰여질 리 없다.

고사(古師)로 삼고 있는 이규보 선생의 말씀이 떠오른다. 선생은 일찍이 좋은 작품을 쓰려면 기를 키워야 한다고 갈파하였다. 여기서 말하는 기란 창의성을 의미한다. 창의성은 바쁜 일상에서는 길러지지 않는다. 아름다운 숲과 대자연에서 길러진다고 한다. 문학에서 창의성이란 무엇보다 중요하다. 창의적 상상력을 기르기 위해 대자연을 찾아가고 젊은 이들과도 어울리고 싶다.

내 삶은 거미줄에 얽혀 있다. 유가의 종손으로 태어나면서부터 부모 봉양에다 어려운 가계를 이어야 하였고, 교원이라고 하는 사회적 제약과 압축과 절제의 정형을 미감으로 하는 시조문학을 전공하는 일에 이르기까지 온통 구속과 규제의 틀 속에 갇혀 살았다고 해도 과언이 아니다.

문청을 기점으로 잡으면 대략 40여년의 세월을 문학에 매달려온 셈이다. 그러는 사이 웃자란 부리와 무디어진 발톱처럼 기억력과 상상력은 떨어지고, 무거워진 날개로 제대로 날지 못해 뒤뚱거리고 있는 자신을 보게 된다. 작품에 대한 치열함보다는 명리나 대우를 탐하고 있는 초상에서 나이든 솔개의 모습이 연상된다.

이제 변신을 하여 거듭나고 싶다. 아집과 자존에서 벗어나 지금까지의 삶의 방식에 새로움을 시도해야 할 때가 되었다. 불필요한 일상에서 벗어나는 가지치기는 내 의지로 가능한 일이다. 어찌 보면 쉽고 간명한 일이다. 하지만 사람을 좋아하는 성품과 저간의 삶의 방식으로 보아 사실은 여간 어려운 일이 아닐 것 같기도 하다.

그렇다고 이대로 안일에 빠져 있을 수는 없는 일. 인생 2모작을 위해 고난을 수행하는 솔개의 몸부림이 요구된다. 길게 자란 부리를 빼내고 새로운 부리로 바꾸어야 하겠다. 발톱도 다듬고, 날개의 깃털도 바꾸어야 하겠다. 군살을 빼고, 관념의 틀을 깨야 하겠다. 부질없는 일에 매달리는 어리석음에서 벗어나 사물을 바라보는 방식과 인식체계를 바꾸어 새로운 의식 세계를 구축하고 싶다. 그리하여 이제 조금은 자유로워지고 싶다.

솔개와 같은 자기 변신을 통해 시간과 공간의 변화에 대한 패러다임을 읽어내고, 그에 맞는 작품 활동을 함으로써 개성과 감성이 살아 숨 쉬는 시를 쓰고 싶다.

때로 평자들은 '자연과 인간 그리고 사물을 섞음질 하는 데 그치지 않고, 자연과 역사 내지 자연과 시사를 비빔질 하여 정서와 사회현실을 섞고 그럼으로써 그의 작품으로 하여금 언제나 생생한 현장감이 넘쳐나고 있다.'(김열규), '소시민이 갖는 고통과 불안을 줄기차게 노래해온 개성은 현대성을 담보함으로써 존재의 의의를 획득할 수 있는 시조의 위상을 고려할 때 대단히 가치 있는 작업'(이우걸)이라고 말한다. '자연과 사회와 세계와 나를 거리를 띄어놓고 객관적인 자리에서 보았기 때문에 그의 시는 서투르게 감정적이지도 노골적이지도 않다. 상처를 입었지만, 투명한 그의 시세계는 아름답다.'(박주택)는 무사를 주기도 한다.

비교적 나의 작품세계와 의중을 적절하게 풀어낸 평이라는 생각을 하면서, 또 다른 한편으로는 마음에 드는 작품 하나 갖고 있지 못하다는 부담과 자괴감을 안고 있다.

내 시조는 술에다 비기면 증류식 소주 맛을 지향한다. 어린 시절 어머니는 증류식 소주를 빚으셨다. 불을 피워 발효주를 끓이고, 그 수증기를 받아 내리는 모습은 숭고할 정도로 진지했다. 한 방울 한 방울 떨어지는 술은 바로 신이 내린 이슬이다. 증류식 소주는 쌀로 빚는다. 달이기 전의 술 향기가 알코올과 함께 증류되어 소주에 들어가므로 그 맛은 참으로 향기롭다. 나는 어렸을 때 배고파 먹던 술지게미로부터 술을 배웠다. 어쩌다 어머니가 빚은 소주를 몰래 마신 적이 있는데, 이게 근이 박혀서일까. 지금도 도수 높은 술을 좋아한다.

잠재된 증류식 소주 맛을 깨워 주신 분은 존경하는 스님이다. 웃으시며 주신 술 맛은 어머니가 빚은 증류식 소주와 같은 맛이었다. 식도를 타고 내려갈 때는 부드럽고 향기롭게 느껴지다 뱃속에서 쏴하게 짜릿한 자극을 주다가 거꾸로 올라와 입을 통해 돌아나가는 듯한 느낌이다. 처음에는 약한 듯하지만 시간이 지날수록 강해진다. 짜릿한 느낌은 사라져도 향기는 한 동안 입안에 남아 맴을 돈다. 희석식 소주와 비길 바 아니다. 같은 증류식이지만 서양의 위스키와는 전혀 다른 맛이다. 증류식 소주야말로 우리의 전통 시조 맛이다. 맨재지나 증류식 소주같이 시조의 참맛을 아는 데는 오랜 시간이 필요하다. 우리 것의 아름다움을 배우고 익히기 위해 더 많은 공력을 들여야 한다.

스님께서 소주를 내린 것은 술이나 마시라고 주신 게 아니라 좀 더 진지하게 끓이고 달여 숙성을 시킨 후 밝고 해맑은 시조를 빚으라는 계시를 주신 것 같다. 발효과정을 거쳐 투명하게 증류함으로써 부드러우면서 쏴한 맛이 감돌아드는 시조. 읽고 나면 향기로운 여운이 남아 의미가 함의되어 있는 아름다운 시조. 우리의 입맛, 우리의 영혼을 촉촉하게 적실 수 있는 한국적 사유가 담겨 있는 시조를 빚어내고 싶다.

내 시조는 자연과 문명의 혼용을 시도한다. 궁극적으로는 생태주의 시조를 지향한다. 시대가 바뀜에 따라 입맛은 조금씩 다양해져 가고 있지만, 선험적으로 나는 맨재지 같은 보편성과 증류식 소주 같이 개성 있는 시조를 빚고 싶어 한다. 되풀이 하여 읽어도 감흥이 새로워지는 시 편을 위해 새로운 감각훈련이라도 해야겠다.

시원찮은 재주에 마음만 앞섰지, 내 힘에 가당키나 한 일인가. 생뚱맞은 소리 그만하고, 출출하니 소주 반주를 곁들이면서 맨재지 밥이나 한 공기 하였으면 좋겠다. 呵呵大笑.[1]

4. 생명의 실상에 대하여 ─김정희론

잠시 머물다 가기는
너와 나 한 몸인데

그 가냘픈
꽃빛만한
하늘 한 줌 쥐고

어둠에 기댈 수밖에……
이슬에 젖을 수밖에……

─「저 달개비꽃」 전문

지난여름, 우리 집 정원에 초대하지 않았던 잡초가 허락도 없이 무성히 자랐다. 어느 날 소나무 그늘 아래 서서 바라본 나의 눈길에 포롬하고 하늘하늘한 달개비꽃이 눈맞춤을 해 왔다. 뽑을까, 말까, 한참을 망설이다가 위의 시 한 편을 건져 올렸다. 한 송이 풀꽃에서 생명의 실상을 캐보리라는 생각이 번개처럼 스쳤다. 이 세상 삼라만상(森羅萬象)은 모두가 우주 속에 함께 태어난 목숨이다. 세상에서 제일 귀하고 아름다운 것이 생명일진데 목숨은 하루살이 날벌레나, 한 해살이 들풀이나, 천 년

---

1) ≪유심≫(2009. 3)에 발표한 「시작노트」를 보완함.

을 산다는 학이나 그 목숨은 반듯이 생자필멸(生者必滅) 하는 것이기에 더욱 귀중한 것이다. 생명이 영원하다면 어떻게 귀할 수가 있겠는가. 생명의 아름다움은 반드시 이울기 때문이다. 이 세상에 태어나면 꼭 사라지기 때문에 꽃과 나는 우주에 한 탯줄을 감고 태어나 목숨 얻은 형제자매라고 생각하며 한 몸이라고 읊었다. 나의 눈길에 머물러 마주친 시공(시공)의 인연은 얼마나 소중한 것인가. 내가 어찌 너의 목숨을 무찔러 버릴 수가 있으리. 모두가 더불어 살아 가야하는 아름다운 목숨인데……. 살아가노라면 우리는 우리가 피운 꿈이나 사랑의 질량만큼의 한 하늘을 이고 살아야 하는 숙명을 지닌다. 밤이면 어둠에 기대여 살고 이슬 같은 눈물도 보배로 안고 살아가야 하기 때문이다.

큰 나무에 가려진 그늘에서 힘없고 여린 꽃답지 않은 작은 풀꽃에 목숨의 연민이나 사랑을 느낀다. 목숨은 그 형태의 분수에 맞추어 스스로의 꿈과 사랑을 지니고 살아가는데 그 가냘픈 풀잎이 여린꽃잎을 안고 피어 있는 모습이 애처롭고 아름답다. 동체대비(同體大悲)라고 할까. 우리는 이 세상 만물 중에 목숨 받은 내력은 모두 같을 진데 목숨은 목숨끼리 모두 한 몸이어서 서로가 가없는 사랑을 느끼며 자비를 베풀며 살아야 할 것이라는 믿음을 가져야 하리라. 위의 시 한 편 속에 물아일체(物我一體)를 넘어 선 생명사상(生命思想), 목숨을 사랑하는 마음을 표현 하려고 했다.

또한 이룰 수 없는 꿈이나 그리움, 사랑과 한(恨)까지도 느낄 수가 있음을 배경으로 암시를 했다. 어둠과 이슬에 젖지 않는 삶이 어디에 있으랴. 삶의 빛과 그림자를 휘감고 모든 목숨은 살아가는 것이리라. 생명의 실상을 나타내고자 한 의도는 얼마만큼 표현 되었을까.

물아일체(物我一體), 너와 나는 하나이고 너는 나이며 나는 너이니까!

나는 이승에서 만난 모든 인연에 감사하며 살고 있다. 지조가 깊은 어버이를 만났고 배움의 길에서는 훌륭한 스승을, 문단에서는 소중한 선후배와 혈연을 맺은 가족을 만나 문학을 하면서 특히 시조와의 만남에 긍지와 고마움을 느끼며 오늘에 이르러 왔음을 밝힌다.

자아를 느낄 무렵엔 인격에 대하여 관심이 많았고 입지의 시절, 열다섯 살에 시인이 되려는 뜻을 세운 것은 국어 교사였던 시인 김태홍 선생의 덕분이었다. 하여 대학도 국문학과에 진학을 했지만 세상의 소용돌이에 휘말려 꿈을 접고 평범한 아낙이 되었다. 이루지 못한 꿈은 접어두고 세상에서 제일 좋은 거름이 되어 가족에게 헌신하리라 생각을 했다. 그러나 뜻 밖에 마주친 살붙이의 죽음 앞에 심각한 생의 문제는 삶을 재검토 해보는 어떤 계기를 마련하였다. 또한 잃어버린 자아의 성찰은 나를 거듭 태어나게 했다.

그 옛날, 대학의 문턱에 들어서게 되었을 때, 가람 이병기 교수의 국문학 강의 시간에 처음 선생님의 성해(聲咳)를 접하게 된 감격은 생애에 잊지 못할 기억이었다. 일찍이 중등 교과서에서 배운 「저무는 가을」이라는 시조는 생애에 처음 만난 현대시조였다.

> 들마다 늦은 가을 찬바람이 움직이네
> 벼이삭 수수이삭 으슬으슬 속살이고
> 밭머리 해그림자도 바쁜듯이 가누나.
>
> ―「저무는 가을」 첫 수

이 시조를 상기하면서 선생님을 별처럼 우러르고 있었는데 바로 그분을 스승님으로 모시게 된 것은 기막힌 행운이었다. 선생님께서는 온고지신(溫故知新)이 학문의 바탕이 되어야 함을 강조하시면서 부교재로써 『해동가요(海東歌謠)』와 『청구영언(靑丘永言)』을 준비하게 하시고 고시조 공부를 강조하셨다. 그러나 6·25동란을 맞게 되어 스승님과의 인연은 찰나의 불빛처럼 사라졌지만 그분의 가르치심을 필생의 업으로 삼게 된 것은 생애의 소중한 한 획을 긋는 만남이 된 것이다.

전국이 초토화한 당시, 우리 집도 예외는 아니었다. 가족이 해체되고 학업의 길도 막혀 어른들의 뜻을 받들어 출가를 하게 되고 시어른을 모시면서 아이들을 기르는 부도(婦道)를 닦으며 살아 왔는데 서른의 고비를 넘기는 순간 죽음 앞에 잃어버린 자아의 눈이 띄었다. 자신의 정체성은 찾아보니 공부에 대한 욕망이 솟구쳤다. 학교에 갈 엄두를 낼 형편은 아예 되지 못하고 『시조문학사전』(時調文學事典, 鄭炳昱 編著)을 준비하여 고시조 공부를 하는 동안 새로운 현대시조를 창작하고 싶은 욕망이 솟구쳤다. 옛 여인들이 내방가사(內房歌辭)를 지었듯이 남몰래 시조를 짓게 되었다. 주부의 몸으로 스스로의 세계를 갖고 개척하는 일은 벅찬 감회였다. 그 때 부업으로 농사를 지으며 살았는데 자연을 살펴보니 풀잎도 열매를 맺고 짐승도 새끼 치는 일은 자연의 순리였다. 평범한 일상에 만족하며 살아 온 시간이 후회스럽고 안타까워 밤이면 등불을 켜고 사는 것이 큰 기쁨이며 보람이었다. 내 나이 마흔 무렵에 다시 찾은 행복감. 문자를 잃어버렸다가 되찾은 기쁨은 장님이 눈 뜬 것만 같다고 할까. 벙어리 말문 트인 것만 하다고 할까.

가계부의 자락에 날마다 시조를 열심히 써 모으면서 죽을 때는 관(棺) 속에 넣어 가리라 생각했는데 실로 우연한 기회에 우연한 만남으로 고리태극 선생님을 뵙게 되어 선생님의 권유로 시조집을 내게 되었고 추천의 과정을 마쳐 시조시인이 되었다. 1970년대는 시조와 다시 만나는 시기였으며 이때부터 시조는 생활의 일부가 되어 여태껏 더불어 살아왔다.

우리들은 살아오면서 만남과 헤어짐을 겪는다. 형제와 시부모님을 잃은 빈 자리를 시조와 만나 생활 속에 희노애락(喜怒哀樂)을 노래로 다스리게 됨은 그 누가 알았을까. 지상(至上)의 축복이었다.

흔히 이야기는 거짓말(虛構)이고 노래는 참말(眞實)이라고 했듯이 생의 진실을 여실히 표현 할 수 있는 시조는 내 삶의 기통구(氣通口)였으며 카타르시스였다. 더구나 시조는 수 백 년을 이어져 온 겨레의 얼이며 숨결임에 한 번 목숨을 걸고 갈고 닦아 볼 가치가 있음을 어떤 소명감으로 느끼며 뜻을 굳혔다. 그러나 서투르고 재주 없음에 몇 번이나 좌절을 했건만 시조만을 생활의 지주로 삼고 살아 온 삶에 여한이 없다.

한국이라는 나라에 태어나서 세계에 으뜸가는 한글을 만나 시를 쓰되 세계에 그 유래가 없는 훌륭한 정형시 시조를 사랑하게 되었음은 분명히 하늘이 내린 축복이라 생각한다. 시조 삼 장 육 구는 온 우주의 뜻을 담을 수 있는 그릇이다. 아무리 찬탄을 하여도 그 빼어남은 끝이 없는데 우리의 조상들은 겨레의 얼이나, 서정, 서사, 교화, 생활 등 인간의 사유를 압축하여 아름다운 노래로 승화시킬 수 있는 완벽한 정형시를 후손에게 물려주신 것이다. 우리들은 있는 힘을 다하여 현재, 새로운 시대에 알맞은 지성과 감성으로 우리의 시조를 갈고 닦아서 우리의 후손에게 다시 물려주어야하는 막중한 소임이 있어 우리들은 다음 세대들을 위한 튼실한 징검다리가 되어야 할 것이다. 되돌아보면 살아 온 날이 꿈결처럼 스쳐 지나간다. 만약에 시조를 짓지 않고 살아 왔다면 생의 발자국은 강물이 지나간 모래벌판처럼 황량할 것이다. 살아 온 날의 절반인 30여 년간 9권의 시조집과 3권의 수필집 속에는 나의 기록이 남아 흔적을 남기게 되었다. 이제 말 할 수 있는 것은 "기록이 없는 삶은 산 것이 아니다"라고 말 할 뿐이다. 먼 훗날 남게 될 대표작이 없더라도 시조를 목숨 걸고 닦아 온 흔적을 남겼다는 것만으로 자위를 삼을 수 있으니까. 내 몸의 자연연령은 비록 저물었지만 목숨이 있는 날까지는 열심히 시조를 갈고 닦아 명품 하나 남기고 싶다.

시조는 나의 꿈이며 희망이기에 늘 깨어 있는 정신으로 살고 있는 원동력이 되고 있다. 마음은 절대 늙지 않았고 바로 엊그제 등단한 것처럼 명품을 향한 과녁의 활시위를 팽팽하게 당기고 있다.

5. 낱말을 새로 읽다, 2007 시작(詩作)보고 – 문무학론

"니가 날 좋아할 줄은 몰랐어, 어쩌면 좋아, 너무나 좋아"로 시작되는 원더걸스의 노래 '텔미'가 2007년 하반기 가요계를 흔들었다. 이 '놀라운 소녀'들이 '텔미'를 부르며 추는 '텔미 댄스'는 댄스의 새로운 유행을 만들기도 했다. 이들이 좋아서, 너무나 좋아서 현실이 아닐까봐 자꾸 꼬집어 볼 정도로 좋아서, 부른 노래와 신명나게 춘 춤은, 세대 차이를 뛰어넘어 듣고 보는 이에게 그야말로 '좋음'을 한껏 전염시켰다.

그런 사실을 생각하며 2007년 나는 무슨 춤을 추고 살았나 돌아본다. 참 묘하게도 내가 부르고, 내가 춘 춤은 "네가 날 싫어할 줄은 몰랐어."란 가사에 '엉거주춤'이 아니었나 싶다. '엉거주춤'이란 낱말의 끝에 '춤'자가 들어간다고 해서 그걸 '춤'으로 말하는 것이 논리에 맞을 리 없지만, 한 때 우리의 심금을 울렸던 공옥진의 춤을 생각하면 '엉거주춤'이 춤일 수 없다고 우길 수만은 없을 것이다. 그래서 '엉거주춤'이란 낱말을 제목으로 하여

'엉거주춤'은 신명나는
그런 춤이 아니지

앉지도
서지도
자빠지지도 못하여

간신히
세상 붙들고
내가 춰온 그 춤이지.

라는 작품을 쓰기도 했다. 어찌 이런 일이 이 한 해 뿐이었으랴 만 나
의 2007년은 이러지도 저러지도 못해서 엉거주춤할 수밖에 없었던 경우
가 그 어느 해보다 많았다. 따라서 2007년에 내가 춘 춤은 '엉거주춤'이
틀림없다. 그런 사실들이 하도 짜증이 나서 '젠장'이란 낱말을 들고

'젠장'은 간장 된장
그런 양념 아니라서

먹을 순 없지만
맛은 듬뿍 배어 있다

도저히
삼킬 수 없어
침을 '탁' 뱉아야 할 맛.

으로 읽기도 했다. 참으로 '젠장'엔 엄청난 독소가 들어있다. 그대로 삼
키면 심각한 지경에 이를 수 있는, 그럼에도 불구하고 '젠장'을 연발하
며 '엉거주춤' 살아왔으니 참으로 기막힌 일 아닌가.
    왜, 그럴 수밖에 없었던가. 그 이유야 나의 무능이라는 말 외는 더 할
말이 없지만 '삶'이란 낱말로 시를 쓰면서

'삶'이란 글자는
사는 일처럼 복잡하다

'살아감'이나 '사람'을
줄여 쓴 것 같기도 한데

아무리
글자를 줄여도
간단해지지 않는다.

고 썼다. 그러면서 자위하려 했다. 삶은 왜 그렇게 복잡한가, 이 글자
하나가 안고 있는 콘텐츠가 감당하기 어려울 정도로 복잡하지 않는가.
그래서 '젠장'을 연발하고 엉거주춤할 수밖에 없었던 것이다. 또 하나의
까닭은 '외로움'과 손잡는다. 낱말 '섬'을 소재로 하여

'서다'라는 동사를
명사화하면 섬이 된다.

뭍에서 멀리 떨어져
마냥 뭍을 그리는 섬

사람은
혼자서는 그 때부터
섬이 되는 것이다.

라고 썼다. 누가 대신 살아주는 것도 아니고 자기 삶은 자기가 살아야
한다는 이 거부할 수 없는 사실 앞에서 외롭지 않은 사람 어디 있으랴
하며 위로해 온 것이다.
　복잡하고 짜증나고 외로운 삶, 그렇다고 언제까지나 이렇게 살 수만
은 없지 않은가. 이제 제대로 된 노래도 부르고 신명나는 춤도 한 판

춰보고 싶다. 그러려면 어떻게 해야 하는가. 내가 찾은 답은 '그냥' 이
다. 나는 '그냥'을

> '그냥'이란 말과 마냥
> 친해지고 싶다 나는
>
> 그냥 그냥
> 읊조리면
> 속된 것 다
> 빠져나가
>
> 얼마나
> 가벼워지느냐
> 그냥 그냥
> 또
> 그냥.

이라고 읊었다. 이 작품을 두고 문학평론가 김석준은 조주의 '무자화'
이고 오쇼 라즈니시의 '무심'이며 임제의 '할'이라고 평한 바 있지만 그
건 아무래도 좀 지나친 것 같고, '그냥'의 담백함을 가슴에 가두어야 제
대로 된 춤 한판 출 수 있지 않을까 싶다.

  2007년 내 삶과 시의 중심은 '낱말 새로 읽기'에 주어졌다. '엉거주
춤', '젠장', '삶' 그리고 '그냥' 같은 낱말들을 서른개 정도 새로 읽었다.
이 작업을 하면서 참 가당찮게도 많이 희희덕거렸다. 그 희희덕거림이
나를 가눌 수 있게 하는 유일한 길이 되어 주었다.
  해가 바뀌어도 나는 '그냥'을 읊조리며 이 작업을 계속할 것이다. 그
러기 위하여 나는 반성하기도 한다. '때문에'라는 낱말로

'때문에'란 낱말이
사람을 닮았다면

아마도 나 같은 놈
나 같은 놈
닮았을 거야

땀 한번
흘려보지 않고
'때문에'만 뇌까려 온,

이라는 작품을 쓰며 나를 꾸짖는다. 앞으로 '엉거주춤'이 아닌 제대로
된 '글 춤' 한판 춰보고 싶기 때문이다. 설사 또 내가 추는 춤이 나 아
닌 사람들에겐 '깨춤'으로 보일지라도…….

6. 옹이와 여울, 완결의 미학을 추구한다-박기섭론

시조는 맺고 푸는 시가 형식이다.
맺되 옹이를 지우고, 풀되 굽이치는 여울을 둔다.
시조의 생명은 긴장과 탄력, 절제와 함축을 바탕으로 완결의 미학을 추
구하는 데 있다. 그러면서 그 가락의 운용은 자연스러움을 요체로 한다.
지극히 원론적인 얘기지만, 나는 시조를 쓰면서 그것이 대상에 대한
설명이나 특정 사실의 묘사 또는 전달에 그치는 일 따위를 무엇보다 경
계한다. 시는 어디까지나 인간의 사상 감정을 개개인의 정서적 반응을
거쳐 표현하는 것이라 믿기 때문이다.
시조가 정형시라고 해서 흔히 닫힌 장르로 인식하는 경향이 있다. 그

러나 이러한 인식의 오류는 시조의 정형을 자유시의 자유 개념에 상응하는 폐쇄 구조로 보는 데서 말미암는다. 자유시라고 해서 무한정의 자유를 누릴 수도 없는 노릇이지만, 시를 포함한 모든 예술 행위는 본질적으로 구속의 속성을 갖기 마련이니까. 궁극의 정형은 절대 자유와 통한다. 구속 속에서 추구하는 정신의 극점에서 한 형식이 완성된다. 그렇다고 한다면 정형이야말로 인간이 향유할 수 있는 문화적, 예술적, 정서적 차원에서 가장 진화된 언술 형식이 아니겠는가.

하나의 정형에는 그 사회의 오랜 역사적 경험과 문화적 습속이 고스란히 녹아 있다. 따라서 시조의 형식 논리는 우리말과 우리 정서가 어우러져 빚어낸 사유의 총화라 해도 지나치지 않다. 그런 점에서 나는 시조 3장의 유형화된 미의식에 절대적인 신뢰를 보낸다. 하지만 이러한 시조 형식의 운용에 창조적 인식이 뒷받침되지 못한다면, 그것은 한낱 전통의 단순 변조나 답보에 지나지 않을 것이다. 이 또한 내가 시조를 쓰면서 살펴 헤아리는 바다.

안이한 발상으로는 의식의 심층에 닿기 어렵거니와, 단조로운 상의 전개는 자칫 시의 무게를 떨어뜨리기 십상이다. 경험 사실과 상상력의 감각적 육화를 이루는 데서 우리는 시 쓰기의 미묘한 성취감을 맛본다. 시가 이미지를 떠나서는 존재할 수 없다면, 이 말은 곧 자연과 우주의 끊임없는 변화와 생성의 이치를 함의한다고 할 수 있다.

> 강은 세속도시의 종말처리장을 휘감아 돌고
> 사람이 살지 않는 마을로 가는 먼 길이
> 길게 휜, 수로를 따라
> 다급하게 풀린다
>
> 용케 추슬러 낸 몇 소절 노래도 삭아
> 더는 흐르지 못할 끈적한 욕망의 진창

또 어떤 격렬함으로 강은 저리 부푸는가

잡풀들의 아랫도리가 툭, 툭 부러지면서
익명의 새떼들만 취수탑 근처를 날고
마침내 뻘물 아래 아득히
혓바닥을 묻는, 강

　　　　　　　　　　　　　　　　－「그리운, 강」 전문

　「그리운, 강」을 쓸 무렵 나는 의식적으로 자연 파괴나 환경오염이 주
는 생태계 위기 문제에 매달렸다. 까닭인즉 이 방면에 대한 시조단의
관심이 상대적으로 희박한 데다, 또 그런 현실이 내게 어쭙잖은 정서적
부담으로 작용했기 때문이다. 생태주의적 세계인식을 제대로 보여 주지
는 못했지만, 어쨌거나 이 작품도 그런 인식의 토대 위에서 쓴 것만은
틀림없다. 우선 이 작품의 제목이 '그리운 강'이 아니고 '그리운, 강'인
데서 어떤 속내를 엿볼 수 있다. 부러 쉼표를 찍은 것은 강 이미지를
강조함과 동시에 그리움 쪽의 의미를 강하게 부여잡기 위해서다. 말하
자면 의미의 집중과 울림을 고려한 포석인 셈이다.
　세속도시의 하수며 오·폐수를 정화하는 '종말 처리장을 휘감아 도는
강'과 '사람이 살지 않는 마을로 가는 먼길'은 왜곡되고 변질된 현실에
대한 비판적 메시지를 담고 있다. 문면에 드러나는 외면적 정황이 그러
하듯 이 작품의 무대는 어느 특정 지역에 국한되지 않고, 여러 곳에서
본 여러 풍경들을 뭉뚱그려 제시한다. '길게 휜, 수로를 따라/다급하게
풀린다'는 구절은 뭔가 알 수 없는 힘에 의해 속절없이 내몰리는 마음
의 움직임을 보여준다. '길게 휜, 수로를 따라'의 '길게 휜,'은 앞뒤에 놓
인 '먼길'과 '수로'의 의미를 견인하고 완충하는 역할을 한다.
　'용케 추슬러 낸 몇 소절 노래'는 절박하게 밀어닥치는 오염 현실에
대한 질정의 의지를 내포한다. 그러나 그 '몇 소절 노래'는 이내 삭아

'더는 흐르지 못할 끈적한 욕망의 진창'에 갇히고 만다. 이것이 강으로 대변되는 자연의 숨길 수 없는 실상이다. '어떤 격렬함으로' 부푸는 강의 심상에는 끝내 포기할 수 없는 기대감이나 희망 같은 게 묻혀 있다. 기실 이 구절은 시 문맥의 일관된 흐름에 변화를 주고, 그 틈새로 긴장의 입김을 강하게 불어넣기도 한다.

셋째 수에서는 첫째 수의 '종말처리장'에 상응하는 '취수탑 근처' 풍경이 배경을 이룬다. '종말처리장'과 '취수탑', 정서적으로 대척점에 있는 두 시설물이 함께 등장함으로써 상·하수의 이미지가 뒤섞이는 중층 구조를 형성하게 된다. '잡풀들의 아랫도리가 툭, 툭 부러'진다는 것은 생태계 파괴의 단초를 상징적으로 보여주는 일로서, 여기에는 저항할 수 없는 낭패감이 내재해 있다. '취수탑 근처'를 나는 '익명의 새떼들'은 지상에 내려앉지 못하고 부유하는, 다시 말해 오염 현실에 떠밀려 다니는 존재들을 대변한다.

'마침내 뻘물 아래 아득히/ 혓바닥을 묻는, 강'—이 작품의 마지막 장은 인간의 몸 가운데 가장 민감한 부분의 하나인 '혓바닥' 이미지를 통해 자연의 심층 부분까지 훼손된 치명적인 상황에 대한 문제 의식을 제기한다. '혓바닥을 묻는, 강'에 나오는 쉼표는 제목인 「그리운, 강」과 의미의 균형을 유지하면서 명사형으로 끝나는 마지막 구에 강조와 여운의 효과를 주기 위한 의도로 읽을 수 있다.

집착을 넘어서는 집착, 일탈을 끌어안는 일탈—그런 부조화의 조화 속에 시조 창작의 좁고 가파른 길이 열려 있다.

될 수만 있다면 나는 시조의 실험성을 일깨우는 데 가진 힘을 소진하기를 희망한다. 그리하여 편편이 낯설고, 비딱하고, 그러면서 뜨거운 각성의 피가 흐르는 그런 시조를 쓰고 싶다. 실험은 늘 깨어 있는 의식으로 끊임없는 변주와 변용을 추구하는 것. 될 수만 있다면 나는 의식의 내해 그 깊은 곳에 그물을 던지고, 가늠할 수 없는 인식의 고도를 줄달음쳐 오르고 싶다. 그리하여 형식과 내용의, 외연과 내포의, 자연과 인위의, 영원과 찰나의, 몸과 넋의 경계를 분주히 넘나들며 그 극점을 향해 나아가고 싶다.

모든 경계에서 첨단의 길이 열린다. 나는 나의 시 쓰기가 그런 인식의 경계에서 언어의 상감 세계를 온전히 구현하게 되기를 희망한다. 환원염의 불 그늘 속에 사위어 가는, 오오 저 소슬한 서정의 흙빛!

7. 창작과 퇴고─박영식론

한 편의 작품을 빚는데 있어 평소 마음속에 품었던 구상을 의도적으로 작품화하는 경우와 즉흥적 감흥에 의해서 작품화하는 두 유형을 누구나 경험했으리라 본다. 전자의 경우 오랜 기간에 걸쳐 많은 자료수집으로 탄탄한 작품이 되는 반면, 후자의 경우 다소 작품 질은 떨어지긴 하나 군데군데 반짝이는 시구를 느꼈을 것이다.

이는 집에서의 글쓰기와 백일장에서 글쓰기의 차이점과도 흡사하다 하겠다. 하지만 무엇보다 작품다운 작품으로 거듭나게 하는 것은 퇴고(추고)를 얼마만큼 잘 하느냐에 따라 승패의 여부가 달라질 수밖에 없다.

그럼 여기서 필자의 경험을 한 예로 들어보기로 하자. 이십 오 년 전쯤 워즈워드의 무지개를 읽고 큰 감명을 받은 나머지 나도 그처럼 아름답고 감동적인 무지개를 어떻게 하면 시조작품에 앉힐까 싶어 많이도 고뇌하며 속을 다렸다.

예)1

내 가슴 뛰는 곳엔
개울물이 흐르는가

눈에 선 환한 기쁨
영롱한 그 꿈빛을

산 너머
먼 산 저 너머
피고 지던 꽃하늘(비쳐주던 꽃하늘)

　　예)2
소낙비 울음 뒤에 하늘문이 열리던 날
??? 냇물 한 줄 내 맘속에 흘려놓고
산 너머 먼 산 저 너머 사라지던 무지개

　　예)3
소낙비 울음 뒤에 하늘문이 열리던 날
천연색 냇물 한 줄 내 맘 속에 흘려놓고
산 너머 먼 산 저 너머 사라지던 무지개

　예)1은 초고다. 가만 살펴보면 초장이 워즈워드의 무지개를 너무 좋아
한 나머지 마치 한 부분을 그대로 옮겨다 놓은 듯한 느낌을 지울 수 없
다. 글쓰는 이의 양심으로 이건 창작이라 할 수 없었기에 수십 번은 뜯
어 고치며 6개월 정도의 시간을 흘러 보내면서 예)2에 이르게 되었다.

　예)2에서의 문제는 어떻게 하면 제대로 된 무지개의 색상을 표현할까
하고 깊은 회의에 빠져있던 중, 우연찮게 직장에서 우편물 구분 작업을
하던 틈에 한 알의 영롱한 보석과도 같은 그것을 발견한 것이다.

　당시 TV 시청료 납부고지서엔 '흑백' 또는 '천연색' 두 가지로 표기
되어 있었는데 거기서 '바로 이거야' 하고 탄성을 내질렀던 것이다.

　이후 내 역량의 한계로서는 퇴고를 완료할 수밖에 없었고 모 월간지
에 작품을 투고한 결과 제 일석으로 뽑히는 영광을 안았다.

위와 같이 어떤 계기로 작품을 빚기 시작했을 때 초고에서 퇴고 완료까지는 엄청난 시련과 시행착오를 거쳐야 한다. 그런 산고의 연후에서야 전혀 다른 모습으로 나타나는 현상이 창작의 한 결과라고 할 수 있을 것이다.

8. 어머니, 환경 그리고 사랑—신웅순론

1950—60년대만 해도 한산은 모시를 생업으로 해서 살아가는 집이 많았다. 우리집도 예외는 아니었다. 아낙네들은 낮에는 들일을 하고 밤에는 베를 짰다. 생업을 위해 모시를 팔았다. 자녀들의 학비도 대어야했다. 참으로 가난했던 어린 시절이었다. 철이 없었을까. 나는 움 밖의 기러기 울음 소리가 좋았고 옆집의 베틀 소리가 좋았다. 감나무 사이로 쏟아지는 달빛이 그렇게도 좋았다.

백제의 삼천 궁녀의 한은 아니었을까. 금강물은 그래서 철석거리는 것은 아닐까. 청승맞게도 어린 시절 엉뚱한 생각을 해보기도 했다. 어른이 되면 그것을 시로 써보려고 어렴풋 생각해보기도 했다. 그리고는 몇 십년의 세월이 흘렀다. 그런 생각들은 무의식 속으로 까마득히 묻혀버리고 말았다.

20살 쯤 전후에서 나는 4,5년 정도 시를 썼다. 서른 살 때 아버지를 잃고는 다시 시조를 쓰기 시작했다. 사족을 다는 것이 싫어 언어를 버렸다. 그러다보니 내 시는 점점 시조를 닮아갔다. 그래서 시조를 썼다.

영원히 놓칠 뻔 했던 어린 시절 움밖의 기러기 울음 소리, 베틀 소리, 달빛들이 되살아났다. 잃어버린 백제 왕국, 굽이쳐 흐르는 백마강, 낙화암의 단소 소리들도 되살아났다. 이런 한을 모시에 재생시킬 수는 없을까. 시조 「한산초－모시」 15수는 그런 끝에 세상에 나온 작품이었다. 30여 년 전의 일이었다.

빛 바래기는 했어도 나에겐 참으로 소중한 작품이었다.

> 베틀 위에 실려오는
> 황산벌의 닭울음
>
> 결결이 맺힌 숨결
> 가슴 속에 분신되어
>
> 지금도 옷고름 풀면
> 날아가는 귀촉도
>
> ―「한산초, 모시 2」

주경야독 시절, 기말 고사 보는 전날로 기억된다. 공부는 해야겠고 머릿속은 텅 비어있고 시조 「모시」에 손을 댔다. 시험은 제쳐두고 새벽까지 시작에 몰두했다. 극도의 긴장 속에서 시간 가는 줄도 모르고 고치고 또 고쳤다. 몇 시간 몰입 끝에 구절 하나 얻었다. 종장의 시구 ‘지금도 옷고름 풀면 날아가는 귀촉도’였다. 당시에 이 구절을 얻고 얼마나 기뻐했는지 모른다. 이것이 그 옛날 필자가 생각했던 우리 민족의 여인의 한이 아니었을까 생각했다. 어렸을 때 필자의 체험이 20년 넘어서야 겨우 4음보의 구절 하나를 얻은 것이다.

어렸을 때 생각했던 그 분위기가 어떤 것인지 잘 모르지만, 어떤 낱말로도 표현할 수 있을 것이라는 확신은 분명히 있었던 것 같다. 이렇게 세상 밖으로 나오는 데에 많은 시간이 걸렸다.

다음의 시구들도 그 당시에 그렇게 해서 나온 것들이다.

> 기다림은 숯불 위에

꺼질 듯 살아나고

움 밖의 기러기 울음
모시결에 스미는데

ㅡ「한산초, 모시 8 」일부

우주 밖 은색의 빛
베틀에 감겨지면

한 점 새벽 바람
어둠을 걷어가고

ㅡ「한산초, 모시 14」일부

이승을 행궈내어
풀밭에 너르면

다림질하는 햇살
그리움은 마르는데

ㅡ「한산초, 모시 12」일부

시침하는 손길마다
한 생애 끝나가고

바늘은 실을 따라
피안까지 누벼가네

ㅡ「한산초, 모시 13」일부

이것이 당시 우리 어머니들의 모시 이야기였고 삶의 이야기였다. 우리 어머니들은 태어나면서부터 그런 한을 갖고 태어났는지 모른다. 시부모 시집살이, 남편 시집살이, 자식 시집살이를 숙명적으로 갖고 태어났는지도 모른다. 한을 달랠 모시라도 있었으니 그렇지 않다면 무엇으로 한을 풀며 살았을 것인가.

태모시를 쪼개고 또 쪼개어 한 올 한 올 숨을 뽑아 무릎에 감는 그 슬기를 한이 없는 여인은 터득할 수가 없다. 온갖 정성이 서린 모시 공정이 우리 어머니들의 손 끝에서 이루어진 것이다. 한이 없는 사람은 그런 숙명적인 일을 할 수 없다. 째고, 삼고, 날고, 매고, 감고, 짜고. 그 많은 어머니들은 그런 인고의 세월들을 풀어내며 한 많은 인생을 살아가야했다. 한 겨울 한 필 한 필 삼경을 숨소리에 포개놓았을, 혼자서 기나긴 밤 잉아에 걸고 백마강물 짜아갔을, 다시는 그런 모습 볼 수 없을 돌아가신 내 어머니를 새삼 생각해본다.

80년대 중반이었던 것으로 기억된다. 고향의 산천은 일그러져가고 있었다. 그 많은 메뚜기도 그 많은 물고기들도 급속히 사라졌다. 산업화의 물결에 죽어가는 환경을 바라볼 수밖에 없었다. 돈이 되고 쌀이 되는 것에는 관심이 없고 사람과 함께 살아왔던 동물, 식물, 곤충들이 자꾸만 사라져가는 것에 더욱 가슴 아파했다. 그렇다고 나는 환경 지킴이 운동가도 정치가도 못되는 용렬한 위인이었다.

후손에게 길이 물려줄 산천이 산업화로 파괴되어 가는 것을 더는 보고 있을 수 없었다. 산업화도 중요하지만 나는 잘 먹고 잘 사는 일보다는 함께 살아갈 환경이 더 중요하다고 생각했다. 내가 할 수 있는 일은 펜은 칼보다 강하다는 어렸을 적 선생님한테 배운 금언을 실천하는 길이었다.

환경 시조에 손을 대기 시작했다. 시조집 『나의 살던 고향은』 중 「논」, 「사너멀」, 「한산의 하늘」은 그렇게 해서 나온 작품들이었다. 생경한 목소리이긴 했지만 나름대로 심지를 갖고 썼었다. 그 누구도 관심이 없었지만 80년도에 시조에서 환경 문제를 제기했던 것만도 내겐 다소의 위안이 되었다.

무슨 한이 있었길래
산자락을 싹뚝 잘라

천형의 헤진 하늘
기중기로 들어올려

간음을 당한 한 시대
수술대에 뉘어 놓나

―「한산초―사너멀 32」전문

탱자울 두고 떠난
저녁눈은 도시로 가

몇 십년 빌딩 주변
공터에도 내리다가

검은 물 수도관 타고
고향 들녘 적시는가

―「한산초―사너멀 33」전문

허리 다친 푸른 산맥
붕대 굵게 감은 도로

―「한산초―사너멀 30」일부

강물은 콜록이며
들녘으로 수혈하고

―「한산초―사너멀 31」일부

밤 내내 강물은 흘러
하구둑서 신음한다

―「한산초―한산의 하늘 48」일부

차세대 어린이들에게 읽혀줄 환경 동화도 이때부터 쓰기 시작했다.

어린이들에게 자연의 소중함을 일깨워 주어야하는 것이 급선무라고 생각했다. 죽는 얘기가 자주 나온다고 핀잔을 받기도 했지만 어떻게 죽어가야 하는지 알아야 환경을 하고 말고 할 것이 아니냐고 나름대로 교훈철학을 늘어놓기도 했다. 그렇게 해서 훗날 동화집 『할미꽃의 두 번째 전설』이 출간되기도 했다.

30여년을 역사, 환경, 사랑과 함께 시조의 길을 걸어왔다. 이제는 지금의 나를 있게 해준 내 가족 사랑하는 어머니와 아내에 대한 빚을 갚고 싶다. 그것은 내 이승의 소중한 의무이자 아름다운 짐이며 애틋한 소망이기도 하다.

다음은 지난날 내게 사랑을 가르쳐 주었던 연인에 대한 사랑 한 수이다.

> 누군가를
> 사랑하면
> 일생
> 섬이 된다
>
> 유난히
> 파도가 많고
> 유난히
> 바람이 많은 섬
>
> 그래서
> 가슴엔 평생
> 등불이
> 걸려있다
>
> ―「내 사랑은 47」

9. 두고 온 고향 – 우숙자론

봉선화 웃는 밤에 꽃신을 갈아 신고
낙엽도 밟지 않은 수줍은 걸음으로
이승끝 난간에 서면 반만 열린 창이더라

호롱불 층층 밝혀 쌓아올린 문턱에서
아픔이 산이 되어 청솔처럼 우거지면
친정댁 넓은 뜨락이 비를 맞고 있더라

　　　　　　　　　　　　　　　　－「친정 하늘」

한 해가 또 저문다. 반 세기 동안 고향을 하루도 그리워하지 않은 날
이 없었지만 올해는 왜 더더욱 고향 하늘이 간절할까. 나이 탓일까. 내
유년 꽃밭에는 아름다운 꽃들이 산을 만들고 가족들과 이웃들의 따뜻한
사랑이 그토록 가깝게 다가오는 내 고향 개성.

6·25 동란으로 고향(개성은 6·25 이전에는 이남이었음)을 지척에 두
고도 못가는 뼈아픈 가슴, 그 길이 나의 길 나의 운명이어야 했다면 붓
을 놓을 수 없는 뜨거운 눈물은 얼마를 더 흘려야만 진정할 수 있을까.

이렇듯 세월의 강은 서러운 석양의 창을 물들여도 밤하늘의 별들은
나직이 속삭이듯 다가오는데 길없는 세모의 밤을 서성이는 나는 기축년
의 문턱에 서서 외로운 방황의 끝을 이렇게 적어 본다.

"눈이 오고 날이 추워 고향 갈 길 태산이라."

남들은 이렇게들 말을 하고 있는데

실향의 우리 여정은 어느 사막 지나는지…

나그네 아픈 숙명 목마른 그리움은

별빛 같은 시가 되어 눈물로 따라오고

뿌리친 묘비 위에서 부활하는 혼불 하나.

꿈 많던 여고시절 어머니와 어린 동생들을 뒤로 하고 고향을 떠나온 지 57년, 십년이면 강산도 변한다고 하지 않는가. 단 하루도 집을 나서 보지 못한 나는 난생 처음 일주일이면 족하다는 어머니의 성화에 못이겨 12월 21일 개성을 떠나 할아버님(화백 우경희씨) 댁으로 피난을 오게 되었다. 고향(개성)으로 다시 돌아갈 날을 애타게 기다리던 중 전세는 악화되어 1·4 후퇴의 끔찍한 소용돌이 속에 끼어 정처없는 피난길을 따라 부산까지 가게 됐다. 어둡고 무서운 현실은 눈 앞에서 맴돌았다.

의식주의 해결이 선결문제였다. 어렵게 제 3 육군병원 군수과 행정원으로 취직이 되어 병원 생활이 손에 익어갈 무렵, 그 해 가을 어느날이었다. 나의 소식을 어디서 들으셨는지…… 외삼촌이 병원으로 찾아오신 거다. 얼마나 반가웠던지. 말을 못하고 울기만 했다. 그 길로 외삼촌을 따라 꿈에도 그리던 아버지 품으로 돌아온 것이 강 건너 고향이 보이는 강화도 산이포였다. 비행기는 북을 향해 마음대로 날아가고 강바람에 실려오는 포소리는 갓 스물의 보랏빛 가슴을 적시던 아픔, 그것은 지금도 남아있는 뼛속에 박힌 한의 눈물이다.

북녘 땅을 바라보며 얼마나 어머니를 부르며 부르며 소리내어 울었던가. 낙엽이 우수수 떨어지던 산이포의 산길, 그 길은 지금도 나의 고독한 삶의 가버린 기억으로 남아 한 맺힌 일월이다. 손을 내밀면 손에 잡힐듯한 파란 고향 하늘. 이토록 아로 새겨진 암흑의 계절은 내 유년의 문턱에서 지치도록 오래 갔다. 부칠 수 없는 시를 매일 밤 쓰며 세모의 밤을 울며 지샌 반백년, 죽이지 않으면 내가 죽게 되는 전쟁을 왜 싸워야만 했을까.

분단의 이유는 정작 무엇 때문일까. 하늘은 어디서나 한 마당이다. 휴전선 저 푸른 서해 바다의 물새들은 파도 따라 가고 오는데 한 번밖에 초대받지 못한 우리의 삶……. 눈물도 말라버린 천만 이산가족이 애처롭기만 하다.

빈 손으로 왔다가 빈 손으로 돌아가는 바쁜 여정, 이렇듯 분단의 아픔은 전 세계의 어느 곳에도 없다. 조국이 가야할 길에 해 뜨는 언덕은 어디쯤일까. 기나긴 실향의 뒤안길을 잠이든 북녘 하늘에 물어본다.

다음은 우숙자에 대한 필자의 평론이다.[2]

우숙자의 시인의 시조를 읽으면 가슴이 저려온다. 실향의 절실함이 이보다 더할까. 실향의 그리움으로 일관되어 있고 그 이상도 그 이하도 아니다. 그래서 더더욱 절절이 다가온다. 작금의 현실을 그대로 증언해주고 있어 지금 읽어도 마음을 아리게 한다.

솔바람 이는 대로
시린 이마 마주 대고

허공에 꽃을 피운
크고 작은 가슴끼리

어느녘 눈 먼 기다림에
목은 저리 늘어나고……

산정을 반반 가린
노을 벗긴 강둑으로

---

2) 신웅순, 「한글서예인을 위한 현대시조 창작교실 63교시」, ≪월간서예≫ 11월호 (미술문화원, 2008), 170-171쪽.

고운 님 오실 날이
이리도 멀 줄이야

물소리 하나만 안고
오솔길에 살라 한다

별자리 열었어도
갈 길은 아득해라

변함없는 목소리로
부르는 내 작은 연가

차디찬 한 줄기 시가
우수 처럼 나린다

　　　　　　　　　　　　　　-「갈대를 보며」 전문

눈 먼 기다림에 목은 늘어나고 님 오시기는 너무나도 멀다. 그래서 부르는
연가가 줄줄이 시가 되어 우수처럼 내리는 것이다. 우숙자는 고향이 개성이
다. 그녀는 실향민이다. 실향의 그리움과 아픔을 제하면 그를 논할 수 없다.
그 만큼 실향은 그에게 있어서 삶의 전부이고 살아가는 이유이기도 하다. 실
향의 아픔은 말해서 무엇하랴. 시의 이해를 위해 그녀의 산문을 옮겨본다.

　오늘 같은 명절날 고향에 계신 어머니와 동생들은 무엇을 하고 있을까. 생
사조차 알 수 없는 이 참담한 현실 앞에 모든 것을 잊고 살아야만 하는 실향
민의 괴로움.
　전생에 무슨 죄로 사십년이라는 긴긴 날을 남과 북의 대치하에 생이별이란
아픔을 안고 흑발이 백발이 되도록 참고 살아야만 했는지? 얼룩진 눈물의 발
자국이 서럽기만 하다.

　점으로 흐려지는 어머니를 뒤로 하고
　트럭에 흔들리며
　달빛 안고 떠나온 길
　귀촉도
　슬피 우는 밤

이 한이여 민들레여

겨울이 지나가면 새봄의 여인으로
고향이 무늬지는
사랑의 정화수에
좋은 날
손꼽아가며
부처님께 빌었다.

숨 닿던 그리움을 낙엽처럼 굴리누나
허공에 쏟아놓은
하 많은 이야기가
언 가슴
녹인 노래여
긴 은하의 울음이여

찬란한 꽃 노을에 바람이 흘러간다
추억의 이야기랑
모두가 고향인데
우리의
맺은 인연을
어느 강에 풀자는가

물빛 염원으로   익어가는 조국이여
포탄이 울고 간 날
온 밤을 서성이던
기억의
모퉁이에서
망부석은 말이 없다

―「고향으로 가렵니다」 전문

고향을 떠나오던 날, 고작 일주일이면 다시 집으로 돌아올 수 있으리라는
어머님의 말씀대로 서울 할아버님 댁으로 몇몇 사람들의 피난민 대열에 끼여
트럭을 타고 서울로 오게 되었다. 이것이 처음이자 마지막인 어머니와의 이
별이 될 줄이야……3)

10. 시조 창작 체험시론—유선론

내가 시조를 사랑하고, 아끼고, 창작하는 까닭은 한 마디로 말해서 우리 민족시이기 때문이다. 실로 우리 겨레시인 시조야말로 우리 역사상 숫하게 부침한 우리문학 가운데 현대까지 그 명맥을 줄기차게 이어온 "타고남은 구슬"이다.

아무리 현대 사회가 서구화의 물결 속에 묻혀 우리 민족시인 시조가 경시되어가고 있다 하더라도, 이제 21세기를 맞이한 우리는 마음을 한껏 가다듬어 우리 겨레시인 시조의 발전과 중흥의 꽃을 피우지 않으면 아니 되겠다.

시조야말로 우리 조상들이 자연스럽게 창조해 낸 정서의 고향이요, 사상의 뿌리요, 생활의 가락이요, 문학의 종가이며 종손이다. 그러기에, 나는 자라나는 우리 청소년들에게 이를 일깨워 분별없이 서구화에 물들지 말고 주체성을 일으켜 세우면서 오직 우리의 것을 아끼고 사랑하는 애국심을 간직하도록 하기 위해서 지금까지 시조를 쓰고 시조를 가르쳐 왔다.

다만, 나의 이러한 노력이 헛되지 않고, 우리 겨레시인 시조를 계승 발전시키며, 나아가 세계화 하는 일에 조금이라도 밑거름이 되었으면 하는 마음 간절할 뿐이기에 즐거운 마음으로 이 글을 쓴다.

나는 일찍이, 시에는 "말 밖의 말(언지외언), 뜻밖의 뜻(의지외의), 풍

---

3) 우숙자, 『내 고향』(대한, 2007), 1045—6쪽.

경 밖의 풍경(경지외경)" 등이 담겨 있지 않으면 그 맛은 나무껍질을 씹는 것과 다를 바 없다고 들었다. 시조 또한 우리의 고유한 시인지라 그렇지 않을 수가 없다. 시조의 행간에는 많은 의미를 숨겨두는 압축과 생략, 비유와 상징, 강조와 변화, 비약과 이미지 등의 묘미를 잘 살려내야 하고, 시조의 문맥 속에는 알게 모르게 우리들의 삶의 이야기가 녹아 있어야 하며, 우리가 숨쉬고 사는 이 시대의 정서와 사상이 구슬처럼 영롱하게 박혀 있어야만 훌륭한 시조가 된다고 본다. 나는 이것이 시조의 창작에 있어서 하나의 기준이라고 생각하면서 자작시 단시조 1편, 연시조 1편에 대한 체험을 기록해 본다.

<제1체험시론> 나는 2000년 2월 29일 한 많은 37년의 교직생활을 접었다. 갑자기 정년퇴임을 당한지라 노후대책의 겨를이 없었다. 그래서 귀향하여 농업을 경영하기로 결심하였다. 충북 청원군 미원면 운암리 2구 29-2번지, 소이 '옥호들'에는 생부님으로부터 물려받은 전답 574평이 남아 있다. 그런데, 옛날 우리가 살던 정다운 옛집은 빈집으로 오래도록 그냥 놓아두었기 때문에 일찍이 무너지고 말았다. 그래서 주택으로 꾸민 컨테이너 6×3 짜리를 전답가에 마련해 놓고 기거하면서 농업을 경영하는 것이었다.

일주일은 농사일을 하며 옥호들 컨테이너 생활을 하고, 일주일은 수원 집으로 올라와서 원로장학관 생활과 경기도인성지도교육원 이사로 봉사활동을 하면서 지낸다. 이렇게 섞바꾸면서 사는 것이 그동안의 나와 내자의 생활 패턴이었다. 나야 아직 컨테이너 생활을 하더라도 그곳에 살고 있는 친구들이 많은 고장이기 때문에 외로움을 느끼지 못 하지만 내자야말로 생소한 곳이기에 2주에 한 번씩 내려가는 일을 죽기보다도 더 싫어하는 편이었다.

어느 해 여름이었다. 온통 옥호들이 바다처럼 파랗게 물들어 있을 때였다. 오전 중 김을 매다가 점심때가 되어 점심을 먹으면서 내자와 단 둘이서 반주로 주고받은 술이 얼큰히 올랐다. 고단한 내자는 곧 방바닥에 쓰러져 흔들어 깨워도 일어날 줄 모르고 드르렁 드르렁 코를 고는 것이었다. 가슴이 아팠다. 가슴이 아프다 못해 아려 왔다. 도저히 이를 참을 래야 참을 수가 없어 다음과 같은 단시조 한 수를 창작하였다. 제목은 「하일(夏日)」 부제는 '낮잠'이라고 붙였다.

> 푸른 바다 한 가운데
> 술에 취해 누운 저 섬,
>
> 밀·썰물이 흔들어도
> 바위처럼 끄떡없다.
>
> 한사코
> 꾸짖는 콧노래 소리에
> 명치끝이 아리구나.

여기서 초장의 "푸른 바다 한 가운데"라 한 것은 섬이 아니라 바다처럼 푸른 옥호들 한 가운데 컨테이너가 놓여 있기 때문이고, "술에 취해 누운 저 섬"은 술에 취해 누운 내자를 가리키는 것이다.

중장의 "밀·썰물이 흔들어도/ 바위처럼 끄떡없다."는 어루만져보기도 하고 밀고 당기고 흔들어 깨워보아도 술에 취해서인지, 고단해서인지, 깊은 잠에 빠져서인지, 아니면 화가 나서인지, 몽니를 부리는 것인지, 하여간 나의 태도에는 아무런 반응이 없다는 것이다.

종장의 "한사코"는 심한 고집을 말하며, "꾸짖는 콧노래 소리에"란 마치 드르렁 드르렁 코를 고는 소리가 "왜 나를 이리 고생시키느냐"고 노래하듯 나무라는 것 같다는 말이며, "명치끝이 아리구나"는 노래하듯 쓸

새 없이 나를 꾸짖는 그 소리를 듣고 있는 나의 심정이야말로 말할 수 없이 아프다 못해 아려왔기에 이렇게 표현했는데, 전체적으로 보아 좀 더 그럴 듯한 현실적 기만전술을 구사하지 못해서 미안할 따름이다.

<제2체험시론> 난 누구보다도 행복한 사람이었다. 왜냐하면 두 분의 어머님 사랑을 독차지했기 때문이다. 그것도 한 분이 아니라 생모님과 양모님 두 분에게서였다. 두 어머님께서는 경쟁이라도 하시듯 무량의 사랑을 베푸셨다. 생가로 따져보아도 장남이요, 문중으로 따져보아도 8대 종손인 까닭이었다.

그러나 객지인 경기도에서의 바쁜 교직생활에 여념이 없는 나는 두 어머님의 그 큰 사랑에 다만 조아려 죄스럽기만 하였다. 8대 종손으로 입적한 나는 양모님을 모시고, 생모님은 서울에 사는 동생이 모셨다.

일찍이 홀로되신 양모님은 돌아가시기 3년 전부터 노환에 치매현상까지 겹쳐 고생을 하셨다. 이를 아신 생모님께서는 노구를 이끌고 자주 찾아오셔서 돌봐주셨다. 이런 환경 속에서도 두 어머님께서는 나에 대한 사랑과 희생의 눈빛을 거두지 않으셨다. 벌써 내 눈에서는 불효자의 눈물이 흐르는 것이었다. 결국 양모님께서는 1989년 6월 6일 세상을 뜨셨다.

아무튼 이러한 환경과 처지 속에서 다음 「자모송」은 잉태되었고 잉태된 어머님에 대한 사랑이 다시 여러 가지 바람직한 이미지로 부활된 것이다.

남들은 하나의 보잘 것 없는 여자로 보는 두 분이겠지만 나에게 있어서는 실로 두 어머님은 "맑은 하늘"이요, "늘 푸른 고향"이며, "넓은 바다"요, "화해의 광장"이기에, "먼 생애/ 흘러온 강물"은 "굽이굽이 사랑"이라고 하지 않을 수 없었다.

두 어머님께서는 평상시에도 늘 쉬지 않으시고 부지런히 일을 하셨다. 혹시 내가 편히 쉬시라고 말씀이라도 드리면 두 분께서는 약속이나 한 듯이 언제나 "죽으면 썩을 살을 아껴서 무엇 하나" 하시면서 더 많은 일을 하셨다. 그래서 나는 별 고생 없이 학업과 심신을 닦았기에 나에게 있어서 참으로 두 어머님은 "이 가슴에/ 어둠 사룬 촛불"이요, "이 동토에/ 꽃피우는 봄날"이시기에 "온 누리"를 "다스려 남을" "태양"이요, 그 태양의 아가페 같은 "빛" 등으로 비유해 보아도 오히려 성에 차지 않는 심정이다.

> 당신은 맑은 하늘
> 늘 푸른 고향입니다.
>
> 당신은 넓은 바다
> 화해의 광장입니다.
>
> 먼 생애
> 흘러온 강물
> 굽이굽이 사랑입니다.
>
> 당신은 이 가슴에
> 어둠 사룬 촛불입니다.
>
> 당신은 이 동토에
> 꽃피우는 봄날입니다.
>
> 온 누리
> 다스려 남을
> 태양입니다.
> 빛입니다.
>
> ―「자모송」 전문

무릇 좋은 시란, 첫째는, 소재가 신선해야 한다고 본다. 지금까지 지겹도록 많이 읽고 써 온 진부한 소재로는 독자들의 관심을 자극할 수 없는 것이기 때문이다. 두 눈을 맑게 씻고 객관적으로 사물을 관찰한다면 우리 생활주변에는 얼마든지 신선한 소재들을 발견할 수가 있다.

둘째는, 개성이 뚜렷해야 한다고 본다. 왜냐하면 누구나 흉내낼 수 있는 일반적이고 평범한 목소리가 아니라 자기만이 가지고 있는 독특한 목소리여야 한다는 것이다. 주제뿐만 아니라 표현의 기법과 운율이나 가락에서까지도 작자의 체취가 물씬 풍기는 그런 특징이 있어야 한다는 것이다.

셋째는, 말은 쉬워야 하고 생각은 깊어야 한다고 생각된다. 어려운 말을 사용하면 유식함은 나타낼 수 있을지 몰라도 전달력이 떨어진다. 초, 중학생이 읽는다 해도 이해할 수 있고, 대가들이 읽더라도 좋다고 할 만한 표현이 가장 이상적이 아닌가 싶다. 그러나 그 속에 담겨있는 내용 즉 사상만은 읽을수록 감칠맛이 나도록 심해같이 깊어야 한다고 생각된다.

넷째는, 간결하고 깔끔해야 한다고 본다. 대하소설로도 다하지 못할 그 많은 내용을 단 삼장 속에 압축하여 표현해야 하고, 모든 군더더기를 삭제 생략해 버리고 단단한 뼈대만으로 건실하게 구성해야 한다고 본다.

다섯째는, 독자들에게 감동을 주어야 한다고 본다. 어떤 글을 막론하고 이론을 초월해서 독자로 하여금 기뻐 날뛰게도 하고, 흐느껴 울게도 할 수 있는 글이어야 한다. 특히 시조는 서정의 바탕 위에서 슬기로운 지성이 번득일 때 차원 높은 감동을 유발할 수 있기 때문이다.

이상으로 좋은 시에 대한 다섯 가지 사항을 나름대로 나열해 보았다. 그러나 위에 든 단시조 『하일』이나, 연시조 『자모송』 등이 좋은 작품의 요건을 하나도 갖춘 게 없어 다만 송구할 따름이다.

11. 나의 두 번째 시조집, 그리고 시조의 미래적 가치
-유재영론

시조는 시조만이 드러낼 수 있는 형식과 내용적 특성이 있다. 지금까지 그 특성은 주로 형식적 측면에서 논의되어 왔는데, 그것은 시조가 정형시로서 형식적 조건을 일차적으로 충족시켜야 한다는 뜻이다. 이러한 논리는 때때로 파격이라는 의미로 또는 혁신이라는 의미로 애써 무시되어 왔다. 형식에서 일탈된 시조가 어떻게 시조일 수가 있는가. 물론 여기에는 이른바 조윤제의시조의 자수고가 한몫을 하고 있는 것도 사실이다. 조윤제는 3장 45자라고 기준형을 정하여 이를 시조의 이념이라 하고 조선시가의 가장 근본적 격조라 하였다.

문제는 이러한 자수 기본형을 기초로 시조를 연구하는 학자들이 율격론, 운율론을 동일시한 논의가 이루어짐에 따라 시조 형식의 구조적 이해와 본질적 연구가 심화되지 못하고 부정적 비판을 받게 만들었다는데 있다. 지금까지 조윤제 주장에 맹목적으로 따라온 현대시조가 형식에 대한 구체적 반응을 보이기 시작했다는 점은 일단 의미 있는 일이지만,-여러 논의를 거쳐 시조가 시조이게 하는 형식 세 가지, 첫째 3장 6구 34자를 기본 단위로 율격을 생산한다. 둘째 각장은 4음보를 기본 단위로 한다, 셋째 종장 첫 구는 반드시 3·5조로 엄격히 제한해야 한다. 최소한의 정형의 규칙마저 저버리는 것이 진정 새로운 시조가 가야 할 길인지 되묻지 않을 수 없다.

시조를 우리 정신의 문자적 증명이라고 한다면 우리는 시조가 우리의 미래적 가치로서 평가할 수 있을 것이다. 일본은 이미 3백 년 전 바쇼의 하이쿠를 앞세워 세계화에 나섰다. 지금은 전 세계 100여 개 국가에서 하이쿠를 짓고 일본 정신의 놀라움에 감탄하고 있다. 하이쿠를 현대화한 마사오카 시키(정강자규)의 고향 시코쿠에는 수 백 개의 시비가 세워졌고 해마다 그의 기념관이 있는 마츠야마(송산)에서 열리는 전국고교 하이쿠 백일장은 햄다 일본 열도를 들끓게 하는 고교 야구의 열풍에 못지않다는 이야기를 우리는 언제까지 귓등으로 흘려들어야 할 것인가. 우리에게 시조는 하이쿠 못지않은 뛰어난 특성을 갖고 있으면서도 현재 우리 시조의 현실은 어떠한가. 얼마 전 필자에게 보내온 서울대학교 김대행 교수의 편지 글 내용이 오늘의 시조가 안고 있는 고뇌의 일부라 함께 생각하며 잠시 여기에 소개한다.

"시조라는 전통 악기에 어떤 곡을 얹어야 하는가는 우리 모두의 안타까운 숙제가 아닐 수 없습니다. 선조들은 그처럼 단정한 시 형식을 이루어 5백년이 넘는 역사를 창조로 일관해 왔건만, 우리 시대는 그 선조들을 뵐 얼굴을 가지고 있는가를 늘 생각해 왔습니다. 문화는 박물관의 청자처럼 보존만 하는 것이 아니라, 거기서 새로운 빛을 얻어 더 나아가고 그래서 더 윤기가 돌게 해야 하는데, 아무래도 예만 못한 오늘이 아닌가 생각해 왔습니다. '절반의 고요'에서 그 새 길을 봅니다."

첫 시조집 『햇빛시간』 출간 이후 8년이 흘렀다. 이번 시조집 『절반의 고요』에서 나는 30편의 시조를 애써 골랐다. 내 스스로 시조의 형식미에 엄격하고자 버린 시조 또한 그 만큼의 분량이 되리라. 이로써 부끄럽게도 내 생애 60편의 시조를 겨우 마무리 한다. 앞으로 8년 뒤 나의 시조는 또 어떤 모습으로 변해 있을까. 나에게 주어질 그 행간들이 자못 아득하다.

12. 영혼의 허기, 그 시장기의 문학–이승은론

한해가 저무나 했더니 이미 약속이나 한 것처럼 새해가 다소곳하게 건너와 앉았다. 가고 오는 것이 어찌 이리도 쉽단 말인가. 오래도록 마음에 쌓아두고 털어내지 못한 것들마저 들썽거리고 있는 요즘이다. 의식 속에 겨울의 길목은 좁고 길다. 그래도 매서운 이월 바람이 어깨를 낮추더니 그 너머로 봄빛이 건너온다. 도시의 아침은 눈을 뜨자마자 온통 바쁘다고 종종걸음이다. 어디 푸근하게 시간을 부려놓을 곳이 없다. 그래서 얻은 생각. 머리를 시발점으로 하여 발끝이 종착역인 마음의 완행열차, 기찻길 하나를 들여놓았다. 놓쳐버린 시간의 역까지 꼬박꼬박 섰다가는, 매 순간 달라붙는 욕망의 그늘까지 느린 동작으로 눕힐 수 있는……

문학에게 첫 손을 잡힌 것은 초등학교 4학년 때 일이다. 학교 신문에 급히 채워 넣게 된 '장난감'이라는 동시가 좋은 반응을 일으키면서 부터다. 졸지에 꼬마 시인 되는 바람에 치른 유명세를 생각하면 지금도 웃음이 난다. 강희안 선생님……. 내 머리를 쓰다듬으시며, 나중에 국어 교과서에 나오는 시인이 꼭 되라고 하셨던 분, 그 말씀이 지금 내 어깨에 천근만근의 부끄러움으로 얹힌다.

본격적으로 시를 쓰게 된 것은 고등학교 시절 문예반 활동을 하면서 부터. 시조시인 이우종 선생님께서 지도교사였는데 일주일에 두 편씩은 의무적으로 시조를 제출해야 했다. 원래는 산문부 학생으로 뽑혔음에도 불구하고……. 고등학교 2학년, 8·15기념식 때 서거하신 육영수 여사님의 조시를 쓰면서 나는 명실공이 시조를 쓰는 여고생으로, 각 대학교 백일장을 다니면서(학교의 승인아래 오후 수업을 빼먹으며 까지) 시조 3

장의 구속 속에서 마음껏 자유를 꿈꾸며 살았다 .

어머니 병환으로 대학을 잠시 휴학 중이던 1979년, 대내적으로 전국
민족시대회 예선공모가 TV방송과 신문에 공고되었고 KBS와 문공부, 노
산문학이 주최한 대회 결선 시제는 '한가위'. 경복궁 근정전 뜰, 당시 박
정희 대통령께서 직접 내려 주신 제목이다. 예심을 거쳐 올라온 전국의
문학청년들과 겨룬 그 자리에서 장원으로 뽑히면서 나는 시조의 빗장
문을 열게 된 것이다. 내 나이 스물 둘.

……그리고 오늘.

문학이란 허기를 이기지 못해 참고 참다가 얼결에 끓여먹고 마는 무
슨 라면의 오동통한 슬픔줄기 같은 것. 거기에 매달린 삶의 혹들을 씹
어보았는가, 삼켜보았는가. 혹 설익은 면발의 아쉬움은 없었던가, 아니
너무 불어서 끝내 다 먹지는 못하고 젓가락을 놓고 잠든 밤은 없었던가.
한 냄비 끓어 넘친 생각들, 못다 이룬 꿈과 못다 부른 이름을 별처럼
목젖에 매달고 명치가 아프도록 울어본 적 있는가. 이렇게 내게 시조는
이미 엎질러 놓아 널브러진, 말의 씨앗을 행간 위에 옮겨 심지 못해서
자정 언저리에 설거지가 쌓이는 시간이다.

> 열면 닫히는 것, 닫혔다 열리는 것
> 안과 밖이 나눠지는 적막한 목숨이다
> 아무도 눈치 못 채게 넘나드는 저 발자국
>
> 달빛에 무너지고 바람결에 삭은 채로
> 오르려다 끝내 놓친 수천의 잔뼈들이
> 문 앞에 조등을 내건다, 처연히 눈이 붉게
>
> 그대 목덜미에 노을이 매달린다
> 등진 채 환한 그늘 차마 떨치지 못해

한사코 반짝거리며, 울먹이며, 야위며.

—「문 앞에」

　외로울 때 웃는다─문을 바라보면 더욱 외롭다. 문 안에서도 웃지만, 문 밖에서 웃는 날이 많다. 사는 일이 잠그는 일이라는 사실에 웃는다. 길을 떠나기 위해, 다시 돌아오기 위해 세상의 통로가 되어주는 문. 내 시조 문학의 다른 이름이다. 열쇠를 가지고 싶다. 환히 열릴 수 있는 열쇠 하나를……. 밤마다 열쇠를 만든다. 갈고 다듬고 닦는다. 척, 돌리기만 하면 꿈꾸던 언어들이 한 품에 안길 날은 언제일까.

　마지막 문을 열고 흰 옷고름 풀며 친정 할머니가 하늘 길을 가시던 날의 황망함이여, 그 잔망한 계절이여! 한 그릇 안다미로 담은 공양 쌀밥의 흰 빛과 그 할머니의 다 낡은 쌈지에 얼비치는 옷고름이 서러워 웃던, 그 웃음의 젖은 물기가 내 시조의 자양분인 것을.

　　컴퓨터, 전자계산기 팍팍한 그런 거 말고 아홉 알, 열 알짜리 주판하나 갖고 싶다 차르륵 털고 놓기를, 처음처럼 늘 그렇게.

　　어릴 적 울 아버지 반짝 종이 곱게 싸서 꺼내 놓던 안주머니 아릿한 허기까지 또 한 번 털고 놓을까, 헐렁한 이 해거름을.

　　감당할 수 있을 만큼의 숫자판을 앞에 놓고 허방을 짚더라도 다시 털고 놓고 싶다 세상을 쥐었다 펴듯 그리운 그 계산법으로.

—「그리운 계산」

　계산이 그립다─컴퓨터, 디지털 계산기 그런 것 말고 주판을 올리고 내리는 것, 자주 틀려서 애틋하게 차르륵 털고 놓는 것……. 시조는 그리운 계산이다. 세상 단 한 사람의 독자에게라도 영혼의 느낌표로 남길 바라며 아홉 마디 혹은 열 마디의 진정한 마음을 얹고 내리는 것이다.

쉰의 징검돌을 놓아도 물길은 멀어 쑥물도 들 만큼 든 비릿한 날갯죽지를
희나리 희나리 타는 불길 위에 던진다.

까치발 모둠발로도 철없는 앙감질로도 끝내 어쩌지 못해 지고 온 허물 앞에
눈치껏 건너가라는 점멸등이 켜진다.

                                                                －「쉰, 점멸등」

　건널목에서 점멸등이 깜빡거리는 몇 초의 짧은 순간에 다급히 횡단보
도를 질러갈 때마다 잠시 멈칫거리며 신호를 기다릴 때의 차이는 분명
하다. 붉은 등이 들어왔을 때 마음을 긋고 지나갔던 빗금들이 감실거린
다. 건널목의 시간들은 어떤 의미일까. 우리 삶 속에서 부딪쳤던 떠나야
할 때와 머물러야 할 때가 분명히 있는데도 그 마음의 신호등을 무시하
고 건너간 우리들의 치기어린 날들이여. 오월 초록에 꿇은 무릎을 비로
소, 처서 지나 일어나 걷는다. 작달비 지나갔어도 끄떡없던 가지 밭 꽃
다지를 뚝 따서 주는 꿈, 그 후에 비로소 사랑은 내게 왔다. 세월의 강
을 함께 건너며 가끔씩 내 등을 밀쳐내곤 했던 그 사랑 때문에 생각만
으로도 가을은 신열로 들썽거리고 욱신거린다. 어쩌면 진실이란 날카롭
고 가혹한 것인지도 모른다. 그 칼날에 베어 마르지 않는 피를 흘리느
니 차라리 거짓의 안락에 휩싸여 꿈꾸는 사랑일지라도 소중하게 보듬으
며 살얼음판의 시간을 건너가리라.

　지난 해 봄, 동해안 어느 찻집에서 만났던 독특한 느낌의 델피니움.
푸른색과 보랏빛이 섞여있는 에게 해의 아이아스(그리스의 영웅, 전쟁에
진 후 자살했을 때 그의 몸에서 흐르는 피에서 델피니움이 피어났다고
한다)의 혼처럼 당돌하고 처절한 빛의 꽃. 몸속에 푸른 피가 도는 우리

나라의 꽃들을 찾아볼까. 모싯대, 봄 구슬붕이, 비비추, 빗살 현호색, 산수국, 도라지, 제비꽃, 용담…… 이들의 소담스러움과는 달리 먼 이국 땅 저녁 빛을 배경으로 피어 창 너머 파도 줄기를 끌어안고 동해안의 물빛, 푸른 피를 수혈 받고 있는 듯한 기억이 이 달빛 소슬한 밤 델피니움 꽃 그림자가 내 창가에 선명하건만 단 한 줄의 시로도 엮어내지 못하고 묻혀버렸다. 나의 무능으로 그렇게 생명을 잃고 내 곁을 떠난 시 편들이여, 이름도 얻지 못하고 스러져간 의미들에게 촛불 하나씩을 다 사루어 바친다.

> 바람결에 기웃대는 한옥마을 저물녘 같은, 맞배지붕 고샅길 옆 외로 튼 소나무 같은, 열나흘 달빛만 같은, 입에 담긴 은단 같은,
>
> —「마흔아홉」

살아갈 날보다 살아온 날들이 더 깊어진 길 위에서 다가올 미래의 시간들을 시조로서 구원 받고 싶다. 서녘 기우는 햇살 아래 사랑은 짧고 그 사랑의 그림자는 길다는 것을 적이 알게 되었을 때 문득 열나흘 달빛이 겨워지는 것은 왜일까. 만월을 꿈꾸며 부푸는, 막 차오르는 그 정점에만 머물고 싶은 것은 불혹의 강마저도 아득해졌기 때문일까.

초등학교 시절, 주번의 특권이었던 빵 타러 가는 일…… 양동이에 절반 담아 번호대로 나눠 주었는데 팔십 명의 아이들에 비해 턱없이 부족하여 눈으로만 먹던 그 옥수수 빵.

'소보로'라는 부드러운 이름을 갖기 전에 그저 곰보라 불리며 우리 어린 시절 빵집 쟁반에 수북하게 쌓여 하교 길에 시장기를 달래보던, 주머니 속 동전을 만지작거리며 눈으로만 먹던 곰보빵.

십 원의 값어치가 빛나던 그 시절에 양쪽 하얀 크림부터 혀로 핥던

기억의 크림빵.

그렇게 추억을 아껴 먹는 봄날과, 우수수 지는 낙엽의 가을을 견뎌냈다. 그 못 다했던 맛과 발돋움했던 꿈처럼 내게 문학은 못 견딜 빵 냄새의 그 말랑말랑한 시장기로 늘 다가온다.

> 내가 집이 가난해서 말이 없으므로 혹 빌려서 타는데, 여위고 둔하여 걸음이 느린 말이면 비록 급한 일이 있어도 감히 채찍질을 가하지 못하고 조심조심하여 곧 넘어질 것같이 여기다가 개울이나 구렁을 만나면 내려서 걸어가므로 후회하였으나 발이 높고 귀가 날카로운 준마로서 잘 달리는 말에 올라타면 발이 높고 귀가 날카로운 준마로서 잘 달리는 말에 올라타면 의기양양하게 마음대로 채찍질하여 고삐를 놓으면 언덕과 골짜기가 평지처럼 보이니 심히 장쾌하였다. 그러나 어떤 때에는 위태로워서 떨어지는 근심을 면치 못하였다.
>
> 아! 사람의 마음이 옮겨지고 바뀌는 것이 이와 같을까? 남의 물건을 빌려서 하루아침 소용에 대비하는 것도 이와 같거든, 하물며 참으로 자기가 가지고 있는 것이랴.
>
> 그러나 사람이 가지고 있는 것이 어느 것이나 빌리지 아니한 것이 없다. 임금은 백성으로부터 힘을 빌려서 높고 부귀한 자리를 가졌고 신하는 임금으로부터 권세를 빌려 은총과 귀함을 누리며 아들은 아비로부터, 지어미는 남편으로부터, 비복(婢僕)은 상전으로부터 힘과 권세를 빌려서 가지고 있다.
>
> 그 빌린 바가 또한 깊고 많아서 대부분은 자기 소유로 하고 끝내 반성할 줄 모르고 있으니 어찌 미혹(迷惑)한 일이 아니겠는가?
>
> 그러다가도 혹 잠깐 사이에 그 빌린 것이 도로 돌아가게 되면, 만방(萬邦)의 위에 있던 임금도 짝 잃은 지아비가 되고, 백승(百乘)을 가졌던 집도 외로운 신하가 되니, 하물며 그보다 더 미약한 자야 말할 것이 있겠는가?
>
> 맹자가 일컫기를 "남의 것을 오랫동안 빌려 쓰고 있으면서 돌려주지 아니하면 어찌 그것이 자기의 소유가 아닌 줄 알겠는가?" 하였다. 내가 여기에 느낀 바가 있어서 차마설을 지어 그 뜻을 넓히노라.
>
> —이곡, 「차마설」

말을 타는 일에서 나를 깨닫는 일로 소유의 진정한 의미를 생각한다. 물질을 소유하는 일은 현대사회에서 반드시 필요하다. 그러나 물질이 수단이 아니라 목적 자체가 되면 구속으로 이어지게 마련이다. 물질 만 능주의를 추구하는 현대인에게 던지는 따끔한 충고의 차마설. 자기 소유라고 생각하는 물질이나 지휘 권세가 모두 남에게서 빌린 것임에도 이것을 모르는 사람들의 미혹함을 비판하는 이 글을 가끔 꺼내 읽는다. 시조 쓰는 일이 아득해 질 때……. 행간마다 고이지 못하고 꺼져버렸던 물거품의 시간을 들여다보며 슬슬 허기가 질 때.

13. 시인이 될 것인가, 고급 독자가 될 것인가
─이해완론

내가 시조를 처음 쓰게 된 것은 순전히 백수 생활의 무료함 때문이었다. 늙으신 어머니가 머리맡에 두고 간 오천원짜리 지폐 한 장을 주머니에 구겨 놓고 시내 삼류 극장 한구석에 틀어박혀 있다 나오면 마땅히 갈 곳이 없어진 나는 어쩔 수 없이 다시 손바닥만한 방에 되돌아와 뒹굴기 일쑤였는데 그때 나와 함께 놀아 주던 잡지가 ≪샘터≫였다. 그 책은 매달 5편의 시조를 심사평과 함께 실어 주었는데, 그 난에 내 눈길이 오래 머물게 되었다. 그래서 군 시절 <전우신문>에 몇 편의 시를 발표한 기분 좋은 기억에 기대어 시조를 한 편 써 보고 싶었다. 이미 활자의 매력을 체득하고 있었기 때문이리라.

시조라고는 중·고등학교 시절 교과서에서 배운 것이 전부라고 해도 과언이 아니었다. 물론 그때도 정완영 시인의 시조들은 우리말의 멋을 잘 살린 기막힌 작품이라고 생각했다. 아무튼 나는 그 때 한 편의 시조를 그것도 난생 처음 쓴 시조를 과감히 투고하게 되었는데 그 「대나무」라는 시조가 「대밭」(맵자한 뿌리들이/ 뽑아 세운 깃대마다// 한 되는 일일수록 마디 짓고 다 비운 속// 잎잎들 깐깐히 매달아/ 푸른 하늘 폈구나.)이란 제목으로 바뀌어진 채 말재간이 돋보인다는 평과 함께 실리게 되었다. 그것이 1985년의 일이었다.

그 뒤 작품이 되는 대로 투고하게 되었고 투고하는 족족 실리는 재미에 하던 짓을 계속 하게 되었다. 게다가 덤으로 전국 각처에서 쏟아지는 흔히 말하는 팬레터라는 것이 나의 시조 쓰기를 부추기지 않았나 싶다.

그러다가 중앙일보에도 시조란이 있다는 것을 알게 되어 시조를 투고하게 되었는데 그때의 제목은 「겨울풍경」(거미줄에 목을 매단/ 귀뚜라미 해진 몸에// 못을 박는 은빛 햇발/ 가을을 결박하면// 겨울은 로트렉트의 눈 속에 갇힌 풍경화)이었다. 그 지면에는 지금 시조 시인으로 활동하고 있는 강호인 시인과 고규석 시인의 작품이 함께 실리게 되었다. 두 분의 작품이 동양화적이라면 나의 작품은 서양화적 기법으로 겨울 풍경과 가난한 화가를 오버랩 시킨 기법이 돋보인다는 김제현 선생의 평이 실려 있었다. 이때부터는 시조에 대해 본격적으로 공부해 보고 싶은 생각이 들었다. 그날 밤 시내 서점을 다 뒤져 겨우 『한국시조시문학론』(이우재 저)이란 책을 손에 쥐고 돌아올 수 있었다. 집에 돌아오자마자 시조란 어떤 문학인가?란 제 1장을 필두로 시조에 대한 발자취를 더듬게 되었다. 그 중 문장지출신의 시조 시인의 작품이 볼 만하였다. 교과서에서 이미 익힌 김상옥, 이호우로부터 여러 시조시인의 작품들을 대하게 되었는데, 장응두의 「한야보」란 시조는 소름이 끼쳐옴을 느끼게 하면서 장쾌하다는 느낌을 받았다. 이때부터 닥치는 대로 문학지를 섭렵하게 되었다. 특히 문예지 뒷부분에 나와 있는 월평은 빼지 않고 보았다. 백수건달에 가진 거라곤 시간밖에 없었던 터라 문학 잡지 진열대 옆에 서서 종일 보아도 마냥 즐겁기만 했다.

그렇게 읽어나가다 보니 차츰 나의 시적 경향과 비슷한 시인들의 작품을 선별하여 보게 되었는데 정완영, 박재삼 시인의 작품이 그것이었다. 그분들의 시를 만나고 돌아오는 밤이면 슬프고도 가슴이 넉넉해져 밤하늘의 별도 새삼 다시 바라볼 수 있는 여유가 생기곤 했다. 그분들의 기가 나에게도 전해졌는지 많은 시조가 쏟아져 나왔고 그 시들을 자꾸 발표하게 되었는데 하도 많이 투고하게 되어 어떤 평에는 '전문 투고꾼'이란 말과 함께 내 이름이 올려져 있기도 했다.

그 무렵 서울에 산다는 낯선 시인에게서 편지가 한 통 왔다. 내 작품이 독자 투고에 날려보내기엔 너무 안타까워 그러니 작품을 모아 두었다 보다 뜻있는 곳에 투고해 보라는 충고였다. 등단을 암시하는 말이 아닌가 싶었다. 내 눈을 확 뜨게 하는 고마운 충고였지만 혼자 골방에 틀어박혀 끄적이는 내 시에 자신이 없었기에 시인이란 나에게는 너무 먼 신비한 존재로만 치부해 버렸다.

그도 그럴 것이 샘터에 투고했던 나의 시조 「여름밤」(개구리 울음 그쳐 적막한 한여름 밤// 끊긴 그 이야기를 시냇물이 이어가고// 멍석 위 옹근 매듭엔 수박물 뚝뚝 든다.(전문))이란 작품이 기교에만 치중된 알맹이 없는 시처럼 평해져 있어서 사기가 많이 죽기도 한 때였다. 젊은이들이 떠나 버린 텅 빈 농촌의 황량함 속에서 다시 무언가를 이루어 보려는 의지를 담은 내 딴엔 괜찮다고 생각한 시조 작품이 형편없이 취급 당하고 보니 시조를 쓰고 싶은 마음도 들지 않았다. 친구들과 어울려 며칠씩 밤을 새고 돌아다니는 방황의 날들이 계속 되었다. 시조는 잊어버렸다. 아니 잊어버리려 했다.

그러던 어느 날, 샘터사에서 내 시조가 당선되었다는 연락이 왔다는 것이다. 기쁘지도 않았다. 이미 형편없는 작품으로 취급되었던 시가 어떻게 당선이 된단 말인가. 알고 보니 최종심에는 한 분의 심사위원이 더 참석하게 되는데 그 분이 고 박재삼 시인이셨다. 그분께서 다시 눈여겨봄으로써 가작에 당선되었다는 것이었다. 하지만 상을 받으면서도 쓸쓸한 마음은 가시지 않았다.

헌데 묘하게 그때부터는 시인이 되어 보고 싶었다. 두 편의 작품을 준비하여 ≪시조문학≫에 보냈더니 「어떤 신발」(남루한 우리 목숨 한 세상 사는 뜻이/ 제 몫의 그리움으로 가슴 태울 일이라며/ 외진 길 돌고 돌아서 산정에도 세웠으리.// 때로는 사는 일이 감당 못할 물줄기라/ 목청껏 외쳐봐도 바로 서지 못한 아픔/ 아우성 휩쓸린 자리 발자국만 짓이겨져.// 제각기 걸어온 길 여기 다시 원점에는/ 진흙을 밟고서도 연꽃을 피울 목숨./ 이렇듯 벗어 둔 채로 어느 별을 서성대나.)이란 작품을 초회천에 올려 주셨다. 80년 5월의 문제를 다룬 시조 작품이었다. 그런데 문제는 천료를 마치려면 2,3년은 더 공부해야 한다는 것이었다. 그러는 동안에 이미 써 둔 작품이 그럭저럭 10여 편이 모아졌다. 이제는 독자투고를 하지 않기로 마음먹고 보니 마땅히 발표할 곳이 없었다.

그때 내가 시조를 쓰는 걸 알고 있는 한 선배님께서 새로 나온 시조 전문지라며 한 권의 책을 내밀었다. 여태 보아왔던 기존의 시조 잡지보다 내용이 신선했다. 광주에서 창간된 ≪겨레시조≫란 잡지였다. 나는 여기에 10여 편의 시조를 투고했는데 당선이 되어 시조단에 얼굴을 내밀게 되었다. 그게 계기가 되어서 텔레비전 지방 방송에 출연하게 되었다. 시인이 자작시를 낭송하고 나면 평론가가 시청자들에게 그 시에 대한 평을 해주는 프로였는데 평을 한 교수님께서 나의 낭송시 「고춧대」(영혼이 맑으면/ 육신은 죽어서도 아름다운 법.// 흡사 뼈다귀 같은 새하얀 막대 하나// 남도의 땡볕 아래서/ 전신을 태우고 있다./// 그래./ 너는 전생에 푸르른 대나무였지.// 네 곁에선 죽은 것들도/ 산 듯이 보였었고// 스치는 한 점 바람도/ 푸른 목숨을 얻어 갔지./// 살아서는 하늘을 향해/

올곧은 가지를 펴고// 죽어서는 네 육신이 만 갈래고 갈라져도// 너의 그 청빈한 손이/ 어린 고추모를 일으켜 세우는구나.)를 신춘문예에 응모해보라고 권하셨다. 당선을 장담할 수는 없지만 최종심에는 틀림없이 거론 될 수 있는 수작이라며 꼭 응모해보라고 하셨다. 그땐 한번 등단했으면 됐지 하는 생각에 가볍게 넘기고 말았다. 그런데 문단에 나와 싸늘한 냉대를 겪고 나서야 신춘문예 응모 한 번 해보지 않고 문단에 나온 것이 얼마나 후회 되었는지 모른다. 뒷날 시조문학에 천료를 받고 나서도 변변한 원고 청탁 한 번 받지 못했으니 말이다.

게다가 이제 시인이 되었다고 생각했지만 이 잡지는 머지않아 폐간되고 말아 시조 문단의 미아가 될 처지였다. 하는 수 없이 ≪시조문학≫에 「물수제비」(내 손에 꼭 알맞은/ 조약돌 하나 골라 들고// 저 먼 수평선에 사력을 다해 던져본다.// 그리움 날개를 달고/ 이제 막 떠나간다.// 짙푸른 수면 위에 물안개를 일으키며// 내가 감은 태엽만큼 그만큼의 생명으로// 지상의 짧은 순간을 퍼득이며 가고 있다.// 너무나 쉽게/ 사라져 버리는 꿈이여, 사랑이여// 어쩌면 영원이란 존재하지 않는 건가.// 수면에 잔잔한 여운만 맴돌다 사라진다.)란 작품으로 95년에야 천료를 마칠 수 있었다. ≪샘터≫란 잡지에 처음 독자 시조를 발표한 것을 계기로 근 10년만의 일이다. 이 10년의 습작기를 통해 많은 것을 배우게 되었다.

하지만 습작을 하는 동안 자유시를 읽으면서 시조를 보면 자꾸 목이 말랐다. 채워지지 않는 뭔가 갈증이 있었기 때문이리라. 그 목을 축여준 젊은 선배 시조 시인들이 있었다. 묘하게도 서점 앞 50%세일 가판대에서 만나게 되었는데 80년대 시조 동인 사화집 『지금 그리고 여기』와 동인 시화집 『먼 길』이었다. 그들의 이름을 하나하나 익히면서 내 피가 맑아지는 것을 느꼈다. 시조의 가능성을 보았기 때문이다. 마음속으로 지금은 그들의 발자국을 밟고 가지만 언젠가 내 발자국도 선명하게 찍히리라 다짐 아닌 다짐을 했다. 그때가 벌써 20년도 훌쩍 넘어버렸으니 세월이 참 빠르다. 이렇게 세월이 흐르는 동안 시조단에도 많은 변화가 있었다. 시조 전문지도 많이 생기고, 이론서도 많이 발간되었다. 그리고 무엇보다 시조가 젊어졌다는 점이다. 내용에 있어서도 자유시에 손색 없는 좋은 작품들이 꾸준히 발표되고 있다. 고무적인 현상이 아닐 수 없다.

끝으로 시조를 공부하는 분들께 들려주고 싶은 일화가 하나 있다. 20여 년 전 한밭 시조 백일장에서 들은 이야기다. 전국 각지에서 백일장에 참가한 시인들(지면으로 이름이 익숙한)끼리 담소를 나누게 되었다. 그 중에 한 예비 시인은 나름대로 잡지와 신문에도 더러 작품이 실려서 이 제는 본격적으로 시조를 써 볼까 하여 교직을 그만 두고 지금은 돌아가신 박재삼 선생님을 찾아갔다 한다. 지금까지 썼던 시(시조)작품을 내밀고 조용히 무릎 꿇고 기다렸더니 선생께서는 이렇다 할 다른 말은 접어두고 시인이 되는 것보다는 한 사람의 고급 독자가 되는 것도 뜻 깊은 일이라 말씀하셨다 한다. 우리들 분위기는 숙연해졌고 저마다 잠시 생각에 잠긴 듯하더니 유야무야 흩어져 버렸다.

장원의 꿈을 안고 전국 각지에서 참가한 예비 시인들에게 그날의 화제는 하나의 화두가 되지 않았나 싶다.

14. 현대시조와 미적 진화 −정수자론

1
오체투지 아니면 무릎이 해지도록
한 마리 벌레로 신을 향해 가는 길

버리는 허울만큼씩 허공에 꽃이 핀다

그 뒤를 오래 걸어 무화된 바람의 발
설산을 넘는 건 사라지는 것뿐인지
경계가 아득할수록 노을꽃 장엄하다

2
저물 무렵 저자에도 장엄한 꽃이 핀다
집을 향해 포복하는 차들의 긴 행렬
저저이 강을 타넘는 누 떼인 양 뜨겁다

저리 힘껏 닫다 보면 경계가 꽃이건만
오래 두고 걸어도 못 닿은 집이 있어
또 하루 늪을 건넌다, 순례듯 답청이듯

―「장엄한 꽃밭」

군말이나 수사 따위 버린 지 오래인 듯

뼛속까지 곧게 섰는 서슬 푸른 직립들

하늘의 깊이를 잴 뿐 곁을 두지 않는다

꽃다발 같은 것은 너럭바위나 받는 것

눈꽃 그 가벼움의 무거움을 안 뒤부터

설봉의 흰 이마들과 오직 깊게 마주설 뿐

조락 이후 충천하는 개골의 결기 같은

팔을 다 잘라낸 후 건져 올린 골법 같은

붉은 저! 금강 직필들! 허공이 움찔 솟는다

―「금강송」

'현대' '시조'의 길

현대시는 모든 것을 미학화한다. 전통미학에서 부정적으로 본 부조화, 불균형, 불협화, 대결, 갈등, 불안, 분열, 해체 등 미/추를 넘어 경악에 이르기까지. 기법의 진화는 새로운 미학으로 이어진다. 그것도 금세 낡아 또다시 새로움을 구하지만 말이다. 그런 판에서 우아하고 품격 높은 고전미학은 흡인력이 약해진다. 간결미, 조화미, 균제미 같은 시조미학 역시 고루하거나 지루하다고 여겨지기 십상이다.

그래도 시조는 본연의 미학을 배제할 수 없다. 형식미를 놓칠 경우 존재 이유도 사라지기 때문이다. 더할 것도 뺄 것도 없이 '잘 빚어진 항아리' 같은 아름다움. 고민이 다시 깊어진다. 분방한 미학을 구하면 시조의 정체성을 놓치고, 본연의 미학에만 충실하면 답습에 머물 우려가 높다. 이를 넘어서는 기찬 통합은 과연 무엇일까. 궁리 끝에 보편성의 힘을 되새겨본다. 오래 묵어도 새로운, 아니 묵을수록 아름다운 근원적인 힘 같은 것. 급변의 회오리에도 변하지 않는 미의식의 근저에는 그런 힘이 있지 않을까.

시작의 여정, 「장엄한 꽃밭」 그리고 「금강송」

「장엄한 꽃밭」은 내 시조관의 집약 같은 작품이다. 발원은 두어 편의 다큐멘터리 영화였다. 신을 찾는 길의 추적인데, 여정이 험할수록 장엄했다. 돌아보면 우리네 지상의 일상도 그러하다. 욕을 견디며 가는 나날이 일종의 고해요 순례요 오체투지 아니던가. 「장엄한 꽃밭」은 그렇게 내 안으로 서서히 스며들었다.

일단 길의 표정들을 잡았다. 그리고 두 세계의 대비로 큰 틀을 삼았다. 1부는 신을 찾는 형이상학적 세계, 2부는 삶의 터전인 일상의 세계.

신을 향한 길은 무릎걸음 혹은 오체투지로 가장 낮게 가장 힘들게 자기를 버리는 과정이다. 구원을 구하는 모습들은 경건하기가 이를 데 없다. 그에 비해 일상은 거개가 비루한 욕망의 연속이고 자기를 잘 지키고 세우려는 길이다. 하지만 욕망 또한 삶을 유지하는 중요한 힘이려니, 둘다 장엄한 꽃밭으로 육화에 들어갔다.

먼저 이미지들의 유기적인 직조. "오체투지", "벌레", "포복", "순례" 등은 형상이나 행위의 유사성이 유기성을 빚을 수 있다. 이 단어들이 환기하는 이미지나 의미를 중첩시키는 동안 첫 수에 배치하려던 "순례"를 마지막 수로 넘겼다. 종종 "늪"으로 인식하는 화자의 일상도 "순례" 또는 "답청"처럼 가겠다는 언명이다. 고행 혹은 소풍, 아니 둘을 아우르며 가는 길의 심화를 암시한다. 오래 걸어서 닿고 싶은 그 끝의 "집"이 내포하는 의미는 독자의 상상에 맡긴다. "답청"도 세심히 고른 말이다. 삼월 삼짇날 새로 돋은 풀을 밟는 놀이로 그 앞 "누 떼"의 길을 이어받는다. 누 떼가 목숨 걸고 달려 닿는 곳이 풀밭(초원)이니, 그 여정도 "순례"와 다를 바 없다. 그렇게 엮고는 비유가 꽤 그럴듯하다 싶었다.

반복도 장치로 활용코자 했다. 반복은 강조나 리듬 형성에 유용하지만 의미를 심화하는 데도 효율적이다. "꽃"을 각 수에 다 배치하고, "장엄"과 "꽃이 핀다"를 두 번씩 쓴 것은 그런 효과 때문이다. 그 "꽃"들이 모두 다른 꽃이라는 환기가 중요해서 낭비라는 우려를 내려놓을 수 있었다. 첫 수의 꽃은 '아우라', 둘째 수는 '노을', 셋째 수는 '(차량)의 미등', 넷째 수는 '승화'의 "꽃"으로, 각기 다른 이미지를 더 큰 꽃으로 아우르고자 했다. "꽃이 핀다"의 반복 역시 1과 2의 꽃이 다른 것일지라도 그 의미는 결국 같다는 함의를 담고 있다. 높은 데를 향해 가는 안 보이는 꽃(허공의 꽃)이나 집을 향해 가는 길의 보이는 꽃(땅위의 꽃)이나 다 장엄하다는 삶의 재발견 같은 것.

「금강송」은 실제 경험을 바탕으로 썼다. 두 번이나 초겨울 금강산을 봤는데 개골산의 기개에 탄복했다. 그런데 시푸른 결기 같은 기상들이 금강송 덕에 더 충천하는 듯했다. 설해로 가지가 꺾이며 스스로 치고 올라가 곧은 몸을 만드는 그들의 시간이 내 등뼈에도 시리게 와 닿았다. 하늘을 향해 치솟는 모습에서 우러나오는 품격을 동아시아 미학의 정신성으로 그리고 싶었다. "골법"도 정신의 뼈대를 그리는 방법이니 텅 빈 산의 올곧은 뼈대들과 중첩하는 의미가 있다. "금강 직필"은 쭉 쭉 뻗은 금강송의 형상이자 매서운 정신성의 상징. 이 말을 뽑아드는 순간 무릎을 탁 쳤다. 원하던 표현이 나올 때도 간혹은 있다. 이렇듯 「금강송」은 동아시아 미학의 한 근간인 높은 정신성 추구를 담고 있다. 그 덕에 "하늘의 깊이"를 재는 금강송을 얻었는데, "곁을 두지 않는" 고결함이 더 심해진 듯싶지만ㅡ.

그간 써온 작품은 보면 대략 예닐곱 층위로 나눠진다. 동아시아 미학에 대한 추구는 「금강송」 「세한도, 혼의 집을 엿보다」 등으로, 밥과 관련된 사회문제는 「늦저녁」 「적막한 기도」 「자작의 마을」 등으로, 소외나 여성문제는 「아름다운 독」 「누이의 이름으로」 「김밥에 대한 기억」 등으로, 역사 및 현실 인식은 「도라지 촛불」 「공치는 남자」 「장총의 전설 혹은 혹설」 등으로, 우리 지역에 대한 관심은 「화엄 화성」 「위령탑 근처」 「미술관 옆 오솔길」 등으로, 여행 혹은 풍광에의 서정적 쏠림은 「구름의 남쪽」 「빈 들」 「십일월 저녁」 등으로, 내면의 기록은 「그믐달」 「허공 우물」 「물집의 시간」 「그늘의 날들」 등으로 정리할 수 있겠다.

이런 지향에 독자들이 끄덕인다면 바랄 나위가 없겠다. 갸우뚱거린대도 도리 없지만, 더불어 즐길 수 있기를 소망한다. 그것이 부디 내게 금지된 것이 아니길ㅡ그래서 요즘은 서정적 소통이며 흡인력을 다시 곰곰 짚어본다. 이미지와 메시지의 미적 통합을 통해 도달하고 싶은 거처, 그

집은 결국 쉬우면서도 깊고 낮으면서도 높은 시조라 하겠다.

시조의 위의와 진화

이미지와 메시지의 통합, 그것이 늘 과제다. 모든 것을 자유롭게 담기 어려운 정형시라 더 그렇다. 5, 6음절만 넘어도 음보부터 걸리니 말이다. 그러니 '과적' 단어나 이미지는 아무리 좋아도 버릴 수밖에 없다. 배제는 또 다른 선택, 치밀한 배제의 선택을 통해 유기성을 담보할 일이다. 시조는 유기성이 특히 중요한데, 문맥의 긴밀성 외에 시조의 '장맛'에도 필요충분조건이기 때문이다. 각 장의 역할을 유기적으로 살리는 동시에 전체와 긴밀히 조응시킬 때 형식미도 빛난다. 연시조의 내적 필연성에도 유기성이 긴요하다. 유기성이 미흡하면 수의 나열에 불과하고, 확장의 이유도 없어지기 때문이다.

내용과 형식의 절묘한 조응, 결코 쉽지는 않다. 그래서 내용을 새롭게 할 '지금 이곳'의 삶에 대한 인식과 세계관이 더 중요하다. 새로운 발견과 해석 없이 뻔한 내용의 형식으로는 시조의 진화를 꿈꿀 수 없다. 형식 미달의 내용 역시 시조의 진화를 이룰 수 없다. 자기 갱신으로 부단히 빚어내는 시조미학. 하여 광맥이 풍부해지고 연구자의 관심이 쏠리면 시조의 당위성을 외칠 필요가 없다. 결국 좋은 작품이 장르의 필요성을 증명한다. 좋은 작품이 계속 나오면 민족시로서의 위의도 더 빛날 것이다.

15. 나의 데뷔작 「낙화암」에 얽힌 일화—조동화론

내가 시조 창작에 처음으로 임한 것은 중앙일보가 창간되고 그 지면에 <中央時調>라는 독자문예란이 생기면서부터였다. '투고환영 관제엽서로'라는 응모 요령에 따라 시조의 정확한 형식도 잘 모르면서 여러 번 응모를 하여 몇 번 단수가 채택되어 실리는 영광을 누렸다. 고료로는 당시 500원이 지급되었는데, 이것은 요즘 500원처럼 적은 돈이 아니었다. 그 무렵 신문 구독료가 150원 정도 했던 것을 감안하면 석 달치 구독료를 지불하고도 남는 돈이었으니 말이다.

또 하나 시조와의 운명적인 만남이 이루어진 데는 고등학교 진학을 나의 막내고모님께서 사시는 김천으로 하게 된 것도 한 몫을 했다고 볼 수 있다. 내가 다녔던 J고교 선배 가운데 지금은 소설가가 된 심형준 형이 있었는데, 이분이 백수 정완영 선생이 국보급 시조시인이라는 정보를 내게 제공해 주었기 때문이다. 그 후 나는 학교 도서관에서 연간집에 실린 정완영 선생의 몇몇 작품을 발견하여 노트에 베낄 수 있었고, 이 일은 자연스레 내게 시조에 심취할 수 있는 계기를 마련해 주었다.

이뿐만 아니라, 나로 하여금 시에서 시조 쪽으로 저울추를 좀 더 기울게 한 일이 한 가지 있었으니, 그것은 당시 동아일보에서 펴내던 잡지 《여성동아》 독자문예에 함께 투고해서 작품이 실린 인연으로 김남환 시인(김남환 시인은 바로 김천이 친정이었다.)을 만난 것이 그것이다. 그리고 그 얼마 후 그토록 흠모해 마지않던 정완영 선생을 대구의 정표년 시인과 함께 직지사에서 뵙게 되었는데 바로 김남환 시인의 주선에 의해서였다.

아무튼 그런저런 일들로 해서 나는 시조와 끊으려 해도 끊을 수 없는 끈끈한 관계를 지속하게 되었다. 그 결과 고교 1학년 때는 당시 서울

우석대학교(후에 고려대에 합병됨)에서 모집한 전국고교생 현상문예에 박두진 선생 선으로 「오랑캐꽃」이라는 작품이 당선되었고, 3학년 때는 전국 고등학생 문학도들의 선망의 대상이었던 <학원문학상>에도 김현 승 선생 선으로 우수상에 당선되었다. 그리고 이듬해 대학 1학년 때는 대망의 전국대학생문화예술축전에서 「雪夜」라는 시조가 당당히 당선되 는 영광을 누렸다. 이때 소설에는 고려대의 송하춘 씨가, 시에는 성신여 대 국효문씨가 당선했었는데 후일 둘 다 소설가와 시인으로 각각 등단 했다.

40년이 거의 지난 지금에야 밝히는 일이지만 작품 「雪夜」는 고3 때, 실제로 어느 눈 내리는 밤 조국의 통일을 염원하며 써 놓았던 작품이었 다. 이듬해 대학 입학하자마자 어느 날 문학개론 강의 시간에 박철희 교수님께서 응모할 뜻이 있는 사람은 작품을 당신께 가져오라 하셨다. 그래서 부랴부랴 「찔레꽃」이라는 작품 한 편을 더 만들어 두 편을, 그 것도 마감 날 교수님의 대학원 강의실까지 찾아가서 제출했다. 그리고 는 까맣게 잊고 있었는데 어느 날 국문과 학생 한 사람이 서울신문에 작품과 명단이 발표가 난 것을 봤다며 축하를 해주는 게 아닌가! 나로 서는 스스로의 실력을 알지 못했을 뿐 아니라, 당선되리라고는 전혀 예 상하지 못한 일이었기에 얼떨떨하기만 했다. 세종문화회관의 시상식에 가던 날, 택시비나 하라며 국문과 심재완 교수님께서 금일봉을 주시던 일이 꼭 엊그제 일처럼 생생하다. 참고로 그때 당선되었던 「雪夜」라는 작품을 잠시 소개하고 다음 이야기를 진행하기로 한다.

> 하늘이 나지막이 참 아늑도 하더니만
> 밤들자 고요 속에 천지 도로 설레어
> 호젓한 누리 그 위에 축복인 양 내리다.

가슴은 잠 못 들고 회한은 파닥여도
창가에 턱을 괴면 은은한 적막인데
누군가 내 영혼을 보듬고 불러주는 자장가……

꽃이여, 미움을 사르는 사랑 같은 꽃이여
산하를 감싸 묻어 두루 백옥일진대
비원의 그 한 금마저 자취 없이 하거라.

—「雪夜」전문

　1974년 봄, 대학교 4학년이던 나는 졸업여행을 떠났다. 대구를 출발하여 부여를 돌아본 뒤, 남원을 경유하여 여수까지 간 다음, 배로 거제도와 부산을 거쳐 돌아오는 여정이었다. 한낮에 첫 목적지 부여에 도착하여 평제탑과 박물관을 돌아본 다음 바로 부소산에 올랐다. 영일루, 군창지, 사비루 등을 거쳐 낙화암에 다다랐다. 때는 바야흐로 4월경이었는데 백제가 나당 연합군에게 패하던 그날 삼천궁녀가 몸을 던졌다는 낙화암 절벽에는 진달래가 만발해 있었다. 별안간 전광석화처럼 나의 뇌리를 스치고 지나가는 씨앗 한 톨!

　'그 옛날 삼천궁녀가 이 벼랑에 몸을 던질 때 흘렸던 붉은 피가 바위 틈에 1천수백 년을 흥건히 배어 있다가 해마다 4월이면 저렇듯 붉은 진달래가 되어 피어나는 것은 아닐까?'

　그러고 보니 정말 그럴 것도 같았다. 진달래야 원래 붉은 꽃이지만 그 날 나의 눈에 들어온 낙화암 절벽의 붉은 진달래꽃은 결코 예사롭지가 않았다. 절벽 아래 있는 절 고란사까지 두루 구경을 하고 시내로 들어와 남원행 기차를 타기까지, 아니 기차 안에서도 오랜만에 얻은 시의 씨앗이라 할 수 있는 낙화암 진달래에 대한 생각이 줄곧 나를 놓아주지 않았으나 더 이상 생각에 진전은 없었다. 졸업여행에서 돌아온 후 낙화암 진달래꽃에 대한 생각을 시조로 써 보고 싶은 충동에 여러 번 작품으로 써 보려 시도를 해 보았지만 어쩐 일인지 쉽사리 작품으로 이루어지지는 않았다.

1976년 가을이 되었다. 그 무렵 나는 경주의 문화중학교 국어교사로 부임해 있었고, 뜻밖에 그해 가을 부여로 학생들을 인솔하고 수학여행을 다녀오게 되어 백제의 고도(古都)를 다시 한 번 돌아볼 수 있는 기회를 잡았다. 대학졸업여행 때와는 정반대의 계절 가을에 이번에는 부소산 대신 백마강 선착장으로 가서 한 반에 한 척씩의 배를 대절하여 강을 오르내리며 낙화암을 우러러보는 코스였다.

수학여행에서 돌아온 후 나는 다시 낙화암에 대해 시를 써보려 시도하였다. 이번에는 노산 이은상 선생의 「낙화암」이라는 작품을 비롯하여 여러 시인들의 시를 읽고 참고까지 했지만 정작 그에 대한 나의 작품은 이루어지지 않았다.

1977년 9월 어느 날이었다. 경주 반월성에서 교육청이 주관한 학생백일장이 있었다. 나는 문화중학교 학생 1명을 인솔하고 참석했다. 학생들이 제목을 받아 작품을 쓰는 동안 인솔교사들은 소나무 그늘에 앉아 한가로이 담소를 나누고 있었다. 당시 같은 재단인 문화고등학교에는 구석본 시인이 있었는데 그 역시 그날 그곳에 인솔교사로 나와 있었다. 그가 나더러 거기서 무얼 하느냐고 핀잔을 주었지만, 나는 그날따라 어쩐 일인지 담소를 즐길 기분이 나지 않아 혼자 외딴 소나무 그늘에 앉아 종이 한 장을 꺼내어 작품을 쓰기 시작했다. 바로 「낙화암」이라는 작품이었다.

시의 씨앗을 얻은 후 4년이 흐르도록 도무지 진전이 없었던 작품이 그날은 웬일인지 누에고치에서 명주실이 풀리듯 솔솔 풀려나왔다. 불과 한 시간 남짓에 세 수로 된 연시조 한 편을 얻었다. 보통 한 편의 작품을 얻으면 두고두고 추고를 거듭하게 되고 뒤에는 처음 모습과 상당히 차이가 있는 작품이 되곤 하는 것이 상례였지만, 「낙화암」의 경우 그 뒤 한 자도 추고하지 않았다는 점은 지금 생각해 보아도 거의 기적에 가까운 일이었다.

죽음보다 깊은 적막(寂寞)이
거기 엉겨 있더이다.
꽃 피고 꽃 진 자리
꽃대궁만 남아 있듯
강 따라 다 흘러간 자리
바위 우뚝 섰더이다.

눈물로, 그 많은 피로
얼룩졌던 바위 서리
천년이 흘러가고
또 천년은 흐르는데
몸 가도 넋들은 사무쳐
진달래로 피더이다.

그 날 끊어진 왕조의
단면(斷面)인 양 슬픈 벼랑
다만 함묵(緘默)으로는
못 다스릴 한(恨)이기에
고란사(皐蘭寺) 낡은 쇠북도
피를 쏟아 울더이다.

—「낙화암」 전문

작품을 살펴보면 애초에 얻은 시의 씨앗은 둘째 수에 들어갔음을 알 수 있다. 말하자면 시의 씨앗 앞뒤로 생각이 덧붙여져 작품이 완성된 것이다.

1977년 여름방학 때 나는 신춘문예 도전을 위해 연시조 10편 가량을 완성했고, 신춘문예 마감 기일을 앞두고까지 「낙화암」을 제외하고 서너 편을 더 얻었다. 그리하여 중앙일보, 조선일보, 동아일보 등 세 곳에 작품을 보내기로 하고 다섯 편씩 나누어보니 딱 한 편이 모자랐다. 궁리 끝에 너무 쉽게 씌어져 그때까지 어디에도 포함시키지 않았던 작품 「낙화암」을 마음에는 많이 미진했지만 중앙일보 쪽 응모작에 포함시켜 편수를 채워 등기우편으로 응모를 했다.

애타는 여러 날이 지나갔다. 드디어 12월 19일이던가, 수업 들어갔다가 나오니 연세 많으신 동료교사 C선생님이 서울 중앙일보에 작품 보낸 게 있느냐 물었다. 그렇다고 했더니 당선 통지가 왔다며 전화를 해보라는 것이었다. 나는 떨리는 가슴을 안고 중앙일보 문화부에 전화를 했다. 그때까지도 긴가민가했지만 확인 결과 틀림없는 당선이었다. 당선 작품은 뜻밖에도 「낙화암」이었고, 심사위원은 그때 이미 존함은 익히 알고 있었던 박재삼 선생이었다. 나는 이 때 처음으로 작자 자신이 생각하는 작품의 가치와 심사위원이 객관적으로 보는 작품의 가치에 큰 차이가 있음을 알았다.

1978년 1월 중순, 신춘문예 시상식에 참석하여 심사를 맡았던 박재삼 선생을 처음으로 대면하였다. 선생은 무척 소박하고도 진실한 분이셨다. 시상식 날은 소설 당선자 유익서 형 집에서 자고 이튿날 박재삼 선생을 묵동 자택으로 찾아가 뵈었다. 비로소 심사경위를 들을 수 있었다. 선생께서는 응모한 작품 중 어느 것을 당선작으로 뽑아도 무방하다 싶었으나 가장 자연스런 작품을 택하다 보니 절로 「낙화암」을 뽑게 되었다 하셨다.

16. 나의 시, 이렇게 쓴다, 시의 맛을 내는 비결
―지성찬론

시의 재료가 경험이라는 것에 대하여 이의를 제기할 사람은 없을 것으로 생각한다. 내 시의 근원적 배경도 유년기와 청소년 시절을 보냈던 경기도 안성의 산과 들, 그리고 안성천, 그 시절에 보고 경험했던 여러 가지의 일들이 뇌리에 진한 영상으로 남아서 후에 시창작의 밑그림이 되었다. 진달래를 꺾던 유년시절, 추운 겨울의 썰렁한 들녘, 황금빛 넓은 들녘이 던져준 깊은 인상들은 나의 기억 속에서 나와 마주하는 경우가 많다.

이러한 어린 시절의 기억으로부터 직접적인 영향을 많이 받은 시조가 안성예찬이다.

이 시조는 안성을 대변하는 대표적인 시로서 많이 알려져 있기도 하다.

비봉(飛鳳)에 올라서면 옥산들이 넉넉하고
항시 젊은 청용산(靑龍山)은 자리 걷고 일어선다
안성천(安城川) 생수(生水)로 흘러 마을마다 살아 있고

섬바위골 홍시처럼 열이틀 달이 뜨면
동문리(東門里) 미루나무 숲, 잠들 줄을 모르는데
초집의 올린 등불을 가릴 수는 없어라

선율이 굽이치는 청포도 넝쿨 따라
수많은 얼굴들이 떠오르는 포도알의
맺힌 그 이슬 속에서 한 세월을 보았느니

순박한 손끝으로 흙을 빚어 혼을 부어
가슴에 불을 질러 항아리를 구워내어

하늘도 천년 하늘을 불룩하게 채웠나니.

—「안성예찬」

　시 한 편을 완성하는데 필자는 보통 한 달에서 길게는 몇 개월 동안 작품을 손질하는 습관이 있는데, 작품을 모두 기억할 수 있게 되어서야 잡지에 발표해 왔다. 아무리 긴 시조라도 예외는 없었다. 이것이 다른 시인들과 다른 점이기도 하다.

　1982년 여름 강원도 해수욕장에서 초장 한 구절을 얻었는데, 그 구절이 좋아서 시조를 완성하는데 약 1년 정도를 소비하였다. 그것도 단수 시조를. 그 때가 문단 활동을 시작한지 얼마 되지 아니한 때였다.

　"세월을 풀어내어 바다를 채웁니다"라는 초장을 버릴 수 없어서 많은 고심을 했지만 좀처럼 중장과 종장을 이어나갈 수가 없어서 가슴만 답답한 날들이 계속되었다. 그 때는 마치 소화불량증 같이 가슴이 답답했던 기억이 지금도 생생하다.

　거의 1년 후에 완성된 시조가 「별 1982」라는 작품이다.

　　세월을 풀어내어
　　바다를 채웁니다.

　　어느 작은 물새가 되어
　　물 한 모금 찍고 가면

　　낙도(낙도)의 맑은 하늘에
　　별이 하나 돋는다.

—「별 1982」 전문

　이 시의 이미지는 "작은 것"에 초점이 맞추어져 있어서 그 작은 이미지에 잘 맞는 단어를 선택하여 배치하였다.

즉 "물새, 한 모금, 찍고, 낙도, 별"로 이어지는 언어들이다.

"물 한 방울"이 아닌 "물 한 모금"이 되었고, "먹고 가면"이 아닌 "찍고 가면"으로 된 것이다. 이 작은 이미지는 인간이 아주 작고 미약한 것임을 암시하고 있는 것인데, 이 시가 의미하는 개략적 큰 의미는 "인간이 아무리 큰 일을 한다고 해도, 그 것은 마치 한 마리 새가 그 넓고 넓은 바다에서 물 한 모금 찍는 정도 밖에 되지 않는다"는 줄거리이다.

이를 확대 해석하면 이 우주의 광대함과 위대함을 표현한 것이기도 하다. 근자에 두 작곡가가 필자의 많은 작품 중에서 이 시조를 골라서 작곡한 사실에 필자 또한 놀라움을 금할 수 없었다.

시를 창작함에 있어서 세심한 주의를 기울여서 잘못된 부분을 고치고, 표현의 어색한 부분을 많은 시간을 두고 수정해 가는 습관이 필요하다고 생각한다.

우리가 음식을 먹을 때, 그 음식의 맛에 따라서 그 음식을 평가하고 또 그 맛을 즐기는 것이 보통이다. 시 또한 그 맛이 있음은 당연하다. 음식의 맛을 내는 조미료는 음식에서 차지하는 비중은 아주 적지만 그 음식의 맛을 좌우한다. 시에서도 시의 맛을 내는 비결이 있고 그 비결이 시창작의 비결이기도 하다. 시에서도 이와 같이 아주 적은 특별한 언어가 시의 맛을 좌우하는 역할을 담당하고 있다.

다음의 두 시조 작품에서 예를 들어 살펴보고자 한다.

> 낙동강 빈 나루에 달빛이 푸릅니다
> 무엔지 그리운 밤, 지향 없이 가고파서
> 흐르는 금빛 노을에 배를 맡겨 봅니다.

> ─이호우의 「달밤」의 첫째수

장마루 놀이 지면 돌아올 낭군하고
조금은 <u>이즈러진</u> 윤이 나는 항아리에
제삿날 울어도 좋을 국화주나 빚어야지

—이우종의 「산처일기」 중 둘째수

이호우의 「달밤」에서 보면 "낙동강 <u>빈</u> 나루에"서 "빈"이라는 단어가 이 시조의 맛을 살렸다는 점이다. 만약에 "낙동강 나루터에"라고 했을 경우에 이 시조는 전혀 가치가 없게 되는 것이다.

이우종의 「산처일기」에서 "조금은 <u>이즈러진</u> 윤이 나는 항아리에"를 "하얗고 아름다운 윤이 나는 항아리에"로 했을 경우, 문제는 전혀 달라진다. 그러면 여기서 "빈", "이즈러진"이라는 단어의 역할은 무엇이며, 시의 맛을 내게 하는 그 이유는 무엇일까 하는 궁금증을 갖게 된다. 시에 담는 내용은 사람들이 살아가는 이야기인데, 인생은 연약하고, 유한하고 불완전하고, 허점이 많고, 이상과 현실의 괴리가 너무 크기 때문에 사람들은 많은 좌절과 아픔을 겪게 되는 것이 보통이다. 이런 인생을 상징하며 대변할 수 있는 언어는 "빈", "이즈러진"과 같이 불완전하고, 약한 의미의 단어들이다. 이런 시적표현의 장치가 시창작에서 필요하다. 시 한 편에 이런 단어를 하나 또는 두 개쯤 넣어두면 시의 맛을 내는 데에 큰 도움이 된다.

필자의 다음 작품들도 이런 비법으로 창작되어진 것들이다.
밑줄 친 단어를 유의해 볼 필요가 있다.

영산강 피로 흐르른 남도(南道) 천리(千里) 길
물결따라 <u>흔들려도</u> 다시 피는 풀꽃이여

물새의 <u>젖은</u> 나래는 마를 날이 없구나

—필자의 「남도천리」 첫째수

하늘로만 오르던 미루나무 숲 둥우리
집을 <u>비운</u> 까치는 돌아올 줄 모른다
유난히 붉은 노을이 비원으로 타고 있다

—필자의 「어느 겨울」 둘째수

나무는 서성이며 백년을 오고 가고
바위야 앉아서도 천년을 바라본다
<u>짧고나</u> 목련꽃 밤은 한 장 <u>젖은</u> 손수건

—필자의 「목련꽃 밤은」 전문

저녁 연기 피어오르던 그 시절을 생각느니
차라리 몸을 태워 <u>한 줌 재가</u> 되더라도
<u>연기</u>는 맑은 하늘에 꽃구름이 되던 것을

—필자의 「삶·7」 전문

많은 시인들이 시적표현에서 강한 어조의 언어를 많이 동원하는 경우를 보는데 십중팔구는 실패하는 것이 보통이다. 오히려 그런 강한 어조의 표현은 시를 망치는 경우가 더 많다.

시창작에서 시의 도입부분은 표현의 어조가 낮고 부드러운 것이 보다 효과적이다. 또한 문맥의 흐름이 좋아야 독자에게 자기의 표현이 잘 전해진다. 근자에 발표되는 작품의 내용이 과연 독자들에게 잘 전달되는지에 대하여 회의적인 생각을 갖고 있다. 작가와 독자와의 소통이 되지 않는 글은 무의미하다고 할 수 있다.

시창작이 낭만을 노래하는 신선 노름만은 아닌 것이 사실이다. 그만큼 시창작의 길이 험하고 힘들다는 것을 의미한다.

예술의 이상적인 최종 목표는 높은 품격의 경지에 이르는 것이다. 높은 품격의 예술을 동경하며 한 걸음 한 걸음 나아가는 것이 작가의 길이다. 하지만 아무도 그 결승점에 도달한 사람은 아무도 없을 것이다.

17. 문학은 삶의 의미를 부여하는 작업-추창호론

불혹이 되었을 때 내 인생을 돌아볼 기회를 가졌다. 그 동안 목적의식 없이 살아온 세월에 대한 반성과 함께 내 삶의 의미를 찾는 일로 밤잠을 설치기 시작했다. 이런 갈등의 시간을 보낸 후 <너는 내 운명>이라는 드라마의 제목처럼 어릴 때 그토록 동경하던 문학이 내 어깨를 툭 쳐왔고, 체질적으로 내게 맞는 시조가 내 삶의 무게 중심에 서서 나를 살아있게 하는 힘의 원천이 되었다.

그 누구든 존재 이유가 없이 존재하지는 않는다. 그 내면에는 존중 받아야할 어떤 가치가 내포되어 있기 때문이다. 문학은 그런 내포된 존재 이유와 가치를 발견하고 그 삶에 대해 어떤 의미를 부여하는 작업이라고 생각한다. 이런 나의 생각이 배경으로 놓여있는 작품이 「아름다운 공구를 위하여」라는 연작시이다.

크고 작은 톱니바퀴 맞물려 굴러가는
숨가쁜 세상 속의 이름 없는 악사들
가 닿을 무대를 향해 소리들을 물고 있다

녹슨 생각 하나 벌어진 틈새만큼
몽키의 믿음으로 조이고 풀어 가면
서릿발 돋은 가슴은 물소리로 흐른다

생살이 문드러진 피멍의 나날들

혼신의 힘을 다해 자르고 깎아 내면
무늬목 선명한 결이 햇살로 반짝인다

탄탄한 근육질이 불끈 솟는 삶의 현장
돌짬 속 대들보가 흐린 세상 받쳐주듯
하모니 고운 선율로 새 악장을 열고 있다
　　　　　　―「아름다운 공구를 위하여·1」 전문

　몽키를 사러 공구점에 간 적이 있다. 빽빽하게 들어찬 여러 종류의
공구를 보는 순간, 이것이 바로 우리가 사는 세상이 세상답게 존재할
수 있는 이유를 상징적으로 보여주는 것이라는 생각이 들었다. 얼핏 보
면 세상은 어지러운 풍경이고, 위태롭다. 그런데도 세상은 여전히 힘차
게 돌아간다. 이것은 세상 스스로가 병든 곳을 치유하며, 막힌 곳은 뚫
을 수 있는 생명력이 있기 때문이다. 이 생명력을 가져오는 한 축이 바
로 이 공구들이다. 이 공구들로 인해 세상은 지탱이 되고, 아름다워지는
것이다. 또한 그로 인해 공구 그 스스로 존재 가치를 갖게 되는 것이다.
　문학은 그 시대의 아픔을 간과해서는 안된다. 오히려 음지 속의 삶을
직시하고 노래함으로써 그네들에게 꿈과 희망이 될 수 있는 문학이 되
어야 한다. 시조 또한 그렇다. 이런 관점에서 접근한 작품이 「옥교동,
그 후미진 거리에서」와 같은 계열의 작품이다.

조붓한 길을 따라 코딱지로 붙은 집들
퇴락한 단층 같은 세월을 뒤적이면
바람나 신시가지로 떠난 사람 보인다

점포 정리 원가 판매 앞 다퉈 키를 재는
먼 눈빛 그늘 따라 먼지처럼 쌓인 한숨
어둠 속 만취한 사내가 방뇨를 하고 있다

미화부 거친 손이 끌고 오는 손수레
싱싱한 새벽빛을 한아름씩 부려낸다
숨죽여 누운 거리가 꿈틀대며 일어선다
                    —「옥교동, 그 후미진 거리에」 전문

한 때는 울산의 상업 중심지였던 옥교동은 현재 신시가지에 밀려 개
점휴업을 하는 곳이 많다. 그러나 숨죽여 누운 그곳에서도 화려한 옛날
의 영화를 되찾기 위해 꿈틀거리고 있다. 그런 사람들의 의지가 있는
한 언젠가 다시 일어설 수 있으리라는 믿음을 나는 가지고 있다. 인생
은 이론일 수 없다. 주어진 여건 속에서 최선을 다해 합목적적으로 행
동하는 것, 이게 바로 인생이라고 생각한다. 나의 주된 관심은 이처럼
화려하고 각광을 받는 양지 속의 삶이 아닌 음지 속의 삶이다. 그런 삶
에 대해 어떤 의미를 부여하는 작업이 가치 있는 일이라 믿고 있다.

훌훌 가슴 털어
수평선을 바라보면

아슴한 고향집이
파도에 실려 오고

그 언덕 들꽃 한아름
포말처럼 흔들린다
                    —「그리움」 전문

나에게 고향은 그리움의 대상이다. 그곳에는 비록 가난하였지만 내
유년의 따뜻한 추억이 있고, "불 꺼진 어둔 세상 마음 머물 곳 없을 때/
짠한 그리움이 고여 오는 가슴으로"(「어머니를 생각하며」 첫째 수) 그려
보는 어머니의 지극한 사랑이 아직 온전한 채로 남아있기 때문이다. 이

런 추억과 사랑에 대한 기억은 내가 살다 지칠 때면 다시 일어설 힘을 주곤 한다.

억새풀 성성한 머리카락을 바라본다. 피 끓던 청춘이 걸려있는 어제를 되돌아보는 시간이 많아진다. 삶과 죽음의 문제 중에서 죽음에 대한 생각이 깊어지는 것은 아마 늙어가고 있다는 증거이리라.

> 길 떠날 채비로 바쁜 사람 있는갑다
> 편도 일차선 질주하는 앰블런스
>
> 갈앉은
> 적막한 고요
> 행간의 폭이 넓다
>
> ―「새벽 3시」 전문

이 작품은 우연히 선잠이 깨어 일어난 새벽 3시에 질주하는 앰블런스를 보고 순간적으로 떠오른 착상이 만들어낸 작품이다. 어쩌면 잠재의식 속에 담겨져 있는 생각이 우연한 계기로 분출한 형태라고 하는 게 더 정확한 표현일 것이다. 삶과 죽음의 기로에서 선 한 생의 위급한 신호 속에는 푸른 날 푸른 길을 걸어온 자랑스런 인생뿐만 아니라, "무채색 목소리가/ 저음으로 들려왔습니다// 물기어린 촉촉함은/ 희망 사항이어서// 가닿지/ 못할 길이랑/ 놓아두고 왔습니다"(「전화」 전문)라는 인간관계의 아픔 등 이루 헤아릴 수 없는 무수한 사연이 있었을 것이다. 그러나 그런 곡절 많은 삶도 편도 일차선처럼 지나가면 다시는 되돌아갈 수 없다. 언젠가는 이 모든 것을 접고 떠나야할 유한한 존재인 우리의 삶을 되돌아보며, 왜 사느냐 것보다 어떻게 살고 죽음을 준비해야 하는가?라는 이런 저런 생각으로 다시 잠들지 못한 새벽이었다.

21C는 엄청난 변화의 시대이다. 복잡다단하다. 시의 길이가 길어지는

산문화 경향을 보이는 것도 이런 변화와 무관하지 않을 것이다. 이런 시대에 우리 고유의 정형시인 시조는 어떤 모습이어야 할까? 문제는 시조의 정형이라는 그릇에 이 시대의 다양한 사상(事象)이라는 내용을 어떻게 효과적으로 담아낼 수 있을까?라는 점이다. 가장 바람직한 형태는 형식과 내용의 조화이다. 시조의 정형이라는 기본 틀을 유지하면서 이 시대의 고민과 아픔이 담긴 다양한 풍경을 조화롭게 담아내는 일이다. 그러기 위해서는 음풍농월식이 아닌 이 시대의 한 단면을 예리하게 포착해 내거나 재해석하여 나타냄으로서 독자들의 공감의 폭을 넓힐 수 있어야 할 것이다. 오늘날 시조시단에서는 시조의 정형에 관한 실험적인 시도가 다양하게 이루어지고 있다. 어떻게 보면 바람직한 방향이라고 볼 수도 있겠지만 시조의 근간을 흔드는 일이 되어서는 안될 것이다.

시조를 쓴다는 것은 어떤 삶에 대해 의미를 부여하는 작업일 뿐만 아니라 내 삶의 원천이라는 생각은 지금도 변함이 없다. 지난 십 수 년을 그렇게 걸어왔고, 또 앞으로도 그렇게 뚜벅뚜벅 걸어갈 것이다.

18. 서정의 삼색 연대기 – 한분순론

서정의 연대기: 푸름 – 나의 시 '청(靑)'과 퍼덕이던 청춘

흐드러진 젊음 안에 머무르며 거침없이 글을 쓰던 나날들을 지나서, 어느새 스스로도 나이 들어감을 깨달은 즈음에 '청(靑)'이란 시를 쓰게 되었다. 제목으로 붙인 '청(靑)'은 푸르른 여름을 뜻한다. 그러나 싱그럽던 젊음은 이미 나를 떠나고 있던 시점이었다. 삶과 글에서 모두 완숙함이 깃들어야 하는 나이에 다다랐지만, 마음은 여전히 퍼덕대는 청춘을 놓지 못하고 있기도 했다.

그러한 혼란 속에서, 원숙한 작가로 거듭나야 한다는 자의식이 커져 젊음을 잡고 싶은 안타까운 심정과는 별개로, 이제부터 연륜에 어울리는 관조를 지녀야 한다는 조급함이 찾아들던 나이에 쓰게 된 작품이다.

'청(靑)'을 쓰게 만든 직접적인 계기는 여름 휴가로 들른 오대산의 풍광에서 받은 감명 때문이다. 강원도 상원사 가던 길에 마주친 오대산의 거대함을 바라보며, 그 범접 못할 위력 앞에서 문득 내가 얼마나 작은 존재인지 생각하게 되었다. 더불어, 무엇을 이루려고 이리 바쁘게 살아왔는지 까닭 모를 서글픔도 들었다. 지나온 날들에게 갖는 아쉬움과 앞으로 진정한 성숙을 이루려는 다짐이 어우러져 복잡해진 마음으로 한참을 지내다가 적어 내려간 시가 「청(靑)」이다.

> 여름은
> 내 곁에
> 아직 무성(무성)히 있네
>
> 깊숙한 골짜기에서
> 한잠 자고
> 이내를 건너
>
> 더러는
> 빠뜨리고 더러는
> 또 손에도 들었네
>
> ―「청(靑)」

「청(靑)」을 쓰면서는 멋을 부리던 은유를 쉽게 다듬고, 힘이 지나치게 들어간 직설은 부드럽게 매만졌다. 시어를 선택하면서 난해한 글로 그럴듯해 보이려 하기보다, 살아가는 일상 속에서 모두에게 익숙한 낱말을 골라, 읽는 이들과 친밀하게 소통하고 싶은 생각이 들었기 때문이다.

신춘문예에 당선하고 젊은 문청 시기를 보내면서, 남다른 수사법과 유려한 어휘에 몰두하던 과욕을 버리고, 내가 발을 딛고 사는 삶에서 찾아낸 생동감 넘치는 시어로써 읽는 이들의 공감을 받고 싶었던 것이다.

서정의 연대기: 붉음 – 나의 시 「분꽃송(頌)」과 뭉클한 고향

젊은날을 더욱 거슬러 올라가면, 내가 쓰는 시에서 나의 어릴 적 페르소나 같은 작용을 하는 따뜻한 서정이 있다. 이렇듯 어른이 되어서도 남아 있는 나의 어린 시절 자아가 가장 명확하게 드러난 작품은 「분꽃송(頌)」이라는 시이다.

> 환히 웃었지만
> 곁에 설
> 머슴애 있니?
>
> 사위듯 피는 꼴이
> 제참에도
> 사뭇 수줍어
>
> 마당을 한 바퀴 돌다가
> 먹빛
> 티로
> 남는다
>
> 긴 비에 지치면
> 말인들 뛸까만
> 여름이 지루해서
> 산도
> 제자리 채 녹네

슬며시 감기는 빛살
문득
신선한
이마여.

-「분꽃송(頌)」

초등학교 졸업 이후로는 줄곧 서울에서 살고 있지만, 도심의 어느 한 모퉁이에 피어 있는 분꽃을 보게 되는 날엔, 어린 시절 고향의 아련한 잔상이 떠오른다. 고즈넉한 시골 산길을 혼자 걸어서 초등학교 가던 길에, 무서움을 달래려 손에 꼭 쥐고 있던 것이 분꽃이기 때문이다. 어린 나는 꽃잎한테 속삭이듯 말을 걸고, 스스로에게 '이제 학교 다 왔다' 일러 주기도 하면서, 험한 산길을 혼자 걷는 두려움을 잊었다.

분꽃은 해가 지고 아침이 오는 사이에, 남들 눈에 띄지 않는 동안에 다소곳이 피어난다. 꽃잎의 빛깔도 수줍음에 발그레 얼굴을 붉히고 있는 것처럼 보여서, 부끄러움 잘 타는 나의 속내를 닮은 듯해 마음이 간다.

그렇다고 분꽃이 마냥 여리기만 한 것은 아니다. 「분꽃송(頌)」 시에 묘사된, '먹빛 티로' 남은 까만 씨눈의 단단함은 홀로 다독이며 견뎌 낸 삶의 외침을 의미한다. 뭉쳐진 아픔을 품고 있지만 사랑하는 마음 놓지 않고 새로운 목숨 잉태하여, 다시 살아나는 강건함이 분꽃에게 있으며, 그것은 내가 닮고 싶은 기질이기도 하다.

서정의 연대기: 무색－나의 시 「가을」, 그리고 슬픔의 잠입

나이 들어가며 슬픔의 감정이 시에 더욱 깊이 배어나는 것을 느낀다. 허무와 고독에 익숙해진 때문인지, 젊은 날엔 모든 쓸쓸함을 글에서 웃음 머금은 해학으로 풀어내던 것과 달리, 자꾸 내면의 슬픔으로 잠기게 된다.

> 가슴엔 늘
> 잎이 쌓이네
> 그리움이 쌓이네
>
> 촘촘이
> 띠 두르고
> 손에 잡히는 기억
>
> 하루 내
> 서성거리며
> 저무는 사랑을 보네.
>
> 그렇듯 그윽했어라
> 문틈을 새날던 바람
>
> 한낱 설화로 머문
> 저 풀 끝의 이슬이여
>
> 감기는
> 차가움을 털며
> 마지막 불티를 보네.
>
> ─「가을 공원에서」

　「가을 공원에서」는 시적 상상력에만 매달리지 않고, 내가 겪어서 체화된 경험을 세밀히 묘사하려 했다. 손에 잡히지 않는 크고 넓은 것을 동경하던 겉멋을 버린 것이다. 복합화된 시대에 맞춰 다양한 감각을 표현하는 노력도 기울였다.

　그런데 「청(青)」을 쓰던 때는 낙담의 순간에도 희망을 찾으려 했다면, 훨씬 나이 들어 쓴 '가을 공원에서'는 그런 느긋한 낙관이 얼마쯤 희석

되었음이 느껴진다. 비슷한 맥락에서 똑같은 제재인 가을을 다루되,「가을 공원에서」보다 젊은 시절에 썼던 '가을'은 울적함이 아닌, 긍정의 정서가 두드러져 있다.

　　　새벽을 깔고
　　　지나가는
　　　긴
　　　은총의 숲이여

　　　가지에 설레는 말씀
　　　물빛은
　　　더욱 깊고

　　　세상을
　　　한눈에 담아도
　　　아프지는 않겠네.

　　　　　　　　　　　　　　　　　　　　　　　－「가을」

　　외로움은 인간의 원죄와 같아, 누구나 쉽사리 휘말리는 흔들림일 것이다. 더욱이 언제나 감각의 날을 세우고 사는 시인에게 고독감은 타고난 천성과도 같다. 여느 작가들이 그렇듯이, 나 또한 쾌활히 지내다가 글쓰기에 몰입하면 걷잡기 어려운 외로움을 타곤 한다. 그래도 서글픔에 가라앉지 않도록 스스로를 다스리며, 낙천의 시각을 지키고 싶다. 시가 자신의 번뇌를 호소하는 현실 도피로 흐르지 않고 삶의 관조가 되어, 읽는 이들에게 작은 위로라도 되기를 바라는 것이다.

19. 체험적 시론—홍성란론

시가 두더지 대가리처럼 두드린다고 튀어나오는 게 아닌 것을 알게 되고부터는, 시가 탄식처럼 절로 흘러나올 때까지 기다립니다. 시는 '만들어지는 시'보다는 '우러나는 시'가 진정성 있는 시라고 생각합니다. 그래 오래 기다리다보면 시종자(詩種子)같은 한 마디, 한 구절, 한 생각이 떠오릅니다. 우러나는 것입니다. 그러면 그 시종자를 가지고 앉아 생각하며 시를 씁니다. 이때가 시인에게는 제일 행복한 시간일 것입니다.

그런데 안타깝게도 기다려도, 기다려도 시종자(詩種子)가 우러나지 않을 때는 산책을 합니다. 산길을 가고 들길을 가고 물길을 따라 갑니다. 그러면서 내 안으로 난 조붓한 내 마음의 행로를 따라갑니다. 그러면서 내 마음의 조각들이 산길이나 들길이나 물길에서 만나는 작고 여리고 눈물어린 사연들을 또 만나 서로 어울리게 됩니다. 이 서로 어울리는 그림과 이야기가 시가 되는 것입니다. 다시 말하면 자연(自然)에서 나를 보고 나를 닮은 자연을 그리게 됩니다. 인사(人事)에서 내 심정을 찾아 쓰기도 하고 남의 이야기를 그려내고 전하게도 됩니다. 무슨 형상이고 무슨 이야기가 되었든 그것을 옥구슬을 건져 올리듯 메모하여 집으로 옵니다. 집으로 와서 바로 쓸 수도 있고 그냥 잊고 있다가 나중에 몰아서 쓸 수도 있습니다.

무엇보다 중요한 건 그저 우리가 일상 하는 말을 가지고 가장 낮은 목소리로 가장 낮은 자세로 내 마음을 전해야 한다는 것입니다. 시는 구호가 아닙니다. 시는 머리로만 쓰는 게 아닙니다. 물론 시는 지식의 산물입니다. 지식은 미적의장을 거치기 이전에 개개인의 역사 속에서 지혜가 되어 있어야 합니다. 그 지혜를 가슴으로 전하는 게 시입니다. 가슴으로 전한다는 것은 독자가 공감하고 감동할 수 있는 그야말로 '심금을 울리는 경지'까지 다다라야 한다는 것입니다. 시는 읽으면서, 또 읽고 나서 무언가 가슴 한 자락을 은근히 붙잡아 당기는 게 있어야 합니다. 그것이 바로 여운입니다.

시조는 그 옛날부터 노래였습니다. 오늘의 시조라고 해서 다른 게 아닙니다. 눈으로 읽는 시가 되어서도 시조는 노래여야 합니다. 도식적인 정형율격의 고수(固守)가 아니라 편편이 의미생산적인 리듬을 잘 타야 한다는 것입니다. 빡빡하게 말과 화려한 수사만 넘쳐서는 아름다운 노래가 될 수 없습니다. 말은 짧게 뜻은 길게, 시조가 노래시라면, 음악예술의 용어로는 언단의장(言短意長)입니다. 그래야 여운을 거느린 노래시가 됩니다.

혼자서만 놀던 아이
먼 길
다녀왔습니다
아니 올까 싶었지만
기지개 다시 켜는

봄

나쁜 이
더러 숨어사는
동구 밖에
왔습니다

-「꽃다지」

왠지 세상은, 언제부턴가 아이들이 마음껏 뛰놀 수 없는 공간이 되고
말았다. 그래서 나쁜 이 더러 숨어사는 이 세상에서 다시는 아이의 천
진스러운 모습을 볼 수 없을 것 같다. 그러나 이 오염된 세상에 여전히
하늘은 아이들을 보내주고 계신다. 아이는 꽃이라는 이름으로 오고 봄
이라는 이름으로 온다. 봄의 아이인 꽃다지는 스산한 낙엽을 배경으로
아름다운 자태를 드러낸다. 동구 밖에 봄이 온 것이다. 참 아름다운 디
카시가 아닌가. 소행을 생각하면 다시는 이 땅에 봄을 허락해주지 않으
실 것 같은 하늘의 은총이 새삼 눈물겹다. 이 시로 말미암아 세상이 조
금이라도 정화되면 좋겠다.[4]

20. 시조가 그냥 좋아서–홍진기론

사랑하면 행복하지요. 사랑하는 가슴으로 바라보면 사물이 모두 아름
답지요. 사랑하는 사람과는 언제나 가까이 있고 싶고 가까이 있으면 그
냥 행복하지요. 그와 같이, 시조가 좋아서 시조를 가까이하며 시조를 쓰
고 있을 뿐이지요. 좋아하고 사랑하는데 무슨 조건이 달릴 수 있겠는지

---

4) 이상옥 창신대 문창과 교수의 평에서 발췌.

요. 시조가 참말로 좋으냐고 누가 물어온다면 나도 누구처럼 그냥 웃어버리면 안될까요?

시조가 그냥 좋아서 나는 시조를 읽고 읽다가 생각하고 또 그 생각을 좇다가 시조를 쓰곤 한다. 시가 좋아서 시에 매달려도 보았고, 소설이 좋아서 소설 속에서 많은 밤도 새워냈었다. 희곡과 시나리오를 제하고는 심지어 독후감에까지 빠져 읽고 쓰고 하면서 젊음을 연소시켰다. 그 덕에 소설은 관문을 거쳤고, 수필은 전국 우수상을, 독후감은 대상을 받기도 했다. 그 끝이 지금의 여기 나인 것 같다.

그냥 좋은 것이 내 가슴 속에 깔려있는 바탕색이라면, 그 물감을 깔기까지의 과정은 있을 법하지 않은가. 내가 좋아서 깔아둔 그 바탕색이 단조롭다면 그 단조로운 바탕색 위에 어떤 색을 찍어, 붓을 어떻게 돌려 아름다운 치장을 꾀했는가. 그것을 묻는 것이라고, 그렇게 내 졸견은 편집진의 의도를 읽었다. 다행이, 진정 다행이도 어느 어진 독자가 내 이 군말을 눈 뜨고 읽어주신다면 그 큰 감사에 대한 보답으로 내 속살을 가리지 않고 있는 그대로 보여드림이 예가 아닐까. 그래야만 될 것 같아 붓 끝에 힘을 주지만 힘이 뜻한 대로 실리지 않아서 답답하다

> 언제나 내 곁에는
> 빈 잔이 놓여 있다
>
> 가진 것 모두 담아도
> 차지 않는 이 잔을
>
> 단숨에
> 그대로 들면 은회색 허공이 된다
>
> 언젠가 달빛 한 줄기
> 이 잔을 다녀가고

아내의 한숨 소리도
가끔은 드나들지만

시대의
증언을 풀면 전쟁 같은 물이 고인다

　　　　　　　　　　　　　　　　　－「빈 잔」

'빈 잔'은 내 다섯 번째 작품집의 표제명이기도 하다. 나는 이 작품을
비교적 수월하게 얻은 셈이다. 어쩌면 술잔과 내가 가까이 지낸 덕에
빈 잔이 내 눈에 쉽게 보였는지도 모르겠다. 내가 비워낸 술잔이 얼마
나 될까. 그 술의 양은 수십 섬……. 그런데도 나는 시쳇말로 알콜중독
에 걸려들지 않았다. 그것은 술을 맛으로 마시지 않고 정으로, 마음으로
마음술을 즐겼기 때문이리라. 마음 맞는 사람과 마주 앉으면 밤을 새면
서 낭만주를 들이키지만 혼자서는 반주조차 들지 않았으니. 그야말로
나는 술맛 모르고 마시는 벌술꾼인 셈이다. 그러던 차 때맞춰 시조를 쓰
는 마음술꾼을 만나는 행운을 맞게 되었다. 그것이 시조를 쓰고 시조문
학회에 첫발을 들여놓게 된 동기라고 그렇게 나는 생각하고 있다. 운명
은 이와 같이 우연에서 결정지어지는 것은 혹시 아닐까, 운명이 있다면.

　여기서 잠깐 외도를 해야겠다. 경상남도 교육청에서는 중·고등학생
을 위한 중등 학예발표대회를 실시하고 있었다. 단위 학교와 시군대회
를 거쳐 선발된 그야말로 시군 대표들이 마지막으로 교육감 상장을 놓
고 겨루는 백일장이 그것이다. 장원이 되는 학생 자신은 물론, 학교의
자랑이기도 하며 문예지도 교사 역시 매우 신명나고 으쓱하게 되는 일
이다. 학생 노벨상이는 미명도 붙일 반한 것이다.

　그 대회에 나는 시군 대표로 선발된 우리 학교 학생을 몇 년을 두고
인솔하여 출장을 가는 행운을 누리고 있었다. 학생 덕에 모든 인솔교사

는 바깥바람도 쐬고 동료들도 만나고 남는 출장비와 준비해온 잡비로 다른 고장의 술맛도 보며 하루나마 자유인의 기쁨도 누리게 된다. 그러던 어느 날 나는 문득 내가 초라하게 느껴졌다. 심사위원님들은 교단 위에 푹신한 의자에 앉아 학생들과 인솔교사들을 내려다보고 있었다. 그들이 우러러보였다. 물론 그 속에는 내가 잘 아는 선생님도 계셨다. 나는 창문을 등지고 서서 주의사항을 학생과 함께 경청하고 있었다. 참 내가 작아보였다. 내가 나를 작고 초라하게 보던 그 어느 날이 나의 오늘을 심어준 씨앗이 되었다. 그때 명치끝을 밀고 올라오던 그 오기가 씨앗의 눈이 되었다.

나는 무얼 하며 살았나. 저 자리에 나는 왜 앉지 못하는가. 묘한 열등의식은 내가 낭비해온 시간을 후회로 몰아가더니, 나중엔 오기 같은 것을 불러왔다. 나는 돌아와 술을 멀리할 방법을 궁리했다. 그리곤 밤도 밤이고 낮도 밤인 구석방 하나를 치우고 들어앉았다. 술집호출에도 응하지 않았다. 그러나 결과는 내가 손드는 일, 그들이 집으로 쳐들어오겠다는 협박에 나는 무릎을 꿇고 말았다. 그렇게 또 한 해를 보냈다. 내 의지의 한계는 거기까지였던 것이다. 그들의 우정은 두터워서 탈이고, 그들의 추적은 끈질겨서 병이었다.

그러던 어느 해 나는 미당 선생님을 진주에서 뵈었고, 그날 저녁에 내 심약을 이겨낼 길은 선생님과의 약속밖에 없다는 결론에 도달했다. "선생님 저 글을 쓰겠습니다." "내 제자는 글을 써야지." 나는 돌아와 다시 궁리를 하기 시작했다. 그 답은 일터를 먼 곳으로 옮기는 것이었다. 그리고 다음해에 나는 한산도로 발령을 받았다. 문고판 시집만 잔뜩 들고, 이부자리 한 보퉁이 둘러메고 가족과 친구들이 손을 흔들고 있는 아름다운 통영 연안부두를 떠난 것이 통영시와 나의 마지막 이별이 될 줄이야.

길지도 않은 통영생활이지만 그 시절 나는 퇴근을 하고 집으로 돌아와서도 양말을 벗지 못했다. 벗어봤자 다시 또 신고 술집호출에 응해야됨을 이미 경험을 통해 알고 있기 때문이다. 언제 생각해도 그들은 좋은, 정말로 좋은 인간적인 친구들이었다. 물론 지금도 잊지 못해 찾아가고 찾아와서 만나고 만나면 한 잔 하고 한 잔 하면 다시 기쁜 사람들로 살고 있다. 그런 따습한 가슴들을, 그 미치도록 좋은 우리 오악당(五樂黨)을 비록 짧은 시간이긴 해도 떠나야만 한다는 것은 내게 있어 말처럼 쉬운 결단은 아니었다.

그때 그런 나의 비장한 결심이 없었더라면 오늘 나는 이 글을 쓰기 위해 펜을 들일도, 밤늦게 이렇게 쭈그리고 앉아있을 일도 생기지 않으리라. 나는 다음해 2월에 당시 문협 부이사장이셨던 이인식 선생님의 추천을 받아 《현대문학》지로 등단의 영광을 안게 되었고, 그해 가을에는 심사위원 위촉을 받는 기쁨도 누리게 되었다. 나에 대한 재인식, 선의의 조그만 오기가 내게 가져다 준 결과는 실로 크고 내게는 값진 것이었다.

나는 그날 심사위원석의 푹신한 의자를 치우자고 주장하였고, 또 동의도 얻어내었다. 그 후 내가 퇴직할 때까지 나는 심사위원을 맡았고, 푹신한 소파는 심사위원석에 올라오지 못했다.

「빈 잔」으로 돌아가자. 이 시가 독자의 손으로 넘어가서 어떻게 읽히고 있는지 내가 어찌 알겠냐마는 나는 이 시를 좋아한다. 지인들로부터 듣는 빈 잔의 시인이란 말도 듣기 좋고 정이 갔다. 제 버릇 개 못준다는 말이 있다. 창원으로 일터를 옮기고도 역시 나는 벌술로 제법 긴 세월을 보냈다. 인생도처유청산―마산의 문우들과 자주 낭만주석에 어울렸다. 언제나 마지막까지 남는 사람은 늘 그 사람들이었다. 그 인간적인 좋은 사람들의 권유로 나는 경남문협 시조분과에 입회를 했고 시조시인들과 돈독한 인간관계를 맺게도 되었다. 순전히 사람 따라 시조 따라인 셈이다. 내게 있어 통영생활과 마산생활은 낭만주를 빼면 할 말이 없어 진다. 그래서 나는 취하면 가끔 내뱉는 말, "술은 내 진리의 바탕이요 망각의 동산"이다. 그러나 그 즐겁던 낭만주도 자동차가 나와 대로를 질주한 뒤로 시나브로 우리 곁을 떠나갔다. 약주도 헐한 술보다 비싼 자동차를 좋아하나보다.

어느 날 아침 식탁 위에 뎅그러니 놓인 빈 물 컵을 보였다. 본 것이 아니, 보인 것이다. 마시기 위해서 채우지 않으면 언제나 비어있다. 그 날따라 그 빈 잔이 이상하게도 내 눈을, 내 마음을 끌어당겼다. 나는 끌 려가다가 '내 곁에는 빈 잔이 놓여있다'는 생각을 떠올렸다. 그것이 종 자가 되자 나는 의도적으로 빈 잔 곁으로 바싹 다가앉았다. 그리고는 생각을 굴리기 시작했다. 돌아와 책상머리에 앉아 생각의 껍질을 벗기 고, 말을 찾고 불필요한 잔털도 뽑기 시작했다. 그 시간도 그렇게 길지 는 않았다.

나는 술이 거나해지면 잔을 빨리 비운다. 그래서 빈 잔이 앞에 있게 마련이다. 그리고 브레이크 페달을 밟을 줄 모른다. 그래서 항상 다음날 고생을 많이 한다. 아주 나쁜 술버릇이다. 시를 쓰게 하는 것은 감정일 지라도 그러나 시를 쓸 때는 이성으로 돌아가라는 말을 좇아 채움과 비 움의 미학을 끌고 왔다. 그리고 잔 앞에 놓고 거짓말도 참말처럼, 없는 것도 있는 것처럼, 모르는 것도 아는 것처럼 생각을 주물러댔다. '차지 않'는 것은 끝없는 인간의 욕심을, '은회색 허공'은 잠재되어 있는 현실 불만을―나의 현실은 회색인데 내 꿈은 은색, 그 둘이 은회색으로 탈바 꿈을 한 셈이다. '드나드는 달빛'은 그래도 한 줄기 희망을, '전쟁 같은 물'은 고해에 쏟는 인간의 아픔과 땀 등을 형상화한다고 해본 것인데 독자에겐 어떻게 비쳤는지 조심스럽기만 하다. 그리고 시집으로 묶을 때, 해설을 맡아준 김 시인의 조언은 이 시에 한결 세련미를 살려냈고 이미지를 신선하게 만들었다. 늘 감사하는 내 마음이다.

　나는 시와 시조를 갈라내는 것을 원하지는 않는 편이지만, 시가 되지 않는 시는 결코 시조가 될 수 없다고 생각한다. 이 말은 대상(물상)이나 세계를 사실 일변도로 진술해낸 시는 개인(시를 쓴 사람)의 창작물이라고 보기를 꺼린다는 뜻이다. 그것은 굳이 시조나 시에서 다룰 필요가 없으며, 차라리 실용문(생활문)에 더 접근하는 표현이라는 내 생각이다. 그러기에 그런 시는 개인의 창작이라고 보기에 나는 인색하다. 차라리 누구나 어울려 쓸 수 있는 공동 소유로 보고 싶다. 시는 마땅히 시적 대상에 자기해석—자기만의 의미부여가 있어야 비로소 자기의 창작물이 될 수 있는 것 아닐까. 시조 역시 예외일 수 없다는 생각이다. 개성적인 눈으로 독창적인 해석이 붙지 않으면 적어도 현대시조의 반열에 놓을 수 없다는 주장이다. 비록 좋은 말에 많은 의미를 붙였다 해도 내포가 없고 정서의 울림을 주지 못한다면 과연 좋은 시조라는 명패를 달아줄 수 있을까. 차라리 메시지는 없을 지라도 운문으로서의 값을 다한 시조라면 거기에 방점을 찍는 것이 옳지 않을까. 내 생각은 그렇다.

　나는 좋은 시조를 쓰지 못한다. 그러나 좋은 시조는 위에 든 바와 같이 필자의 의도가 곁들여야—의사진술—한다고 믿고 있다. 사용되는 언어 역시 외연적 지시 언어를 벗어난 정서적 효과에 기여하는 언어로 직조되어 내포의 다양성(내포가 다양한 언어)을 살려내어야 한다고 믿고 있다. 그리고 이미지 또한 단순한 성질(동질적)만으로 유사한 경험 일변도로 단선적 상상력에 의존하지 않는 것이 좋다고 본다. 즉 이질적인 경험이 포괄된—어찌 보면 상반되고 모순되는 경험을 끌고 와 균형과 조화를 이뤄내는 그런 시조가 진정 현대시조로 바람직한 시조가 아닐까 하고 물어본다.

『빈 잔』을 묶어내고 나는 술잔 꽤나 비워냈다. 술꾼에게 딱 맞는 시제이면서 표제였나 보다. 요즘 내가 쓰는 글은 거의가 시조다. 시로 출발하여 시조에 발을 들여놓게 된 우연한 인연이 하나 있다. 혹시 나와 같은 일을 경험할 지도 모르는 어느 분을 위해 여기 그 사연을 적으면서 이 글을 읽어주실 미지의 문학 동지 그분께 문학적 행운을 빈다.

저 먼 날 나는 교원예능경진대회에 본의 아니게 참가한 적이 있다. 연구부−업무분장을 맡은 죄로 억지춘향이가 되었다. 그러나 나는 탈락했다. 기대를 건 참가는 아니었지만 떨어진 사실만은 결코 유쾌할 수가 없었다. 낙방의 이유인즉 시조의 형식(3장 6구)이 갖춰지지 않았다는 것이라고 같이 심사를 맡았던 문우의 귀띔이었다. 하긴 내가 봐도 자유시의 행구분에 가까웠다. 나는 그날 저녁 시조를 아주 잘 쓰는 문우 한 사람 댁을 찾았다. 둘은 밤새 마시고 떠들면서 알뜰한 밤을 새웠다. 신세를 많이 졌다. 그러나 그런 생각을 할 줄 몰랐다. 늘 그렇게 지내왔기 때문이다. "이 시조 좋네!" 그의 말이었다. 나는 또 오기가 생겼다. 다음날 통영으로 돌아가 시조를 썼다. 그 다음해 가을에 추천을 마쳤다. 조그만 동기가 나의 오기를 불러냈고, 그 오기가 내게 새 길을 열어주었던 것이다.

나는 모든 일에 땀의 대가를 믿는다. 땀의 정직성을 나는 단단히 믿는다. 그러나 시조는 어렵다는 내 생각, 우선 시가 되어야하고 다음 시조가 되어야 하기 때문이리라.

그러나 땀 흘리며 매달리면 그 값은 반드시 성취로 돌아올 것이라 믿는다. 공자의 말씀 불여학야 공부하면 되리라. 그렇게 믿고 땀 흘리며 매달릴 작정이다. 이제 내 천학을 걷어야겠다. 군말이 너무 길어졌다.

끝으로 글쓰기 전에 사람부터 되라는 말−"그런 ××도 시인이가!?" 그런 비하를 나로 해서 모든 문우들을 듣게 해서는 안 되겠기에, 나를 짚어 반성하는 자세로 남의 말 하듯 사족으로 달아본다.

21. 정치 · 사회적 배경 —고시조의 예

포은과 이성계는 각별한 사이였으나 위화도 회군 후 두 사람은 갈 길이 달랐다. 이성계와 포은은 생각이 달랐다. 이성계의 추종 세력에 맞서 포은은 고려 사직을 지키고자 했다.

이성계는 명나라에 있던 세자 석을 마중하러 황주로 갔다. 거기에서 사냥하다 낙마하여 큰 부상을 당했다. 포은은 이 기회에 이성계 일파를 제거하고자 했다. 정도전 · 조준 등을 전격 체포했고 이들을 역모로 몰아 지방으로 유폐시켰다. 이성계 일파와의 한판 승부는 피할 수 없는 운명이 되었다.

포은은 문병의 구실로 이성계를 찾았으나 이방원은 포은을 죽이지 않으면 자신들이 죽을 수밖에 없음을 이미 알고 있었다. 그렇다고 백성들의 존경을 받고 있는 당대 최고의 학자를 무력으로 죽일 수는 없었다.

이방원은 포은을 정중히 대접했다. 술 한 잔 권하며 포은의 마음을 떠보았다.

이런들 어떠하리 저런들 어떠하리
만수산 드렁칡이 얽혀진들 어떠하리
우리도 이같이 얽혀서 백년까지 누리리라

이성계를 왕으로 추대하려는 이방원의 뜻에 동조하는 것이 어떻겠느냐고 물었다. 눈을 감고 듣고만 있던 포은은 다음과 같은 시조로 화답했다.

> 이 몸이 죽고 죽어 일백 번 고쳐죽어
> 백골이 진토되어 넋이라도 있고 없고
> 임 향한 일편 단심이야 가실 줄이 있으랴

일백 번 고쳐 죽은들 그대의 뜻에 동조할 수 있겠는가. 백골이 진토
되어도 넋이라도 고려를 향한 일편 단심은 변할 리가 있겠는가.

이방원은 포은의 마음을 읽고 있었다. 포은은 이방원 일파의 철퇴로
차디찬 선지교 위에서 숨을 거두었다. 오백년 고려의 사직은 이렇게해서
끝났다. 이방원의 「하여가」와 정몽주의 「단심가」는 그렇게 해서 탄생되
었다.

목은 이색은 고려 삼은의 한 사람이다. 원나라에서 벼슬도 했고 귀국
해서 조정에 크게 봉사도 했다. 고려 500년 사직은 무너지고, 이성계 일
파의 신흥 세력은 개국을 하고 이런 시국에 고려 충신이었던 이색은 다
음과 같은 시조 한 수를 남겨놓았다.

> 백설이 잦아진 골에 구름이 머흘에라
> 반가온 매화는 어느 곳에 피었는고
> 석양에 홀로 서 있어 갈 곳 몰라 하노라

흰눈이 없어진 골짜기에 먹구름이 끼었고 반겨줄 매화는 어느 곳에
피었는지 알 수 없다. 충신과 지사들은 몰락하고 간신들은 들끓고 나라
는 기울어져 갔다. 지금에 와 읽고 또 읽어도 눈에 보이는 듯 당시의
상황이 생생히 묘사되어 있다.

> 천만리 머나먼 길에 고운 임 여의 옵고

내 마음 둘 데 없어 냇가에 앉아시니
　　저 물도 내 안 같도다 울어 밤길 예놋다

　사육신의 단종 복위 사건의 실패로 폐위된 단종이 영월로 유배될 때 의금부 도사, 왕방연이 단종을 호송하였다. 돌아오면서 곡탄 언덕에서 지은 단종에 대한 비탄의 시조이다.

　시조 창작에 있어서의 언어의 선택과 배열은 하나의 생명이다. 시조는 한 음보에 3,4음절을 넣어 12음보로 배열하게 되어 있다. 몇 개 안되는 시어로 의도하는 바의 의미를 생산해내야 한다. 시어들은 주제를 위해 반드시 필요한 것들이어야 한다. 몇 개 안되는 돌들이라 포석을 한번 잘못하면 방향 전체를 잃을 수도 있다. 흰돌과 검은돌이 적절하게 배치되어야 긴장감속에서 독자들은 관전할 수 있다.

　밤에 냇물이 졸졸 소리를 내며 흘러가는 것과 지은이가 슬픈 마음을 달래면서 밤길을 가는 것을 잘 조화시켜, 읽는 이의 가슴을 울리고 있다. 그러나 본질적인 문제는 "내 마음 둘 데 없어"와 "저 물도 내 안 같도다"에서 포착되는 지은이의 마음의 갈등이다.

　의금부 도사로서 폐위된 단종을 배소로 압송하는 중대한 직책을 완수하였으므로 그로서는 자기의 사명을 다한 셈이 되지만, 마음은 더욱 괴롭고 심한 갈등을 느끼고 있다. 말할 것도 없이 그의 마음 속 깊이 자리 잡고 있는 '군신유의'의 유교 사상에서 오는 도덕관과 정의감 때문이다. 즉 불의에 희생된 어린 임금에 대한 동정 내지 충성심의 발로인 것이다. "고운 님 여의옵고"라는 구절에서 그것을 역력히 느낄 수가 있다. 5)

　'천만리 머나먼 길'은 작자와 단종과 다시는 만날 수 없는 거리이다.

---

5) 김종호, 『옛시조 감상』(정신세계사, 1990), 58─59쪽.

'천만리'는 물리적인 거리가 아니라 만날 수 없는 심리적인 거리를 그렇게 표현했다. 두고 가지 말아야할 그 먼 곳에 어린 임금을 두고 온 작자로서의 괴로운 심정은 말로는 형용할 수가 없다. '내 마음 둘 데 없어'와 '저 물도 내 안 같아서'와 같은 시어들은 그러한 작자의 비탄의 심정을 잘 나타내주는 적절한 시어들이다.

> 있으렴 부디 갈따 아니 가든 못할소냐
> 무단히 싫더냐 남의 말을 들었느냐
> 그려도 하 애닲고야 가는 뜻을 일러라

위 시조는 성종 25년 1월 70세가 된 어머니를 봉양하려고 고향 선산으로 돌아가는 유호인을 전송하면서 지은 작품이다. 성종은 유호인을 합천군수로 봉하면서 그의 귀성을 허락했다. 비록 벼슬은 낮았으나 충효·시문·서필이 뛰어나 당대의 삼절이라 불렸던 성종의 각별한 은총을 받았던 신하이다.

공의 집이 선산에 있었는데 노모를 모시고자 돌아가려 했다. 임금이 친히 전별하며 술에 취해 이 노래를 불렀다. 공이 감읍하였고 좌우에서도 감격하였다. 임금이 몰래 사람을 보내어 그 가는 데를 밟아보게 하고, 이르기를 '나는 그를 생각하여 잊지못하는데 그도 나를 생각할까.'라고 했다. 명을 받은 자가 역정에 들었는데 공이 누각에 올라 북쪽을 바라보며 오래 머뭇거리다가 마침 내 벽 위에 율시 한 수를 지어 '북쪽으로 멀어지는 임금을 바라보고 남쪽으로 가까워지는 어머니를 보러가네.'라 했다. 돌아와 임금에게 아뢰니 임금이 조용히 영탄하기를 '호인은 비록 밖에 있지만 마음은 나를 잊지 않았구나.'라고 했다.[6]

그렇게 해서 이 시조가 탄생되었다. 위 시조는 비유 없이 자신의 솔

---

6) 정종대, 『풀어쓴 옛시조와 시인』(새문사, 2007), 78쪽.

직한 심정을 꾸밈없이 토로했다. 건조하기는 하나 독자들에게 곡진한 감동을 주고 있다.

고시조는 현대 시조와는 달리 그 시조 한 수만 봐도 당시의 정치·사회적 배경을 알 수가 있다. 작품과 세계와 매우 밀접한 관계를 갖고 있기 때문이다.

22. 인격-고시조의 예

시가 창작되어 나오는 데에는 그만의 배경이 있기 마련이다. 체험 자체가 시가 되는 것이 아니다. 여러 상황들이 하나의 상징 체계를 이루어 하나의 예술품으로 창작되어지는 것이다.

황진이는 서화담에게 글을 배우러 오는 문하생이었다. 그러나 남녀의 관계에 있어서랴. 필자는 다음과 같은 그들 간의 관계를 재구성해 보았다.

진랑이 오는 날이 뜸해졌다. 밤은 깊고 주위는 적막한데 우수수 낙엽지는 소리가 들린다. 오는가 싶어 영창을 열고 기울여보았으나 주위는 더욱 적막하기만하다. 다시금 영창을 닫았다. 불을 껐다. 잠은 십리 밖으로 달아나고 정신은 자꾸만 맑아졌다. 기다려도 진이는 오지 않았다. 서화담은 초연히 앉아 어둠 속에서 이렇게 노래를 읊었다.[7]

> 마음이 어린 후이니 하는 일이 다 어리다
> 만중 운산에 어느 님 오리마는

---

[7] 『동가선(東歌選)』 서화담과의 약속한 밤에 진랑이 가본 즉 서화담이 초연히 홀로 앉아서 어둠 속에서 노래를 부르거늘 진랑이 이 노래를 지어 그 노래에 화답했다.

지는 잎 부는 바람에 행여권가 하노라

진랑인들 스승의 인자한 모습, 부드러운 음성을 보고 듣고 싶지 않았
겠는가? 진이는 문 밖에 와있었다. 자신의 사무치는 마음을 화담 스승도
간직하고 있음을 확인하는 순간이었다. 왈칵 눈물이 쏟아졌다. 마음 속
깊이 깔려있던 그 동안의 오열이 한꺼번에 쏟아져 나온 것이다. 한참을
추스렸다.

황진이는 다음과 같이 화답하였다.

> 내 언제 무신하여 님을 언제 속였관데
> 월침 삼경에 온 뜻이 전혀 없네
> 추풍에 지는 닙 소리야 낸들 어이하리오

님을 속여 월침삼경에도 올 뜻이 전혀 없는가 하고 탄식하고 있다.
얼마나 보고 싶었으면 이렇게도 절절할 수 있을까? 추풍에 지는 잎 소
리야 낸들 어찌하겠느냐고 반문하고 있는 것이다. 님이 오기를 애타게
기다리고 있지만 님은 올 생각조차 없다. 그렇다고 님을 원망하거나 탓
하지 않는다. 서경덕의 황진이에 대한 연정과 황진이의 서경덕에 대한
연정은 마음 속에다 깊이 간직해두었던 것이다. 잎 지는 소리는 서경덕
에게는 환청으로 들려왔고, 진이에게는 낸들 어떻게 하겠느냐는 것이다.
자연의 이치를 서로가 숙명으로 받아들이고 있다.[8]

이렇게 해서 격이 있는 하나의 시조가 탄생했다.

이개는 목은 이색의 증손으로 시문에 능했다. 단종의 복위를 꾀하다
죽은 사육신의 한 사람으로 몸은 약했으나 고문에는 태연했다.

---

8) 신웅순, 『문학과 사랑』(문경출판사, 2000), 53-4쪽.

방안에 혓는 촛불 눌과 이별하였관대
겉으로 눈물지고 속 타는 줄 모르는고
우리도 저 촛불 같아야 속 타는 줄 모르도다

옥중에서 자신의 심정을 읊은 시조이다. 방안의 촛불은 투옥된 자신의 모습을 이별한 님은 사랑하는 단종을 표현했다. 비탄스럽지만 의연한 선비의 자세를 엿볼 수 있다.

매창은 부안 기생이다. 그녀는 기생이었지만 몸가짐을 조신하여 함부로 하지 않았다. 매창에게는 집적거리는 손님이 많았다. 젊잖게 다가오는 손님도 있었고 강압적으로 덤벼드는 취객도 있었다. 그녀는 다음과 같은 재치로 위기를 넘겼다.

취한 손 마음 두고 적삼 끌어 당겨
끝내는 비단 적삼 찢어놓았네
그까짓 비단옷 아까울 게 없지만
님이 주신 정까지 찢어질까 두려워

―「贈 醉客」

고고하지만 고요하고 인정미가 넘친다. 매창의 따뜻하고 너그러운 마음씨를 알 수 있다. 시는 시인 자신의 인격이다. 그래서 예로부터 글은 그 사람이라고 했다.

그녀는 촌은, 유희경을 사랑했다. 촌은의 상경 후 일자 소식이 없자 매창은 다음과 같은 시조를 짓고 수절했다.

이화우 흩날릴 제 울며 잡고 이별한 님
추풍 낙엽에 저도 나를 생각는지
천리에 외로운 꿈만 오락가락하더라

옛날 글깨나 쓴다는 선비들은 시는 필수품이었다. 의사 표시였고 우정이었고 사랑이었다. 시와 시조로 자신의 심정을 이렇게 격조있게 표현한 것이다.

임제는 호가 백호이며 명종 4년(1549)에 나서 선조 20년(1587) 39세로 요절하였다. 그는 면앙정 송순의 회방연(回榜宴, 급제한 지60년이 되는 잔치, 면앙정의 나이 81세 때임)에 송강과 함께 송순의 가마를 멜 정도로 당대의 멋쟁이였다. 당파 싸움이 싫어 속유들과 벗하지 않고, 법도 밖의 사람이라 하여 선비들은 그와 사귀기를 꺼려했다. 권력이나 벼슬에 매력을 느끼지 않은 위인이었다. 그에게는 오직 낭만과 정열 그리고 문학이 있을 뿐이었다. 일찍 요절한 천재였으며 패기가 하늘을 찌를 듯한 호남아였다. 또한 시국을 강개하는 지사적인 인물이기도 했다.

벼슬에 뜻이 없어 전국을 노닐면서 시와 술로 울분을 달래었다.

그는 여인들과 많은 염문과 일화를 남기고 갔다.

> 북천(北天)이 맑다커늘 우장(雨裝)없이 길을 나니
> 산에는 눈이 오고 들에는 찬비로다
> 오늘은 찬비 맞았으니 얼어잘까하노라

위 시조는 백호가 기녀 한우(寒雨)에게 준 「한우가(寒雨歌)」이다. 당시 한우라는 기녀는 재색을 겸비한데다 시문에도 능하고 거문고와 가야금에도 뛰어났다. 노래 또한 절창이었다.

'찬비'는 '한우(寒雨)'를, '맞았다'는 '만났다'의 은유이다. '찬비를 맞았다'는 말은 기녀인 한우를 만났다는 말이 된다. '얼어잘까 하노라'는 '몸을 녹여 자고 싶다'는 역설이다. 오늘은 한우를 만났으니 자고갈 수밖에 없지 않느냐고 우회적으로 표현하고 있다. 여간한 풍류객이 아니고는 이런 노래를 부를 수 있을까.

어이 얼어자리 무슨 일로 얼어자리
원앙침 비취금을 어디두고 얼어자리
오늘은 찬비 맞았으니 녹아잘까 하노라

이는 기생 한우가 임제의 「한우가(寒雨歌)」에 화답한 시조이다.

무엇 때문에 얼어 주무시렵니까? 무슨 일로 얼어 주무시렵니까? 원앙침 베개, 비취금 이불 다 있는데도 왜 혼자 주무시려고 하시는 겁니까? 오늘은 찬비를 맞으셨으니 저와 함께 따뜻하게 주무시고 가십시오. 한우는 은근하게 그리고 속되지 않게 자신의 메시지를 청아한 목소리에 실어보냈다.

시인이 시적 동기를 밝히지 않았다 해서 시를 이해할 수 없다고 말하는 이가 있다. 금세 다가오는 작품은 대부분 직설적인 글이다. 이러한 작품들은 오래가지 못하는 것이 대부분이다. 잡히지는 않으나 고개가 끄떡여지는 작품들이 있다. 읽을수록 맛이 나는 시가 있다. 이런 시들이 좋은 시라고 생각하면 된다. 시는 이해하는 것이 아니라 느껴지는 것이다.

시를 감상하는 데에는 격이 있다. 그것은 많은 시를 읽어야 하고 직접 쓰기도 하고 감상하는 노력을 아끼지 말아야 한다. 노력을 많이 해야 얻어지는 것이 그 사람의 격이듯 글도 많은 수고를 감당해야 격을 높일 수 있다. 글씨가 되면 그림이 되고 그림이 되면 글이 될 수가 있다는 말이 있다. 이는 격을 두고 한 말이다.

대추 볼 붉은 곳에 밤은 어이 들드르며
벼 벤 그루턱에 게는 어이 나리는고
술 익자 체 장사 지나가니 아니먹고 어이리

황희 정승의 시조 한 수이다. 발갛게 익어가는 것을 대추를 보고 볼 붉다고 표현했다. '듣드르다'는 '떨어진다'는 뜻이다. '게가 나린다'는 말은 '게가 강을 타고 논으로 올라와 기어다닌다'는 뜻이다. '어이리'는 '어찌하리'의 뜻이다.

이 시조를 보면 선생의 풍성하고 넉넉한 마음을 읽을 수 있다. 시는 그 사람이기도 하지만 그 사람의 체험이기도 하다. 시는 가슴에서 우러나오는 것이지 머리에서 우러나오는 것은 아니다. 자신의 인격이다. 그의 삶은 가난했지만 구차하지 않았다.

23. 자전적 시론 1─김제현론, 박연신론

다음은 현대시조 김제현의 시조 「돌」의 창작 동기이다.

> 나는 불이었다. 그리움이었다.
> 구름에 싸여 어둠을 떠돌다가
> 바람을 만나 예까지 와
> 한 조각 돌이 되었다.
>
> 천둥 비 바람에 깨지고 부서지면서도
> 아야, 소리한 번 지르지 못하는 것은
> 아직도 견뎌야할 목숨이
> 남아 있음이라.
>
> 사람들이 와 '절망을 말하면 절망'이 되고
> '소망을 말하면 또 소망'이 되지만
> 억년을 엎드려도 깨칠 수 없는
> 하늘 소리
> 땅 소리
>
> ─「돌」의 전문

산길을 오르다가 돌부리에 채인 적이 있다. 몹시 아팠다. 그래서 그들을 뽑아 집으로 가져왔다. 그 돌과의 인연도 10여 년을 헤아리는 동안 깊어졌다. 그러나 그 돌은 내 집에 있을 돌이 아니라는 생각이 들었고, 다시 제자리에 갖다 두게 되었다.

그 때나 지금이나 돌은 사람을 차지 않는다. 언제나 그 자리에 묵묵히 있을 따름이다. 그럼에도 불구하고 사람들은 돌에 채였다고 한다. 그 것은 '나' 본위로 생각한 억지이며 인간들의 오만함을 그대로 나타내는 말이 아닐 수 없다. 자연의 모든 물상과 생명체들은 그 자체로서 존재 의미와 가치를 인간과 동등하게 지니고 있는 것이기 때문이다.

돌을 제자리에 갖다 두니, 문득 이 돌이 언제부터 여기에 있었을까하는 의문이 생겨났다. 그래서 그 돌에게 묻게 된 것이 이 시의 작시 동기이다.

「돌」은 시조로 쓰진 것이다. 시조가 과거의 구태의연한 창작품이지 않고 또한 고식적이고 갑갑한 형식이 되어서는 안된다고 나는 늘 생각해왔다. 전통적인 시조의 면면함이 생동감 있게 되살아나기를 항상 희망하면서 작품 창작에 임한 것이 곧 「돌」이다.

돌은 길가이든지 강변이든지 어디에서나 만날 수 있는 그런 대상이 된다. 그러나 하나의 돌이 다져지고 그런 사태로 우리와 만날 수 있다는 것은 엄청난 세월의 연륜이 요구될 뿐만 아니라 삶의 궁극적인 연륜이 없이는 결코 돌로 성숙될 수 없다는 데서 참으로 소중한 가르침을 주는 대상이기도 하다. 그런 의미에서 돌은 죽은 것이 아니라 나와 끊임 없는 교감을 갖고 생명의 소리를 자아내는 생명체인 셈이다.[9]

시의 모티프는 체험에서 비롯된다. 그것이 시조로 형상화되기까지는

---

9) 김제현, 『현대시조작법』(새문사, 1999), 279−8쪽.

시인 나름대로의 노하우가 있을 것이다. 일단 써놓고 계속해서 고치는 이가 있는가 하면, 오랜 사색 끝에 순간 써내는 경우도 있다. 현장에서 메모해서 나중에 고치는 이가 있는가 하면, 눈과 마음에 이미지만 담아 놓고 며칠 후에 쓰는 이도 있다. 몇 십 년 후에 써지는가하면 순간 써지는 것도 있고 몇 달 후에 써지는 것도 있다. 어떤 계기로 과거의 체험이 형상화되어 나타나는 경우도 있다. 어느 것이 정도이라고는 말할 수 없다. 자신에 맞는 창작 방법을 터득하면 된다. 체험과 사색과 명시 읽기 만큼 시조 창작에 좋은 스승은 없다.

> 그리고
> 수십 년
> 먹장구름 무겁더니
>
> 오늘은
> 비 온 뒤
> 갈하늘 눈 시린데
>
> 어머니
> 극락 가셨다고
> 둥근달이 밝게 떴네
> —박연신의 「제삿날 밤 천상에 뜬 달」의 둘째수

박연신의 위 시조의 모티프는 마흔일곱번째의 어머니의 제삿날 예불을 마치고 집으로 돌아가던 중 밝은 달이 대낮처럼 비추던 그 날 밤에 모티프를 얻었다고 한다. 박시인의 작시과정 일부를 소개한다.

> 마흔일곱번째의 제사를 모시고 암자를 나와 산길을 걷다 밝은 달을 바라보았을 때 "얘야, 이제 나는 하늘나라 아주 좋은 곳에 있으니 엄마 염려말고 기운 내어 활발하게 살려무나." 문득 달로 뜨신 어머니의 육성이 들려왔다.

어머니와 사별 후 제사를 마흔일곱번이나 모셔왔는데 이런 안도감은 처음이었다. 나는 그 자리에서 얼른 볼펜을 꺼내 손바닥에다 '둥근 달 어머니로 떠서 연꽃 같이 환하시네'라고 저절로 터져나오는 소리를 써놓고 시상을 다듬기 위하여 적요한 밤 산길을 천천히 걸었다.

거의 세시간 동안이나 암자에 머물며 '달'이라고 제목을 정하고 나니 시상이 구체적으로 잡혀지지 않았다. 그래서 '달'을 체험하려 오감을 동원, 말초신경을 곤두세웠다. 그리고 '달'에 집착했다. ……후략……[10)]

체험 없이 시를 쓴다는 것은 쉽지 않다. 체험이 있다 해서 글을 잘 써지는 것도 아니다. 시상을 다듬는 각고의 노력이 있을 때 글은 현장감있게 되살아나는 법이다. 어떻게 글을 써야할까를 생각하는 것보다 일단 써보는 용기가 필요하다. 그러다보면 좋은 생각이 떠오르고 고치다보면 뛰어난 구절도 얻을 수 있다. 시작하는 것이 중요하고 노력하는 것이 중요하다는 것은 비단 글 쓰는 일에만 해당되는 것은 아니다.

24. 자전적 시론 2 - 오승철, 이일향론

시가 체험이고 체험이 곧 시이다. 그래서 자전적 시론이 있고 시를 읽어야하는 평론이 있다. 그것이 시를 쓰는 이유이고 그것이 시를 읽는 이유이다.

오승철의 자전적 시론이다.

현재까지 내 시조의 길은 우리가 무심히 놓쳐버린 제주의 그 무엇을 찾아 무작정 떠나는 여행이었다. 왜 하필이면 시조인가 하는 우문은 그만 두기로 하자. 그냥 제주에서 났으니 제주를 노래하는 것이고, 숙명적으로 시조를 만났으니 그 길을 갈뿐이다. 욕심이 있다면 단 한 줄이라도 화산탄처럼 불세례를 받은 그런 시를 빚고 싶다.

---

10) 김제현, 앞의 책, 231쪽.

절도 교회도 없는 대성마을 가을은
누구에게 기도할까.
고향 언덕 조랑말
벌촛날 경운기 뒷모습 아득 놓친,
저 금빛!

—「고추잠자리·15」 전문[11]

    제주에서 태어났으니 제주를 노래하는 것이고 숙명적으로 시조를 만났으니 그 길을 갈뿐이라고 말하고 있다. 그래서 그는 시조를, 제주를 숙명적으로 노래하고 있는 것이다. 이쯤이면 왜 시조인가의 우문은 불필요한 것이다.

    다음은 이일향의 자전적 시론이다.

    그래도 내 삶의 고빗길에 기적처럼 찾아온 시가 있어 목숨의 값을 이렇게 치르고 있습니다.

    이제 손에 쥐어진 묵주를 헤이듯 남은 날도 하고 싶은 말 떠오르는 생각들은 한 글자씩 적어 가렵니다. 하늘의 문에서 나를 기다려 줄 남편과 아들이 있어 나는 외롭지 않고 두렵지 않습니다. 내가 다다를 수 없는 사랑이 있어 나는 쓰고 이 책을 묶어 냅니다.

    꽃 진 자리 꽃피기를
    기다리는 마음이여

    꽃의 영혼은 꽃 속에 사는데
    내 영혼은 어디에 있나

    나목은
    눈 감은 채로
    잠든 하늘 걸고 서 있다

---

11) ≪시조시학≫(고요아침, 2008, 가을호), 123쪽.

잠시 나를 떠난 한숨은
낙엽으로 풀밭에 눕고

아슬히 혼자 걸어온
되돌아본 오솔길이여

바람과
구름 사이에
놓여있는 시인의 집

─「시를 쓰다가」 전문

눈 내린 성당 마당에
비둘기들이 무언가를 쪼고 있다
벌레나 낟알 같은 것
눈 속에 있을 리 없는데
무슨 먹이가 있을까

잿빛 비둘기들에 섞여
흰 비둘기 한 마리
빨간 눈빛이 더 곱다
하늘나라에서 온 눈과
평화의 꽃잎 물어 나르는 비둘기가
겨울 아침을 수놓고 있다.

저들의 조용한 속삭임
문득 줍고 있는 것은
모이가 아니라
사람들은 모르는
따뜻한 하느님 말씀이라는
생각이 든다

─「비둘기」 전문 12)

---

12) 이일향, 『기도의 섬』(동학사, 2008)

시인은 대상을 저만치에 두고 있다. 거리 때문에 시인의 영혼은 외롭고 두렵다. 그래서 목숨의 값을 치루고 있는지 모른다. 깨끗하고 고귀한 영혼 아니면 이런 시를 쓸 수 있을까. 차라리 시인은 작은 교회이다. 그래서 대상은 언제나 따뜻하다. 다다를 수 없는 사랑을 실천하고자 하는 따뜻한 시인의 모습이 눈물겹도록 곱다.

두 편의 시조를 소개한다. 좋은 시조 읽기와 사색은 시조 창작의 필수이다.

아파도 웃고 있다
온기 없는 심장으로

꾹꾹 눌러 납작해진
평면의 긴 시간을

그림자, 눈물샘도 없이
절정에서 갇혀버린

　　　　　　　　　　　　　　　─선안영의 「압화」 전문

누가 저 수면에다
소리를 입혔는가

톡하고 튕겨주면
쟁쟁쟁 울 것 같은

코발트
푸른 이랑이
넘칠듯 팽팽하다

어디를 둘러봐도
최상의 명품이다

맑게 탁 트였으되

끊길듯 남실대는

남녘의
그 물길 속은
젖어 우는 완창이다

　　　　　　　　　－강정숙의 「진도완창」 전문

25. 낱말의 선택과 배치－정완영론 외

시를 읽으면 깜짝 놀란다. 어쩌면 이렇게 쓸 수 있을까. 시는 행간 사이의 공간을 즐기는 일인지 모른다. 같은 낱말의 적절한 선택과 배치가 천지를 바꾼다. 훌륭한 시인은 낱말의 선택과 배열이 남다르다. 그래야 독자들에게 경이를 불러일으킬 수 있다. 시인을 두고 언어의 연금술사라고 한 것도 이러한 연유에서 일 것이다.

　　직지사 인경소리가 먼 들녘을 헤매다가
　　끝내는 내 가슴 찾아와 떨어지던 고향 마을
　　살구꽃 등 달던 마을도 내 소년도 이젠 없네

　　바위도 가슴을 열고 기다리던 샘터에는
　　설친 잠 아낙네들 종종 걸음 내 누이들
　　새벽달 건지러 안 오고 다들 어디 갔는가

　　눈 감으면 그리움 한 줌 눈을 뜨면 적막 한 줌
　　목 꺾인 해바라기 기름 같은 눈물 한 줌
　　등잔불 꺼지면 어쩌나 잔을 붓고 돌아선다

　　　　　　　　　－정완영의 「고향 마을 다녀와서」 전문

노시인이 고향 마을을 다녀와서 쓴 시이다. 그 옛날 살구꽃 등을 달던 마을도 어릴 때 같이 놀던 소년도 다 갔다. 샘터에도 새벽달 건지러 오는 아낙네들, 누이들도 아무도 없다. 세월은 금세 그렇게 가버렸다. 눈 감으면 그리움 한줌이요 눈을 뜨면 적막 한줌인 것을. 목 꺾인 해바라기. 기름 같은 눈물 한 줌이 지금의 노 시인의 말년이다. 등잔불 꺼지지 않도록 잔을 붓고 돌아서는 것이다.

어렸을 때부터 지금까지 인생을 짧은 3연에 절묘하게 담았다. 몇 줄로 일생을 담기 위해서는 낱말의 선택과 결합이 적절해야 한다. 시조에 있어서의 낱말의 선택과 배열은 생명에 다름 아니다.

> 한 잔 술 등불 아래 못 달랠 건 정일레라
> 세월이란 푸섶 속에 팔 베게로 지쳐 누운
> 당신은 귀뚜리던가 내 가슴에 울어쌓네
>
> 저 몸에 목숨 있으면 얼마나를 남았으랴
> 내 눈길 가다 멎은 갈잎 같은 손을 두고
> 생각이 시름에 미쳐 갈피 못 잡겠고나
>
> 젊음은 아예 무거워 형기처럼 마쳤느니
> 이제는 풀어 인 회포 용서 같은 백발 앞에
> 아내여 남은 날들을 서로 비쳐 보잔다
>
> 고쳐보니 임자가 늙어 어머님을 닮았구려
> 가난도 눈물에 실으면 비파일시 분명한데
> 둥글어 허전한 달이 이 밤 홀로 떠간다
>
> ─정완영의 「가을 아내」 전문

노시인의 인생의 저녁 쯤 가을 아내에게 쓴 시조이다. 아내에 대한 남편의 마음이 극진하다. 시인의 마음은 이런 것이다. 인생은 저녁 때쯤 되어야 아내의 마음을 알 수 있는 것인가. 젊음은 아예 형기처럼 마쳤다고 했다. 젊어서야 그 혈기가 차라기 형기인 것을. 아내가 귀뚜리인가 남편의 가슴에서 울어 쌓는 것이다. 생각이 시름에 미쳐 갈피는 못 잡는 노시인의 마음은 어떠했을까. 남은 날들은 서로 비쳐보잔다고 스스로 위로하고 있다. 내가 어떻게 살았는지 비쳐보잔다고 한다. 고쳐보니 아내는 어머니를 닮았고 눈물에 실린 가난은 비파 소리 분명한데 둥근 달은 이 밤 홀로 구만장천 떠나는 것이다. 아내에 대한 절실한 마음이 없으면 이런 표현은 불가능했을 것이다. 노시인만이 할 수 있는 일일 것이다.

> 솜씨 좋은 선공이 빚어놓은 백자 대접
> 동방의 전설 듣고 서녁의 신새벽으로
> 다향이 넘치지 않게
> 구름 지우며 간다
>
> 순이네 작은 오두막 바지랑대를 지나서
> 바위섬 등대의 그림자를 천천히 끌고
> 하늘 문 열쇠를 들고 간다
> 울 엄니 찾아간다
>
> ―양점숙의 「하현달」 전문

돌아가신 어머니를 찾아 가는 하현달. 자신이 하현달이 되어 어머니를 만나러 가는 것이다. 마을 순이네 집은 어머니가 자주 마실 갔던 곳일까. 그 오두막 바지랑대를 지나간다. 하늘로 가기 위해서는 육지를 지나 바다를 건너야 한다. 바위섬 등대의 그림자를 끌고 가야 만날 수 있다. 손에는 하늘문 열쇠가 쥐어져 있다. 자신이 하현달이 되어야 어머니를 찾아갈 수 있다. 불가능을 가능하게 만들려면 그렇게라도 해야 한다. 지극한 효심이 이런 시를 쓸 수 있게 만드는 것이다.

하현달을 백자 대접으로의 비유가 참신하다. 백자는 맑고 깨끗하다.

어머니를 찾아가는 마음은 그렇게 깨끗하고 경건해야한다. 또한 다향이 넘치지 않게 구름을 지워가야 한다.

> 석유 냄새 확 풍기는
> 무지개빛 갯벌 위로
>
> 조그만 삼지창 같은
> 꼬마 물새 떼 예쁜 발자국
>
> 무언가
> 마땅찮아서 한참
> 서성대다 갔을까
>
> ─박영식의 「메시지·1─갯벌」 첫째수

　바다에 흘리고 간 기름이 갯벌을 오염시켰다. 화자는 그 갯벌을 바라보고 있다. 꼬마 물새 떼가 갯벌이 마땅찮아 서성대다 갔다. 서성댄 그 예쁜 발자국을 오염된 갯벌과 대비시켰다. 추한 것과 아름다운 것의 대비 때문에 이 시조는 더욱 아름답다. 같은 체험을 하고도 사람마다 표현 정도는 다르다. '어미 물새 떼 굵은 발자국'으로 낱말을 바꿔본다면 이 시조는 그 만큼 반감될 것이다. 낱말의 선택이 얼마나 중요한 것인지 알 수 있다.
　'내가 읽은 좋은 시조' 중에서 김일연은 김영재 시조 「편지 받고」에 대해 추천 이유를 다음과 같이 말하고 있다.

> 그렇게 살아갈 날들 얼마나 있을까요
> 몇 줄의 편지 받고 지난 만남 생각합니다.
> 비 오고 지친 마음이 창을 조금 닫습니다
>
> ─김영재의 「편지 받고」 전문

이 시는 그립다고 말하지 않는다. 그러나 잔잔한 그리움이 읽는 이에게도 스며든다. 이윽고 가는 비에 따라 젖는다. 투명하고 간결한 이 고요의 시는 진실을 말하고 있다. 시인의 느낌을 함께 체감하게 되는 것은 쉽고 구체적인 표현과 그 표현이 드러내고 있는 시적 진실 때문일 것이다. 일상 속에 있되 번잡한 일상을 한 순간 저만큼 물러나게 한다. 일상에 묻어나는 정서의 그늘이 이처럼 편안하고 그윽하다. '삶의 실제로부터 유리된 감각은 거짓'이라는 명제에 새삼 공감하지 않을 수 없다.

시인은 그리움의 인간이라고 한다. 아름다운 종장을 가만 입 속에서 뇌어보면 부드럽고 따스하고 맑은 슬픔이 창을 조금 닫는 절제와 배려를 만나 더욱 애절하게 다가온다. 그 마음이 비를 만나고 있다. 비를 만나 더욱 호젓하고 고적하다. 시인의 마음을 적시는 빗소리의 고요한 울림이 내 마음 속에도 울린다. 이 비는 실제 내리는 비를 보듯 또는 비오고 있는 시인의 마음의 풍경으로 읽어도 되겠다. 시인은 창을 조금 닫고 있다. 창을 조금 닫는 것은 아주 조심스러운 몸짓이다. 스스로를 추스르기 위한 절제의 시간이 필요한 것일까. 내면의 진실을 좀 더 냉정하게 보기 위한, 아픈 성찰의 시간이 필요한 것인지도 모르겠다. 혹은 내 지친 모습을 가리기 위한, 네 마음까지 아프게 하지 않기 위한 선한 마음씨 때문일까.[13]

민병도의 「유등연못」을 소개한다. 읽기와 짓기는 독자들의 몫이다. 인생의 의미를 깨닫게 하는 시이다.

> 연꽃도 우는구나 남몰래 우는구나
> 무시로 흔들리는 마음을 숨기려고
> 바람에 등을 기댄 채 빈 하늘만 닦는구나

---

13) 김일연, 「2007 내가 읽은 좋은 시조」, ≪시조21≫(목언예원, 2008 상반기호), 22~23쪽.

생각느니, 처음부터 잘못된 길이었음에
저를 속인 거짓말이 물밑에서 드러나고
세상을 저울질하던 그 오만도 씻는구나

절반을 물에 묻고도 목이 마른 사랑이여
별을 따라 가거나 무지개를 따라가서
퍼렇게 멍이 든 채로 절룩이며 오는가

사람들도 우는구나 연못에 와 우는구나
젊어 한 때 풍진 세상 구름으로 떠돌다가
돌아와 저를 붙잡고 소리죽여 우는구나

-민병도의 「유등연못」 전문

26. 삶의 론-한하운, 박인환론 외

시는 삶이다. 삶을 몇 줄로 어떻게 남길까. 뼈대만 남길 수도, 물기만
짜낼 수도 없다. 뼈대에 어떻게 살을 붙여야 멋진 조형물이 될까. 삶을
어떻게 기술하고, 묘사해야 멋진 시가 될까. 난감하다면 참으로 난감한
게 시이다. 뼈대는 사상이요 살은 정서이다. 사상과 정서를 개성있는 자
신만의 세계로 표현해내야 한다. 그렇다고 마냥 기다릴 수는 없다. 그냥
시작해야한다.

한하운은 문둥이 시인이다. 그는 함남 함주에서 태어났다. 청소년기에
나병 진단을 받고 사회의 냉대와 질시로 세상 밖에서 살았다. 완치되어
사회로 복귀, 평생을 시를 쓰며 나병 사회 사업을 위해 살았다. 그의 시
는 체험에서 나오는 절절한 사연이 있다.

가도 가도 붉은 황톳길
숨 막히는 더위 뿐이더라.

낯선 친구 만나면
우리들끼리 반갑다.

천안삼거리 지나도
쑤세미 같은 해는 서산에 남는데

가도 가도 붉은 황톳길
숨 막히는 더위 속으로 쩔룸거리며
가는 길…….

신을 벗으면
버드나무 밑에서 지까다비를 벗으면
발가락이 또 한개 없다

앞으로 남은 두 개의 발가락이 잘릴 때까지
가도 가도 천리 먼 전라도길
　　　　　　　　－「전라도길－소록도 가는 길에」 전문

　어떤 기교도 보이지 않는다. 꾸밈이 없다. 그래도 가슴에 닿아 절절이 읽혀지는 것은 시인의 남다른 체험 때문일 것이다. 한번 걸리면 개나리 봇짐을 짊어지고 갈 곳 없는 유랑의 먼 길을 떠나야한다. 당시 문둥병은 사람 취급 받지 못하는 천형이었다.

　가도 가도 황톳길이다. 지는 해는 쑤세미 같이 축 걸려있고 양말을 벗으면 발가락 하나가 보이지 않는다. 이런 형벌이 세상에 어디 있는가. 생사의 기로에서 세상과 결별한 채 뭉둥병의 삶을 적나라하게 보여주고 있다. 시인에게는 삶 자체가 목숨이고 목숨 자체가 시였다. 시를 쓰지 않고는 살아갈 수 없는 이유이다.

　박인환이 전쟁의 와중에서 태어난 딸에게 쓴 헌시 한편 소개한다. 당시 전쟁 상황이 어떠했는가를 생생이 떠올릴 수 있다. '어린 딸'은 박인환 자신이 살던 세종로 집을 피해 급히 인사동 산파집으로 가서 출산한 딸이다. 그날 세종로 집은 폭격으로 산산조각이 나버렸다. 피신하지 않았으면 그 자리에서 딸 출산은 고사하고 식구 전부가 폭격에 맞아 죽었을 것이다. 천재일우로 태어난 끔찍한 딸이었기에 아버지인 박인환은 딸에 대한 마음은 더욱 애절하고 곡진했다. 후에 헌시 「어린 딸에게」를 딸에게 바쳤다.

기총과 포성의 요란함을 받아가면서
너는 세상에 태어났다 주검의 세계로
그리하여 너는 잘 울지도 못하고
힘없이 자란다.

엄마는 너를 껴안고 3개월간에
일곱 번을 이사를 했다

서울에 피의 비와
눈바람에 섞여 추위가 닥쳐오던 날
너는 입을 옷도 없이 벌거숭이로
화차의 위 별을 헤아리며 남으로 왔다

나의 어린 딸이여 고통스러워도 애소도 없이
그대로 젖만 먹고 웃으며 자라는 너는
무엇을 그리우느냐

너의 호수처럼 푸른 눈
지금 멀리 적을 격멸하러 바늘처럼 가느다란
기계는 간다. 그러나 그림자는 없다

엄마는 전쟁이 끝나면 너는 호강시킨다 하나
언제 전쟁이 끝날 것이며
나의 어린 딸이여 너는 언제까지나

행복할 것인가

전쟁이 끝나면 너는 더욱 자라고
우리들이 서울에 남은 집에 돌아갈 적에
너는 네가 어데서 태어났는지도 모르는
그런 계집애

나의 어린 딸이여
너의 고향과 너의 나라가 어데 있느냐
그때까지 너에게 알려 줄 사람이
살아 있을 것인가.

   즐거움과 교훈은 문학의 기능이다. 문학은 둘을 다 충족시켜주어야
한다. 어떤 경우에든 즐거움만 주거나 교훈만 주는 시는 좋은 시가 아
니다. 즐거움 속에 교훈을 주는 시이어야 한다.

비 온 뒤
또랑가 고운 泥土 우에
지렁이 한 마리가 지나간 자취
5호 唐筆 같다
一生一代의 一劃
획이 끝난 자리에
지렁이는 없다

나무관세음보살

―황지우의 「삶」

   위 지렁이는 어디로 갔을까. 눈도 다리도 없이 세상을 온몸으로 밀고
가야하는 그 궤적이 우리들의 삶과 같다. 돌이킬 수 없는 절명시를 한
획 한 획 쓰고 가는 것 같아 우리들이게 많은 깨우침을 주고 있다.
   시는 우리의 삶이다. 일대기를 백지에 일필휘지로 절명시를 남기는

것인지 모른다. 그것은 삶의 궤적이요 삶의 자국이다. 시는 이런 것이다.

> 그렇지 않아도 맑은 저 하늘을
> 문수사 종소리가 또 한 번 닦고 가네
> 생애의 모두를 태워 연기로 사루듯
>
> 칙칙한 여름이 가부좌를 풀면서
> 산들도 조금씩 흔들리고 있구나
> 긴긴 날 걸어온 일도 요약하면 몇 줄 뿐
>
> 가지의 남루를 바람이 거둬 가듯
> 낮은 음으로 낮은 음으로 걸어온 내 발자국
> 들녘을 감돌아 오는 수척한 이야기

> ─전원범의 「삶」 전문

작가는 긴 긴 날 걸어온 길을 몇 줄로 요약할 수 있다. 이것이 삶의 궤적이요 시이다. 낮은 음으로 낮은 음으로 걸어온 발자국들이다. 이제사 들녘으로 감돌아 오는 수척한 이야기들이다. 시인은 삶을 이렇게 표현한 것이다.

어떻게 자신의 삶을 표현할 것인가. 직설적으로 기술할 수도 있을 것이요, 은유로도 묘사할 수도, 상징으로 표현할 수도 있을 것이다. 그래도 삶은 아쉬운 것인지. 산들도 조금은 흔들리고 맑은 하늘을 종소리가 또 한 번 닦고 가는 것을 보면 역시 삶은 미련일 수도 있겠다.

> 사랑은
> 돌아앉아
> 해를 감춘 산처럼
>
> 캄캄한 급소에서
> 몰래

타오르는 불

불빛은
보이지 않는
어머니 쪽으로 휜다

―박권숙의 「까치밥」 전문

어머니를 향한 사랑을 까치밥에 견주어 표현했다. 그 숲 속에서 돌아앉아 보이지 않는 급소에서 타올라 몰래 붉은 사리 같이 붉은 열매로 맺힌다. 그것은 불빛이 되어 멀리 계신 어머니 쪽으로 휘는 것이다. 절절한 화자의 효심을 절묘하게 표현했다. 효심이 절절하지 않으면 이런 시를 창작해낼 수 있을까.

세상 문 죄다 잠근 밤
아버지를 만난다

질척거린 황토길을
쉬엄쉬엄
걸어오시며

더러는
생선을 들고
달빛 질질 끌고 온다

―신동철의 「아버지」 전문

아버지에 대한 사랑이 생선이라는 어휘로 집약되어 있다. 달빛을 질질 끌고 온다는 것은 아버지의 고단한 삶을 그렇게 표현한 것이다. 어떤 용어를 선택할 것인가는 시인의 역량에 달려 있다. 용어 하나가 시조 전체를 바꾼다.

27. 사랑의 시편론 ─ 한용운, 서정주, 유치환론 외

　사랑이 뭐기에 시인들치고 사랑의 시를 절절하게 쓰지 않은 이는 없다. 독립 운동가이며 승려이고 시인으로 유명한 한용운의 「님의 침묵」도 그렇게 해서 나온 불후의 명작이다.

> 님은 갔습니다. 아아 사랑하는 나의 님은 갔습니다.
> 푸른 산빛을 깨치고 단풍나무 숲을 향하야 난 적은 길을 걸어서 참어 떨치고 갔습니다.
> 황금의 꽃같이 굳고 빛나든 옛 맹서는 차디찬 티끌이 되야서 한숨의 미풍에 날어갔습니다.
> 날카로운 첫키스의 추억은 나의 운명의 지침을 돌려놓고 뒷걸음쳐서 사러졌습니다.
> 나는 향기로운 님의 말소리에 귀먹고 꽃다운 님의 얼골에 눈멀었습니다.
> 사랑도 사람의 일이라 만날 때에 미리 떠날 것을 염려하고 경계하지 아니한 것은 아니지만 이별은 뜻밖의 일이 되고 놀란 가슴은 새로운 슬픔에 터집니다.
> 그러나 이별을 쓸데없는 눈물의 원천을 만들고 마는 것은 스스로 사랑을 깨치는 것인 줄 아는 까닭에 걷잡을 수 없는 슬픔의 힘을 옮겨서 새 희망의 정수박이에 들어부었습니다.
> 우리는 만날 때에 떠날 것을 염려하는 것과 같이 떠날 때에 다시 만날 것을 믿습니다.
> 아아 님은 갔지마는 나는 님을 보내지 아니하였습니다.
> 제 곡조를 못이기는 사랑의 노래는 님의 침묵을 휩싸고 돕니다.

위 시에 대한 모티프로 다음과 같은 이야기가 전해오고 있다.

> 바로 그 여인 서여연화는 한용운으로서는 첫사랑이라고 말할 수 있다. 그녀는 건봉사를 비롯해서 설악산에서도 잘 알려진 아름다운 보살계 수계(受戒) 신도였다. 선주였던 남편이 해난 사고의 충격으로 요절한 뒤 남겨진 부유하고 젊은 미망인이었다.

해제일(解制日)을 기해서 그녀는 남편의 영가(靈駕)를 위로하는 커다란 법회를 열었다. 며칠동안 범패까지도 경향의 명인들을 불러서 들려주는 대규모제였다. 거기서 그녀는 다른 스님들과는 달리 쌀쌀하고 입을 꼭 다문 키 작은 한용운에게 마음이 일어났던 것이다. 한용운도 그녀의 아름다움에 기울어지기 시작했다.

한국의 전형적인 여자의 아름다움은 무엇인가를 조상(弔喪)하는 여자, 상복을 입은 여자, 소복이라는 위대한 사치에 감싸인 여자, 혼자 있는 여자, 혼자 지키는 여자에게 잘 발견된다. 그는 그의 젊음을 장식하는 일로서 그녀와 가까웠던 것이다. 절에서 속초까지 내려가면 그는 미역 음식과 약간의 곡차(술)를 대접받는다……14)

만해는 건봉사를 떠나 금강산 유점사로 갔다. 그 곳에서도 서여연화의 잔상을 지우지 못했는지 1925년 여름부터 설악산 백담사에 머물렀다. 여기에서 불후의 명작 「님의 침묵」을 탈고했다.

만해를 시봉했던 이춘성은 다음과 같이 말했다.

첫 여름의 오세암에서 십현담주주해에 열중하고 있을 때 서여연화 보살의 시봉은 지극했어. 그런가하면 가을 한철을 백담사에서 계실 적에도 보살은 거의 백담사 객실에서 살다시피 했지.15)

서여연화의 내조에 의해 『십현담주해』라는 불경 번역이 이루어졌고 그녀를 향한 애정이 바탕이 되어 『님의 침묵』이 세상에 나올 수 있었다. 물론 서여연화를 향한 애정이 창작의 전부였다고는 말할 수 없으나 적어도 하나의 상징을 이룬 것만은 부인할 수 없다.

서정주가 중앙 불교 전문학교 1학기는 열심히 다녔으나 결국엔 졸업장을 받지 못했다. 여기서 미당은 닿기 어려운 성당, 한 여대생을 사랑

---

14) 고은, 『한용운 평전』(민음사, 1975), 157-159쪽. 신웅순, 『문학과 사랑』 160쪽에서 재인용.
15) 고은, 『한용운 평전』(향연, 2004), 298쪽.

하게 되었다.

그녀의 하숙집에도 찾아가보기도 했으나 한마디 말도 못했다. 연애편지도 써보았지만 답장 한 번 받지도 못했다. 그 여자 언저리만 헤매고 다녔다. '나는 당신의 옷고름 하나에도 감당하지 못할 버러지 같은 겁니다.' 이런 연애편지도 그녀에겐 싸늘하기만 했다. 한마디의 대답도 듣지 못했다. 이때 나온 작품이 필자가 가장 좋아하는 「문둥이」라는 작품이다. 짝사랑은 이렇게 고독하고 슬프기 짝이 없다. 미당에겐 정말 가슴 아픈 실연이었다.

얼마나 지독했기에 이런 시까지 썼을까. 그 옛날 문둥이 선고를 받으면 사랑하는 아내와 자식을 두고 집을 나서야한다. 하늘이 내린 고칠 수 없는 형벌이다. 개나리 봇짐 짊어지고 동가식 서가숙하면서 살아가야한다. 당시엔 소록도 같은 수용소가 없어서 길거리엔 거지, 문둥이들이 많았다. 애기의 간을 빼먹으면 낫는다는 속설이 있어 무엇보다도 어린이들은 문둥이를 만나는 것이 제일 무서웠다. 천형의 무시무시한 형벌, 차가운 시선을 그들은 당시 어떻게 견뎌냈을까.

해와 하늘 빛이
문둥이는 서러워

보리밭에 달 뜨면
애기 하나 먹고

꽃처럼 붉은 울음을 밤새 울었다.

－「문둥이」 전문

이는 완벽한 시조이다. 미당이 시조를 염두에 두고 썼는지는 모르지만 「문둥이」는 시조로 쓰고 시조로 읽어야 제맛이 난다.

몇 해 뒤 미당은 아내와 큰 아이를 데리고 고향집에서 상경하는 길이었다. 열차 안에서 우연히 그 여자를 만났다. 잠깐 인사말을 나누고 헤어졌다. 서울역에 내리자 그녀는 어떤 여인을 시켜 미당에게 전했다.

'모월 모일 개성을 한 번 가보고 싶은데 무엇하시면 동행하시라구요'

미당은 그 자리서 거절했다.

이 여대생과 관련하여 지은 또 다른 작품이 있다. 얼마나 아프고, 아쉽고, 매정했으면 이런 시가 나왔을까.

실버들 늘어진 네 갈림길에서
이쁜 암여우가 둔갑하여
「아이갸나!」 튀어나오는
아지랑이랄까? 그 허리 사향주머니랄까?
그 때 성황당에 걸어논 비단 헝겊이랄까?
나는 선잠에서 깬 어느 때부턴지
바람 불 때마다 싸아한
여기 말리어 헤매 다니고 있었다.
여러 달밤이 이울 때까지
전신주처럼 서서 울며
또
양말 뒤축이 다 빵구나도록
이 도장(道場) 안을 헤매다니고 있었다.
그리하여
내가 풀려나기 비롯한 것은
내 빵구난 양말의 발꼬린내에
그네가 드디어 못견디어서
양말 안 빵구나는 사내에게로
살짝 그 몸을 돌려버린 그때부터다

—「흥양」 전문16)

위 두 시는 이렇게 해서 탄생되었다. 위 「문둥이」는 간접적 화법으로

---

16) 신웅순, 『20세기 살아숨쉬는 우리 문학과의 만남』(푸른사상, 2006), 86−88쪽.

'문둥이'를 소재로하여 문둥이의 천형의 아픔을 자신의 아픔으로 대체 시켰다. 「ㅎ양」은 비교적 직설적 화법으로 담담하게 그려냈다. 새겨볼 만한 체험담이다.

세기적인 사랑이라 말들하는 유치환과 이영도가 남긴 시와 시조를 소개한다. 청마는 정운에게 20년 동안 5천여통이나 편지를 썼다고 한다.

> 파도야 어쩌란 말이냐
> 파도야 어쩌란 말이냐
> 임은 뭍같이 까딱 않는데
> 파도야 어쩌란 말이냐
> 날 어쩌란 말이냐

청마의 「그리움」이다. 물론 이 시의 파도는 청마이고 뭍은 이영도일 것이다. 청마가 사나운 파도처럼 이영도에게 사랑을 퍼부어대는데 이영도는 뭍처럼 까딱도 않는다. 청마의 그리움은 지독한 괴로움이었을 것이다.

그렇게 시작된 사랑이었지만, 먼 후일 그 '뭍 같이 까닥도 않던 ' 이영도가 애모로 쌓은 시조 「탑」을 읊게 될 줄이야 어찌 알았으랴.[17]

청마가 1967년 2월 별안간 교통사고로 타계했다.

청마의 마음을 정운인 왜 몰랐을 것인가. 화답도 제대로 할 수 없었을 정운의 마음인들 어디 정처할 데가 있었으랴. 청마가 죽은 후 슬픔을 가눌 수 없어 썼던 것으로 생각되는 정운의 「절벽」 시조 한 수이다.

> 못 열리는 문입니까?
> 안 열리는 문입니까?
>
> 당신 숨결은
> 내 핏줄에 느끼는데

---

17) 박옥금, 『내가 아는 이영도 그 달빛같은』(문학과 청년, 2001), 161─162쪽.

흔들고
두드려도 한결
돌아앉은 뜻입니까?

　김영랑의 대표시 「모란이 피기까지」는 세계적인 무용가 최승희와의
이루지 못한 사랑을 노래한 시라고 한다. 정병호의『춤추는 최승희』의
주변 인물들에서 김영랑의 시 「모란이 피기까지」는 최승희를 사모하는
마음에서 나온 것이라는 말도 있다고 했으며[18] 영랑은 최승희를 좋아
해서 최승희가 있는 곳에 자주 나타나곤 했다고 말하고 있다. 주전이의
『영랑 전기』에는 최승희와의 열애가 실연으로 끝나자 고향집 동백나무
에서 자살을 시도했다는 이야기도 남아 있다.

　　　모란이 피기까지는
　　　나는 아직 나의 봄을 기다리고 있을테요
　　　모란이 뚝뚝 떨어져 버린 날
　　　나는 비로소 봄을 여읜 설움에 잠길테요
　　　오월 어느날 그 하도 무덥던 날
　　　떨어져 누운 꽃잎마저 시들어버리고는
　　　천지에 모란은 자취도 없어지고
　　　뻗쳐오르던 내 보람 서운케 무너졌느니
　　　모란이 지고 말면 그뿐 내 한 해는 다 가고말아
　　　삼백예순날 하냥 섭섭해 우옵니다
　　　모란이 피기 까지는
　　　나는 아직 기다리고 있을테요 찬란한 슬픔의 봄을

　실연이라는 고통이 수반되지 않았다면 이런 명시가 불가능했을 것이
다. 절실했을 때 신이 주어야하는 우리가 미칠 수 없는 곳에서 나오는

18) 정병호,『춤추는 최승희』(뿌리 깊은 나무, 1995), 419쪽.

것이 명시인지 모르겠다.

28. 삼다, 성찰의 시론-김춘수론 외

김춘수는 자신의 습작 방법을 다음과 같이 말하고 있다.

> 저자가 좋아하는 시인의 시 중에서 특히 애송하는 시가 있다. 또한 그런 시 중에서도 특히 감동 받은 대목이나 구절이 있다. 그것을 주제로 해서 시를 한 편 만들어 본다. 완성되면 저자가 좋아하는 시인의 대목이나 구절이 있는 시와 비교해 본다. 어디가 닮아있고 또 어디가 달라져 있는가가 드러난다. 어디가 근사하고 어느 부분이 엉성한지도 가려진다. 이런 일을 되풀이해 보면 상당한 훈련이 된다. 그런가 하면 또 다르게 해보기도 한다.
> 자기가 좋아하는 시인의 좋아하는 시 중에서 특히 감동을 받은 대목이나 구절을 그대로 원시가 있던 위치, 즉 제 2연의 3행이나 제 3행의 전반부이거나 간에 그렇게 있었다고 하면 그 위치에 두고 앞 뒤의 살을 붙여본다. 그렇게 해서 또 한 편의 시를 만들어 본다. 그것을 가지고 원래의 시와 비교해 본다. 어디가 어떻게 달라져 있고, 또는 어디가 어떻게 닮아 있는가, 얼마만큼 원시보다 처져 있는가가 이런 일을 자주 해보면 드러나게 된다. 이리하여 저자 자신을 (개성이라고나 할까) 차츰 짐작해 가게 된다. 그리고 저자 자신의 능력까지도 짐작이 된다. 어떤 길을 어떻게 가야 할까 하는 점에 대해서도 어렴풋이나마 짐작이 가진다.[19]

시조는 시와는 달리 초·중·종장이 각 4음보로 형식이 고정되어 있다. 그리고 종장의 첫음보는 3음절이어야 하고 둘째 음보는 5글자 이상이어야 한다는 것을 반드시 지켜야한다. 보통 한 음보는 3,4음절이 보통이나 1음절일 수도 있고 5음절 이상일 수도 있다. 읽어서 자연스러우면 된다. 짓다가 보면 이런 형식에 익숙해진다. 그리고 그 그릇에 맞는 내용을 넣어 숙성시켜야한다. 숙성이란 시간을 두고 고치고 또 고쳐야한

---

19) 김춘수, 『시의 이해와 작법』(자유지성사, 2003), 120쪽.

다는 말에 다름 아니다. 김춘수의 말대로라면 초·중·종장 중에 좋아
하는 구절이 있으면 그것을 모티프로 해서 여기에 형식에 맞게 살을 붙
여 한편의 시조를 완성해보는 것이다. 그리고 원시와 비교해보면 자신
의 시조가 어떻게 달라져 있고 어디가 닮아 있는가를 알게 될 것이다.
그렇게 함으로써 자신의 개성을 계발시키고 자신의 시 세계를 넓혀가야
한다.

　김춘수는 삼다에 대해 다음과 같이 말했다. 시작하는데 좋은 참고가
되리라 생각되어 소개한다.

> 　많이 읽는 데에도 순서가 있다. 되도록 오래 된 고전으로부터 차츰 현대와
> 현재의 작품으로 읽어 내려와야 시의 전개 과정을 이해하는 데에 도움이 된
> 다. 외국의 것도 가능하면 번역을 통해서도 시대 순으로 읽어 내려와야 하리
> 라. 그렇게 해서 자기에게 감동을 준 시인들의 시를 외울 수 있을 만큼 정독
> 하고 자주 읽어야 한다. 좋아하는 시인이 생기면 그렇게 되게 마련이다. 그
> 다음에는 사고가 자연스럽게 생기게 되고 시작도 하게 된다. 좋아하는 시에
> 대해서, 또한 좋아하는 시인의 좋아하는 시에 대해서 생각하게 되고, 써 보고
> 싶은 욕망이 생기에 되고, 써보면 써 볼수록 더 잘 써보고 싶은 욕망이 일게
> 된다. 이리하여 습작에서 여러 가지 쓰는 방법을 스스로 고안하게 되고, 시를
> 이해해 가는 길이 자연히 열리게 된다. 그러면서 자기가 나아갈 길―자기의
> 개성도 찾게 된다.[20]

　많이 읽고 많이 습작하고 많이 생각하라는 삼다는 시작에 있어서 스
승으로 삼을 만하다. '나는 재능이 없어 시를 못 쓴다'라고 생각하면 영
원히 시를 쓰지 못 한다. 좋은 시를 많이 읽고 거기에서 감동을 받은
좋은 시 구절을 외워야한다. 그리고 그것을 이미지로 하여 그냥 써보는
것이다. 여기서부터는 자신만의 시 세계를 그려나가야 한다. 고치고 또
고치는 작업은 수십 번 아니 수백 번을 해도 지나치지 않는다. 그 모티

---

20) 위의 책, 121쪽.

프와 멀리 벗어나 있어도 좋다. 자신만의 시 세계를 구축해가면 된다. 그렇게 함으로써 시조에 익숙하게 되고 놀랄 만한 시 구절도 얻게 된다. 그러면 자신감이 생기게 된다. 그것을 그대로 두지 말고 며칠 뒤에 다시 한 번 꺼내 다시 고쳐야한다. 이 작업은 시간이 많이 흐를수록 좋다. 물론 순간 잡아채어 나오는 시 구절도 있지만 오래 묵혀 우려낸 시 구절은 감칠맛이 나고 은근하고 오래오래 간다. 개성에 따라 다르겠지만 시작은 끈질긴 인내가 필요하다. 이것 없이 좋은 시를 쓸 수가 없다. 고통만큼 즐거움도 저절로 따르게 된다.

처음 시작하는 이들에겐 다소 가벼운 마음으로 접근을 하는 것이 좋다. 쓰다보면 기다리다 보면 월척을 낚을 때가 온다. 언젠가는 좋은 시 구를 얻을 수 있으리라는 확신을 갖고 임하는 것이 좋다. 시를 이해하고 쓰는 데에는 유일한 방법은 없다.

김춘수는 다음과 같이 말했다.

저자는 처음에 어떤 시가 좋은지 나쁜지를 분간하지 못했다. 저자 나이가 20이 되도록 그랬다. 그러나 그때에도 저자 마음에 드는 시가 있었다. 저자는 그것들을 읽고 싶을 때 읽고 혼자서 뭔가를 느끼곤 했다. 일본 시인 몇 사람의 시와 릴케의 번역된 초기 시들이었다. 한국 시인들의 시들은 그 때까지 잘 모르고 지냈다. ……중략……

대학 시절 몇 년 동안 저자의 독서 범위는 넓어지고 저자의 욕망과 정열도 비교적 구체적인 대상을 가지게끔 되어 갔다. 그 무렵에 저자는 한국의 몇몇 시인들의 시를 알게 되었고, 발레리·보들레르·베르렌느 등을 번역으로 탐독했고, 릴케의『로댕론』등을 열심히 읽었다. 이런 것들이 저자에게 끼친 영향에 따라 저자는 시를 바라보게 되었다. ……중략…… 그러나 실제에 있어 한국의 시를 보다 많이 대할 수밖에 없었다. 외국어보다는 뉘앙스를 먼저 이해해둬야가겠다는 직감이 들자 시조와 현대시를 연대순으로 착실히 읽게 되었다. 이 일을 계속하는 동안에 이조 가사와 고려 속요에까지 관심이 뻗어가게 되었다. ……중략……저자가 쓰고 있는 이 글이 그대로 저자가 가진 지식까지를 합하여 시에 대하여 저자 나름대로 생각하고 경험한 결과라고 하겠다. 이 글이 그대로 저자의 시에 대한 이해의 정도를 나타낸 것이고 동시에 저자의 유일한 시 이해의 방법이다. ……중략……

  쉬임 없는 노력과 넓은 도량이 치밀하고 풍부한 이해를 마련해 줄 것이리라. 또 하나 명심해야할 것은 너무 바빠 서두르지 말자는 것이다. 지금 이해가 안되더라도 경험과 교양이 더 쌓이게 되면 나중에는 이해가 된다. 포기하지 말아야 한다.[21]

  김춘수도 시를 읽고 쓰는 데에 폭넓은 지식과 서두르지 말 것과 포기하지 말 것을 주문하고 있다. 그것이 시를 이해하는 유일한 방법이라고 했다.

  현대 시조 두 수 소개한다.

      수취인 불명으로 돌아온 엽서 한 장
      말은 다 지워지고 몇 점 얼룩만 남아
      이른 봄 그 섬에 닿기 전, 쌓여 있는 꽃잎의 시간

      벼랑을 치는 바람 섬 기슭에 머뭇대도
      목숨의 등잔 하나 물고 선 너, 꽃이여
      또 한 장 엽서를 띄운다, 지쳐 돌아온 그 봄에

                                —이승은의 「동백꽃 지다」 전문

      잎 다 진 야윈 손에 몇 자루 붓을 들고
      겨울 먼 풍설 속으로 아득히 떠났던 너!
      사월의 그 하늘 밑을 잊지 않고 왔구나
      마른 붓끝에다 엷은 먹물 듬뿍 찍어
      적적한 세상 하나 문득 환히 밝혀 놓고
      잎들은 그리기 전에
      잠시 손을 멈춘
      한 때

                                —조동화의 「목련」 전문

---

21) 위의 책, 112—113쪽.

■ 작품 및 작품집

❖ 저자 신웅순

- 충남 서천 출생(1951), 대전고 졸(1970), 명지대 대학원 석·박사 졸 (1995)
- 시조시인·평론가·서예가, 문학박사.
- 한국현대문예비평학회 부회장, 한국시조학회, 한국시학회, 한국국어교 육학회 이사, 국제펜협, 한국문인협, 한국시조시인협, 한국미협 회원, 창조문학가협회 이사, 한국창조문학대상(평론).
- 현 중부대 교수, ≪시조예술≫ 주간.

저서로는
- 학술서 : 『한국문학기행』(1997, 공저), 『한국문학산책』(1998, 공저), 『문 학본류』(1998, 공저), 『한국문학정수』(1999, 편저), 『문학과 사랑』(2000), 『시의 기호학과 그 실제』(2000), 『현대시조시학』(2001), 『언어와 문화』 (2003, 공저), 『글쓰기 평가 자료』(2004, 공저), 『문학·음악상에 있어서 의 시조연구』(2006)
- 시집·시조집 : 『황산벌의 닭울음』(1988), 『낯선 아내의 일기』(1995), 『나 의 살던 고향은』(1997), 『누군가를 사랑하면 일생 섬이 된다』(2008)
- 동화집 : 『할미꽃의 두 번째 전설』(1999)
- 에세이집 : 『못 부친 엽서 한 장』(2007)
- 평론집 : 『순응과 모반의 경계 읽기』(2000), 『무한한 사유 그 절제 읽 기』(2006)

- 주요 논문 : 「육사시의 기호론적 연구」 외 40여 편.